KB233199

▲ 조명암 근영(1957)

▲ 조영출의 보성고보 학적부
(1930~1934)

▲ 조영출의 보성고보 재학시절 성적표

▲ 보성고보 재학시절의 조영출

▲ 보성고보 26회 동기들과 덕수궁에서(1935)

▲ 와세다대학 재학중 벗들과 함께(가운데)

調査結果		
（フリガナ） 氏　名	チョウ　レイ　シュツ 趙　麗　出	男
生年月日	大正2年11月10日　生	
学部・学科・専修等	文学部　文学科　フランス文学専攻	
入学年月日	昭和　12　年　4　月　　日入学	
卒業・退学等年月日	昭和　16　年　3　月　　日卒業	
調査事項	生年月日→大正2年11月10日 学部入学前の学歴→ 昭和10年3月　京城府普成高等学校普通科卒業 昭和10年4月　第二高等学院入学 昭和12年3月　第二高等学院修了 保証人→高　大　輪（本人との関係…師傅） 当時の住所→牛込区鶴巻町442寺嶋方 朝鮮の本籍→朝鮮　忠清南道　牙山郡　湯井面　樟谷里643番地	
調査した資料	○第二高等学院学籍簿　昭和10年4月入学者 ○第二高等学院修了者成績表　学部別イロハ順 　　　　昭和10年4月入学　昭和12年3月卒業 ○学生名簿　昭和10年4月入学　昭和12年3月修了　第二高等学院 ○学生名簿　昭和12年4月入学　昭和15年3月卒業　た－わ 　　　　各学部　専門部　専門学校 ○自昭和6年　至昭和18年　旧制卒業者名簿　文学部　2-1	
	課　長	取扱者

▲ 조영출의 학적에 대한 조사결과
보고서(와세다대학 오오무라 교수
소장)

調査結果	
氏　名	趙　灵　出
生年月日	1913（大正2）年11月10日
学部学科等	早稲田大学　文学部　文学科　仏蘭西文学専攻
入学年月日	1938（昭和13）年4月1日入学
卒業年月日	1941（昭和16）年3月25日卒業
調査事項	学籍事項の確認他
確認内容	学籍事項は以上のとおりです。 以　上
	課長　　取扱者

▲ 미군의 토쿄공습으로 학적부와 성적표
원본의 소실을 회답해온 와세다대학
조사결과 보고서

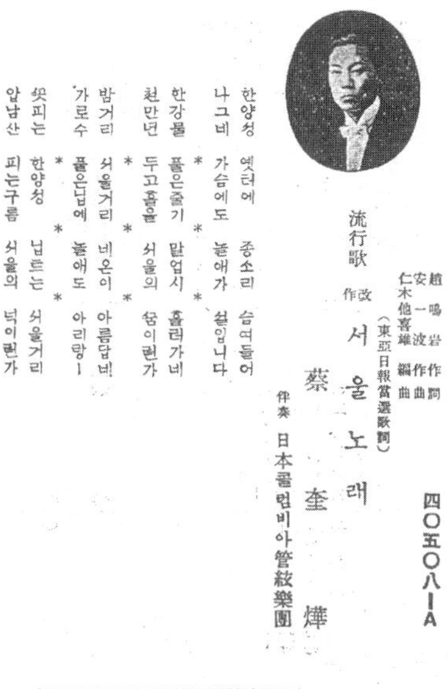

▲ 가요시 '서울노래'의 가사지(콜럼비아 발매)

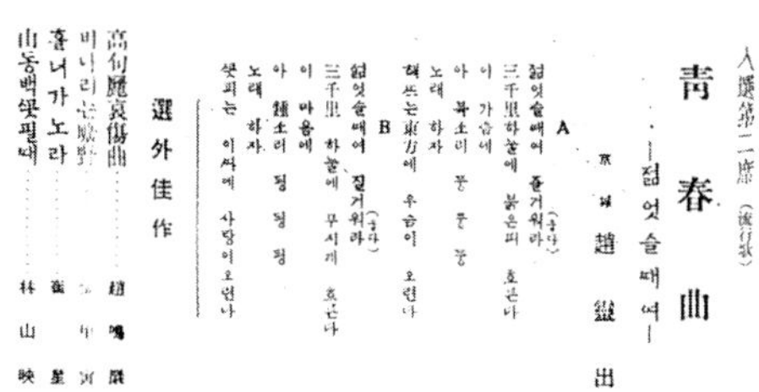

▲ 잡지 〈별건곤〉 주최 유행소곡입선작 「청춘곡」

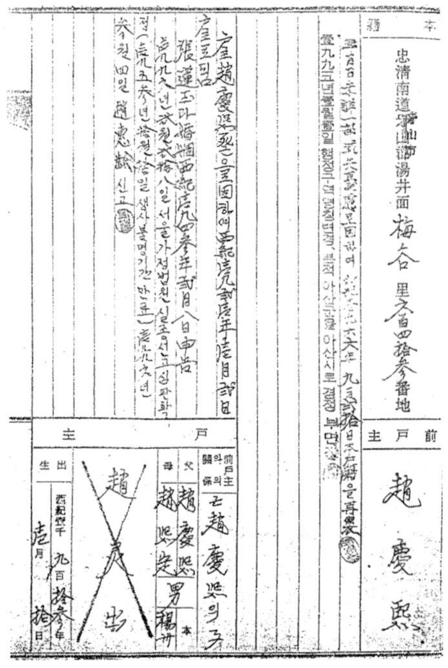

▲ 조영출의 말소된 호적등본

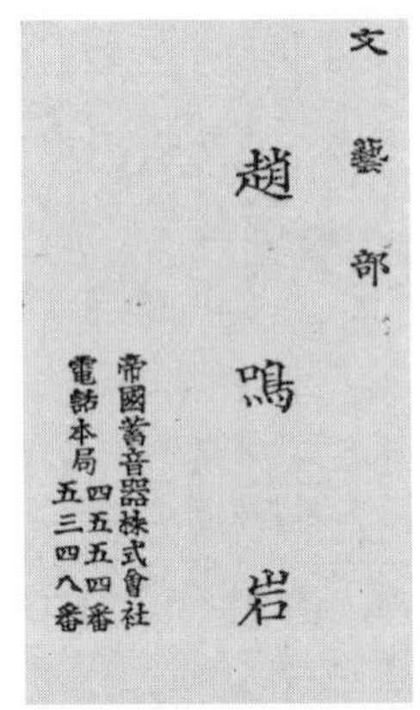

▲ 데이지쿠축음기사 문예
부에서 사용하던 조명
암의 명함

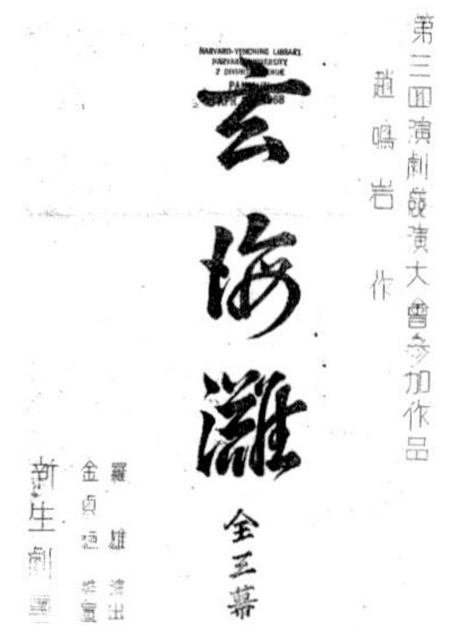

▲ 일제말 프린트판으로
발표된 희곡 「현해탄」
표지(하버드대학 옌칭
도서관 소장)

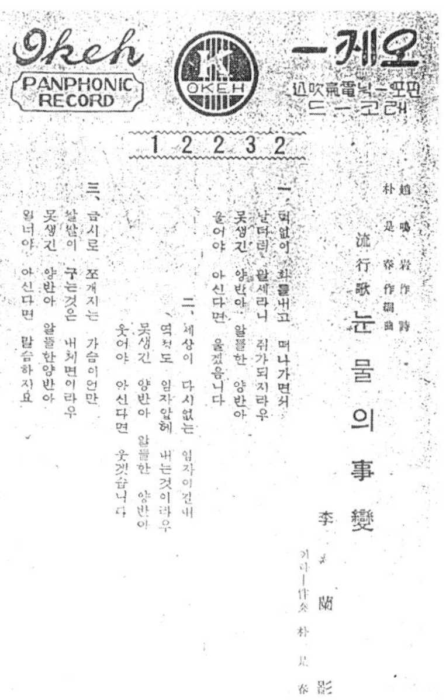

▲ 조명암 명의로 발표한 오케레코드 가사지

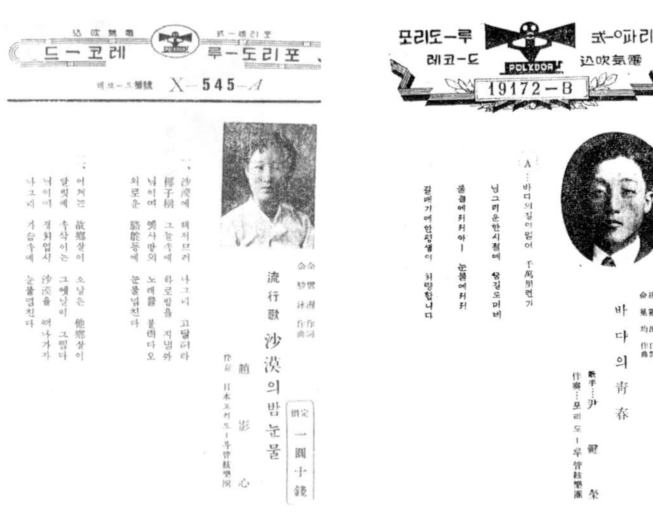

▲ 금운탄 명의로 발표한 가사지   ▲ 조영출 명의로 발표한 가사지

▲ 조명암의 각종 신보를 소개하는 광고지들

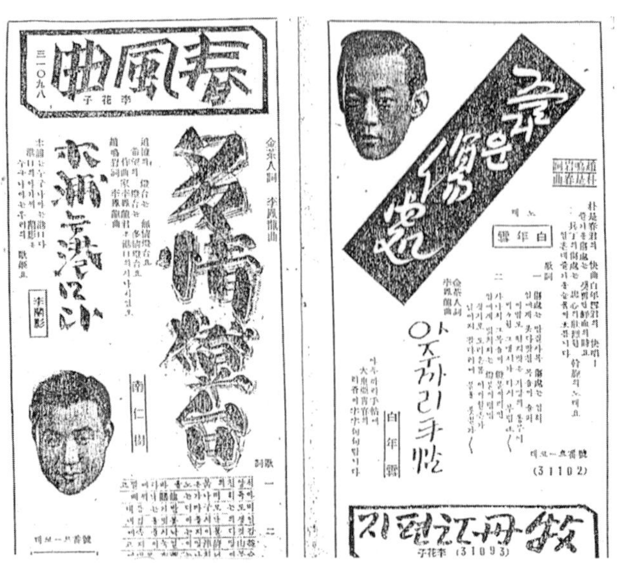

▲ 조명암 작사의 새음반출간을 알리는 가사지

▲ 조명암 명의로 발표한 앵화춘

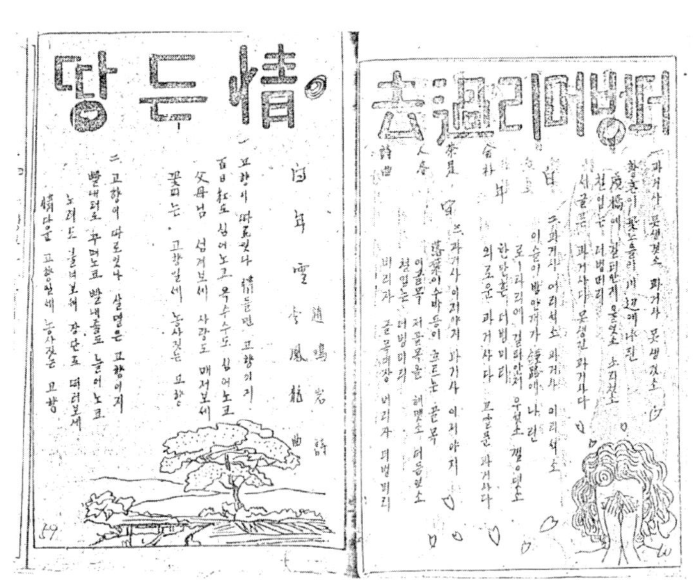

▲ 해방직후 등사판으로 발간된 가요책

▲ 가요 「우러라 은방울」의 가사지

▲ 이가실 명의로 발표한 「우러라 은방울」(1948)

▲ 월북 직전에 찍은 가족사진

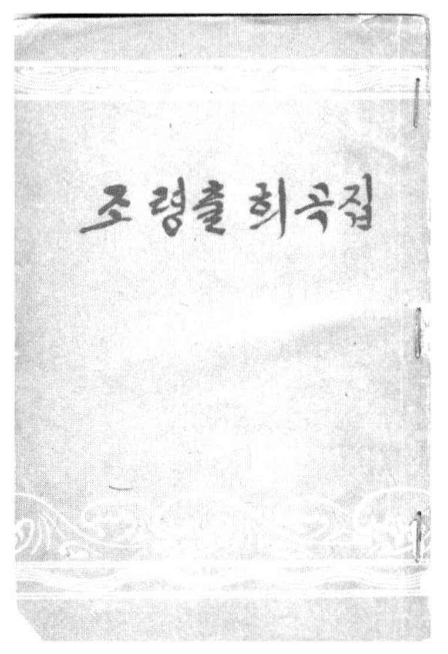

▲ 조령출 희곡집(1961)의 표지

▲ 남한에서 영인된 고전소설 「춘향전」
(1995)

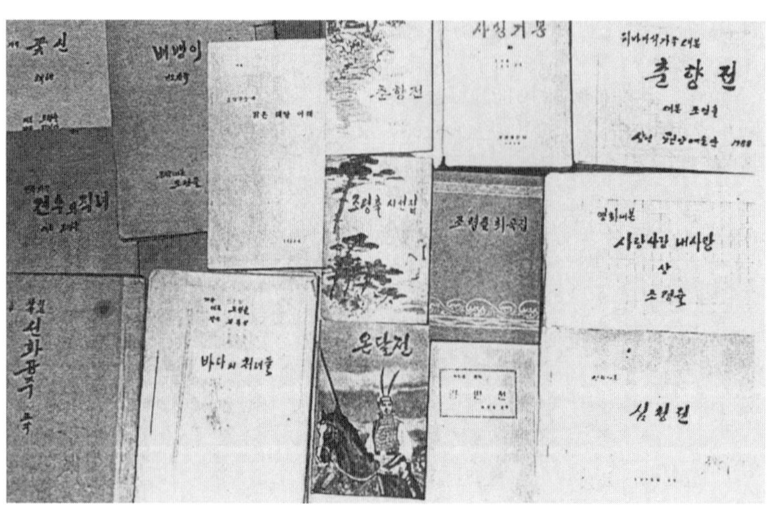

▲ 북에서 발간한 조령출의 여러 저서들

▲ 만년의 조명암

▲ 회갑을 맞은 조명암과 평양의 부인 김관보

▲ 어린이들에게 옛이야기를 들려주는 조명암

▲ 북한의 잡지 화보에 나온 조명암의 가족사진

▲ 통일음악제 참가차 서울을 방문했던 평양의
부인 김관보와 남한 유족들의 상봉 장면(우
측 딸 조혜령, 좌측 사위 주경환)

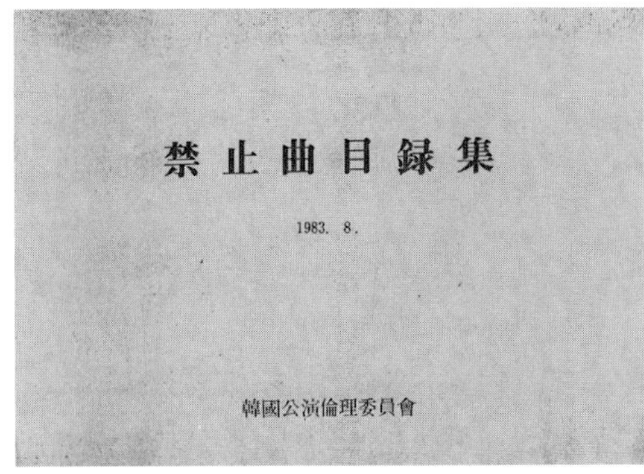

▲「금지곡목록집」(공연윤리위원회발행, 1983)

사단법인 한국음악저작권협회

우135-010 강남구 논현동 236-3 삼전B/D / 전화(02)547-7080 / FAX547-8909

문서번호 한음저협 제09-383호

시행일자 1996. 6. 20

(경 유)

수 신 조명암(승계자·조혜령)
       부천시 원미구 역곡2동 산51·9 현대 아파트 B가 404호.

참 조

제 목 저작기명 변경 통보

1. 회원님의 건승을 기원합니다.

2. 회원님께서 협회에 신고하신 故 조명암 선생님의 작품목록 중, 지금까지 협회에 신고되어 관리되어 오던 작품의 저작자명과 상이한 작품들의 작사자 기명을 아래와 같이 확인 수정하였음을 통보합니다.

3. 별첨의 "조명암 작품목록"을 첨부하오니 검토하신 후 잘못된 부분에 대하여 협회 자료실로 문의하여 주시기 바랍니다.

- 아 래 -

번호	제 목	변경전		변경후	
		작사	작곡	작사	작곡
1	잠 없는 천사	추미림N	박시춘	조명암	박시춘
2	갈매기 떼	추미림N	이봉룡	조명암	이봉룡
3	목로는 항구다	박남포N	이봉룡	조명암	이봉룡
4	어머님 안심하소서(?)	박남포N	이봉룡	조명암	이봉룡
5	갈 길 같게	박남포N	이봉룡	조명암	이봉룡
6	늘어라 은방울	박남포N	이봉룡	조명암	이봉룡
7	십년고향	추미림N	박시춘	조명암	박시춘
8	아가씨 수첩	박남포N	이봉룡	조명암	이봉룡
9	효조음 찾집	추미림N	이봉룡	조명암	이봉룡
10	인생선	추미림N	이봉룡	조명암	이봉룡

▲ 저작권 회복을 통보하는 공문

▲ 조명암이 조영출의 필명임을 소개하는 신문 기사(일간스포츠)

▲ 강원도 금강산 건봉사 입구에 세워진 조영출 시비

▲ 시비 뒷면에 조성된 노래비

조명암
시전집

조명암 시전집

이 동 순 엮음

▌일러두기 ▌

1. 이 시전집은 조명암(조영출 : 1913~1993) 시인이 해방 전 신문 잡지에 발표한 작품과 분단 이후 북한에서 발간한 『조령출시선집』(1957)에 수록된 모든 시작품 및 가요시 작품 일부를 정리한 것이다. 다만 발표 목록에 표시된 작품 중 원전 텍스트를 찾지 못한 수 편의 미발굴 작품이 아직도 남아 있다. 또한 시집 『밝은 태양 아래』(1988)는 그 원전을 입수하지 못했다. 미확인 가요시 작품도 다수 있을 것으로 추정된다. 이는 추후에 보완해 가고자 한다.

2. 시전집의 구성은 작품 발표순으로 배열하였으며, 작품의 특성상 자유시와 가요시를 양대별하여 두 개의 부로 나누었다.

3. 신문, 잡지, 시집 등에 중복 발표된 경우는 연도가 빠른 것을 원본으로 확정하였다. 그러나 개작된 부분이 일정한 정도를 넘어선 경우에는 별도의 작품으로 간주하고 전문을 수록하였다.

4. 표기법은 대체로 현대어 맞춤법에 따랐다. 하지만 시어의 개별성이 부여된 곳은 원형 그대로 두었다. 다소 번잡하고 어색하게 느껴지거나 작품 내부에서 통일성이 인정되지 않는 부호들은 대부분 삭제하는 것을 기본 원칙으로 하였다.

5. 평범한 한자 어휘는 상당 부분 국문으로 바꾸었고, 문맥의 흐름상 꼭 필요한 경우는 그대로 두었다.

6. 가요시 작품은 아직도 발굴 정리 단계에 있으므로 현재까지 확인된 자료들과 기타 자료를 시대순으로 배열하여 제2부에 수록하였다.

7. 가요시 작품 중 '김다인' 명의 작품을 일단 포함하였으나, 이에 대한 반론이 있으므로 차후에 다시 작가 검증 절차를 거쳐 재정리하게 될 것이다.

아버님의 문학을 民族史의 품으로 돌려보내며

오늘은 저의 아버님 조명암(趙鳴岩) 선생의 모든 문학작품을 민족문학사의 품으로 다시 되돌려 보내는 참으로 감격스러운 날입니다. 맨 처음 아버님의 시작품들이 전집으로 출간된다는 소식을 듣고 우선 커다란 기쁨을 느끼면서도 다른 한 편으론 이게 과연 사실인가 믿어지지 않았습니다.

지난 1990년 12월 서울에 첫눈 뿌리던 날, 통일음악제가 평양에서 열렸을 때의 일입니다. 그 날 저녁, 석간신문에는 남측 예술단을 환영하는 옥류관 연회석상에서 조령출(趙靈出) 시인이 시 「동방의 태양을 쏘라」를 낭송하였다는 기사가 실렸습니다. 저는 이 기사를 읽으면서 "아, 아버님께서 여태 살아 계셨구나!" 라며 탄성을 지르다가 기어이 눈시울을 적시고 말았습니다. 분단 반세기가 바람처럼 흘러가는 동안 저는 아버님께 대한 그리움을 가슴 속 깊이 묻고 결코 내색하지 않으며 묵묵히 살아왔습니다.

이제 아버님의 전집이 발간된다는 소식을 접하게 되매 마치 아버님 소식을 처음 듣던 그때와 같은 감동이 진하게 되살아남을 느낍니다. 그것은 아버님의 예술적 정신과 삶의 숨결이 고스란히 담긴 전집이 저희에겐 멀고먼 사지(死地)로부터 천신만고 끝에 살아서 돌아온 아버님의 환생과도 같다는 느낌을 그대로 실감하기 때문입니다. 돌이켜 보면 참으로 멀고 험한 길이요, 가파른 시간이었습니다.

이 책은 아버님의 예술에 대하여 각별한 애정과 관심을 갖고 있었던 많은 선생님들의 노고와 도움이 아니었더라면 결코 빛을 보기 어려웠을 것입니다. 가요연구가 김점도 선생이 아버님 작품 「울며 헤진 부산항」의 2절을 읊조리며 "달빛 아래 허허바다 파도만 치고…"의 구절에서 거듭거듭 그 문학성을 감탄하시던 일. 일면식도 없던 김재근 기자가 어렵게 모은 아버님의 작품들을 흔쾌히 보내 주던 일. 자료수집과 해금을 위해 힘써주신 신나라레코드 정문교 사장. 서귀포의 노래비 제막식에 와주셨던 중앙필름 최재기 사장.

아버님의 고교시절 학적부를 극적으로 찾아내는 일에 큰 도움을 주셨던 서지학자 오영식 선생. 일본 와세다대학 학적부 조회를 위하여 애를 써주셨던 오오무라 가쓰오 교수와 김응교 교수 등등. 그 고마움에 대해서는 여기에 일일이 밝히지 못합니다.

저는 이런 일들로 얼마나 크게 고무되었던지 그 길로 곧장 아버님의 시를 찾아서 나섰던 것입니다. 그 해 겨울, 아버님의 작품을 한 편이라도 더 찾아내려고 여러 도서관을 헤매 다니다가 뜻밖에 새로운 자료를 발굴했을 때의 환희를 저는 결코 잊을 수가 없습니다. 혹시라도 더 찾을 수 있지 않을까 하여 새삼스럽게 돋보기를 고쳐 쓰며 침침한 눈으로 글씨가 안보일 때까지 자료의 탐색에 몰두하던 기억도 떠오릅니다.

이렇게 작품 발굴을 위해 열심히 뛰어 다녔지만 거의 대부분 허탈감만을 안고 돌아오던 어느 날 저녁, 미국에서 걸려온 전화 한 통은 저를 또다시 감격 속에 빠뜨렸습니다. 미국 시카고대학에 연구차 방문중이던 영남대 이동순 교수가 하버드대학 도서관에서 아버지 작품이 수록된 작품집을 어렵게 찾아내었다는 소식을 전해준 것입니다. 이 교수는 한국의 국문학자들 가운데 아버님 작품의 수집과 정리에 대하여 가장 깊은 열정과 조예를 가진 분입니다. 이번에 발간된 아버님 시전집은 오로지 이처럼 돈독한 뜻을 가지신 모든 분들의 땀과 노력의 결실이라 할 수 있습니다.

살뜰하고 아름다움마저 느끼게 하는 이런 기억들과 함께 저 금강산 건봉사의 만해 스님 시비 곁에 나란히 서 있는 아버님 시비, 또 서귀포 외돌괴 푸른 바닷가에 외롭게 서 있는 아버님의 노래비 건립에 관한 추억은 이 세상 그 무엇보다도 저희에겐 소중합니다. 그 까닭은 아버님께서 남기신 작품이야말로 우리 민족문화의 참으로 값진 유산이자 보배 중의 하나이며, 그 무형의 자산은 저와 저의 가족들이 영원히 품에 보듬고 자랑삼을 수 있는 것이기 때문입니다.

지금 이 시간, 저의 기억 속에는 실루엣처럼 어렴풋이 떠오르는 한 분의 희미한 얼굴이 보입니다. 포연으로 가득 찼던 한국전쟁의 소용돌이 속에서 그분은 어린 저를 만나러 돌연히 오셨고, 저는 잠시동안 낯선 그분의 품에 영문도 모르고 안겨 있었습니다. 너무나 짧은 시간이었습니다. 그것은 제가 지니고 있는 유일하고도 애달픈 회상입니다.

열아홉 소년으로 문필 활동을 시작하여 월북, 금지, 해금의 칠십 년이라는 거친 역사의 비바람과 굴곡을 꿋꿋이 견디어낸 아버님의 한 많고 슬픈 노래들이 이제 또다시 얼마나 긴 세월로 이어져갈지 저는 헤아리지 못합니다. 다만 저의 염원은 아버님의 모든 작품과 예술정신이 우리 민족문화사의 품으로 되돌려져서 아무쪼록 오래 오래 이어져서 그치는 날이 없었으면 하는 것입니다.

이 전집의 발간을 위하여 크나큰 도움을 주신 여러 선생님들께 다시금 머리 숙여 고마움의 인사를 올립니다. 얼굴도 모르는 장인의 복권을 위하여 불철주야 애써온 저의 남편 주경환의 노고를 여기에 밝혀두고자 합니다. 그리고 어려운 여건에도 불구하고 기꺼이 출판을 맡아서 훌륭한 전집으로 꾸며주신 선출판사 김윤태 사장과 편집진 여러분께도 깊은 감사를 드립니다.

2003년 4월
조 혜 령

차 례

■시전집을 내면서 ……………………………………… 조혜령 … 6

제 1 부 현대시

제1장 동방의 태양을 쏘라

밤 …………………………………………………………………… 26

思 君 ………………………………………………………………… 27

이 동굴 안을 거니는 자여 ……………………………………… 28

내 마음에는 눈물이 날려 ……………………………………… 30

어버이에게 올리는 시 …………………………………………… 31

눈물의 부두 ………………………………………………………… 33

田園風調 …………………………………………………………… 34

젊은 시인의 狂想曲 ……………………………………………… 35

국경의 소야곡 ……………………………………………………… 37

짓밟힌 여인의 비애 ……………………………………………… 38

인 간 ………………………………………………………………… 39

GO STOP …………………………………………………………… 40

동방의 태양을 쏘라 ……………………………………………… 42

서울 노래 …………………………………………………………… 43

탄식하는 가로수 ………………………………………………… 44

은반 우에 날개를 편 젊은 인어들 …………………………… 46

아세아의 狂想 ……………………………………………………… 48

창조의 길 …………………………………………………………… 50

都城의 밤에 이상 있다 ………………………………………… 51

海底의 환상 ………………………………………………………… 52

봄 비 ………………………………………………………………… 54

파 잎 ·· 55

녹색의 3시 ·· 56

위험신호 ··· 57

斷 片 ·· 58

부두 없는 새벽의 항구 ·· 59

靑春曲 ··· 61

默 禱 ·· 62

제 2 장 태양의 묘지

압록강 ··· 64

南浦의 悲歌 ·· 65

無 題 ·· 66

추억의 소야곡 ·· 67

개척자 ··· 68

해골과 장미 ·· 69

평 원 ·· 70

燈籠의 항로 ·· 71

은하수 ··· 72

추억의 건축 ·· 73

夜 頌 ·· 74

황금촌 ··· 75

都城의 밤 ··· 76

항 로 ·· 78

보헤미안 ··· 79

밤 ·· 80

Nostalgia ·· 82

第三海峽 ··· 83

북행열차 ··· 84

꿈 ·· 85

마담·· ··· 86

마을 정거장 ·· 87

붉은 날개의 전설 ·· 88

태양의 묘지 ·· 90

목련화 ··· 92

書 齋 ·· 94

칡넝넝 ··· 95

신기루 ··· 96

運命章 ··· 97

명상하는 조약돌 ·· 99

장미의 喪禮 ··· 100

유언서 ··· 101

유리의 방 ·· 103

白燭의 심야 ··· 104

淸風의 상자 ··· 105

교실의 커튼 ··· 106

제 3 장 북조선으로

모든 강물은 바다로 흐른다 ·· 110

슬픈 역사의 밤은 새다 ·· 113

총총히 백인 별들아 ·· 115

그리운 거리에서 ··· 117

공화국 ··· 118

령을 넘어 ·· 120

한 자루 백묵을 쥐고 ·· 121

조국을 지키리라 ··· 123

산으로 간 나의 아들아 ·· 126

북조선으로 ·· 129

락동강 전선 ··· 134

이 밤도 기적이 울린다 ·· 136

잊을 수 없는 이야기 ·· 138

가슴의 끓는 피로써 말하노니 ·· 141

나의 편지 ·· 143

강변에서 ··· 148

가을의 노래 ··· 153

영웅의 탑 ·· 156

선광장에서 ·· 158

단야장의 처녀 ··· 161

광산의 호랑이 ··· 163

탄부와 신부 ·· 165

탄의 노래 ·· 167

나의 마음은 날은다 ·· 169

푸른 하늘에 취해보자 ··· 171

가야금 ·· 173

복 받은 땅에 ··· 174

헌화가 ·· 175

애급의 신화 ·· 177

제4장 국경의 봄

국경의 봄 ·· 180

백림이여 ·· 182

친선의 잔을 든다 ··· 185

깃발 아래서 ·· 188

쉴러의 집을 찾아 ··· 190

시인에게 영광을 ·· 192

탑지기 로인의 이야기 ··· 194

선 물 ·· 196

어버이에게 올리는 글 ··· 198

젊은 시인의 광상곡 ·· 200

동방의 태양을 ·· 202

인 간 ·· 203

바닷가에서 ·· 204

향 수 ·· 205

밤 ·· 206

북행 렬차 ·· 207

목련화 ·· 209

해당화 ·· 210

청풍의 산협 ·· 212

쓰딸린 거리에서 ·· 213

영웅 도시의 아침 ··· 216

당의 부름을 받고 ··· 219

위대한 날의 노래 ··· 222

영원한 사랑아 ·· 225

만경대에 드리는 노래 ··· 227

해도 십 년, 달도 십 년 ··· 230

수령이시여 만수무강하시라 ·· 232

먼 대양과 대륙의 끝에서도 ··· 241

천년을 살아도 만년을 살아도 ····································· 244

행복의 언덕 ·· 248

조선의 태양 우러러 ··· 251

잊을 수 없는 영광의 그 날 ··· 255

제 2 부 가요시

제 1 장 서울 노래(1934.4) ~ 미녀도(1939.1)

서울 노래 ·· 264

남포의 추억 ·· 265

바다의 청춘 ·· 266

추억의 소야곡 ·· 267

눈물의 부두 ·· 268

님이여 잘 있거라 ··· 269

주막의 하룻밤 ·· 270

목화를 따며 ·· 271

금노다지 타령 ·· 272

황야에 해가 저물어 ··· 273

有情 無情 ·· 275

春 夢 ··· 276

가시면 못 오시나 ··· 277

추억의 등대 ·· 278

구십 리 고개 ·· 279

無情曲 ··· 280

대동강 물결 우에 ··· 281

漢陽은 千里遠程 ·· 282

알뜰한 당신 ·· 283

금송아지 타령 ·· 284

당기당 타령 ·· 285

꼬집힌 풋사랑 ··· 286

토라진 눈물 ··· 287

櫻花暴風 ·· 288

산호빛 하소연 ··· 290

청노새 탄식 ··· 291

處女夜曲 ·· 292

미운 정 고운 정 ·· 293

국경열차 ·· 294

총각 진정서 ··· 295

파묻은 편지 ··· 296

꽃피는 포구 ··· 297

바다의 交響詩 ·· 298

외로운 화장대 ··· 299

사랑은 가시밭 ··· 300

풋난봉 ··· 301

못생긴 영웅 ··· 302

微笑의 코스 ··· 303

낙화의 꿈 ··· 305

개고기 主事 ··· 306

꽃바람 님바람 ··· 307

울리는 滿洲線 ··· 308

님 전상서 ··· 309

항구마다 괄세드라 ·· 310

岐路의 黃昏 ··· 311

괄세를 마오 ··· 312

월급날 정보 ··· 313

바다의 자장가 ··· 314

울고 간 龍山驛 ··· 315

上海로 가자 ··· 316

기생수첩 ·· 317

꼴망태 목동 ··· 318

님 前 화풀이 ·· 319

눈물의 신호등 ··· 321

활동사진 강짜 ··· 322

14

불꺼진 정거장 ·· 324

세상은 요지경 ·· 326

모던 관상쟁이 ·· 328

人生間奏曲 ··· 330

어머님 전 上白 ··· 331

美女圖 ·· 332

제 2 장 항구의 無名草(1939.1) ~ 연락선 悲歌(1939.10)

항구의 無名草 ·· 334

돈타령 ·· 335

달 같은 님아 ··· 336

동그랑 땡땡 ·· 338

못갑니다 ·· 339

연락선의 눈물 ·· 340

꽃 같은 순정 ··· 341

쌍쌍타령 ·· 342

나무아미타불 ··· 343

방랑극단 ·· 344

돈 半 정 半 ·· 345

가을의 황혼 ·· 346

쌍도라지 고개 ·· 347

無情 告白 ··· 348

희망의 썰매 ·· 349

엉터리 대학생 ·· 351

연분홍 장미 ·· 352

청춘무정 ·· 353

朝鮮의 처녀 ·· 354

사막의 밤 눈물 ··· 356

青春夜曲 ·· 357

오로라의 눈썰매 ·· 358

第二他鄉 ·· 359

조각달 항로 ·· 360

꿈인가 추억인가 ·· 361

青春問題 ·· 363

눈물의 事變 ·· 364

복덕장사 ·· 365

고향우편 ·· 367

청실홍실 ·· 368

흐르는 春色 ·· 369

별일이 다 많아 ·· 370

팔도 장타령 ·· 371

애수의 강변 ·· 372

왜 이럴까요 ·· 373

울고 간 연못가 ·· 374

초가삼간 ·· 375

悲憐의 출발 ·· 376

남행 열차 ·· 377

안개 속의 처녀 ·· 378

春風信號 ·· 379

낭자머리 탄식 ··· 381

우리는 풍운아 ··· 382

잃어버린 아버지 ··· 383

기타는 운다 ··· 384

희망의 바다로 ··· 385

정열의 수평선 ··· 386

아득한 고향 ··· 387

오동잎 질 때 ·· 388

흘러간 오 년 ·· 389

아가씨 讀本 ··· 390

사각 봉투 ·· 391

파랑치마 ··· 392

사랑 낭군 ·· 393

바다의 꿈 ·· 394

순정과 운명 ··· 396

수박 행상 ·· 397

삽살개 타령 ··· 399

연락선 悲歌 ··· 400

제 3 장 항구일기(1939.10) ~ 망향곡(1941.2)

항구일기 ……………………………………………………… 402
다방의 푸른 꿈 …………………………………………… 403
가을의 漫遊記 …………………………………………… 404
청춘일기 ……………………………………………………… 405
꿈꾸는 處女園 …………………………………………… 407
마차의 은방울 …………………………………………… 408
코스모스 탄식 …………………………………………… 410
순정 특급 ……………………………………………………… 411
담뱃집 처녀 ………………………………………………… 412
울며 헤진 부산항 ……………………………………… 414
사공의 딸 ……………………………………………………… 415
溫突夜話 ……………………………………………………… 416
애수의 기타 ………………………………………………… 417
쓸쓸한 여관방 …………………………………………… 418
영자야 가거라 …………………………………………… 419
꽃 없는 화병 ………………………………………………… 420
북경의 달밤 ………………………………………………… 421
애수의 압록강 …………………………………………… 422
街燈의 小夜曲 …………………………………………… 423
花柳春夢 ……………………………………………………… 424
화륜선아 가거라 ……………………………………… 425
항구야 울지 마라 ……………………………………… 426
鄕愁列車 ……………………………………………………… 427
유쾌한 봄소식 …………………………………………… 428
살랑 춘풍 ……………………………………………………… 430
花柳 雜記帳 ………………………………………………… 431
동생을 찾아서 …………………………………………… 432
사랑은 불사조 …………………………………………… 433
月明沙窓 ……………………………………………………… 434
항구의 붉은 소매 ……………………………………… 435
빛나는 수평선 …………………………………………… 436
애송이 사랑 ………………………………………………… 437

아! 모란봉 ··· 438
울리는 백일홍 ··· 439
가거라 똑딱선 ··· 440
松花江 썰매 ··· 441
추풍낙엽 ··· 442
마음의 화물차 ··· 443
눈오는 네온가 ··· 444
잘 있거라 斷髮嶺 ··· 445
꿈꾸는 백마강 ··· 446
눈물의 노리개 ··· 447
關西 新婦 ··· 448
西窓의 밤 눈물 ··· 449
모래성 탄식 ··· 450
분바른 靑鳥 ··· 451
紅薔薇 ··· 452
오호라 父主前 ··· 453
진달래 詩帖 ··· 454
역마차 ··· 456
紗窓 夜月 ··· 457
해 저문 黃浦江 ··· 458
아주까리 등불 ··· 459
노랑 저고리 ··· 460
아리랑 삼천리 ··· 461
요즈음 찻집 ··· 462
날짜 없는 일기 ··· 464
수선화 ··· 465
胡弓 처녀 ··· 466
망향곡 ··· 467

제 4 장 야루강 春色(1941.3) ~ 결사대의 안해(1942.12)

야루강 春色 ··· 470
뻐꾹새 우는 밤 ··· 471
님 실은 퐁퐁선 ··· 472
紅紗燈 푸념 ··· 473

가거라 草笠童 ······ 474

염주알을 굴리며 ······ 475

櫻化春 ······ 476

봄 편지 ······ 478

그리운 찻집 ······ 480

푸념 사거리 ······ 481

여인행로 ······ 482

무정천리 ······ 483

청춘항구 ······ 484

집 없는 천사 ······ 485

인 생 ······ 486

선 창 ······ 487

항구의 밤 ······ 488

유랑의 나그네 ······ 489

만주 뒷골목 ······ 490

융수건 길손 ······ 491

진주라 천리 길 ······ 492

인생출발 ······ 493

포구의 인사 ······ 494

비 오는 상삼봉 ······ 495

사나히 행복 ······ 496

내 고향은 항구였다 ······ 497

落花三千 ······ 498

千里定處 ······ 499

더벙머리 과거 ······ 500

아들의 血書 ······ 501

목단강 편지 ······ 502

경기 나그네 ······ 503

고향설 ······ 504

春風曲 ······ 505

하르빈 다방 ······ 506

만주 신랑 ······ 507

落花流水 ······ 508

즐거운 상처 ······ 509

아주까리 수첩 ·· 510
목포는 항구 ·· 511
多情 燈臺 ·· 512
나도 백년 너도 백년 ·· 513
국경의 다방 ·· 514
남 매 ·· 515
신 곰배타령 ·· 516
서생원 일기 ·· 517
청춘썰매 ·· 518
남쪽의 달밤 ·· 519
내 고향 ·· 520
四面楚歌 ·· 521
낭자일기 ·· 522
一字上書 ·· 523
蘇州 뱃사공 ·· 524
화초 염불 ··· 525
人生線 ·· 526
청년고향 ·· 527
少年草 ·· 528
朝鮮의 누님 ·· 529
누님의 사랑 ·· 530
결사대의 아내 ··· 531

제 5 장 어머님 안심하소서(1942.10) ~ 철령이라 높은 고개(1951.1)

어머님 안심하소서 ·· 534
九十春光 ·· 535
비둘기 소식 ·· 536
정든 땅 ·· 537
알쌍 급제 ··· 538
男兒一生 ·· 539
황포 돛대 ··· 540
양산도 봄바람 ··· 541
第三 아리랑 ·· 542
황해도 노래 ·· 544

서귀포 칠십리 ·········· 545
초록색 해안선 ·········· 546
신접살이 풍경 ·········· 547
추억의 청춘가 ·········· 549
人生 街頭 ·········· 550
부모이별 ·········· 551
고향소식 ·········· 552
아름다운 花園 ·········· 553
끝없는 생각 ·········· 554
낙동강 손님 ·········· 555
蘭花扇 ·········· 556
떠나갈 海港 ·········· 557
항구의 前夜 ·········· 558
血書志願 ·········· 559
이천 오백 만 감격 ·········· 561
그대와 나 ·········· 562
微風의 항구 ·········· 563
동백꽃 피는 望樓 ·········· 564
울어라 은방울 ·········· 565
몽고의 밤 ·········· 566
故鄕草 ·········· 567
절연 편지 ·········· 568
조국보위의 노래 ·········· 569
청년유격대 ·········· 570
압록강 이천 리 ·········· 571
물레야 동무야 ·········· 572
얼룩소야 어서 가자 ·········· 573
철령이라 높은 고개 ·········· 574

부 록

제 1 장 평론 및 기타 산문抄

경주 순례기 ·· 578
시 형식의 다양성 ·· 591
서로 만나자 ·· 598
연암의 사실주의적 형상력 ······································ 604
서 문(조령출시선집) ·· 610
새로운 경지 ·· 611

제 2 장 시작품 발표목록

조명암 시작품 발표목록 ·· 618
趙鳴巖 歌謠詩 및 기타 작품 총목록 ······················ 624
조명암 희곡 작품목록 ·· 642

제 3 장 시인연보

조명암 시인 연보 ·· 646

제 4 장 낱말풀이

■해 설 ·· 681

조명암 문학의 復元과 그 의미 ······················ 이동순 ··· 681

제 1 부 현대시

1

동방의 태양을 쏘라

밤

밤, 밤이란 내일의 여명을 준비하는 위대한 때이다 인간의 안식의 보금자리인 것이다

누구는 포근한 침실에 누워 자고 그 누구는 길가 쓰레기통 앞에서 꿈을 맞는다고 하는 머리 아픈 모순덩어리의 화제는 덮어놓고 밤이란 인간으로 하여금 싸움을 중지함은 성스러운 찰나의 연장이라고 보고싶다

그러나 그것은 자정을 넘은 서 너 시경인 새벽머리의 짧은 시간에 국한된 것이다 초저녁부터 밤중까지의 사이는 인간으로서 가장 잘 인간성을 발휘하는 때이다 이십세기의 기계문명을 자만하는 도시의 에로景은 전광이 눈을 뜨는 때로부터 개막이 된다 네온싸인이 머리를 헤트리고 있는 아스팔트 우으로 소시민의 令孃들의 굽높은 신이 뒤뚝거리며 지나가고 짝을 지어 가지고 다니는 젊은 사람들의 크림냄새가 풍긴다 카페에선 째즈가 흘러나오고 웨트레스의 음탕한 노래가 흘러나온다

도대체 에로그로에 都城

이 조그마한 장안을 통틀어보면 얼마나 많은 범죄의 물결이 범람하랴

그러고 이 검은 밤에도 雙色의 굵은 선이 대치하고 있음을 볼 것이다 룸펜의 참담한 장면도 이 밤이라야 비로소 열리는 것이다 오호, 밤의 복잡함이여

밤이여 어서 물러가라 그리하여 내일의 여명을 가져 오라

思 君

東籬에 숨은 국화 피어 다시 시들만 것
오빠 가신 님은 천 리 밖 구름임을
바람에 꽃잎이 지자 내 눈물도 지옵네

그 산이 천이런들 그 물이 만이런들
기러기 등을 밀어 가자면 못 가련만
지척에 둔 님이오라 이·애 더욱 에이네

삽작 문 고이 열고 드시는 님에 반겨
맨발로 뜰에 나려 덤비다 꿈을 깨어
깬 꿈이 안타까운 마음에 베개 안고 울었네

이 동굴 안을 거니는 자여

– 경주 석굴암

이 석굴 안을 들어가는 이여
오뇌를 잊으려는 자는 이 동굴 안을 거닐어라
자기를 잊고 드문 眞樂에 웃으려는 자는
이 동굴 안을 거닐어라
질식된 현실에서 새로운 우려를 사려는 자는
또한 이 동굴 안을 거닐어라
토함산 너머 산기슭에 고이 잠들어진 석굴
산언덕에 바야흐로 무르녹는 단풍
아, 옛 광휘를 잊지 못하는 역사의 피눈물이여

곰팡내 나는 과거의 氣息이 흐르는
영원의 침묵에 눈감아버린
이 동굴 안을 들어가는 이여
그 침묵에서 위대한 맥박을 들으려는 자는
이 동굴 안을 거닐어라
新羅의 큰 호흡을 마시려는 자는
이 동굴 안을 거닐어라
과거는 죽었느니라
휘황하던 문화의 넋도
한 조각 瓦片에
찬 피 흐르는 곡선에 숨어있을 따름이다
현재도 죽은 상 싶으니
아, 아득한 미래여

낡은 공기에 오직 예술만이 빙긋이 웃는
이 동굴 안을 들어가는 이여
무덤에 피는 꽃과 같이
다시 향그러워 지려는 자는
이 동굴을 주먹 쥐고 거닐어라
곱다란 그 곡선엔 구원의 진리의 동맥이 푸들거리고
우두머니 앉은 석불의 차디찬 시선은
참다운 삶의 순례자의 코스를 가리키나니
이 동굴 안을 들어가는 이여
자기를 불사르고 새로운 자기를 알려는 자는
이 동굴 안을 감히 거닐어라

내 마음에는 눈물이 날려

거리에 비오듯이
내 마음엔 눈물이 날린다
슬픔은 무슨 까닭에
내 마음을 파고드나

땅에두 지붕에두
가냘픈 빗소리
피곤한 마음을 위해
오오 읊조리는 빗발이여

답답한 마음속엔
턱없이 눈물이 날린다
뭐냐 무슨 모함이냐
이 喪禮는 까닭이 없고나

까닭을 모르니 짝없이 괴로워
사랑도 없고 원망도 없이
내 마음은 이다지도 아프다

---

* 프랑스 시인 폴 베를레에느의 원작을 번역한 작품이다. (편자 주)

어버이에게 올리는 시

어버이여
바람이 불고 비가 나리외다
대지 우에 흩어진 구름이 다시 몸부림치외다
소삽한 버스 틈길을 걸어간 님을 염려하는 마음
사시나무같이 떨리며 조바심치외다

바위에 부딪치는 물결인 마음
천 갈래 만 갈래로 으스러지고 헤어지느니
荒灘의 님의 길에 바람이 잤을까
국경의 검은 밤이 고요나 할까

어버이여
하늘은 울고 땅은 움직이고
님의 레포를 기다리는 ××의 마음은 활활 타느니
어이 내 홀로 님을 배반하리까 님을 잊으리까

어버이의 불효라 이 몸을 때려보소
어버이의 離反者라 이 몸을 찢어보소
아하, 그러나 어버이의 도덕의 쇠사슬은 녹슬고 썩었느니
어버이의 윤리는 이 날의 가슴에 타는 불길 앞에 재가 되느니
落日에 피눈물을 흘리는 나의 심금 우에
어버이의 맥풀린 발소리가 사무칠 뿐이외다

어버이여
새로운 지시가 ××의 하늘에 무지개를 박노니

울분의 지름길을 벗어나
바람불고 비 날리는 님의 소삽한 길을 염려하는
이 자식의 가슴 우에
위안의 따스한 손길을 얹어 주시사이다
내 자식아 내 너를 믿는다 라며

눈물의 부두

비에 젖은 해당화 붉은 마음에
맑은 모래 십리 벌 추억은 이네

한 옛날에 가신 님 행여 오실까
비나리는 부두에 기다립니다

저녁바다 갈매기 꿈같은 울음
뱃사공의 노래에 눈물집니다

이 가슴에 타는 불 끌줄 모르는
부두 우에 빗소리 섧기도 하네

잊지 못할 옛사랑 눈물이런가
외로워라 이 한 몸 어데로 가리

田園風調

조이밭 씨뿌리고 지름길로 가노라니
보리 푸르른 데 종달새 날더군요
날다간 구름에 올라 울음 붓고 오더군요

비 그친 밭두둑에 김장 씨앗 뿌려두고
젖은 치마폭에 오이 따서 담노라니
구구새 산 숲에 울다 섧게 울다 가더군요

울밑에 국화 따서 머리에 고이 꽂고
단풍잎 헤쳐가며 새암물 뜨느라니
목동 애 석양을 지고 소를 몰고 오더군요

기나긴 밤 깊이 님 대신 눈이 와요
고초당초 시집살이 꿈같은 생각에
기름불 돋궈놓으며 긴 한밤을 새우지요

젊은 시인의 狂想曲

젊은 시인의 붓끝에
자유에 고대하는 인간
탄식의 거문고 줄을 더듬는 무리의
식어진 마음의 정서를 그리다 미쳤사외다

찢어진 원고지쪽
광인의 젖가슴 같이 후들거리는 붓끝
붓끝에 질질 흐르는 붉은 피

심장이 말랐구나
오, 그 누가 피를 빼앗아갔니
곳드의 동상이 하수도로 굴러갔거든
오, 네 마음 들창을 열고 태양을 받아들일 줄 잊었느냐
×살스런 팟시스트는
머리에 가시관을 트려 소리쳐 부르짖는다

자유란 거미줄에 얼린 나비의 깃이외다
정의란 ××에 피는 붉은 꽃송이외다
노예해방은 欺瞞의 붉은 술잔에 빠져죽고
肉慾은
저울대 우에 황금을 올려놓고
偉勳의 월계화는
비명을 아뢰우고 넘어진 병정의
푸른 탄식에 시들어지외다

여명
저항과 피의 긴 밤이 샐 때
밝는 새날의 포도·우에
젊은 시인의 붓끝과 凱歌를 아로새기노니
탄식의 구름다리는
갈색 샤쓰의 그림자는
망명의 부두의 붉은 가죽가방은 어둠에 잠겨
이 고장 관문을 떠나가고
선구자의 塑像은
젊은 시민의 힘찬 노래에 빙긋이 웃사외다

---

* 『조령출시선집』(1957)에 같은 제목의 작품이 실려 있으나, 제작과정에서 완전히 다른 분위기의 작품으로 변모되었다. (편자 주)

국경의 소야곡

국경에 밤이 짙어 강물이 자네
스산한 밤바람에 달빛도 자네

강 건너 마슬의 개 울음도 슬픈 밤
나그네 외론 넋이 눈물에 젖네

남쪽은 내 고향 북쪽은 이역
국경에 지는 꿈은 스산도 하네

님 싣고 사라진 배 물새가 울면
이별이 눈물이라 수건이 젖네

가을밤 지는 잎은 이 마음이지
외로움에 울며불며 강물에 뜨네

국경에 밤이 짙어 총소리 잘 때
이역의 아낙네의 꿈결이 곱네

짓밟힌 여인의 비애

찢어진 창들에 달빛이 새고
가을밤 벌레 울음 이슬에 젖어
끊어진 거문고 줄에 얽혀 웁니다

베개 우에 흩어진 검은머리는
긴 한밤 긴 설움 눈물에 젖어
가시 같은 세상의 원한이 됩니다

가슴에 멍이 들고 입술이 깨어지고
짓밟힌 이 마음에 핏물이 흐릅니다
섣부른 사랑으로 해 한 생애가 헝클어졌습니다

으스러진 진주알에 찬 꿈이 지면
아득한 꿈길 우에 비가 옵니다
설움이 구름이 되어 비를 날려 줍니다

청춘이 아깝다 해 덤빌·것이 아닙니다
날뛰는 나비 깃이 꽃가시에 찢깁니다
때아닌 서릿발 아래 발벗고 울게 됩니다

인 간

계단 저 밑에
뭇 그림자는 어른거리외다
빛과 빛의 황홀한 交響이
평화의 멜로디를 엮다 힘 지쳐 누웠사외다

劫의 밑바닥에서 구을러 오는 선언
허위와 야욕의 공간을 무찌르나니
뭇 그림자
계단을 밟고 올라갔사외다
사라졌사외다
지금은 침묵
음모의 바람이 계단 저 밑을 지나가고
빛만 한 줄거리 미래파의 화폭을 아로새기외다

아하, 개벽 전의 침묵이 터지려는 이제
뭇 그림자는 어데로 갔는가
힘의 태양을 삼키려 갔는가
멸망의 무덤을 더듬으러 갔는가
아하, 劫은 공간은
크나큰 퀘스쵼을 물고 전율하는구나

---

* 『조령출시선집』(1957)에 같은 제목의 작품이 실려 있으나, 개작과정에서 완전히 다
른 분위기의 작품으로 변모되었다. (편자 주)

GO STOP

GO STOP
이곳은 서정시인의 달빛도 없는 거리
암흑은 전광에 放逐이 되고
얼빠진 나그네 가로수도 사랑을 속삭이는 거리

안락의자
지축의 맥을 짚어보는 황금 指環의 흰 손가락은
향로에 이는 푸른 연기와 같이 요동하느니
야욕의 검은 심장도 공포의 얼룩이 진 건반을 누릅니다

오색이 아롱진 들창에
그것은 이십세기의 고마운 은덕이외다
소란한 함성이 위협을 안고 달려드느니
세기는 죽었다 죽은 세기의 송장을 내노라

검은 굴뚝
이 거리 심장 우에 뿌리를 박은 굴뚝
연기는 離叛者의 휘파람을 치며
동지인 하늘의 구름을 찾아가외다
보기 싫은 오색 네온을 폭풍우는 휘갈겨 버릴 터이지

GO STOP
그러나 그것은 균형을 잃었사외다
거리는 W · E · N · S
한끝은 벨사이유 궁전에로

또 한끝은 시베리아 牢獄에로

데파트는 부질없는 허영에 고개를 힘껏 쳐들었고
하수도는 원통한 주림에 힘없이 누웠사외다

마천루에 벽돌을 쌓아올린 손들은 무엇을 하노
인조 인간의 GO STOP은 믿을 것이 없사외다
아스팔트를 다지던 억센 발들은 무엇을 하노
×× 라디오의 방송은 듣기도 싫사외다

오직 溶解가 있을 뿐이니
再結晶이 있을 뿐이니
선구자의 시험관은 벌써 그것을 증명해 놓았다
얼빠진 나침반을 십자가에 못박자

동방의 태양을 쏘라

동방이 얼어붙었다
태양의 붉은 피가 얼어붙었다

젊은이여 이 고장 백성의 아들이여
손에 든 화살을 힘주어 쏘아 보내라
태양의 가슴의 붉은 피를 쏘아 흘려라
백성이 광명에 굶주리고
강산의 줄기줄기 숨죽어 누었으니

허물어진 옛터
님의 꽃잎 하나 둘

아, 젊은이들아
함정에 빠진 사자의 포효만이
광명 잃은 譜表우에 달음질칠 이 날은 아니다

화살을 쏘라
동방의 태양을 뽑아내라
피끓는 심장에 불을 붙여
낡은 봉화 재 우에 높이 들고 서서
산과 들 곳곳에 이 날의 레포를 아뢰우자

---

* 『조령출시선집』(1957)에는 이 작품의 제목이 「동방의 태양을」로 바뀌고, 본문도 상당 부분 개작되어 있다. 타이틀에서 '쏘라'가 빠진 것은 이른바 민족의 태양으로 표현되는 수령형상화에 대한 불경(不敬)의 혐의를 우려했기 때문일 것이다. 개작과정을 대조해 볼 수 있으므로 두 작품 모두 수록한다. (편자 주)

서울 노래

한양성 옛 터전 옛날이 그리워라
무궁화 가지마다 꽃잎이 집니다
한강물 푸른 줄기 오 백 년 꿈이 자네
앞 남산 봉화불도 꺼진지 오랩니다
　(2행략)

종소리 스러진 밤 나그네가 웁니다
밤거리 서울거리 네온이 아름답네
가로수 푸른 잎에 노래도 아리랑
사롱 레스토랑 슬픔에 띄운 꽃잎
옛날도 꿈이어라 추억도 쓰립니다
꽃피는 삼천리 잎 트는 삼천리
아세아의 바람아 서울의 꿈을 깨라

---

* 이 작품은 악곡에 적절한 형태로 다시 개작되었고, 동일한 제목으로 안일파 작곡,
채규엽 노래의 음반으로 제작되어 1934년 콜롬비아레코드사에서 음반번호 40508
로 발매되었다. (편자 주)

탄식하는 가로수

지나간 날의 눈물과 웃음의 꿈 조각들이
밤의 면사포를 드리운 거리 우에 호들호들 떨어집니다

머언 항로
항구의 구차한 손님 가로수 여윈 팔 우에 안기느니
늙은 종 귀먹은 항구의 젖가슴
젖가슴에 부여안긴 아스팔트의 사생아들은 허영의 젖꼭지를 빱니다
우울을 모르는 조용조용한 시냇물의 이야기도 없고
푸른 뫼 울창한 삼림의 신비를 전해주는 조그만 새 새끼도 없습니다
밤마다 산보의 푸른 언덕길을 걸어오는 별들의 은빛 노래를 눈감고 생각하
느니
황홀한 일류미네이션의 가느단 팔들이
가로수 호리호리한 허리를 휘감고
술잔에 빠져 죽은 사랑의 청승맞은 노래와 양키들의
광적인 재즈의 어지러운 교향이 나래를 폅니다
높고 낮은 들창에서 행인의 가슴으로
가로수 식은 신경의 줄거리에 날러가 앉습니다

정열에 불붙는 都城의 무수한 눈들
그러나 철없는 젊은 낙천자의 淫奔한 눈들
오오, 지옥과 천당의 입장권을 파는 무수한 눈들은
구차한 서정시인 가로수의 기인 행렬 밑에 굽이쳐 흐릅니다
가로수, 그는 그들의 고향에서 쫓겨난 가련한 족속입니다
쇠로 만든 괴물들이 미쳐 날뛰는
경이의 나라에 팔려온 가여운 매춘부의 행렬입니다

아프리카를 떠나간 니그로
　(중략)

춘 하 추 동
아아, 개화한 가로수의 탄식이여
이 거리 아스팔트에 신음하는 放逐된 젊은 넋들이여

은반 우에 날개를 편 젊은 인어들

—金起林氏의 시 「날개를 펴려므나」를 생각하며

코바르트 하늘의 한낱 제왕의 빛나는 화살이
청춘의 끝 모를 희열을 물고 은반 우에 무수히 꽂혔다

얼어붙은 겨울의 사색 우울
백랍을 씹는 느긋느긋한 생의 권태를 벗어져 나온 인어들의 난무여

은반 우에 날뛰는 개화한 白魚들이여
세기의 가슴은 카나리아의 가수를 포용한다
지극히 뜨거운 열정으로 얼어붙은 창조의 손들을 녹이련다

오색 빛 신기루의 처마 끝에 매달려
幻虛의 둥주리를 트는 철없는 제비들의 분칠한 마음들
대공의 검은 수리개가 좀먹은 심장을 물고
조그만 그림자를 던지는 들창 앞에서 무엇을 보니
지금 저 은반 우엔 새로운 譜表들이
젊은 인어들의 빛나는 발톱으로 아로새겨진다
푸른 목도리
붉은 목도리
바람은 그네들의 불붙는 마음을 흩날리고 있다

직장에서 학창에서
혹은 낙원동 국경의 동쪽 거리에서
계절을 경멸하는 수선화들이 날개를 펴고 나왔다
명랑한 하늘과 땅 그 사이에 희망의 붉은 피가 넘쳐흐르는

조그만 심장들을 찬 인어들이 날뛰고 있다

础—그러나 우리는 무조건하게 기뻐하기는 싫다

세기여 너는 너의 진단의 손으로
날개를 편 수선화들의 가슴을 어루만져 보라
은반 우에 달리는 인어들의 흰 두 乳房 사이를 더듬어 보라
아, 나는 가슴을 조인다
태양으로부터 세기의 레포가
검은 기폭으로써 들려지지 않기를 기다린다

아세아의 狂想

대륙의 푸른 옷은 봄의 부드러운 손으로 입히어진다

두만강 수부의 뱃노래는 푸른 물결 우에 흘러간 옛 추억을 더듬고
괴나리 봇짐의 젊은 나그네의 발자취는
강 언덕 沙場 삼 백 리에 저주의 우물을 파며 벗어져 간다

임자 잃은 양자강이여
사막의 모래 언덕이여
구름은 병든 진시황의 넋을 안고 장성 우에 깃들여 낙조의 붉은 피를 마
신다

바이칼 호수의 고민의 얼음은 새로운 봄의 미수에 녹아진지도 오래다
거울을 깨 엎고 돌아선 여인이여
네 자식은 지금 대륙의 지각에서 다른 지각에로 젊은 태양의 새끼를 몰고
다닌다
가장 위험한 짓이라고 너는 한사코 말리더라만
태평양 우에 날으는 갈매기들의 평화로운 꿈
꿈이다 꿈
평화는 꿈이다 물결은 동해안을 때리고 다시 서해안에 으스러진다

압록강의 밤 고기잡이에 여윈 불, 멜랑꼴리
불꺼진 대지에 불을 생각하는 조그만 마음들이여
아, 임자 떠나보낸 항구, 눈물에 젖은 등대불이다 보기 싫은 존재다

대륙의 가슴에 봄을 조각하는 뭇 햄머들이어

너희들은 씀바귀 뿌리를 찔겅찔겅 씹는 맛을 모르니
어서 대륙의 피 마른 심장을 꺼내놓고 그 우에 봄을 조각해라

하늘은 언제나 점잖다
점잖은 탓에 또한 폭풍우를 안은 미친 여인의 그림자를 땅 우에 보낸다

창조의 길

큰 발자욱
작은 발자욱
이 길의 나그네는 어떤 세기의 노래를 줏으려 떠났는고

白岳 남쪽 퍼언한 하늘바다엔 ·
해녀들이 초롱불을 켜들고 획 퍼졌다

마음은 한갓 여름 태양을 안고 미래의 또아를 엿보노니
유성이 하나 주욱 흐른다
공상에 보채우던 젊은 마음이 또다시 현실 앞에 넘어져 신 끈을 조른다

아크로폴리스의 봄이 그립다고
라인 강반의 젊은 보초병이 그립다고
에라 이 녀석
이 길은 이십 년대의 창조의 새암 물길이란다

都城의 밤에 이상 있다

달음질쳐 가는 푸른 돛
그러나 떠나온 항구도 없었고 떠나갈 포구도 없나니
오, 타임의 속없는 항해여
밤
조그만 섬들의 무수한 등대 불
난파를 모르는 선부의 꿈은 아루코루에서 젖어 오늘도
포석 우에 미끄러져 흘러가느니
바다의 요부는 푸른 팔과 붉은 팔들을 내저으며 蠱惑의 휘파람을 치위다
차디찬 석고상의 여인을 안고 심장을 비어내는 이 바다의 젠틀맨
마스의 奸夫를 둔 자칭 마리아들의 고결한 정조
오, 成吉思汗의 검은 피가 용솟음치는 손박 만한 版圖여
都城의 검은 괴물은 무엇을 싣고 달음질치는가
아, 우리들의 님은 어느 길에서 튀어져 나오려노
밤 열 두 시가 넘은 거리
마수의 광란이 굵은 리즘의 세레나드를 짓밟는 거리
이 거리에도 잠의 포근한 것은 덮이어 가외다
불안의 베개 모서리에 안식의 꿈은 엉기어 가외다
높다란 빌딩 음전스러운 巨軀도 검은 그림자를 넘겨트린 채 잠들어 가느니
전선도 잠이 드외다
공동변소의 또아도 잠이 드외다
그러나 잠든 소녀의 가슴과도 같이 都城의 그 어느 곳에도 뛰는 곳이 있
나니
그렇다 지러가는 都城의 밤에 이상 있다

海底의 환상

천 킬로 혹은 만 킬로미터
깊이 모를 해저에 움직이는 전차 자동차
잡혀온 포로들인 전신주의 행렬
유리알 같이 말간 육체 클레오파트라의 後裔들

오라잇 천당
오라잇 지옥
지금 스팔타의 용사들은 이십 세기 바에서 유행가를 부른다
이곳은 열병에 죽어 넘어진 태양의 붉은 얼굴이 높다란 굴뚝 끝에 걸려
있다

붉은 꽃
푸른 꽃
해저에 침몰된 뭇 선박 빌딩의 몽롱한 해골들
유령의 경쾌한 노래가 海氣의 잎잎에 무지개를 박느니
경이의 이 끝에도 허위가 숨어 흐른다

——의 붉은 劃을 연구하는 늙은 학자, 하수도의 여명을 생각해오는 노동자
낡은 다락의 거미들은 불경기에 새로운 방법론을 쓴다
그래서 새로운 戰策의 거미줄은 東便에 읽는다

해저의 위험신호
젊은 마음에서 젊은 마음에로 빛나는
내일에 상연될 시나리오를 쓴 그들의 위험신호다

오라잇 세기말
오라잇 오오, 피묻은 창조의 손들이 축배를 드는 주막
이렇듯 해저의 동물은 죽은 태양의 세계에서 도피를 의논한다
오오, 회색빛 신경질에 신음하는
都城의 환상이여

오라잇 세기말
오라잇 오오, 피묻은 창조의 손들이 축배를 드는 주막
이렇듯 해저의 동물은 죽은 태양의 세계에서 도피를 의논한다
오오, 회색빛 신경질에 신음하는
都城의 환상이여

봄비

봄비, 침묵의 밤을 고요히 흔드는 수집은 손님의 노크
추억의 문을 닫고 창조를 마름새 하는 손님의 방문이외다

낙숫물 주룩주룩 나는 생각을 도사리노니
애틋한 봄의 작곡에서 잊었던 내 동무 하나를 찾았사외다

밤, 기적이 멀리 사무쳐간 내 마음의 들창에선
이제 빛나는 핏방울들이 구을러 떨어지외다

귀한 손님이여 내 붓끝에다 앉소
그래도 못 미더웁다면 내 가슴에다 베드를 베푸리까

구차한 살림에 피가 흐른 봄 그것은 삼 년 그리고 오 년이외다
내 찢어진 들창을 꿰매주는 봄의 기다림이 얼마나 지루했더뇨

이제 무덤에로 돌아간 ××의 따님이 오셨사외다
굴종의 쓴 술에 취한 젊은이들이여 어서 그대 가슴에다 사랑의 씨앗을 뿌리
소서

파 잎

파잎, 우울의 동반자여
곰실곰실 일어나는 푸른 연기는
내 마음의 위안의 손들이었나니
그래도 너는 많은 환상을 지니었더라
아아, 가슴에 불을 지르고 간
매운 노래들이 퍼지는 추억의 황혼이여

오오, 사랑의 카나리아가 떠나간 산 숲의 적막
새암물은 아직도 비애를 물고 남실남실 흐른다
잃어진 시절을 그리는 눈물이여
내 마음의 孤寂의 딸들이여

이제 주막의 등불이 밤을 끌어안는다
썩은 나무등걸에 앉아 나는 내 고적을 끌어안는다
가기 싫어 발버둥치는 불쌍한 여인을 굳이 쫓을랴
비애가 내 마음을 안고 칼을 든대도

어둡다 갈 길이 아득해진다
가슴에 燐光이 흐른다 오오, 희망의 항쟁이여

파잎, 너는 현명한 스승이었나니
곰실곰실 일어나는 푸른 연기는 여명의 노래를 기억했더구나
아니다 적어도 너는 선구자의 훈시를 읽는 입이더라
그러길래 너는 고적을 안고 이 길을 떠날련다
오오, 세기의 표랑이여

녹색의 3시

녹색의 경이
나는 회색 빛 동면이 구물거리고 달아난 기억을
여인의 눈 속에서 생각한다
야자수의 더운 이야기가 봉화 재 우에서 낮잠을 잔다더라
그래도 녹색을 좋아하는 바람은
여름의 흰 꿈을 가로수 침실에서 쌓는다 하느니
선과 원과 그리고 切線
엷은 우유빛 바다의 녹색 커어브
都城의 제비여 너는 가장 영리한 수학자인 녹색시인이었다
샐러리맨의 오후의 권태는 파잎의 곰실거리는 연기다
종각, 룸펜의 검은 그림자는 남루한 심장에서 녹색을 찾는다
알콜에 젖은 위험신호
출발을 아뢰우는 오후의 녹색 기폭
시베리아 저 삼림의 호수 밑에 에덴이 파묻긴 3시는 아니언만
마녀의 肉線에 지옥의 검은 노래가 숨어 흐르는 3시는 아니언만
오오, 광인의 都城의 출발은 신호는
녹색의 가면인 녹색의 스파임을 그 누가 알랴
나는 녹색의 선구자를 위해
조그만 묘지를 옥상 정원 우에 두고 왔다
지금쯤은 경박한 여인의 발 밑에 밟히는 원고지의 비명이 있을 것이다
말살 비약의 발뒤꿈치
고민의 오후, 나는 녹색의 3시를 듣는 鋪石을 헤엄쳐간다
태양의 시와 밤의 ××이 내 구두 뒤축에서
녹색으로 으스러지는 기적에 휘파람을 치며 간다
오오, 녹색의 3시여
내 마음의 부질없는 狂想의 一秒여

위험신호

붉은 장미의 달콤한 웃음이
한 잎 두 잎
황금빛 화살에 꿰인 채 날은다
젊은이여 가슴을 꼭 닫아라
봄 봄 봄 봄

봄의 電波가 흐른다
에레베타의 젊은 꿈이
비눗물 방울을 타고 푸른 가슴에 날은다
홍색 파라솔

마네킹의 바다 빛 스카트
아, 벽돌 물이 든 인어들의 입술
그들은 가로수의 鋪石을 헤엄치는 수영선수다
사나이들의 눈 속으로 헤엄쳐 가는 어족이다

아스팔트엔 많은 시체들이 구물거린다
아직도 그의 코에선 노래가 빠져 나온다
오오, 무수히 구을러 가는 레루 우의 심장들이여
제비는 가장 이 날의 선각자이었다
그렇다 봄은 봄은 봄은 봄은

뾰족한 구두
넙적한 구두
그리고 煙突의 탄식, 계속되는 기적의 봄이다

斷 片

58

좀먹은 장미의 한 잎 두 잎
부스러진 태양의 한 쪽 두 쪽
녹슨 비파 줄의 예술의 斷片
방랑의 나그네는 오늘도 娑婆의 침상에서
진리의 시험관을 고르다 힘 지쳐 누웠습니다

푸른 무덤
붉은 무덤
묘지의 밤은 여신의 살결 같이 보드랍건만
온갖 魔呪에 썩어진 뭇 해골들의 푸른 노래들이
백치와 같이 변절을 모르는 달빛 아래 스산하게도 흩어집니다

검은 그림자의 홍수
軍神의 만찬회에 초대받은 젊은 병사의 여윈 망령들의 행렬
하느님의 시체 하나 노변에 뒤둥그러져 있으니
오오, 敗殘한 역사 쓰라린 환상의 끊어진 토막 토막이여

부두 없는 새벽의 항구

고달픈 꿈의 푸른 깃이
아직도 심장을 안고 비틀거릴 때
새벽 나들이에 새삼스리 우는
창 밖 빗소리를 듣습니다
꼬꾸요-항구입니다 나립시다
이곳엔 부두도 없습니다
꽃다발을 안고 맞아주는 나의 검은 그림자도 없습니다
권태에 넋이 풀린 한낮 등불만이
이 매음녀의 웃음 같은 빛을 되는대로 흘리고 있습니다

창밖에 새벽 대지 우에
길 잃은 캐라방의 여인같이 훌쩍훌쩍 울고 가는 새벽 비
영리한 펜과 원고지 쪽은
창조의 황홀한 마을에서
자비스러운 시인의 손을 기다리고 있습니다
저벅 저벅-그들의 빛나는 발 소리
새벽 항구에 나린 나그네들이여
잠시 빛 낡은 꿈의 조각 조각이 그득찬
가죽가방을 나려놓고
온갖 빛에 얼룩이 진 마음바다에로
저 행진하는 무리의 발소리를 불러 들이라
지내온 여러 항구
뭇 예언을 속삭이던 여인들의 환상이 아롱져 있는
검은 눈동자를 덮고
그리고 생각해 보라

그들은 무엇을 찾아가는지
어데로 가는지

오, 새벽입니다
눈뜬 어린이에게 젖을 주어야 할 새벽입니다
신음하는 이들의 가슴 우에
한잔의 붉은 포도주나마 기울여 주어야할
새벽입니다, 그러나
전쟁과 평화는 각각 싯푸른 침묵의 베드를 떠나
웃음과 울음의 또아를 잡고 나아가는
새벽입니다

靑春曲

젊었을 때여 즐거워라
삼천리 하늘에 붉은 피 흐른다
이 가슴에
아, 북소리 둥 둥 둥
노래하자
해뜨는 동방에 웃음이 오런다

젊었을 때여 즐거워라
삼천리 하늘에 무지개 흐른다
이 마음에
아, 종소리 딩 딩 딩
노래하자
꽃피는 이 땅에 사랑이 오런다

---

* 「개벽」사 주최 유행소곡 공모 입선작. 빅터레코드사 문예부장 이기세(李基世)가 심
  사에 참여하였다. (편집자 주)

默 禱

침묵이 찾아온 오늘밤의 우리 집은
가장 소란했다 이름도 모를 채찍이 심장을 몇 번이나 휘갈겼더뇨
나는 지금 벽 우에 걸린 한 폭의 그림을 본다
알라스카의 처녀 빙원에 엎드려 默禱를 올리는 처녀들
왜 나는 나의 핏망울들을 못살게 구노
왜 나는 나의 神經球들을 못살게 구노
자연! 오오 너는 지극히 거만한 부자연이었다
너는 진리라는 탈에서 타고남은 정열 우에 불을 지르려 하는구나
너는 얼마나 시에서 네 純感을 굳이 사양했더뇨
　　(중략)

아아, 나는 내 과거 앞에 무릎을 꿇고 앉아 뉘우친다

아라스카의 처녀여 네 유방의 선과 같은 깨끗한 純感에로 함께 돌아가자
네 머리 숙인 고결한 默禱의 왕국에로 함께 돌아가자

2

태양의 묘지

압록강

침묵, 새벽의 침묵이 안개를 끌어안고
강물 한 줄기 꿈을 싸고 도나니
白頭의 간밤 이야기가 이 물결에 잠기었으리
흘러간 이천 년 고구려의 옛 꿈이 잠기었으리

이제 네 가슴에 부여안긴 선박의 돛들이여
해양의 거센 애무를 기억하는 마음들이여
水鳥의 눈물겨운 울음은 어디 갔니
威化島의 옷깃을 닮아 안개 밑에 숨어갔느냐

동해의 푸른 침대를 떠나온 태양의 스펙틀이
강물에 잠긴 설움을 한 오리 두 오리 낚아 주노니
아, 이 강을 건너는 나그네 이 물에 씻기운 핏방울들이여
××과 ××의 분수령에서 너는 무엇을 하니

오호, 말없이 흐르는 강물에 가슴이 저리다
유랑의 쓴 꿈이여 언제나 이 고장 관문에 쇳소리 흩어지랴

南浦의 悲歌

애 타는 이 가슴을 바닷물에 씻으리
씻어도 불이 일면 울어 보오리

바닷가 모래우에 그 이름을 쓰건만
물결이 스며들어 지워 갑니다

애달픈 지난날의 맺은 꿈을 잊으리
갈매기 등에 실어 띄워 보내리

남포에 고깃배는 저녁마다 들건만
한번간 나그네 밴 아니 듭니다

감돌아 저 섬 가에 흩어지는 구름에
떠나간 그 사람을 불러 봅니다

無 題

나를 퍽 미워하는 녀석
그 녀석을 위해 향불을 내 마음 제단 우에 피우노라

孤寂이 정성스레 씻어 주고 간 화병 우에
곱게 피어난 눈물의 꽃잎을 뉘 가슴에 흐리리

그대여 香煙을 좇아 아름다운 무지개를 들러오지 않으려나
못 견디게 괴로운 이 꿈 조각을
저 쪽빛 하늘밑에 묻어주지 않으려나

그다지 미울 탓이 있단 말이오
빠알간 핏방울들이 시들어 가는 비애
오오, 병상의 비애여

스러진 그 날 그 날은 추억의 들창에서 노래를 잊지 않고 부르건만
내 희망의 별 꼬리가 아직도 내 마음 제단 우에 燭불이 되어 타건만

오호, 인생의 항로여
여위어 가는 손목을 잡고 나는 몸서리치노라

추억의 소야곡

스러진 옛 꿈을 눈물에 더듬어
찬이슬 새벽 품에 맺어나 두오리
하룻밤 그 일이 구름 같구나
젊은이의 노래도 한때이던가

은하수 물결에 노래를 찾으리
시드는 꽃 품 안에 이 설움 묻으리
포구에 이별도 옛말 같구나
임자 잃은 이 밤은 울고만 싶네

무너진 옛 성에 흐르는 달빛은
천만년 두고두고 이야기하련만
덧없는 세월이 물결이오라
가신 님의 청춘도 시들었으리

개척자

새벽 대지의 呼呼
지평선을 튕긴 굵다란 멜로디
이제 어머니는 우지 않는 꾀꼬리 한 마리를 하늘 우에 놓아 보냅니다
금빛 날개의 부스러진 조각들이 내 동편 들창에 붙습니다

휘파람
즐거이 들려오는 문밖 발소리의 반주
내 마음 바다에 가라앉은 환희의 붕어새끼들이
꼬리를 치며 떠오릅니다
아, 행복이여 아직도 너는 내 글자 없는 프린트에서 사라지지를 않았더냐

봄의 사랑은 바다 빛 보자기
천사의 딸들이 그 우에 꿈을 놓고 갑니다
그러나 저 편 언덕을 쌓은 마음들은 밤새껏 울다 갔느니
눈물의 쓰디쓴 침묵은 굳이 닫은 행복의 문 앞에서 몸부림치다 갔습니다

해골과 장미

죽음, 너는 인간을 씹어먹는 악마
해골을 안고 히히 웃는 너의 웃음은 장미의 것이라더라

태양의 스펙틀을 너는 지극히 미워하더라
그래도 너는 非戰論者의 화살을 꺾는 혁명가의 안해더라

폭풍이 친다 내 조고만 집의 기둥이 무너진다
星辰의 퇴각, 일기장의 평화가 책갈피에서 소리쳐 운다

가여운 나의 처녀는 구름을 안고 얼굴을 가린 채 귀향을 한다
설운 이별에 눈물도 없이 노래도 없이 조그만 미련의 발자욱도 없다

너는 그때 角笛을 불며 서서히 걸어가더라 두 갈래 길에서

喜와 悲의 경매는 가장 어리석은 것만 인간은 으흐, 해골과 장미
꽃잎이 푸들들들 나르는 화장장이여, 세기여

평 원

평원, 내 기구한 삶을 얼마나 비웃었나뇨
올몽졸몽한 산들의 애수를 너는 퍽도 싫어하더라
이곳 저곳에 흩어진 삼림의 무리들
아아, 오늘도 지평선을 디디고 넘어가는 석양의 붉은 빛을 안고
향수의 푸른 연기를 뿜는구나

네 가슴에 구비구비 돌아간 길
그 길을 따라 이국의 쓰거운 흙 내음새를 맡고 간 나그네
이제 황혼의 여신이 밭고랑에서 회색 빛 날개를 펴련다
그의 애틋한 음률의 구름조각이 가라앉는 곳도
밭고랑이란다

기름진 유방
네 아름다운 蠱惑이 얼마나 많은 피를 졸랐더뇨

좁은 가슴을 쩌개어 그대 앞에 울고싶다
갑갑한 삶에 부대낀 마음의 입술을 평원의 가슴에다 대이고 부비노니
소스라쳐 뼈끝에 사무치는 옛날이 꿈같다
그대를 잃은 가련한 족속의 말로가 이제 황혼에 묻기련다

燈籠의 항로

검은 빛 밤의 꿈 깃이 조수에 잠긴 수국에서
오늘 수많은 燈籠이 항구를 떠나다

빨간 촉불 오뇌를 잊은 마음의 조각들이
검은 물살에 미끄러져 항구의 원형을 수평선 우에 그리다

해안에 깔린 뭇 사나히와 계집들의 가슴은
옥을 부시는 환상의 보금자리

燈籠의 항로가 은하수 물결이 될 때
뭇 환상의 오작교가 가슴과 가슴에 놓이다

영원히 돌아간 견우직녀의 노래여
이 밤 이곳 붉은 핏줄기에 용솟음쳐 울으라

水國의 산호 숲 나의 청춘이여
흘러간 燈籠의 붉은 빛을 받아 네 가슴에 꽃을 피우라

은하수

구만리 하늘에 은하수 구비 흘러
오작교 설운 다리가 해마다 놓입니다
엉야라 덩야라 다리가 놓입니다

칠석날 한밤이 백년만 같고 지고
구름재 열두 고개를 님 찾아 왔습니다
엉야라 덩야라 님 찾아 왔습니다

이별이 서러워 보슬비 오락가락
손잡은 견우직녀의 눈물이 흐릅니다
엉야라 덩야라 눈물이 흐릅니다

가슴에 서린 한 올올이 풀어다가
은하수 흐르는 물을 한평생 막아보리
엉야라 덩야라 한평생 막아보리

추억의 건축

건축, 지난 추억의 건축이
바닷가 밀물에 무너짐이여
모래성 모래성
고향을 마음 우에 놓고 생각을 도사리노니
고구려 팔백 년의 포물선이 지평선 우에 굼슬거린다

그가 바다와 하늘을 푸른빛으로 물들여 주고 간 그 후
흰 꿈 흰 구름 흰 갈매기의 항해가 언제나 있었나니
오오, 침묵의 항구를 떠나려는 오늘의 흰 돛이여
머언 희랍의 바람은 너의 帆布를 배불리 해주리라

청춘, 수부의 가슴우에 하나씩 박아주는 별
荒灘의 어느 밤 기어코 빛나리니
파랑치마를 쓰고 우는 못난 여인아
빨간 기폭이 펄럭거리는 지상의 파라다이스가 궁금치도 않느냐

뭉청뭉청 떨어져 가는 마음의 조각
신라 천년의 이야기를 저 꼬리 감춘 섬 가에서 듣나니
알알이 소리치는 물방울이여 波浪이여
아아, 나의 孤寂을 해초의 푸른 침대 우에 눕히노라

夜 頌

폐허의 무릎을 베고
명상의 삼림에서 으스름 달빛을 흔들어본다
내 가슴에 은하수가 기울어지고
머언 과거의 *海潮音*이 머리맡에 굼슬거릴 때, 그때

인간은 악착도 하였지
인간은 못나기도 하였지
오냐, 이끼 앉은 성돌 밑에 때가 썩은 흙 내음새를 맡아보리라

나의 수은 빛 항로를
폐허의 가슴속에 묻고 돌아서는 마음
유성의 흐를 곳도 끊어졌나니
날개 없는 가련한 불사조의 무덤이 부풀어오른다

달이여, *牧羊者*의 기적을 위하여 얼어붙은 묘석이 되라
밤의 술잔에 넘치는 적막
아크로폴리스의 여신이 나들이를 왔다
지중해의 물방울들이 풀잎에 카메라를 버티고 있다

까닭은
하고한 *燭*불이 지구 가에 다가드노니
이곳에 낡은 일기를 불사르고 가는 소녀의 발자욱이 박히는 탓이다

황금촌

뮤우즈가 돌아온 나의 조국
발자국마다 황금빛 구름이 뒤틀어 오르는
나의 극락이여

무너진 은하의 뱃길이
천리 먼 꿈의 단면을 나려 흐를 때
황홀은 하 많은 진주 알을 품고
황금빛 마음의 밤을 마름질하다

사랑이 질겨 눈물의 새암 물을 뜨나니
젖은 가랑잎이 하늘과 구름을 깔고 누웠노라
오오, 나의 추억의 가을이 몸소 波紋을 그어
떠나지 않는 정열의 두 날개를 간지럽히는구나

부풀어오른 황금의 도시
뮤우즈의 푸른 눈동자 우에 지평선을 그을 때
온갖 신비의 엔젤이 나의 제단 우에 나리다
꾸겨진 원고지 우에 동방의 창조가 부풀어오르다

都城의 밤

은하수, 등불의 荒灘
아니다, 夜光珠의 선박이 암초에 부딪친 곳이다

가로수의 푸른 가슴엔 潮水가 치밀고
달은 진열창안에 외로운 나그네가 되나

별들의 항구, 수부의 휘파람은 위험 기폭
내일은 달의 세기의 출발이 있다
홉반을 옮기는 인어들의 눈동자는
幸樂의 꿈이 잠긴 포도알이다
꿈은 푸르다 달다

붉은 핸드백 어리석은 천사의 베드여
어떤 야욕에 식식거리는 피의 심장이여

곡선 곡선
따스한 조각의 선마다 장미가 피는 네 마음의 여인

창문의 사각이나 혹은 원은 紗羅帳의 고막
都城의 소야곡을 듣는 귀다

기적이 빌딩의 해협을 헤엄쳐 온다
내 마음은 별 달은 畵布우에 푸른 포물선을 그린다

큰 모자 작은 모자, 청 황 적 백

밤의 조수에 떠 흘러가는 해파리의 무리여

익은 석류 알을 깨무는 황홀이다
황홀은 都城의 밤의 잔인을 짓누른 영웅이다

항 로

―惠化 聖林을 떠나며

봄의 녹색 손들이 희망의 꽃다발을 들고
추억에 어두워진 나의 창문을 두다릴 때
나는 한 개의 튜렁크를 들고
머언 항해의 출발을 준비하노라

지평선을 떠나는 구름같이
한 장의 지도를 가지지 못했건만
심장에 담긴 모든 정열은
한 개의 流星을 포도알 같이 삼키련다
층계마다 봄과 가을의 화장을 마치고
포근한 어머니의 품을 이제 떠나가노니
푸른 유리창 너머로 하늘은 멀고
행복은 노상 눈물의 샘 가에서 핀다 하더라

안개에 취한 남산은 잠들고
惠化 聖林에 추억은 깊다
붉고 푸른 수많은 지붕아래
인간의 꿈은 흔히 환멸에 잠기우건만
젊은 마음의 기폭들은
세기의 變節을 의논하며 펄펄펄 나른다
동무여 떠나자
젊은 세기의 항구와 항구에로
희망의 꽃다발을 안고 나의 창문을 두다리는 자여
먼 항로에 오로지 나의 안해가 되어지라

보헤미안

지평만리 굼슬거리고 달아난 沙原의 금은
나의 지내온 표박의 발자취였다

밤과 낮은 물레와 같이 나의 설움을 감고
시름없이 돌아간 보헤미안의 길이었노니

나는 동백나무의 열매와 같이
久遠의 사랑을 내 고향 집집에 뿌리고 싶다

규방의 등불이 숨죽을 때
나는 牢獄의 차디찬 암흑을 휘갈겨 보았노니

오오, 오고가는 표박의 허무여
猶太民의 아름다운 꽃다발이여

너는 내 가슴을 벅차게 한 사랑이었더냐
貞操는 끊어진 염주의 구슬이었노라

밤

—1935년도 저물다

1

눈발은 어둠을 따리며 날린다
창문을 닫고 나는 차디찬 자리에 눕다

어디메쯤 단침이 돌아갔는고
이 밤은 내 어린 시계도 잠들었고나

이따금 문풍지가 울면
촛불은 운명하는 늙은이와 같이 까무러지고
촛농은 대우에 흘러 부어오르다

나는 언제부터 홀아비였더뇨
나의 추억은 한 개의 여인을 찾기에도 힘들고나
눈은 나리고
눈은 나리고
나는 눈물도 없이
이 밤을 외롭게 새운다

2

궂은 눈에 깊어온 밤이어니
내 방문을 두다리는 이 누구뇨

내 가슴이 얼음처럼 식어진 밤이어니

무엇을 찾아 내 방문을 두다리나뇨
환한 등불도 없고
빠알간 숯불도 없는 밤

어느 나라의 부인인지
국기 없는 나라의 설움을 아시나뇨

가스이소
내 몸은 온갖 무기에 병들었나이다

오호, 그대는 우시나이까
눈물로 문고리를 녹이시려나이까

가스이소
나는 미치고 싶소이다

내 미친 손이 그대를 쌔리기 전에
오오, 그대여 눈길로 눈길로 돌아가시라

---

* 『조령출시선집』(1957)에는 이 작품의 전반부만을 일부 개작한 뒤 수록하고 있다.
당시 시인의 심정을 엿보게 해주는 흥미로운 작품이라 하겠다. (편자 주)

Nostalgia

가을밤의 긴 허리를 안고
나는 누에와 같이 추억의 실을 뽑노라

알콜에 취한 나의 가슴을 어루만져가며
헛된 비애의 제물이 된 적도 있었더란다

찬 등불 아래 식지 않는 노스탈자여
이 밤은 푸른 잉크로 詩의 圖形을 그릴 뿐이요

창문과 창문은 푸른 달빛을 물고
마음과 마음은 꿈의 滿潮를 기다리는 선박

나는 한 개의 보헤미안이다
송이 냄새를 따라 가을의 젖꼭지를 물고

유랑의 꿈같은 이야기를 듣는
오오, 스러진 날의 사랑은 물에 뜬 등불 같고나

第三海峽

하얀 대리석 우에 무성한
빠알간 장미꽃

흰 羽衣를 파들거리며
천사는 이 밤 兜率宮을 꿈꾸는가

나의 가슴은 기원의 향로
愛戀의 향불을 태우며 식어가다

오오, 나의 焦燗은 성낸 말굽이다
한밤 나의 가슴은 백제성의 폐허가 되고

언 유리창에 볼을 비비며
담을 곳 없는 나의 정열을 식히노니
능금도 석류도 이 밤엔 맛이 없고나

방장을 나리고 등불을 끄고
한아름 孤寂을 안고 눕는 나의 청춘이여

까아만 물결을 헤치고 피어오르는 연꽃 인어의 하이얀 비늘

내 야윈 두 팔은 무엇을 포용했더냐
허무다 까아만 수평에 밤은 셋째 번 해협을 지나다

오오, 미쓰 황, 나의 천사의 羽衣는
신경마다 파들거리는 나의 추억이었다

북행열차

인조견 무늬같이
하아얀 얼음 꽃이 피는 유리창

육로 이천 리를 한밤에 주름잡고
북행하는 히까리 얼음 꽃은 자꾸 자꾸 무성해지다
향수에 정조를 빼앗긴 우울, 나의 손끝이
얼음 꽃을 떼고 긁는 음향에
까아만 밤의 吸盤은 흰빛을 밀치고 와 붓다

나라도 없는 집시의 자손들이
깎고 저미는 사과의 빨간 피부
정열을 벗기고 차운 愁哀를 씹는 나의 조국이여

푸른 항구의 행렬 꿈들의 진열
쫓기는 마음의 안식이다 피곤은 얼굴을 나려 덮고
호수처럼 소란한 음향을 헤치며 침묵은 층층 괴어 들다

호흡의 고저, 부풀어오로는 유방은
愛戀의 불꽃을 튀기고
그 여인은 하이얀 목도리를 쓰고 돌아눕다

밤, 밤의 흡반은 차창에서
보오얀 얼음을 딛고 미끄러져 가나니

얼음 꽃은 나비도 없이 피어나고
나의 청춘은 연애도 없이 건강해지다

꿈

양귀비의 밤 화장은
이미 한 나라의 甘露를 말리우고
玉階 으스러지는 말굽소리에
향긋한 술잔은 환락의 꿈을 엎지르다

마담‥

종려수 달빛이 새는 그늘 아래
나르시스는 휘파람을 치고
마담‥ 朝鮮의 침실에서
비너스는 조갑지를 타고 슬퍼하다

마을 정거장

빗방울에 얻어맞는 유리창
유리창은 반항도 없다
차디찬 유리에 열린 투명한 열매는
따먹을 틈도 없이 으글어져 흐르네

욕실같이 흐린 풍경 속
마을 정거장의 연지 빛 등불만이
바다 속 산호처럼 적막을 호사시키네 그려

붉은 날개의 전설

종소리 지축을 움직이는 해안의 동쪽
보리수 푸른 파도아래 섰다
阿難의 사랑처럼 상긋한 유혹이
新羅의 꽃을 흔들어 물 우에 띄우다

하이얀 구름이 산호가지에 걸치는 수평
紅寶石 삼림이 무성한 나라의 전설이
동방의 인어들을 얼마나 울리었던고
풍랑은 인어의 유방을 얼마나 아프게 했던고

인어야, 신라의 꽃을 잡아라
新羅의 꽃이 물 우에 떴다

허나 바다가 휘파람을 치는 날이면
폭풍의 사나운 발소리가 해안의 귀를 따리고
별들의 궁전이 무너져 地殼 우에 흩어지리니
오오, 무서운 운명의 손은 新羅의 꽃을 잡으련다

인어야, 너는 어느 벽화에서 살아왔느냐
너는 빨간 심장 하나도 가지지 못했느냐

영겁의 斜面을 띄고 미끄러지는 그날 또 그날
수많은 생명의 깃들이 파들거리는 동방의 하루 또 하루
優曇婆羅華 하늘 가득히 쏟아질 날은 언제이뇨
세기는 지극히 소란하다 폭풍이 부나보다

홍보석 삼림의 폐허
붉은 희망의 족속들이 날개를 치는 곳
날개야, 인어의 가슴을 차고 날개를 쳐라
흩어진 新羅의 꽃을 한 잎 두 잎 물어오너라

세기의 소란한 길과 길은
생활과 평화와 애욕에 피곤했다
붉은 날개들 날기에 피곤할 때면
황금 층계 명상의 고향으로 날개를 접으러 가자

태양의 묘지

숭고한 꽃이 순간 순간에 피었다 죽어 가는 이 묘지에서
한 송이 꽃을 받들어 구원 앞에 기원을 드리고 싶고나
때는 이미 많은 세기의 해협을 거쳐왔고
허무를 기울인 술잔 우에 태양은 헛되이 몸부림치고 가다

어둠이 온갖 가슴에 고독을 베풀어
羽衣를 떨친 밤의 여신들이 슬픈 輓歌를 부르면
검은 장막이 펄럭거리는 靈場이 거룩한 지평선 우엔
괴롭게 식은 생명의 등불들이 몸서리치며 운다

구원의 바다 침묵의 제단
황홀한 명상의 향연이 끝나지 않은 묘지에
너는 애욕의 세례를 몇 번이나 받았길래
황금 테프를 던지며 환멸의 층계를 밟고 갔느냐

태양이 숨은 이 靈場의 계절은 중세기다
오색구름이 빛을 잃고 한갓 대지를 깔고 누워
사랑처럼 아끼던 온갖 무지개를 쫓아 벌인 나라이니
오오, 이 나라의 정열도 무지개처럼 쫓기어 갔나 부다

불꽃을 날리던 榮華의 추억이
날개를 태운 나비의 마음처럼 아프구나
눈물아 너는 허영의 베일을 쓴 여인이었다
태양의 차운 墓石을 안고 울던 너여
소리도 빛도 향내도 피곤한 아, 구원의 바다

밤의 검은 물결이 소리 없이 밀리는 명상의 滿潮
吊喪의 배도 없이 나는 이 바다를 헤메인다
아아, 라자로의 옷깃이 날리는 부두가 어디멘구

목련화

옥난간 푸른 화병에 달빛이 교교하다
그래 목련화 네 마음은 어떠냐

낱낱 벌들이 포르르 날개를 치는 때는
가야금 줄줄에 흰나비가 날으지요

투명한 유방에 어린것처럼 매어달려라
한밤중 어두운 산골엔 전설이 무서워

울고 돌아선 스산나의 검은 머리채다
꽃송이의 그림자 길게 환멸을 베풀고

행복이 귀치 않은 풀어진 연기 가닥에는
추억을 못 잊은 파이푸의 우울이 쓰다

도무지 한낮 등대도 없는 마음의 해협이 있으니
교교한 달빛은 상념 우에 검은 베일을 두르네

푸른 눈물을 쏟을 아무런 悔恨의 그릇도 없거니
젖은 볼 우에 미소를 띄우는 목련화의 상념아

아무리 아픈 계절의 비애라 하자
그래도 한 나라의 청춘은 갸륵한 향내를 풍기나니

옥난간에 기울인 청초한 여인은
오오, 누구를 잃었길래 상복을 입었는가

書 齋

말없는 화폭이 혼자 행복을 차지한
지난 계절의 향내를 지닌 書齋

아담 이브의 숨결이 그저 남아 있는 이곳
때로 전설의 여인들이 가녀린 울음소리를 보내다

등불이 다 타버린 그 환멸의 순간이요
묵상은 시인의 마음에서 황급히 燭불을 들고

휘황한 불빛이 추억의 제단에로 물러설 때
밤은 숭고한 선율을 이끌어 검은 喪服을 떨치다

화병에 꽂힌 머언 이국의 꽃가지
신부도 없이 조용히 꽃잎을 만지는 우울

호랑나비도 없는 이 수척한 꽃 품속에는
만 권 서적이 풍기는 내음새가 花香처럼 스미고

턱을 괴이고 앉은 시인의 닫은 가슴은
오롯이 흐린 날의 음산한 창문 같으니

행복이여 화폭 안에 숨어간 너여 오오
이곳 낭만의 고향은 언제부터 애인을 잃었나뇨

칡넝넝

하늘이 하도 높아 땅으로만 기는
강원도 칡넝쿨이
절간 종소리 숙성히도 자라났다

메뚜기 베짱이들이
처갓집 문지방처럼 자조 넘는 칡넝쿨

넝쿨진 속에 계절이 무릎을 꿇고 있다
여름의 한나절 꿈이 향그럽다
줄줄이 뻗어간 끝엔
뾰죽뾰죽 연한 순이 돋고

어린 소녀의 사랑처럼 온 칡
모르게 모르게 무성해 간다

袈裟를 수한 젊은 여승이
혼자 다니는 호젓한 길목에도
살금살금 기어가는 칡넝쿨이언만

해마두 오는 가을을 넘지 못해
목을 움츠리고 뒷걸음을 치는 식물

칡넝쿨이 안보이면
먼뎃절엔 등불이 한 개 두 개 열린다

신기루

산호 채찍이 내 상념을 휘갈기는
황혼이 밀린 해안의 묘지에서

녹색 여름의 의상을 벗어들고
수평선 層雲의 그늘 밑을 바라본다

황금 계절의 紫金色 포도 알이여
龍女가 화장을 마친 바다에서 나는 취했나

끊어진 희망의 항로다
이름도 없는 항구에서 나는 영웅이 되련다

가장 화려한 星雲의 궁전이여
마지막 애욕의 향연을 베풀어다오

허영의 층계를 나려
가을의 금색 발톱이 내 애인을 채가면

파도에 놀란 묘지의 가슴처럼
내 붉은 정열의 보석은 썩을지니

행복이 없는 계절이여 물러서라
차라리 나는 신기루의 창문을 열고 휘파람을 치련다

運命章

隕石 우에 꽃이 필 때까지만
삼가 내 방문을 열지 마라

천 년이 어제 같은
상기 마시지 않은 약 보시기

좀이 글자를 쓰는
냄새 매캐한 책장 너머로
내일은 숨고

한 자 남짓
어리디 어린 국화의 그림자
順이는 끔직이도 귀엽드니

싸늘한 콧등 파아란 힘줄이
돑을 못 참아 자즈러지든 날

툇마루 양지 바른쪽
고양이 수염엔 나비가 넘어졌다

사흘 째 굶어
나흘 째

順이는 이십 년
나는 이십 초

백죄 두 눈을 감고
삼신 마마를 나무랐다

명상하는 조약돌

　문득 소연한 유리, 古色이 흐린 창 우에 은방울 송이로 흩어지는 동남 서남, 책상을 넘기다 황홀히 빠진 이 계절의 심연이여, 오호, 엄엄한 혼돈이어라, 상념은 조약돌처럼 끝없이 잠기고 꿈은 깊다

　이미 글자를 씹던 투명한 입술 홀연히 처든 내 시선은 魚鱗을 쫓는 두루미처럼 바쁘이 기억을 스친 천만 페이지의 물결 서늘한 감촉에 맥박은 다시 뛰고 파리한 여인의 눈물 구을러 떨어진다

　꽃 없는 벗나무 가지 청색을 뿜어 이 조그만 폭풍우 속에 여름을 엿보고 오로지 슬픔을 내 가슴속에 몰아넣은 듯 봄은 碑銘도 없이 내 명상에서 무한히 큰 묘지를 점유했다, 이런 비참한 봄의 추도가 한 방울 은빛 구슬일진댄……

　한마디 실 없은 사랑처럼 하마 유방 우에 찍힌 지문이여 쓰라린 뜸이어라, 이 치욕의 점을 노리며 흐득여 우는 계절의 슬픔이여, 오호, 나는 끝없이 잠기어 가는 조약돌, 이는 바로 天界에서 떨어진 隕石이다, 隕石의 코스다

　時時秒秒 유리를 짓부시는 나, 고색은 홀연히 또 젊어지고 시간이 울고 간 자리엔 부연 안개 참참이 피어올라 문득 내 流動은 끊치고 침묵은 깊어 푸른 유리의 파편이 동남간 붉은 지붕 사이에 번뜩인다

　오호, 파스칼이여, 이 명상하는 조약돌을 저 푸른 파편 우에 던져다오, 투명한 魚鱗은 스러졌다, 천만 페이지의 물결사이 내 조약돌을 희롱하던 온갖 우상이여, 몰록 스러지라, 魚鱗처럼 魚鱗처럼

장미의 喪禮

　　장미는 슬프지 않고 내 손이 슬프다, 눈물을 마련하기도 전에 애욕은 지나
갔다, 방문밖에 어두운 낭하에 사랑은 영원히 내일이었고 삶이란 바로 눈앞에
가시성을 둘러쌓고 스스로 地陷을 준비한 내 靈은 운명을 다시 할 수 없어 삭
막한 사념 가슴에 뛰는 맥만이 한창 기이할 뿐 연지 빛 시든 꽃잎 풀 하나 하
나 집어 제법 내 목숨을 지탱한 날과 밤의 질서를 비웃는 내 손 끝 손 끝 하얀
손톱에 핏물이 매우 무섭다

　　빛이여 물러서라, 창 틈을 숨어 이 장미의 喪禮가 가혹한 愁室을 감히 엿보
는 자여, 생생한 심상에 痲液을 뿌리는 유리창 헛된 希求는 헛된 환각에 지쳤
다, 유리에 부딪는 나비의 날개 여기 저기 검은 점점을 치며 묘아리 자못 황혼
에 취했다, 오호, 빛이여, 무서운 기만이여, 창백한 내 손은 바로 애인의 입술
처럼 꽃잎을 내 입술에 대고 몹시 죄스럽다, 차운 내 손등에 몰록 떨어진 내
뜨거운 감각은 이 무슨 못생긴 세대의 유물이람, 후둑후둑 마음의 거품은 슬
프단다

　　오호, 거대한 즈아라투스트라여, 보라, 이 背德의 눈물을, 방울방울 깊은 회
한의 심연은 출렁댄다, 상복을 입자, 밤아 슬픈 靈이니 검은 관을 이 愁室안에
옮겨다오

유언서

환멸의 촉대에서 무수히 흩어진 枯葉의 꿈
고엽의 꿈은 밤으로 꿰어 뚫고 삼 십 삼천을 오르나이다

철늦은 화폐처럼 쓸데없는 희망의 喪章
깊은 가을의 가슴을 휩쓰는 고엽의 꿈은 二十八宿를 거치우고

이미 사람은 없어지고 남은 것은 한 켤레 구두

碑銘 쓰자고 물결이 해안으로 달려왔다
소복한 기사들이 항구 밖으로 달려갔다

알라스카 처녀
조선의 마담

오호
또 산파를 부르자
만찬보다 침실을 먼저 준비하자

코란은 한 번도 읽어본 적 없으나
한 나라의 설계를 위해서는 극히 필요한 일이다

棺은 자궁이니
라금리

수많은 파랑새들이 수은주에서 날개를 칠 때

환멸의 촉대를 들고 가야 하겠다

碑銘은 비명이 써라
이미 사람은 없어지고 남은 것은 대지와 창공

유리의 방

— 歸鄕詩抄

진홍 댕기가 풀 풀
오월 바람이 집신거리는 유리 층계로
새파란 꿈이 투명했다

보이지 않는 육신이 어른거리는
아카시아 향내 향내

아폴로의 다사로운 손끝이
紫色 유방 꼭지를 튕기고

摩訶 참회를 잊은 이 방안엔
세기의 멜랑코리가 아편을 머금었다

행길은 사방에 있고
빛은 사면에 소란코

녹색이 철철 흐르는 식물 우에
교감을 갖는 창공의 수직

총알에 뚫린 심장처럼
계절의 홍분은 슬퍼

오오, 투명한 방의 한 벽을 넘어서
후랑스 영사관은 자꼬 삼색 깃발을 날린다

白燭의 심야

살창밖에 바람이 손님 같은 이 洋燭 타는 밤은 어린 곤충이 창호지에 와 날개 파르르 떨고 줄타고 나려온 거미 經文 우에 한참 서슴었다, 순간에 없어지고 파리한 손등에 모기 하나 와 앉으니 이 무삼 심야의 賞罰이뇨, 한 점 피에 젖는 날카로운 입술의 황홀한 장난이여, 두 잠자리의 희롱처럼 모기 날개는 도취에 파르르 떨고 나는 따끔한 인욕에 한동안 멍하니 어즈럽다

항내 담긴 어느 하렘 속 사내냄새 풍긴 보드런 유방에 앉아 너는 몇 번이나 흥분에 겨운 적 있늬, 네 치 양초가 두 치두 안 남아 촛농은 찌르르 흘러 애인 없는 한 간 방이 슬프다고 우나보다, 철 알고 허어연 목에 매달려 동백내 코끝에 알싸하던 그 밤엔 촛불이 대고 미웠더니

앵 하는 심야의 交響, 쓰러질 뻔한 촛불에 어느새 넘어진 취한 모기 하나 촛농을 찌른 갸름한 입술은 어느 또 마담의 하이얀 젖을 토함이뇨, 죽음의 흥분이 火熱 밑에 포들대는 육신의 날개—이미 압상스의 도취는 싱겁기 짝이 없다

오오, 뉘우침에 짬 없는 刑불이여, 탈레스여, 심지에 피는 이 파아란 불을 꺼 주시라

淸風의 상자

― 內金剛 古庵子에서

層雲이 층층이 層岩을 기어올라 하늘이 이마에 스친 사면 석벽으로 째인 이
淸風의 상자는 뚜껑이 좋다, 고리 장식 거멀이 모두 없는 대신 시시로 맑고 시
시로 흐리고 노을섰다, 은하 보석이 총총했다, 조각달이 귀 끝에 붙기도 한다

어느 선녀의 잃어버린 보물이뇨, 색색이꽃 색색이 나비 다람쥐 상수리 오란
도란 사는 이 상자 안엔 나 또 그림의 신선처럼 와 머물러 풍치에 골몰했다

천 년을 두고 봐라, 눈먼 천사 아닌 담엔 집어갈 푼수 없는 이 고독한 상자
다, 어느 태고에 누가 담은 조화이뇨, 뚜껑을 열고 자꼬 나가고 싶다

시간이여, 이 고독의 나이를 써라, 네 재주 이미 하나의 청춘에도 여백을 주
지 않은 세월밖에 오호 풍치야, 너는 이 텅 비인 적 많은 상자 안에 새끼를 치
고

---

* 이 작품은 『조령출시선집』(1957)에서 「청풍의 산협」이란 제목으로 개작되었다. 시
  인의 개작과정과 언어습관을 엿보게 해주는 흥미로운 작품이다. (편자 주)

교실의 커튼

교실의
창틀에 쌓여 시간을 더해 가는
저 흰 눈의 반짝임은
차갑기는 하지만
떨리는 붓의
그림자를 지키면
옛 사람의 깨우침이
내 몸에 스며드는구나
채찍이런가
오래된 서적을 펼쳐보며
읽고 또 읽는 밤의
푸른 달빛
교정은
별도 반딧불도 눈의 그림자도
꿈의 색을 이루고
빛도 이루는구나
끝없는
진리의 층층대를
헤매 다니는
신의 아들들
신의 뜻대로
신의 마음은 오직 한 마음
싫어도 물러서지 않는
끈질긴 모습이여
그렇다면

배움의 길은 신의 길
붓과 칼의
다듬어지지 않은 옥돌
저 거친 해안
물보라 날아오는 소용돌이 속에
넘치는 열정을
그대는 갖고 있나니
현실이로다
우리의 皇軍이 싸우는 전장에
용기 내어 떠날 때이다
그대여 그대여
교실의 커튼을 묶어 젖히고
아득한 하늘
자, 싸움터로 떠나자

---

* 일본어로 발표된 원문을 번역해서 수록하였다. 원래의 제목은 「學びの窓巾」이다.

3

북조선으로

모든 강물은 바다로 흐른다

모든 강물은
바다로 흐른다
백두산 우에 떨어진 빗방울이
바다로 흘러가는 그 이치를 아느냐
오, 동무여 조선인민이여

우리는 서른 여섯 해 동안
무서운 악몽에 눌려 살아왔다
할 말을 못하고
쓸 말을 못쓰고
우리 부형이
남편이
귀한 아들이
피 흘린 몸으로 돌아올 적마다
처참한 형터에서 백골이 되어 돌아올 적마다
이 원수가 누구냐고
소리쳐 울어본 일이 있느냐

그러나 봄은 오고 가을은 오고
북망 묘지에 봄 풀은 해마다 푸르고
고향 뜰 앞에 봉선화는 해마다 피어 있어
금수산천의 모든 강물은
바다로 흘렀다

모든 강물은

바다로 흐른다
대관령 우에 떨어진 빗방울이
바다로 흘러가는 그 이치를 아느냐
오, 동무여 조선인민이여
우리는 서른 여섯 해 동안
갖은 모욕과 갖은 구박에서 살아왔고
뜻 있는 사람끼리 손을 잡으면
웃는 것이 웅변이었고
뜨거운 눈물이 손등 우에 깨어질 적마다
가슴에 끓는 피가 그냥 용솟음쳤다

이 끓는 피가 치안유지법이란 그물에 걸려
용수를 쓴 동무들이
북망산천으로 갔느니라

오호, 이 치욕 이 울분
종로 한복판에서 누구나 다 한번 소리치고 싶었으리라
일본아 조선을 내놓아라

그러나 조선은 죽어있지 않았고
조선의 맥박은 세월을 따라 뛰고
화려강산의 모든 강물은 바다로 흘렀다

모든 강물은 바다로 흐른다
추풍령 우에 떨어진 빗방울이
바다로 흘러가는 그 이치를 아느냐
오, 동무여 조선인민이여

이 강물이 조선의 독립과 자유를 부르짖고
조선의 참된 행복이 물결치는 바다로 흘러간 것을 아느냐

그것은 붉은 피 쏟아지는
혁명지사의 혈투

오호, 역사의 날 8월15일
드디어 조선은 해방되었다
잃어버린 태극기의 물결
눈부신 조선독립의 여명
강물처럼 들리는 인민의 발소리
누구나 종로 한복판에서 소리쳤다
보아라 저 떨어지는 일본 깃발을

그러나 강물은
이 시각에도 흐른다 바다로 바다로
오호, 동무여 조선인민이여
우리도 흐르자 강물처럼
모든 흥분과 당파적인 싸움을 참고
역사의 지리를 따라
조선건국과 새 조선의 행복이 물결치는
바다로 향해
흘러라

종로 한복판에 나서 부르짖는 그 혼돈의
웅변을 멈추고
강물이 되어
나가자
흐르자

오호, 삼천만 인민아 모든
강물아
바다로 흘러라

112

슬픈 역사의 밤은 새다

눈 쌓인 허허 벌판
핏방울 흘리며 걸어간 발자욱

세찬 바람에 쓸리는 눈보라야
너는 이 발자욱 앞에 네 광란을 멈춘 일이 있었더냐

눈싸락 차운 국경의 빙판
피눈물 방울 흘리며 떠나간 발자욱

서슬이 푸른 아수라의 별들아
너는 이 발자욱 뒤에 네 체포를 멈춘 일이 있었더냐

오오, 슬픈 압제의 밤은
가슴을 찔러 흐른 피에
사상이 꽃처럼 피다

눈보라 속에 파묻힌 님의 눈동자
마음의 광채

금줄을 띄운 토방의 등불마다
강보의 어린 울음이 터져 올랐다

님은 가고
여기 어린 생명은 살고

칼날이 선 울타리 속에
이 어린 목숨이 살아

지금 오오, 지금
이 슬픈 역사의 밤이 새다

보라 저 푸른 하늘
저 太極이 꽂힌 지붕을 넘어오는
흰 비둘기
붉은 태양

오호, 붉은 태양아
슬픈 역사의 밤은 영원히 밝았느냐

총총히 백인 별들아

총총히 백인 별들아
너는 조선의 별이다

허나
이 푸른 밤에
바람은 조용하고
골목 안엔
강도가 들어 담을 넘고

그보다 더
무서운 총알이
피 붉은 심장을 찾아 눈을 떴으니

어제처럼
옥에서 풀린 사람들이
다시 미쳐야 하겠느냐

별들아
오오, 조선의 별들아
그렇게 높이 매달려만 있을 게 아니다

쏟아져라

눈부시게 쏟아지는
너희들 광채앞에

총알도
강도의 칼도
눈이 멀리라

그리운 거리에서

그 날의 그 무수한 부랑카드며 깃발이며 꽃들은 지금 어느 창고에서 해를
못보고 있는가
　불길이다 참으로 치미는 불길이 동학 때부터 치미는 불길이 있어

　세월없이 없어질 부랑카드도 아닐 게고
　임자 없이 없어질 깃발도 아닐 게다

　눈발이 퍼 나릴 듯한 거리에 서서
　본부로 쓰던 빌딩을 보는 눈이 왜 이리 뜨거울가

　친구랑 헤어진 때처럼
　쓸쓸하고 또 든든하기란…

　그 날에 그 행렬 앞에서 기를 날리던 친구란
　참으로 그리운 친구다

　산을 넘어간 친구들
　물을 건너간 친구들
　이렇게 정다운 그 날의 거리도 없으려니 왜 이리 눈발은 올려구만 하는가

　꽃이다 꽃 친구랑 다시 만날 이 거리에 꽃은 꼭 피리라

공화국

가을이 온다
이번에야
눈부신 공화국의 깃발이 설줄 알았더니

가을이 온다
그 날의 그 흥분과 찬란한 꿈과 노래와 거리로 거리로
벅차게 흐르던 행렬 속에 이미 다짐되었던 행복의 꽃은 피기도 전에

아아, 가을은 무슨 낯으로 오느냐
이렇게 가슴이 아픈 시절이 올 줄은

창창한 하늘이
멀어만 가는 가을

귀뚜라미야
네 울음 다시 서른 여섯 해 울음
뒤풀어 줌이냐

통곡을 참는 골목이 여기 있다
성난 뿔들이 여기 있다

별관 앞에 이슬 맞으며 파수 보는
여윈 꽃 하나
너와 함께 저 소요한 가랑잎 속에 격분을 이기지 못하는 민족이 여기 있다

백만장자의 전설과 벼슬을 꿈꾸는 사람과
大韓帝國의 훈장이 횡행하는 지금 거리와 골목에
매춘부는 언제나 제비 같은 신사를 만나러 가는 줄 안다만

청석골을 넘는 동무와
책을 파는 친구와
鐵門으로 가는 동무가 이렇게 많음은

아아, 이 비분속에
황토마루 북으로 뚫린 은행나무 행렬에 구름이 멈추어 빗방울을 던지는
궁터 버들가지여
가을이 온다

이번에야
눈부신 공화국의 깃발이 설줄 알았더니

령을 넘어

- 항일투사의 한 분을 생각하며

령마루 험한 두메
눈보라 눈보라
령을 넘어 수천 리 수륙 수천 리

고향 땅을 뒤에 두는
한이 무거워
가시는 길 자국마다 멍이 졌다네

얼굴에도 가슴에도
설레이는 눈보라
령을 넘어 가신 후에 세월이 갔네

눈 속에도 살았노라
백두산의 산울림
푸른 송백 바다 같이 물결이 쳤네

령을 넘어 가신 길
가신 쪽에서
삼천 리를 비치는 햇빛이 왔네

가시던 길 멍든 길을
다시 돌아오실 제
길에 철철 굽에 철철 봄이 넘쳤네

한 자루 백묵을 쥐고

한 자루 백묵을 쥐고
나는 거리로 나섰다
살육의 총소리가 사무치는
어두운 이 남쪽 거리에

나의 머리 우엔 총총한 별들이 빛나고
나의 발 밑엔 사랑하는 골목길이 밟힌다

젊은 가슴에 혁명의 피 지니고
이 거리 벽보를 쓴 동무들
그 어느 감방에 그 어느 지하실에
이 밤을 저주로이 지새우는가

내 오늘은 동무들 뒤를 이어
한 자루 백묵을 쥐고
어두운 이 길목에 나섰노니
하늘의 수억만 별들이 옛친구와 같구나

이제 이 밤이 새면
이 거리 모든 사람들
내 백묵으로 쓴 글씨를 보리라
벽마다 전선 기둥마다
흰 글씨가 아니라
붉은 심장의 외침을

모든 사람들 가슴속에
붉은 정열의 폭풍을 일으키리라

내 만일 백묵을 손에 쥐인 채로
어느 길목에 쓰러지거든
아아, 이 거리 못 잊을 부모와 형제들이여
그때는 나의 눈동자에서 읽으시라
영광스러운 조국의 이름

조선민주주의인민공화국 만세

조국을 지키리라

수색 정거장 먼발치로 내려다보이는
뻐꾹새 울어 예는 산허리 숲 속으로

잔인한 구둣발길에 채이며
총창에 찔리며
이제 이 운명의 숲에 이르러
조국의 하늘과 산천을 돌아보느니

바람은 소나무가지에 물결치고
멀리 수색의 등불은 몸을 떤다

어디로 떠나는 고동이기에
내 심혈을 울리며 소리치는가

저 등불이 비치는 마을에도
억세인 동무들 있어 이 밤 새우며

어디서나 희미한 불빛 아래
주먹에 땀 쥐고
뜨거운 이마 서로이 대고
싸움의 래일을 이야기하리니

동무들 그립구나
내 어찌 그대들 잊을 것인가
안심하라 용감하라 더욱 억세게 싸워 달라

그 어느 형리들의 악형에도
나의 온몸을 전기로 태우는 그 때에도
내 한 마음 동무들을 지키었노라

지금 내 눈앞에 섰는 자들
지금 내 가슴을 노리는 원쑤
이 저주로운 미제 총검에 쓰러진
원한의 사람들 얼마나 많았는가

장 마당 느티나무 높은 가지에
공화국 깃발을 달아 올린 소년이
어제는 바로 그 네거리 땅 우에
미군 총알에 쓰러졌나니

이 땅의 흙이 풀들이 나무들이
이 나라 인민의 선혈로
이렇게 다시금 젖어야만 하는가

천만에 세상은 변하였다
일어서라 구국 항쟁에

산악이여 모두 거창한 몸을 치솟구어
서로 산악을 불러 일어서라
횃불은 모두 터지는 격분으로
산마다 횃불을 불러 타올라라

지금 내 이 자리 백 번 쓰러져도
백 번을 다시 일어서리니

아, 조국이여
고난 속에 살아 온 어머니시여

당신의 영광을 위하여
우러러보는 당신의 하늘 당신의 별
당신의 고귀한 이름 속에
뜨겁게 삼삼히 떠오르는
사랑의 큰 품이여

아, 나의 심장은 영원히
당신 품안에 영원히 살기를 원하옵니다

산으로 간 나의 아들아

눈보라치는 벌판 길을
어미는 걸어간다

가다 쓰러지고
눈 속에 또 쓰러져도
이 길은 가고야 말리라

산으로 간 아들아
마을로 보낸 너의 마음
내 어찌 모르랴
내 어찌 모르랴

품에 지니어 뜨거운 것이
너의 온몸을 안은 듯하여
비밀 사연의
종이쪽 하나

이보다 더 소중한 것이
나에겐 지금 없는 줄 안다
륙십 평생을
살고 살아도

갈수록 눈보라 사납고
눈으로 벌판이 묻히어도
허나 가리라

눈길이 천 리라 하여도

눈 밑에 숨은 움집을 찾아
비밀히 모이는 젊은네 찾아
거기엔 너의 안해가 있다
삐라를 찍는 나의 며느리

아들아 너도 그리우리라
젊은 안해와 너의 어린것
너 어찌 무심히
산에 있으랴

허지만 너 집으로 와야
눈 속에 묻히인 터만 보리라
흰 눈을 헤치면 재가 있고
재를 헤치면 원한이 있을

인간 짐승이 닥치어 들어
불을 지르고 구둣발 들어
아아 이 어미 오래 산 죄로
이러한 세상을 본단 말이냐

아들아 들어라
지금은 너의 어린것의
언 땅에 묻힌 너의 귀여운 것의
원한의 울음소리를 들어라

집을 잃고
마을을 잃고
부모와 자식을 죽인
모든 사람들의 애통한 소리를 들어라

산을 바라
너를 부른다
산은 보이지 않아도
네 얼굴 눈앞에 어린다

아, 산으로 간
나의 아들아
산에서 내려오너라
어서 오너라 쏟아져 오너라

무서운 무서운
천둥 벽력으로 불 바람으로

그저 그놈들 가슴팍에다
복수의 총알을 퍼부어라
너희들 발 밑에
그놈들 쓰러지는 걸 보자

그 날은 나도
깃발을 흔들리라

그 날을 믿어
너희들 부르며

눈보라 사나운 길을
어미는 간다

가다 넘어지고
눈 속에 또 넘어져도
이 길은 가고야 말 테다

북조선으로

1. 삼팔선을 넘어

북으로
북으로
장단 역을 떠나서
25킬로
길 없는 길을 뚫고
첩첩한 산을 넘어

우리는 지금
삼팔선 팻말이 섰는
황폐한 산협의 길을 뛴다
아무런 증명서 한 장 없이

지금 우리들 뒤에
포승을 던질 자 누구냐

쐐기에 찔리며
발톱에 피 흘리며
살육의 총소리 귓전에 들으며
쏜살처럼
삼팔선을 넘었다
25킬로 지점을 지나

아, 여기가

인민의 대표로 우리를 부른
조국의 민주 기지

　2. 자유의 노래

눈앞에 삼삼한
동무들이여
인민의 태양은 바로 이 땅에 솟아
영원히 삼천리 조국을 밝히노니
자랑스러운 이 곳
한없이 그립던 여기

옷고름 풀어헤치고
가슴에 괴인 땀 씻으며
우리들 항시
마음속 부르던 혁명의 노래
오늘은 나 여기서
그냥 심장에 용솟는 그대로
동무들 귀에 넘치도록
음계 마디마디
소리쳐 풍운에 던져 보낸다

오오, 푸른 하늘이여
한 점의 티도 없이
자유의 맑은 이 하늘은
나로 하여금
한없는 자유를 노래부르게 하는구나

보라 내 앞에
무연히 펼쳐진 북쪽 벌판 우에
대견히 머리 숙인 나락들

조국의 자유인양 물결치는 밀파도 보리이랑

숨을 쉬어도
숨을 쉬어도
가슴 터지게 풍겨 오는 향기로움이여

이 모든 것
이제는 우리의 것이구나
몇 천년을 눌려서만 살던
우리 인민의 것이구나

　　3. 인민공화국

황소 유유히 귀염받는
물길을 걸어
새날의 행복을 바라보느니
솔문 푸르게 섰는 동구로
조국의 부강과
자유와 광명이 찬란한
새나라 깃발이
꽃처럼 피여 있는
마을을

집집의 기둥마다 벽마다
오색 테두리 단장 새로운 벽보를

가지가지
만세와 감사

인민공화국 수립 만세는
나의 머리 우에

프랑카드에 펄펄 날리는 것이니

남조선 동무들아
한 마디 구호 때문에
죽음의 고문실로
영영 끌려 간 동무들아

보이고 싶구나
보여 주고 싶구나

솔문 가득히 지나는
소년단 어린 동무들
북조선 민주 삼 년이
길러 사랑한 이들의 눈망울
슬기론 이 보석의 전진을 보라

이들이 높이 부르는
공화국 선포의 노래는
원수에게 퍼붓는 벽력처럼
우렁차게 우렁차게
솔문 가득히 터져 나간다

아아, 감사하여라
쏘베트 인민의 은혜여
아아, 행복하여라
이 땅에 솟은 자유의 태양이여

유유한 세월과 더불어
영광이여 유유 창창할 지어라

나의 조국은 이제
그 이름 자랑스러운

조선민주주의인민공화국
금강 불멸의 반석 우에
튼튼히 서 있음이여

락동강 전선

락동강 연안 칠백 리
은하수 가로놓인 밤하늘에
우리 군단의 포성은 울리었다

나무랑 풀뿌리 바위 흙이랑
모두 타 붉어진 바로 그 포화의 불 속
한 보름 피로 지킨
고지여 전우들이여

우리는 참으로 잘 견디어 왔구나
간난신고의 그 모든 것
창자가 죄이어 드는 숨가쁜
기갈의 위협도

솜 끈을 꼬아 불씨를 달아 놓고
한자리 담배를 피운 그 정든 동무들

폭풍에 날려 흙에 묻히는 그 때에도
끓어 솟는 격분은 씹어 삼키며

허나 이제 우리의 쌓인 불길은
더 참을 수 없는 열풍으로

전우들이여 일어서라 우리의 젊음
뜨거운 피의 한 방울 한 방울

포화보다 더 위력한 것으로

조국의 명령은 내리었다
진공하라 앞으로 앞으로

땅크여 아우드마트여
105밀리 포문들이여
대지를 흔들며 태산을 밀어 치는
인민 무력의 우렁찬 진공으로

칠백 리 락동강 푸른 물결도
억만의 푸른 비수와 같이 일어섰구나

강이여 대지여
둥그런 수박이 무르익어 좋을
락동강 굽이굽이

벼이삭 물결쳐 좋을 옥야 천 리
감나무 대나무 한없이 싱그런
마을과 마을들의 해방 위하여

습격조 용사들아 앞을 서 나가자
결사대 영웅들아 앞을 서
대구 밀양으로
부산 진해로

이 밤도 기적이 울린다

1

삭풍에 눈보라 온종일 몰아치던
저 산골짝에
원쑤의 시한탄 수없이 터져 오르던
저 강기슭에

소리 없이 달빛은 흐르고
한겨울 뼈저린 밤이 깊어만 가는데
저 부서진 강계 역
이 밤도 소리쳐 기적이 울린다

2

달빛과 더불어 흰 눈 밟으며
철둑에 올라 걷고 걸어도
보선구에 모일 사람들 가운데

눈매 시원한 그 얼굴 이제 찾을 길 없나니

레일을 만지면 그의 핏길이 뛰는 듯
침목을 밟으면 그의 발소리 돌리는 듯
눈보라 사나운 그 달에도
그는 이 철길 옆을 떠나지 않았노라
원한의 폭격이 있던 그 시각에도
그는 이 철길을 지켜 일하였노라

아직도 내 눈에 력력한
그의 두툼한 손길이며
철길을 비치여 흔들거리던
그의 칸델라 불빛이여

아아, 동무여
그대는 그 몇 번 이 철길에 떨어진
원쑤의 시한 폭탄을 뽑아
저 강물바닥에 쳐 넣었던가

그대의 생명과 충성으로 놓인
이 철의 길을 이 밤도 기차는 떠난다
인민의 슬기로운 용사들
남으로
전선으로

산모퉁이 돌아 달빛 흐르는 하늘 높이
우렁찬 기적 울리노니
동무여
이 기적소리를 들으라

그처럼 그대 기다린
조국의 승리는
저 남행 렬차와 더불어 돌아오리라
저 기적 소리와 더불어 돌아오리라

잊을 수 없는 이야기

바다는 설렁거리고
노한 물결은 바위에 부딪친다
해변 언덕에 섰는 한 그루 어린 소나무
바람은 세차게 세차게 여기 불었다

이 바람 속 설레는 언덕에
이 고장 한 소년이 서 있었나니
해적의 무리는 이 소년을 향하여
미친 소리로 외치었다 아는 것 말해라

소년은 알고 있는 것 빨찌산은 어디에
그의 부모는 어디에
선창 깃대에 오각별 깃발을 날린 사람은
미국 놈들의 전화 줄을 끊은 동무는

허나 소년의 입은 열리지 않았노라
설사 그의 온몸이 채찍에 부풀고
한층 사나운 기세로 놈들의 총부리
그의 가슴 가까이 다가서는 때에도

소년의 가슴은 그리 두렵지 않아도
횃불 휘장을 단 그의 작은 가슴은
인민의 조국을 지키고 서 있었노라
여기 조선의 철벽이 있었노라

마지막 리별의 인사를 보냄인가
소년의 눈길이 가 닿는 푸른 바다
나서 자라서 끝없이 정든
구절초 해당화 꽃피는 마을
지난 시절의 추억은 그립네
어머니 손잡고 문밖에 나서
고기잡이로 나간 아버지 기다리던 집

선창을 때리는 파도소리
지금도 봉죽의 소리 들리어 오는 듯
정들고 그리운 동무들
그의 이름 부르며 이제도 달리어 오는 듯

언제나 그의 맘 그리워 가던 길
평양으로 사람들 떠나가던 길
바닷가 희고 넓은 산굽이 돌아
무지개처럼 아름다운 북쪽을 우러러

소년은 가슴속 불렀다
아버지 어머니
아아, 이 소리 북녘에 사무쳐
해안을 휩쓸어 물결은 나리고
산굽이 넘어 인민군 포 소리
쿵 쿠쿵 울리어 왔나니

산산이 부서져 쫓기는 무리
땅에 떨어져 짓밟히는 원쑤의 총검을
소년은 력력히 그것을 보았노라
하늘도 바다도

바람은 여기 한때 세차게 불어도

땅에 굽힐 줄 모른 한 그루 어린 솔
여기 한 소년의 이야기
한층 푸른빛으로 서 있노라

가슴의 끓는 피로써 말하노니

석양 붉은빛 황홀히 물든
이름 없는 이 산허리에
그 누가 황토의 무덤을 모아 놓았으며
그 누가 여기 한 묶음 꽃을 바치었는가

석양 붉은빛 황홀한 속에
이 황토의 묘지를 지키고 섰는
한 그루 푸른 소나무
여기 .불사의 청춘이 살아 있구나

지금은 불러 그들이 대답 없어도
누구라 그들의 성명은 내 밝히지 않아도
내 아는 것
가슴의 끓는 피로써 말하노니

미제의 총칼이 밀려 든 거리와 마을에
학살과 릉욕의 피 비린 밤에
증오의 불길 높이여
원쑤의 사령부에 불을 지른 그들이었다

폭탄을 품고 칼을 품고
원쑤의 심장에 전율을 주며
어둠의 거리에 삐라를 붙여
인민들 가슴에 승리의 신념을

마지막 이 무명산 기슭에
철사에 묶이어 섰을 때에도
야수들의 패망을 예언하면서
아름다운 조국의 이름 부른 그이들

아아, 그 날 말없는 청산이여 푸른 솔이여
이 나라 기둥으로 당의 아들로
어떠한 기개를 보였는가를
유유한 창천이여 보았으리라

사람들은 이 땅에 입을 맞추며
선열들의 품성을 본받으리
잔디야 봄과 함께 여기 푸르고
진달래 봄과 함께 여기 붉어라

나의 편지

창밖에 눈보라치는 소리 언제나 그치려는가
바람은 창 틈에 스미어 손이 시린데
이 밤을 새워 그 누구를 생각하기에
이다지 나의 가슴 끝없이 뜨거워지는가

얼굴을 찾아 그리면 슬기론 모습
언제나 같은 모습의 하나로 되는 그이
그이가 내게 무엇이 되며 누구이기에
이다지 나의 마음 설레게 하는가

내 지금 쓰는 이 편지는
어데라 주소를 밝히어 보내는 것도 아니요
내 지금 쓰는 이 글월은
누구라 이름을 밝히어 보내는 것도 아니다

그래도 이 편지는
어느 우편소에서도 지체함이 없이
바로 전선을 향하여 그이를 찾아가리라
그래도 이 편지는
나에게 다시 돌아 옴 없이
바로 내 생각는 그이의 손에서 펼쳐지리니

어느 눈 쌓인 산마루 전호 속에서
그이는 이 편지를 보시려는가
원쑤의 화점 앞으로 방금 떠나갈

젊은 습격조의 한 사람 그이에게로
나의 이 편지는 갈 수도 있으며

혹은 사선을 넘어 원쑤를 무찌른 그이
야전병원의 병실로 돌아 온 그이에게로
나의 이 편지는 갈 수도 있으리

그이는 나의 이 편지를 뜯기 전에
겉봉에서 나의 주소와 이름을 처음 보리니
그이가 설사 나를 모른다 할지라도
나는 조금도 섭섭다 하지 않으리

허지만 나의 뜨거운 마음으로 봉한 이 편지는
그이도 역시 뜨거운 마음으로 뜯어보리니
이 뜨거운 마음속에 우리의 사랑과 승리 있음을
그이는 더욱 잘 알며 행복을 느끼리라

그이는 나의 이 편지를 펼치어
그리운 고향을 찾아보리니
원쑤의 폭격으로 처참한 폐허도
허나 지금은 지하에 일어 선 공장들이 있음을

신문과 시집을 찍어내는 모습도
천진스러운 어린이들의
학습반 오가며 부르는 노래 소리도
황량한 벌판으로 보이는
눈보라 밑에 자는 듯 누운 마을들에서
한때는 통곡의 울음이 들리기도 했으나
오늘은 어느 한 집의 방문을 열어 보아도
거기 고향 사람들의 굳세인 생활이 있음을 알리라

그이는 나의 이 글월 속에서
베 짜는 처녀들의 노래로 들을 것이며
가마니 짜기에 신명이 난 부모님네
전선으로 떠나 간 아들 소식 그리워
오란도란 말하는 이야기도 들을 것이며

그이는 나의 이 편지 속에서
방직 공장 브리가다 한 처녀 직공이
겨울밤 찬 자리에 등잔불 돋우며 켜고
위문 편지를 열심히 쓰고 있는
그 순정의 모습도 찾아보리니

그이는 눈을 감고 상상도 하리라
나의 눈이며 얼굴이며 나의 키에 대하여
나의 기능도 음성도 취미도
그리고 나의 가슴에 간직한 당중에 대해서도

그리는 당 앞에 맹세한 그 신성한 맹세를
나의 편지로 하여 한번 더 회상하리라

그리고 나의 이 글월 끝에서
나의 심혈로 적은 나의 부탁에 이르러
그이는 당 앞에 다시 한번 맹세하리라

1950년 첫눈 내리는 룡당포 기슭에
원쑤의 피비린 마수에 학살된
나의 어린 동생이 남긴 그 부탁에 대하여
아직도 락동강 건너서 못 온
나의 오빠의 가슴에 있는 그 부탁에 대하여

그것은

목숨을 조국에 바친 사람들의
조국을 지켜 싸운 그 땅의 우에
자기의 붉은 피로 적시여 남긴
바로 그 부탁인 것임에

그이는 이 부탁을
뜨거운 그의 가슴에 간직하리라
나의 이 편지와 더불어
한번 더 복수에 대하여 생각하리라

그이가 전투의 불길 속으로 나아갈 때
나의 이 편지도 함께 나아가리라
항상 그의 옆에 내가 있음을
그이로 하여금 느끼게 하여도
나는 결코 부끄러워 안 하리니

전쟁이 끝나고
개선의 노래 부르며
그이가 고향으로 돌아오는 날

꽃은 피어 우줄거리고
종달새 구름에 올라 노래하는 날
봄빛 가득한 산과 들지나
그이가 나의 이름 잊지 않고 찾아온다면
그이가 나의 집을 찾아온다면

아, 나는 그이를 맞아
무엇이라 인사를 드릴 것인가

그이가 군모를 벗고 이마의 땀 씻으려 할 때
나의 지성으로 수놓은

월계수의 수건을 드려도 좋으련만

그이가 만일에 한사코
나의 한 마디 인사를 원한다면
그때 나는 이렇게 말하리라

나의 행복을 나의 가슴에 담아 두기엔
나의 가슴이 너무나 작습니다고

강변에서

1

하늘가 잠시
폭음은 멎어 돌리지 않는다

고요히 흐르는 달빛을 밟으며
강변 길을 걷는 두 젊은이

걸어도 걸어도 싫지 않던
이 강변 길에서
그들은 다시 이 밤 이렇게 만났다

강물은 그 옛날처럼 벅차게 흐르고
밤 안개는 주암산 기슭에 잠기여 있고
잔잔한 물살 우에 반짝거리는 달빛이여
나룻배 물가에 정다이 떠 있는 것이며
바로 그들이 그처럼 사랑턴 여기에 와서

그들은 할 말도 많으련만
그들은 잠잠히 걷기만 하였다

2

전쟁이 일기 전 젊은 그들은
이 강변에서

그들은 솔직히 서고 사랑을 고백하였고
아름다운 미래에 대하여 꿈도 꾸었다

강철을 구워 내는 강 건너 공장에서
강철의 의지를 배우며 일하며

밤늦게 돌아오는 이 강변 길에서
가장 즐거운 인생을 노래도 하였다

잊을 수 없는 화촉의 밤을
오늘도 그들은 회상해 보리니
창문을 열면 언제나 시원한 강바람 불어 드는
강변의 아담스런 붉은 집에서
그들은 살고 있었다 행복의 젖어
한 쌍의 비둘기마냥

3

무수한 벽돌 조각이 쌓인 한 곳에 이르러
그들의 걸음은 멈추어졌다
폭풍에 쓰러진 한 그루 능수버들이
그들의 앞을 막기에

폐허의 한 부분을 그들은 본다
이렇게 변할 수 있을 것인가
벅차 오르는 뜨거운 것이
그들의 가슴을 휩쓸어 지난다

봄이면 개나리 울타리에 피여 웃고
가을이면 국화랑 코스모스 피어 우줄거리고
첫아기 낳던 그 날은 늙으신 어머니

149

한사코 붉은 고추를 달아매던 그들의 집이었거니

지금 이 황량한 돌무지 언덕과
저주로운 폭탄 구덩이에서
무엇을 찾을 것인가

원쑤의 야간 폭격이 있던 바로 그 시각까지
이 곳에 살고 있던 어머니와 어린 것
그들의 핏결이 식은 흔적이 아니라
그들의 옷자락 한 오리 한 끝도
찾아 낼 수 없는 바로 여기에

여기서 그들이 찾은 것이란
무쇠를 녹이는 불타는 심정
세상에 더없이 크나큰 슬픔
그보다 더 불타 오른 것
원쑤에 대한 저주와 분노

그의 안해는 그 마음 못 참아
남편의 가슴에 얼굴을 묻었다
터지는 울음을 깨물며 깨물며

그의 남편은 안해의 등을 어루만지며
떨리는 목소리로 그때에 말하였다

참으로 분하오 분한 일이요
복수를 못 다 하고 돌아 왔으니

안해는 안타까이 뜨거운 입김으로
힘있게 속삭이듯 그에게 말하였다

정말 분해요 나도 분해요
허지만 당신은 훌륭한 전사
남편의 바람벽 같은 가슴 앞엔
두 개의 전사 영예 훈장이
달빛에 더욱 빛을 뿜는다

아아, 매봉산 전투여
가증스런 미국 놈들의 콧등을 밝고
앞으로 앞으로 돌격하던 일
허나 한 놈의 원쑤라도 더 더
그것은 참으로 통분한 일이었다

그의 안해는 정 깊은 손을 들어
그의 한쪽 어깨에 늘어진
빈 팔 소매 하나 더듬어 만졌다

맑은 눈동자 불같이 타는 듯
남편의 두 눈을 쳐다보며

당신은 훌륭히 싸우셨어요
앞으로도 당신은 나는 믿어요

강바람은 그들의 더운 볼 스치며
달빛은 그들을 한 몸으로 안았다
크나큰 사랑 속에 그들은 있어
하나의 신성한 심장의 소리를
력력히 그들은 듣고 있었다

조국을 위하여 싸운 사람들
그들이 들어 맹세한 소리를

쇳물을 끓이고 씨앗을 뿌리며
신성한 로력을 바치는 그 길
그 길이 복수의 길임을 아는 사람들
그들이 들어 맹세한 소리를

순결한 가슴에 그 맹세 아로새기며
그들은 다시금 강변 길을 걸었다

가을의 노래

얼마나
좋은 하늘이냐
한없이 맑고 푸르고
목화송이처럼
흰 구름
피어 흐르는
이 하늘

조 이삭 수수 이삭
바람에 물결치는 벼 이삭
이 아래 무르익어
지평선으로
황금빛 넘치고
싱그러운
가을의 햇빛 흐르니
아아, 우리의 땅은 좋아라

나의 조국은
황소를 몰아 밭 갈고
품앗이 김매고
어떠한 폭격 아래도 이겨
이제 추수의 노래
처녀들 부르니
이 얼마나
정겹고 억센 나라이냐

산과 들에 폭탄을 퍼부으며
마을들을 폐허로 만들지라도
이 땅의 아름다움은
살라 없애지 못할지니
이 땅의 슬기로움은

이 땅을 지켜 일어 선
인민의 자유와
행복의 노래
불굴의 그 투지는
더더구나
정복하지 못하리라

저 철탑이 높이 일어 선
부드러운 언덕을 넘어
공장 마을엘 찾아가 보라

폐허에서
불꽃을 일으키는
로동의 아들들이
무엇을 노래하는가

손에 낫을 들고
이제 추수를 향하여
논길에 섰는 저
마을 처녀들이
무엇을 노래하는가

그것은
태양을 따르는
새 인간들의 노래

당을 따라
가렬한 싸움 속에
강철로 시련된
억세고 맑은 선율

이 선율은
원쑤의 폭음을 휩쓸어
우리 고사포탄이
터져 오르는 거기에
악마의 검은 날개가 불을 토하며
한 조각 가랑잎처럼 떨어지는 거기에

단풍이 물들어 내리는
저 중중한 련봉이 남으로 뻗은
철벽의 방선
고지와 고지에
그 노래 파동 쳐
승리의 깃발로 나부끼나니

오, 가을이여
이 노래 속에
나락의 알알마다
한층 더 황금빛으로
무르익어라

영웅의 탑

이 땅의 하늘 높이
영광의 머리 치여든 봉우리 봉우리

그 어느 폭풍우 뢰성 벽력 속에도
그 어느 포연 탄우 불길 속에도
머리 숙이어 굴할 줄 모르는
슬기론 그 봉우리 봉우리

애국 선열의 핏결 스미고
영용한 선조의 유골 묻힌 곳

오늘은 그 젊은 후손들
가열 처절한 싸움 가운데
미제를 무찔러 조국의 영광 드높은 여기
바람도 산정을 못 잊어 오르고 내린다

한 송이 꽃도 설자리 없이
한 포기 풀도 돋을 자리 없이
수만의 폭탄으로 붉어진 산정에
날으는 산새도 깃을 잃는데

여기 오만한 원쑤와 맞서
한 자의 땅도 물러서지 않음은
꽃다운 목숨 억세인 의지
당의 품에서 자라난 청춘들

아아, 그 이름 불러 슬기론
조선 인민의 강철의 군대여
영광의 봉우리
영웅의 탑

철 따라 산의 진달래 꽃내를 신고
바람도 못 잊어 산정에 오른다

선광장에서

광석을 갈아 부시는
뿔밀의 우렁찬 소리
백년산 골짝에 울리어
밤낮이 없네

여기는 선광의 일터
꽃다운 청춘이 피어

눈빛 령롱한 처녀들
쇠와 모래를 가르네
마치 행복을 일어 건지듯
한 알의 쇠 알도 놓칠세라

새벽 한시의 별들아
축복의 광채를 뿌리라
어디서나 꽃들이여 우줄우줄
이슬을 떨며 일어서 좋다

축포 울리듯 사무쳐 울리는
교대 싸이렌

일손을 멈춘 처녀들 한 떼
밝은 낯으로 한곳에 모이네
전등의 밝은 회의실 안으로
반장을 에워싼 환한 얼굴들

반장은 바로 그들의 어머니
그들을 길러 낸 선광의 어머니
오늘 더욱 싱싱하고 젊은 눈으로
수첩을 펼치어 그는 말한다

동무들 수고했소 참으로 수고했소
년간 계획은 초과되었소

처녀들은 한 덩이로 어머니를 안으며
환성을 터뜨리며 볼도 맞추며

어느 누가 지난 일을 잊을 것이랴
맹폭에도 지켜 온 일터이거니
한 점의 불을 켤 수 없는 때에도
쇠를 일어 조국에 바쳐 왔거니

내 조국 아름다운 생활 위하여
무쇠의 억세임을 알고 있거니

다시금 어머니의 쟁쟁한 목소리
처녀들 가슴에 불을 넣는다
오늘부터 80일 남은 날짜를
보람있게 한층 더 싸워갑세나

꽃빛으로 타오르는 얼굴들에는
믿음직한 웃음들이 피어오른다
어머니와 처녀들 한 덩이 속에서
누구인가 노래를 먼저 꺼내니

그 노래 광부들이 칸델라 불 더불어
산길에 굽이 흘러 은하수로 퍼진다

산 좋고 물이 좋은 백년의 광산
나사는 이 고장이 내 고향일세
쇠를 캐는 총각들 누가 모를까
백년 처녀가 제일 좋다네

단야장의 처녀

단야장에 불꽃은 일어
광산의 밤은 휘황 찬란하다
밤교대 일꾼들
정을 벼리는 이곳

그 언제나 푸른 작업복
슬기론 그 처녀는 이 밤도
우람한 화덕의 불길 속에
한마음 기울여 정을 달군다

령 넘어 백 리 길에 고향을 두고
이 곳에 온 지도 벌써 네 가을
기계소리 겁나던 그것도 옛일
감자바위 그립던 그것도 옛날

만산의 단풍잎 물들어 좋은 곳
선반공 수리공 젊은 착암수
친절하고 억세인 그들 속에서
그는 벌써 한 사람의 숙련공이다

광석을 캐어 내는 총알이라고
광부들이 말하는 착암기의 정
이 정을 달구어 벼리는 일엔
한 가지 비결이 있는 것이니

지금도 쟁쟁히 울리는 소리
한 사람의 젊은이 그를 위하여
전방으로 나가던 그 날 저녁에
처녀에게 한 말을 어찌 잊으랴

화덕의 불길을 꺼뜨리지 말라
우리의 가슴속 더욱 뜨겁게
조국에 대한 사랑
식히지 말라

지금은 이 자리에 그이 없어도
처녀는 그와 함께 정을 달군다
그이의 속삭임을 가슴에 담고
한마음 뜨겁게 붉은 뜻으로

광산의 호랑이

— 어느 한 착암수를 노래함

광산 사람들 항용 말한다
착암기 그것은 중기이라고
정 그것은 총알이라고

광산 사람들 항용 말한
착암수 불러서 광산 호랑이

첩첩한 산중에도 심산중인데
불야성을 이루은 광산은 좋아
높은 산 깊은 골 사시 주야로
쩌릉쩌릉 울리는 발파 소리

지하에 깊이 묻힌 광석을 캐자
사회주의 태양 아래 실어 올리자
한마음 뚫어 드는 호랑이 마음
화약 냄새 구수하다네

착암기 틀어쥐면 호랑이 기세
집으로 돌아가면 온순한 남편

달빛을 밟고 걷기도 하고
눈비를 맞으며 걷기도 하고
집으로 오는 길 일터로 가는 길
그는 언제나 생각이 많다

세상엔 탐나는 영예가 많아도
그의 심중엔 한 가지 희망
광산 호랑이 그 이름다웁게
한번 소리쳐 말하고 싶노라

자 여기에 한 발파 질러서
이만한 쇳돌이 떨어졌쇠다

산 정기 푸르게 불타는 눈으로
오늘도 그는 굴 앞에 선다

굴속은 오래 정든 곳이기
천 길 깊어도 떠나기 싫은 곳

쇠가 자석에 달라붙듯이
언제나 그는 그리로 간다
구름도 별도 없는 곳으로
해처럼 밝은 희망을 가지고

탄부와 신부

탄광 마을 흥성거리며
사람들 구락부 써클을 보러 간다
길옆 포풀라나무 우으로
큰 별 애기별 반짝거리는 탄부 명절의 저녁

한나절 축구의 백열한 시합이
순이 맘 죄이던 바로 그 운동장 걸으며
순이는 곁에서 한번 더 애인을 본다
오늘 시합에 승리한 젊은 선수를

지난 봄날의 흐뭇한 꽃 냄새
아직도 무럭무럭 수집은 기억
제대 군인으로 탄광에 처음 온
그 때는 낯설고 점직한 총각이러니

때때로 둘이서 이 곳을 지나며
탄광의 이야기하고 또 하며
넉 달 스무 날 늦은 밤 많아도
마음에 있는 말 좀체로 못 하더니

아아, 어찌사 참을 수 있으랴
청년갱 벽보에 그 이름나던 날
로동의 새로운 사랑을 못 이겨
순이를 덥썩 이 길에 안았네

아직도 무럭무럭 수집은 기억
순이는 살며시 그의 손잡는다
지금은 신랑 모범 탄부로
한층 더 두터워진 그의 손길을

이제 구락부 무대로 가면
순이는 도라지 아리랑 부르며
그이는 객석 어느 한 자리에 앉아
손이 뜨겁게 손뼉을 치리라

수많은 탄부들 그 속에 있어
믿어 끝없는 애인을 보는 것
이 어찌 순이의 행복이 아니랴
이 어찌 그들의 행복이 아니랴

권양기 핸들을 잡는 그 손이
채탄의 도리루 잡는 그 손이
로동의 행복과 사랑을 잡고
명절놀이의 저녁을 간다

탄의 노래

머리 우 전등을 두렷이 달고
탄부들은 지하로 달리어 간다
지상의 락원을 꾸미기 위하여
에헤요 탄부는 지하로 간다

탄이사 만일 없어를 보게
기선도 기차도 혈맥이 멎네
탄이사 만일 없어를 보게
용광로 불길이 심장이 멎네

온성 아오지 탄으로 좋은 곳
지층을 헤치면 기름진 무연탄
봄이요 가을 사시나 장철
캐고 캐어도 끝없는 탄일세

그 나이 벌써 머리 흰 아바이
아들 뻘 되는 탄부들 속에서
롱담이 아니라 진정코 말하네
한껏 젊어서 살리라 말하네

쉰에 첫 버선 딸도 보았고
가슴에 훈장도 달아보았고
이제는 여한이 없으련만도
한 가지 소원에 가슴이 찌잉

령남에 고향을 두었건마는
차가 없언가 탄이 없언가
어허 참 어이
가들 못 하나

어제도 오늘도 탄부 아바이
령남 천리를 내닫는 기세로
머리 우 전등을 두렷이 달고
탄차에 앉아 갱도를 달리네

나의 마음은 날은다

나의 마음은 날은다 푸른 바다 우으로
수천 리 먼 곳도 아닌 그 곳에
부모가 계신 고향이 있어
정들어 못 잊을 집이 있어

총석정 삼일포 강릉 경포대
관동 천리는 눈앞에 있거니
륙로로 가서 길이 없을까
물길로 가서 길이 없을까

오고서 못 가는 길이 있으니
가서 못 오는 길이 있으니
철의 국경이 있는 것 아니며
저승과 이승의 그 길도 아닌데

바위에 부딪쳐 수만의 포말들
분노의 몸부림 소리 높고
온 바다는 설레임 속에
보라색 구름들 찢기어 날은다

여기 해당화 꽃피는 포구
행복의 열매 알알이 붉은데
저기 남쪽 고향 땅에는
주림과 박해와 어둠 속에
늙으신 부모는 어찌 계신가

가슴에 사무쳐 들리는 소리
아들아 언제나 만날 것이냐

갈매기 더불어 마음은 날은다
붉은 석양의 빗살을 헤치며
바다로 하늘로
훨훨 날은다

여기 불멸의 생명
통일의 기지 있나니
행복의 길 걸어오실 그 날 위하여
어머님 아버님 오래오래 사시라

푸른 하늘에 취해보자

팔베개 베어도 좋다
잔디 언덕을 베어도 좋다
활짝 열리인 하늘 가없이 맑은 하늘
푸르고 푸른 이 하늘에 취해 보자

비오고 바람 불고
번개와 우뢰 뒤섞여
속소리 나뭇잎 떨리고
먹장구름 뒤번져 부서져 몸부림치던 날
그 날은 꿈같이 사라져
씻은 듯 개인 이 하늘

지금 부드러운 바람은 일어
산과 시내 살진 벌판을 쓰다듬는다

종달새 참새 수리개
새들은 숲에서 날아올라 슬픔이 없고
나의 손에서 그 눈빛 홍보석 같은 비둘기
두 나래 펼쳐 훨훨
새 도시 우으로 높게 날아오른다

네 마음 이렇게 황홀해짐은
어디를 가나 항시 그리운 이 하늘이 있기에
이 하늘이 주는 광명이 좋기에
이 하늘과 더불어 나는 산다

행복한 땅 우에 사랑을 맺어
살어리 살어리
나의 정열과 땀과 지혜를 아낌이 없이
이 하늘 조국의 품에

순결한 사람아
어서 나의 곁으로 오너라
휴일의 한 때 이 푸른 하늘에 행복에
마음껏 취해 보자

행복한 땅 우에 사랑을 맺어
살어리 살어리
나의 정열과 땀과 지혜를 아낌이 없이

가야금

가야 가야라 우륵이 지으신 것
천 년 옛 소리 맑고도 고운 가락
오늘도 둥당디 당실 산조에 실렸세라

사랑을 받았노라 수천 년 받았노라
무릎에 안기워서 두고 새록 받았노라
이후도 인민의 사랑 두고두고

보아서 정겨웁고 들어서 흥겨웁고
우륵이 다시 오면 이 줄을 다시 골라
만백성 즐기는 세월 새 노래 지으시리

진양조 자진모리 휘모리 롱현 속에
산천이 명동하고 절절한 뜻이 있다
그 중에 간절한 소원 삼천리 한 살림

복 받은 땅에

보아도 끝이 없네 만져도 한이 없네
운전벌 너른 벌의 흙 한 줌 쥐어 들고
내 나라 복 받은 땅에 입을 맞춰 보노라

건갈이 애타던 벌에 청천강 물을 받아
첫 해 물모를 내니 얼마를 좋았는가
첫 아기 낳은 어머니 숨결이 여기 있네

눈은 예도 오네 꽃처럼 날아오네
추수 끝난 땅의 단잠을 덮어 오네
땅이여 편히 쉬어라 어머니 편히 쉬어라

헌화가

붉은 꽃 누른 꽃 연두 보라
오색이 령롱한 송이송이
화환으로 엮은 꽃이 피오이다

아, 그 은공 그 어찌 잊으오리까
팔월 보름 좋은 날에 해방탑에 꽃 드리며
은혜론 벗님네를 그리오이다

시월의 붉은 기 날리시며
이 나라 어둠을 쓸어 주신
쏘련 용사 그 모습을 보옵노니

아, 혁명과 정의의 형상이시여
청동으로 새긴 모습 비문으로 새긴 공적
후손들의 가슴가슴 전하오리다

모란봉 초목이 우줄우줄
우러러 예옵는 밝은 햇빛
흐르시라 비치시라 삼천 산야

아, 이 강산 어둠이란 또 없사오리니
태백산 줄기에도 락동강 기슭에도
한없이 밝은 이 빛 흐를지어라

새들은 숲 좋아 우지짖고

나비는 꽃 좋아 날아들고
사람들은 세월 좋아 노래하니

아, 이 세월 그 어디서 왔사오리까
사회주의 밝은 길을 열어 주신 레닌에게
영광으로 엮은 이 꽃을 드리오리다

나비는 꽃 좋아 날아들고
사람들은 세월 좋아 노래하니

사회주의 밝은 길을 열어 주신 레닌에게
영광으로 엮은 이 꽃을 드리오리다

애굽의 신화

애급 신화의
오씨리스

그는
저승과 령혼의 지배자

죽은 자의 심장을 달아
선과 악을 판결한다

오오, 오씨리스여 오늘
그대 위력한 저울로 달아 보라

령혼의 심장이 아니라
살아 있는 그 자들의
바로 수에즈 지역에로
전쟁의 포화를 던진 그 비열한 심장들을

그들이 쌓은 죄악은
운하 십 년을 지난
모든 선박의 중량보다도
더 무거우리

그들이 쌓은 죄악은
사하라 사막의 모래알로도
세여 다하지 못하리라

오씨리스는 일어섰다
분노한 땅에
분노한 사람들 애급은 일어섰다

침략의 그들
더러운 그들의 령혼을
지중해 안에 파멸시키라
인민의 힘 오씨리스여

오씨리스는 일어섰다
분노한 땅에

4

국경의 봄

국경의 봄

오델강 유유히 흐르는 곳을
두 나라 국경을 나는 지난다

전원은 끝없이 아름다웁고
홍도화 피어 봄은 좋은데

쇼팡의 나라 여기에 있고
베토벤의 조국은 저쪽에 있어

수만 리 먼 곳을 떠나온 나에게
사랑의 음악을 들려 주노나

자유를 찾은 파란의 아이들
손풍금 올리며 꽃밭에 놀고

봄빛은 집집의 창문 가득히
태양은 밝고 대지는 푸르다

낯선 타국의 남 같은 이 아니라
마음에 그리웠던 파란의 형제

국경의 강을 넘으려 할 때
나의 려권을 친절히 본다

두 개의 별이 빛나는 모자에

손을 붙이어 경례를 하며

사랑하는 동지여 안녕히 가시오
몸조심하여 다녀오시오

그것은 바로 나의 조국에
형제의 파란이 보내는 사랑

이러한 사랑을 그 어느 시절에
국경을 지나며 받은 적 있었나

현해탄 건너던 슬픈 시절이
기억에 살아서 눈앞에 흐린데

어느새 기차는 한층 다정히
봄의 강물을 건너서 간다

백림이여

백림이여 그대는 서쪽 노을이 불타는 곳에
그보다 먼 대지의 끝에
아무리 그대가 먼 곳에 있다 하여도
나의 평양은 항시 그대의 벗이었기에

금색 날개를 펼친 새날의 광채를 받으며
봄의 노래와 아침의 노래를 불렀노라

내 그대를 찾아 오늘에 가지는
우리의 사랑 아 이 얼마나 두터운 것인가
그대여 들으라 나의 심장 뜨거운 고동 속에
대동강 물이 출렁거림을

맑스 엥겔스 광장에서 옷깃을 여미고
신생의 거리 쓰딸린 거리에서 모자를 벗고
나의 인사 경건히 드리는 나의 눈빛 속에
모란봉이 보내는 형제의 인사를

그대의 품으로 흐르는 스프레강이여
세월의 증인으로 한번 더 말하여 달라

거리에 권력의 철학이 소란스럽고
검은 죽음의 날개 온 구라파를 휩쓸 때
히틀러 악당의 감방들에서
그 어떤 사람들이 혁명의 깃발을 지키었던가

강물을 스쳐 붉은 지붕을 스쳐
신선한 아침의 미풍은 나에게 속삭인다
울창한 숲으로 갑시다
텔만의 이름이 저기에 있소
수많은 사회주의자들의
이름과 이야기가 저기 있소

그렇다 오늘은 온 세상이 그것을 안다
백림으로 백림으로 정의의 노도 치던 날
파시즘의 검은 깃발이
구라파 진창에 거꾸러지던 그 날을

백림 의사당 지붕 높이
붉은 깃발이 꽂히던 그 날

모든 사람들이 그것을 보았다
오월의 하늘 높이
독일의 두 천재가 예언한
새날의 붉은 려명을

아, 이 붉은 려명 아래
독일도 조선도
새날의 축복을 받지 않았는가
우리는 한 나무에 피는 꽃과도 같이

아아, 인민의 도시 백림이여
지난 시절의 싸움은 헛되지 않았노라
그대의 거리와 거리에서
나는 새 독일의 보람찬 로력을 보느니

그 어디서나

인간이 가지는 가장 행복한 길에서
진실과 애정을 느끼는
선량한 벗들을 나는 만난다

나는 다시금 옛 성문의 저쪽을 본다
아직도 전쟁의 신은 살아 있어
파시즘의 검은 날개들 다시 날으는
백주의 암야 서부 백림을

대체 언제까지나
민족의 슬픔을 다시 참을 것이냐
새날의 태양 금색 날개여
저기의 검은 날개를 부시라
히틀러의 재생은 부셔야 한다

우람한 건물들이 일어선다
비둘기 떼 하늘로 날아오른다
수백만 시민들이 움직인다
강철을 다루며 신문도 찍어내며

스프레강 기슭에 대지 우에
인민의 백림은 거인처럼 일어서 말한다

나는 하나다
나의 심장은 의지는
나의 깃발은

친선의 잔을 든다

친선의 연회는 시작되었다
불란서 작가도 파란 시인도
체코의 배우도 중국의 교수도
모두 잔을 들고 술을 들었다

한 온실 속에 백화가 피인 것처럼
여러 나라 민족의 말들이 울리었다

둘이서 셋이서 혹은 여럿이 둘러서서
혹은 의자에 앉기도 하고 그 옆에 서기도 하고

잔을 서로 부딪쳐 키스를 시키면서
백 년 지기를 만난 희열의 인사와 웃음으로
넓고 화려한 연회장은 파도를 친다

흑해의 파도가 다뉴브의 물결이
웽그리야 포도원이 설레이기도 하고
프라가의 밤나무 그늘도
핀란드의 눈 쌓은 산도 보이는 듯

멀리 인도에서 온 젊은 극작가는
모쓰크바의 붉은 별빛을 가까이 본다
모든 사람들의 두터운 존경 가운데 서 있는
머리 흰 쏘련 작가의 곁에서

그리고 모든 사람들은
평범하고 일상적인 말 가운데
생활의 진리를 말하며
평화의 비둘기를 날린다

그들은 나에게서 그처럼 황홀한 것을
그처럼 아름다운 영웅의 산천과
페허의 눈부신 건설을 보는 듯
나의 앞으로 와서는
한사코 축배를 권한다

보리수 그늘 설렁거리는
넓은 유리창 너머로
둥근 달빛이 흘러드는데
한 쌍의 늙은 부부가 조용히 나의 옆으로 다가 왔다

산전 수전 인생의 험로를 걸어 온
그이들의 머리엔 흰 서리가 앉고
그이들의 눈빛은 바로
세월의 숲 속에서 흘러나오는 듯

로인들은 나에게 정중히 말하였다
우리는 서부 독일에서 왔쉐다
인제는 가지 않겠소 여기서 살겠소
뭐 령감 길게 말할 게 있소
영웅의 나라 조선을 위하여
잔을 듭세다 축배를

아, 나의 조선은 그이들 사랑 속에 높이 있었다
우리의 념원은 잔에서 잔으로 부어지고
우리는 세 개의 잔을 치여 들었다

세 개의 잔은 공중에서 부딪쳤다

통일의 그 날
그리운 마음으로

잔마다 가슴마다 출렁거리는 념원이여
제주도 파도소리 여기 들리어 오는 듯
라인강 물소리도 여기 사무쳐 오는 듯

넓은 연회장엔 다시금 물결이 일었다
모든 잔들이 공중으로 오르며
량심의 세계는 한소리로 울리었다

친선을 위하여

깃발 아래서

한 폭의 강물처럼 펼쳐진
주석란 푸른 탁상 우엔
눈부신 깃발들이
나란히 놓여 있었다

낫과 마치의 붉은 깃발이며
다섯 금별이 박힌 깃발이며
독일의 삼색기도
두나이 강변의 모든 깃발이

남국의 열풍을 지닌 인도의 깃발도
북국의 흰 눈빛을 지닌 핀란드 깃발이며
세 가지 사상을 말하는 불란서 깃발도
모든 나라들의 깃발이 꽂힌 그 곳에

두 줄기 하늘빛 싱그럽고
붉은 정열의 대지
흰 광명 가운데
한 송이 붉은 오각별 빛나는 깃발도
그 곳에 나란히 나란히 꽂혀 있었다

단상을 향하여
그 나라 대표들 그 깃발 앞으로 나아갈 때
나는 나의 조국의 깃발 앞으로
끝없는 긍지와 영광을 가지고 나아갔나니

우리의 한 모임을 위하여
우뢰와 같은 박수로 만장은 들끓었다

모든 대표가 독일의 한 시인을 말하며
분열된 독일의 통일을 위하여 말할 때
모든 사람의 뜨거운 시선은
나의 조국의 깃발을 주시하였다

불 속에 묻히어 오히려 날개를 친
이 불사조에 대하여
전쟁을 부시여 동쪽의 평화를 지킨
이 영웅에 대하여

나의 연설의 차례가 왔을 때
나는 이 깃발 앞에 일어섰다
통일의 념원으로 붉은 이 깃발 앞에
자유와 평화의 지향으로 밝은 이 깃발 앞에

나는 이 깃발의 념원과 진리와
이 깃발의 지향에 대하여 말하였다

만장을 울리는 소리
평화 만세

오, 수만 리 먼 곳에 계신
나의 조국 어머니시여
지금 이 깃발과 더불어 계신
어머니 나의 조국이시어

나는 이 세상에 나서
이 우에 더한 행복을 모릅니다

쉴러의 집을 찾아

옛 보리수 푸른 와이마르에
나는 당신을 찾아 왔습니다

질풍 노도의 시대를 헤쳐
정열의 시인들 서로 만나던 이곳
당신의 이름으로 한결 추억이 깊은
뒷거리 조용한 길을 밟노라니

명상에 잠기어 소요하는 당신의 모습
보리수 그늘 밑으로 보이는 듯도 하며
괴테를 만나 시상 높아진 당신의 발소리
포석에 저벅저벅 들리는 듯도 하며

더구나 당신이 살아 계시던 집으로
당신의 서재와 침실로 들어 설 때
고귀한 시의 세계로 당신의 숨결 속으로
나의 마음은 휩쓸려 들었습니다

천만 사람의 심장을 흔들어 놓은
당신의 글발이 있고 당신의 펜이
고풍의 탁상 시계와 옛 촛대가 놓인
바로 당신의 청빈한 책상 옆에서

탁월한 시인의 목소리 독일의 소리
당신의 심오한 사상을 듣노니

사람들의 평화엔 국경을 두지 말라
분열된 민족이여 하나로 뭉치자
이는 당신의 절절한 념원
이는 바로 조선의 노래

아아, 우리의 시인이여
용허하시라 내 당신을 이렇게 불러
조선의 념원을 노래한 당신께
뜨거운 감사를 드림을

시인에게 영광을

- 독일 시인 쉴러 기념일에

시인에게 영광을 드리는 날에
와이마르 거리엔 횃불이 흐른다

사람들은 저마다 사랑을 지니고
시인의 동상 앞에 꽃을 드린다

위대한 자유의 정신이여 불타라
식을 줄 모르는 너의 심장에

세상에 그 무엇이 아름다운가
오늘의 시인은 다시 말한다

포악한 령주들의 채찍을 꺾고
굴욕의 세기에 불을 지르라

불붙는 화살을 던지면서 나아간
간고하고 엄숙한 시인의 길에서

사람들은 저마다 끝없는 영예로
자유롭고 평화스런 세계로 간다

아직도 민족의 분열이 있는 한
사람들의 슬픔은 가슴에 있어

통일의 의지로 솟는 불길이
독일의 심장에 타오른다

어떤 자 이 불을 끌 수 있다 하더냐
사람들은 모두다 횃불을 들었다

시인이 노래부른 자유의 길에
영광의 그 날은 이 땅에 오리니

아름다운 독일의 아침 햇빛은
라인강 기슭에도 그 날은 비치리

탑지기 로인의 이야기

라이푸치히 푸른 들 우에
거인처럼 일어 선 기념탑 하나
탑층을 디디며 사람들은 오른다
둥그런 탑의 지붕 우러러

그 어느 옛날 누구를 위하여
작쎈의 바위와 대리석을 다듬어
십 오 년 길고 긴 공을 들이어
여기 이러한 탑을 쌓는가

머리 흰 탑지기 로인은
탑 우에 조각상을 가리켜 말한다

나포레옹의 폭풍이 휩쓸 때
이 땅에 일어선 용사들이요
긴 칼 하늘에 번쩍여 들고
폭풍을 몰아 나아간 사람들

햇볕은 찢기어 홍진에 묻히고
기마는 들판에 쓰러져 눕고
병사의 붉은 피 숲에 흘러도
독일의 령혼은 살아 있었다

로씨야 심장도 삼키려 하던
나포레옹은 북풍에 밀리여

운명의 언덕은 모쓰크바에 있었고
로씨야 병사들은 용서치 않아

로씨야 독일 두 나라 병사는
친선의 동맹 굳세인 힘으로
주검이 쌓이는 결전의 마당에
불란서 군대를 격파했나니

여기 그들은 피의 땅에서
독일의 운명을 건져낸 여기
수십만 전사들의 영예를 위하여
이러한 탑을 세웠노라네

끝없는 친선의 정을 베풀며
탑지기 로인은 간절히 말한다
조선에 돌아가건 말하여 달라

이 탑의 용사들은 오늘도 래일도
자유를 지키는 수호신임을
이 탑의 용사들은 살아 있노라
분열된 나라의 통일들 위하여

---

* 이 탑은 라이프찌히에 있는 높이 91미터나 되는 건조물로 인민 영웅들의 기념탑으
로 유명하다.

선 물

푸른 넥타이 목에 드리운
금발머리 귀여운 소녀
그의 시선은 나에게로 쏠리고
그의 두 볼은 능금처럼 붉었다

백림 작가 동맹 어느 한 방에서
그는 벌써 나로 하여 가슴 죄이며
이 방에 먼저 와 기다리고 있었다

작가들이 서로이 말하는 사이
그의 푸른 눈동자 반짝거리며
나에게서 조선의 신기론 이야기
눈앞에 보는 듯이 듣고 있었다

불바다 포화 잿더미 속에
산마다 있은 영웅들의 이야기
원쑤들의 심장을 서늘케 하고
조선의 소년들이 싸운 이야기

1211고지 그는 보는 듯
대동강 모란봉을 그는 보는 듯
페허에 일어서는 우람한 새 평양도
나의 눈빛 속에 찾아보는 듯

끝없는 흥분과 감격을 못 이겨

그는 일어 서 내 앞으로 가까이
두 가지 선물을 테불 우에 놓으며
불타는 입술로 나에게 말하였다

나는 참으로 만나고 싶었어요
이것을 이것을 전해 주세요
그리운 조선의 삐오넬들에게

이것은 우리의 푸른 넥타이
이것은 독일 삐오넬 휘장
그리고 이것은 나의 편지예요

아아, 이 순정의 마음
조국의 꽃봉오리에 귀여운 아이들아
너희들의 친구가 여기에 있구나

두 가지 선물은 무엇을 말함인가
편지는 짧아도 끝없는 마음
너희들의 친구는 이렇게 썼다

수백만 독일의 삐오넬 횃불은
동무들을 사랑하는 불길인 것을
수백만 독일의 푸른 넥타인
평화를 사랑하는 깃발인 것을
조선의 동무들아
잊지 말아라

어버이에게 올리는 글

– 어느 한 녀인의 노래

어버이시여
바람이 불고 바가 내립니다
대지 우에 흩어진 구름 다시 몸부림칩니다
소삽한 길 떠난 님으로 하여
나뭇잎처럼 이 마음 떨리옵니다

바위에 부딪치는 물결인 마음
천 갈래 만 갈래로 으스러지고 흩어지느니
거치른 님의 길에 바람이 잦을까
국경의 검은 밤이 고요나 할까

어버이시여
하늘은 울고 땅은 움직이고
님의 레포를 기다리는 이 마음 활활 타느니
어이 내 홀로 님의 뜻을 배반하리까

어버이의 불효라 이 몸을 버리신대도
이 몸은 어버이를 모시오리니
아아 하지만 어버이의 녹슨 륜리는
이 가슴에 타는 불 끄지는 못 하오리

어버이시여
이제 님의 새로운 레포는
조국 하늘에 무지개를 박으오리니

험난한 지름길에
바람 불고 비 내리는 님의 길
끝없이 생각는 이 딸자식 가슴 우에
위안의 따스한 손길 얹어 주시사이다

내 자식아 너를 믿는다 하시며

젊은 시인의 광상곡

젊은 시인은 생각한다
자유를 기다리는 사람들을

삶에 힘 지치지 말라
오 하늘을 우러러 합장을 말라.
신의 동상은 하수도로 굴러갔으니

마음의 창문을 열고
붉은 태양을 받아들일 줄 알라

자유란 거미줄에 얽힌 나비가 아니다
정의란 혁명에 피는 붉은 꽃
노예의 해방은
오, 언제나 언제나 축배를 들것이냐

자본주의 사랑은
저울대 우에 황금을 올려놓고
훈장의 월계화는
쓰러진 병정의 탄식에 시들어지고

오, 려명이여
저항과 피의 긴 밤이 샐 때
밝은 새날의 거리 우에
젊은 시인은 승리의 노래 부르리니

탄식의 구름다리도
파시스트의 무리도
짓눌린 생활의 푸념도
어둠과 더불어 쫓겨 간 거리에

그때 선구자의 동상은
젊은 시인의 힘찬 노래에
빙긋이 미소하리라

동방의 태양을

동방이 얼어붙었다
태양의 붉은 빛이 얼어붙었다

젊은이여 이 고장 백성의 아들들이여
손에 든 화살을 힘주어 쏘아 보내라
태양을 가린 암흑의 구름 쏘아 흩쳐라

백성은 광명에 굶주리고
강산의 줄기줄기 숨죽이고 누웠으니

허물어진 옛터
남의 꽃잎 하나 둘

수천 년 이 땅에 뿌리깊은
슬기론 나무들의 신령은 일어나라

아, 젊은이들아
함정에 빠진 사자의 외침만이
광명 잃은 악보 우를 달음질칠 이 날은 아니다

화살을 쏘라
동방의 태양을 뽑아 올리라
피끓는 마음에 불 붙여
낡은 봉화 재 우에 높이 들고서
산과 들 곳곳에
새날의 레포를 아뢰우라

---

* 1934년 발표작 「동방의 태양을 쏘라」를 개작한 작품(편자 주)

인 간

계단 저 밑에
분노에 찬 사람들 수군거리외다
황금과 빈궁에 눌리운 사람들
이제 더는 견딜 수 없어

생활의 밑바닥에서 울리는 선언
학대와 야욕의 세계를 무찌르려 하나니
분노에 찬 그림자들
계단을 밟고 무섭게 올라 갔사외다

지금은 침묵
폭풍의 예보와 같이
계단을 비쳐 미래의 화폭을 그리는
한 줄기 광명

아아, 개벽 전의 침묵이 터지려 하는 이제
압제자를 삼키러 갔는가
폭풍을 치러 갔는가

아아, 시간은 공간은
이 무서운 폭풍에 전율하외다

바닷가에서

바닷가 밀물에 손을 잠그며
꽃무늬 자갈 만지며 만지며
고향을 마음에 두고 생각노니
물결로도 끌 수 없는 심화가 이는구나

하늘도 끝이 없고 바다도 끝이 없고
흰 갈매기 거침없이 날아감이여
오, 침묵의 포구 떠나는 젊은 돛이여
너 행복을 찾아 어데로 가려느냐

젊은 수부여 별빛을 간직하라
너 어두운 항로에 방향을 찾으리니
붉은 기폭이 펄럭거리는
지상의 파라다이스를 찾으리니

훨훨 내 마음의 날개는 날은다
갈매기여 젊은 돛이여 안아 오라
새로운 세상의 이야기를 들려 다오
아아, 서광이 바다 우에 비쳐 온다

향 수

가을밤의 긴 허리를 안고
나는 누에와 같이
한 줄기 생각의 실을 뽑노라

멍들어 아픈 가슴을 어루만지며
울분의 술잔을 기울여 그 몇 번이런고

이역 창문 아래 식을 줄 모르는 향수여
이 밤은 끓는 심혈을 찍어 향가를 쓰고 싶으이

류랑의 험난한 세월은 가라
게다 소리 소란한 거리도

이제 창문을 열고 달빛을 안고
나의 마음은 만조를 기다리는 배와 같나니

아아, 현해 천리에 파란이 높다 해도
내 고향 갈 날은 있으리

그리운 고향 산으로 말하면
이 가을 송이 냄새여 좋으리

밤

눈발은 어둠을 때리며 날린다
창문을 닫고 나는 차디찬 자리에 눕는다

어디메쯤 단침이 돌아갔는고
이 밤은 어린 시계도 잠들었구나

이따금 문풍지 울어 흔들면
바람에 불리어 누웠다 다시금 일어서는 촛불

언제부터 내 고향을 잃었드뇨
님이여 대답을 하소 어디메 계신가

눈은 내리고
눈은 쌓이고

쌓이는 시름을 견디어 새자니
삼동 추운 밤이 더욱 길구나

---

* 1935년에 발표한 「밤」의 일부를 떼어서 개작한 작품(편자 주)

북행 렬차

인조견 무늬 같이
하얀 얼음 꽃 피는 유리창

류로 이천 리를 한밤에 주름잡고
북으로 달리는 차창에
얼음꽃은 한사코 무성해진다

향수에 휩쓸린 나의 손끝이
얼음 꽃을 떼고 긁는 그 자리에
까아만 밤의 빛깔은 자꾸 흘러서 들고

나라도 없는 집시의 자손들이냐
검은 창 밖을 보며 생각에 잠긴 사람들
아아, 나의 조국아

차디찬 나무걸상에
쫓기는 어버이 아이들 피곤히 잠들고
소란한 차 소리 헤치며 침묵은 층층 괴이어 드는데

허나 높으락 낮으락 들리는 숨소리
부풀어 오른 가슴들에는
삶의 불꽃이 튀는 듯
한 녀인은 붉은 목도리 쓰고 돌아눕는다

밤의 까아만 빛깔은 차창에 붙어

보얀 얼음을 딛고 미끄러지나니

얼음 꽃은 나비도 없이 자꾸 피여 나고
나의 청춘은 끝없는 생각에 잠겨 잠 못 이룬다

* 1939년에 발표된 시작품을 개작하여 『조령출시선집』(1957)에 다시 수록하였다. 이
작품에 대한 시인의 애착과 함께 개작과정의 전모를 엿보게 해준다.(편자 주)

목련화

목련화 한 가지 꺾어 화병에 꽂으니
교교한 달빛에 덥썩 안고 싶네

너 무슨 일로 흰 상복을 입고
산에 피여 순결히 사느냐

애련히 돌아 선 녀인의 머리채인가
꽃가지 그림자 길게 누웠고

희고 흰 꽃잎이 번 그 품속에선
사랑을 못 잊는 항내 무럭무럭

도무지 한낱 등불이 없는 산협이 있네
교교한 달빛도 마음을 흐릴 적 있네

눈물을 쏟을 아무런 그릇도 없는지라
젖은 볼 우에 미소를 띠우는 꽃아

아무리 불우한 세월에 산다 하자
그래두 한 나라의 청춘은 피고 피나니

빼앗긴 사랑 못 잊어 못 잊어
오오, 목련화 흰 상옷을 입었다네

---

* 1937년에 발표한 같은 제목의 작품을 전면 개작하여 사실상 별개의 작품으로 변
　모시었다.(편자 주)

해당화

무슨 생각에 잠기었누 산간 황혼에
제 고향 바다가 그리운 게지 해당화 해당화

애오라지 정열의 붉은 단장
어쩌다 바다를 떠나 산에 와 피누

바람에 지는 해당화 꽃잎
갈매기를 부름인가 이리저리 날으네

바다는 여기서도 백 리허구 이십 리
암만 날아두 꽃잎은 못 가네

룡궁을 그림인가 아롱진 이슬 이슬
꽃에 맺히어 파도를 부른다

붉은 조갑지 붉은 꽃 속엔
바다의 숨결이 들리어 오는 듯

망명한 녀인 쫓겨난 사람인가
고향에서 못 사는 귀양살이 꽃이여

절조를 지키는 네 마음 알아서
산새도 날아와 네 옆에 앉는가

내 나라 산이면 싫은 데 없어도

살던 바다가 더욱 좋더라

오오, 해당화 내 운명을 지닌 너
바다로 가자 바다로 가자

청풍의 산협

층운이 층층이 층암을 기어올라 하늘이 이마에 닿은 사면 석벽으로 째인 이 산협 이 청풍의 산협은

시시로 맑고 때때로 흐리고 노을을 섰다 무지개 흐르고 은하 보석이 총총했다 쪼각달이 산 끝에 뜨기도 한다

어느 선녀의 잃어버린 보물이뇨 색색이 꽃 색색이 나비 울창한 숲 솔 잣 노가지 향나무 상수리 단풍나무 다람쥐 꿩 두견이 딱따구리 모두 오란도란 정다이 사는 이 풍치 안에

푸른 절벽에 폭포는 걸려 눈가루 구름가루 피어오르는 그 아래 나 또 그림의 초부처럼 옥류에 발 잠그고 금강 풍치에 취한다

억 년을 두고 봐라 어느 천사도 어느 폭군도 이 풍치는 훔치지 못하리라 어느 태고에 누가 만든 조화이뇨 산을 열고 하늘을 열고 나가고 싶다 아아 세상 리치가 알고 싶다

금강이여 네 먹은 나이를 일러 다오 하나의 젊음에도 여백을 주지 않은 세월이여 오오 풍치여 너는 이 산협 안에 너의 아름다움을 자꾸자꾸 더 낳아 다오

---

* 「淸風의 箱子」(1940)를 개작한 작품(편자 주)

쓰딸린 거리에서

인민의 사랑 끝없이 넘쳐흐르는
민주 수도의 새 영광의 거리

흰 비둘기 푸른 하늘을 감돌아
물결치는 깃발들이 눈부신 사이에
사랑스러이 날아 앉는 곳
어데나 전설의 힘찬 노래 소리 퍼져 오르며

여기도 저기도 그 어데를 돌아보나
원쑤와 싸워 이긴 이 땅의 젊은 사람들
한 삽의 흙을 파 내리는 거기에도
한 장의 벽돌을 쌓아 울리는 거기에도

나의 평양을 사랑하는 심정이 고이고
행복이 끝없을 래일의 꿈이 쌓이노니

지난해 싸움 간고한 불길 가운데
서로의 념원을 간절히 말하던 동무들이여

평화의 전설 그날이 오면
포탄에 허물어진 고향을 일으키리라
보다 더 아름답고 웅장한
민주의 수도를 건설하자던

바로 그 날이

213

오늘 우리들 앞에 왔으며
다시금 이 그립던 거리에서
승리자의 깃발을 날리며 우리는 모이였다

적의 불길을 몸으로 막은 그 붉은 고지에서
적의 함선을 젊음으로 부신 그 푸른 바다에서
포탄을 깎고 화약을 재우던 그 깊은 땅굴에서
불비 내리던 전원과 집 없는 학창에서

우리 한마음 철벽으로 지킨 내 나라
우리 그 누구나 또한 자랑으로 말하지 아니 할거냐

우리는 그 어디에서나 이곳을 지키었노라고
물결 푸른 저 대동강이며
해방의 탑 솟은 저 자유의 모란봉을
쓰딸린의 이름으로 영광스러운
영세불망의 이 기념의 큰 거리를

그 누구의 가슴속에나 잊지는 못하리라
내나라 혁명의 기지를
그의 심장인 민주 수도의 영예를 위하여
이곳에 계시옵는 수령의 이름 높이 부르며
꽃다운 그들의 청춘을
만고에 빛날 위훈으로 이 땅에 세운
그 불멸의 전우들과 정다운 친구들을

그들의 불타던 마음이
여기 거리거리에 뻗치어 오고
그들 가슴에 피어오르던 꿈이
여기 한 그루 가로수에도 깃들여 푸르르다

214

인민의 이 끝없는 사랑 속에
평양의 새 념원은 일어섰다
백만 대군의 돌격과도 같이
거대한 평양의 새 모습은 일어서고
쓰딸린 거리는 광활하게 열리었다

아, 모란봉이여 너의 그 머리를 들어 보라
네 일찍이 본적 없는 이 장엄한 건설을
대동강이여 너의 그 물굽이 급한 걸음을 멈추고 들으라
네 진작 들은 적 없는 건설의 이 대 교향곡을

영웅 도시의 이 광활한 거리는
이제 행복의 꽃보라 오색 테프로 묻히고
대리석 층층이 화려한 집들 사이로
흰 비둘기 월계수 잎을 물고 날아다니며
평화의 대열
우리의 깃발은 파도쳐 흐르리라

이 길이 바로 쓰딸린이 가리킨 평화의 길
이 길이 바로 우리의 수령께서 부르신 길
이 길을 걸어 앞으로 나아가는 곳

자유와 행복의 노래 온 산야에서 넘치고
우리의 합창은 온 세계에 다시금
영웅 조선의 영광을 높이리라

영웅 도시의 아침

푸른 안개를 헤치고
영웅 도시의 아침 모습은 일어선다
붉은 노을 꽃구름 피여 흐르는 하늘에로
영광의 머리 치여드는 우리의 수도
아 나의 평양이여

대동강 굽이쳐 내리는 두 기슭에
이 나라 영웅들의 전설이 있고
해방 십 년의 력사 눈부신 여기
지난해 폐허로부터 세워진
우람한 궁전들의 새 웅자 일어선다

쓸딸린 거리에로 김일성 광장에로
아름다운 노랫소리 퍼져 오르며
불굴의 투지 가슴에 지닌 젊은 용사들
일터로 일터로 행군하는 이 성실한 아침
황금빛 태양은 하늘에 솟아
대지에 묻힌 봄빛을 불러 세운다

함경도 강원도 먼 산지에 자란 나무들
지금은 이 평양 거리에 뿌리를 내리고
푸른 가시 펼치어 꽃바람에 우줄거리며
새들은 또 이 가지들에 노래 부른다

양덕 맹산의 뗏목은 흘러 강안 부두에 이르고

황해 제철의 철재는 실리여 동서 역두에 내린다

내 조국 통일에 불타는 벅찬 념원 속에
펜 대신 쟁기를 잡은 학원의 청년들
민주의 성새를 다지며 길을 넓히는 여기

승리의 기폭들은 사회주의의 전망을 펼치고
오색 찬란한 부랑카드엔
시민들의 억세인 마음이 아로새기어 있다
우리의 민주 수도를 꾸미자
우리의 손으로

수많은 크레인이 나래쳐 머리 드는 곳
오늘도 로력의 기념비들은 세워지노라

내각 청사의 밝은 광창을 여시고
오늘도 우리의 수령은 보신다 이 모든 것을
그이의 심혈이 조국을 위하여 끓고 계신
바로 이 심장의 도시에서

그이의 뜻으로 펼쳐지는 이 황홀한 화랑에
인민의 맥박은 그이로 하여 더욱 드높이 뛰고
생활의 기쁨은 그이로 하여 더욱 파동 친다

그 어느 누가
우리의 이 지향을 꺾을 것이냐

원자의 폭탄을 천만번 휘두를지라도
원쑤는 다시 이 땅의 모래 한 알 꽃 한 포기
끝없는 평화의 지향으로 일어선
영웅 도시의

불패의 의지는
꺾지 못하리라

모쓰크바 북경 와르샤와의 도시들
강고한 인민의 도시들과 더불어
민주와 평화의 성새로 거연히
우리의 평양은 일어선다

푸른 안개를 헤치고
아침 찬란한 황금의 태양 아래
수령의 뜻 받들어
이 땅의 인민들이 드리는
불굴의 노래 속에

당의 부름을 받고

맑은 햇볕이 유리창 넘어 흘러든다
월계수 화분이 놓인 책상 우으로
붉은 꽃송이는 햇볕이 더욱 싱그럽고
나의 심장은 한결 더 고동친다

내 나이 벌써 40의 세월을 넘고
당 생활도 10년에 들어서거니
행복에 대하여 낯선 내 아니며
당의 부름을 받아 처음이 아니언만

나의 가슴은 깊이 설레이고
나의 마음은 한층 나래친다
슬픈 시절의 옛 일 회상도
간고한 시절의 싸움 생각도

추풍령 고개 넘어 행군하던 그 일도
락동강 전호 속에 시를 쓰던 그 일도
우리는 싸웠노라 당의 전사로
미제도 간첩도 동파도 부시며

당의 부름을 한 가슴에 지니고
우리가 나서는 곳 폐허도 일어섰다
허지만 오늘에 다시 한번 묻노니
너 당 앞에 말하여 보라

너의 가슴에 당증이 있음을
네 심장이 잊은 적은 없더냐
낡은 습성에 포로가 된 때에
설사 어느 한 찰라 순간에라도

동지들의 비판을 받은 일도 있노라
자유주의, 그것을 씻어 버려라
눈보라 그친 한밤의 눈 우에
하늘의 별 우러러 맹세한 그 날도

지키라, 당의 순결을 지키라
별빛은 그때 이렇게 일러
항시 투쟁과 승리에로
나를 이끌어 주었지니

10년을 가르쳐 길어 주신 어버이
상승(常勝)의 당이 나를 또 부르거니
20의 청춘도 부럽지 않어라
나는 더 젊어서 충직하리라

가슴을 눌러 당증을 만지니
고귀한 목소리 심장에 넘친다

당이 보내는 어떠한 곳이건
거기엔 높고 낮은 지위가 없다
당이 너에게 맡기는 거기서
당원의 영예를 드높이 지키라

만일에 지위를 생각는 자라면
그자는 이 방에 앉지도 말라

월계를 향하여 나는 앉는다
불굴의 의지로 불타는 꽃이여
이곳을 다녀간 충직한 투사들의
붉은 핏결이여 내 속에 흐르라

위대한 날의 노래

하늘 맑고
오월의 햇빛 흐르는
내 조국의 민주 수도
우람한 새 건설의 거리여

오색의 깃발 꽃 보라
프랑카드는 물결치고
수만의 대열은 뭉쳐 대하로 흐른다
영광의 거리 김일성 광장으로

지하 막장에서 자원을 캐낸 동무들
산악을 뚫어 강물을 이끈 동무들
협동 전야에서 새 농장을 이룩한 동무들
그 모든 생산의 건설의 투사들이

당당한 위훈 무사한 충성으로
사월 당 대회의 위대한 정신 받들고
오늘은 이 거리로 나와 시위하노니
이보다 더 큰 위력을 나는 모르노라

수천 년 이 땅에 서 보지 못한 고층 건물들
억센 우리의 로력으로 일어선 청사 우으로
수많은 흰 비둘기 날아오르고
우리의 시위 대열은 광장에 파도친다

저마다 긍지에 찬 로력의 성과를 들고
저마다 승리의 신념으로 끓는 노래 부르며
우리의 심장인 당 중앙 우러러
끝없는 영광 드리니

아, 오늘 이 위대한 날에
이 나라 슬기론 근로자들은 축복을 받으며
친선의 세계로부터 찾아온 전우들
우리의 대열 향하여 끝없는 사랑 보낸다

전투와 건설의 모든 곳에서
어떠한 시련도 고통도 이겨 왔음은
불패의 진리로 이끄는 당이 있기에
이보다 더 큰 행복을 나는 모르노라

다시금 기억하자 백년전 세계에 울린
공산당 선언의 그 목소리
영명한 레닌은 쏘베트 련맹을 창건하시고
우리는 이 땅에 인민 주권을 세웠나니

어찌 이곳뿐이랴 이 위력
백두산 줄기로부터 튜빙겐 삼림에 이르는
끝없이 광활한 이 대지 우에
오늘 민주와 사회주의의 축포는 오른다

인도에 련꽃은 피고
애급과 모로코에 태양은 비치고
온 세계 수억만 근로자들
한 노래로 부르는 인터나씨오날

이 노래 화산의 불보다 더 뜨거워

착취와 폭압의 철쇄를 녹이여 끊고
이 노래 원자의 힘보다 더 억세어
총검도 죽음도 무찔러 나아가는 것

남조선 형제들이여 이 노래 높이 부르라
저주의 물결 높은 모든 포구와 부두에
산과 들과 모든 도시와 거리에
우리의 것 찾아 세울 통일의 그 날 위하여

당이 펼치인 행복의 설계
이 찬란한 건설은 삼천만 인민의 것이니
우리의 승리 영광의 꽃다발
우리는 쟁취하리라 불굴의 투쟁으로

하늘엔 광명한 태양이

이 땅엔 당의 깃발이
위대한 날의 앞길 밝히어 주나니
평화의 물결이여 나아가자 오월의 파도여
민족의 통일과
사회주의 위업에로
나가자 당의 길
이보다 더 큰 영예를 그 누가 또 안다더냐

224

영원한 사랑아

바이칼 호수에 황혼이 흐른다
정열의 대지를 달려 온 사람들의
더운 가슴을 식혀만 주는 듯
호숫가 작은 역에 저녁 비 내린다

어찌 잊으랴 너 슬류덴쓰까야
빗발에 젖는 꽃다발 들고
조선의 벗들을 부르며 부르며
축전 렬차로 달려 온 동무들

한마음 뭉치는 사랑의 힘으로
서로 얼싸안음은 참으로 좋구나
설레는 빗발이 세차게 내린들 어떠냐
젊은 가슴의 샤쯔가 젖으면 어떠냐

말들은 비록 통하지 않으나
역두에 넘치는 환호의 물결
우리의 신념과 진리는 하나인 것이니
청춘의 영예를 가지고 한소리로 외쳐 부름은

미르! 드루즈바!*

어떠한 원자 폭탄도 이 말은 막지 못하리라
이 말을 위하여 우리의 모든 것 바쳐 아깝지 않다

---

* 평화, 친선이란 뜻

이 말을 위하여 수천만 리
캄보쟈의 처녀가 모쓰크바로 간다
이 말을 위하여 탄압의 국경을 넘어
수단의 청년이 모쓰크바로 간다

바이칼 어머니 한 분은
강보의 어린 것 비오는 속에 추켜들고
이 말을 한층 더 높이 외치었다

나의 이 귀중한 것을
모쓰크바로
축전의 선물로 데려 가오

모든 사람의 즐거운 웃음은 바이칼에 사무치고
수많은 축복과 키스는 어린 것 우에 쏟아졌다
아아, 나의 사랑아
이보다 귀중한 것 세상에 또 있을 것이냐

미제의 불 속에 희생된 원한의 피로써
내 조국 수백만 귀한 것들의 이름으로
우리는 이 귀중한 것을 지킬 것이니

영원한 사랑아 잘 있으라
슬류덴쓰까야
어머니여 어린것이여

우리들 심장에 끓는
이 붉은 념원을 위하여
공산주의와 평화의 서울인
모쓰크바로 가는 것이니

226

만경대에 드리는 노래

만경봉 푸른 솔밭 기슭에
남으로 추자섬 살진 땅 바라보면서
포근히 앉은 한 채의 초가집
여기 대대로 물려받은 만단 사연이 있습니다

지금은 진흙 물 곱게 매질한 벽 뜰에
삵을 엮어 나직이 두른 울바자 문선에
볏짚 따뜻이 이은 지붕 그늘에
흐뭇하니 향로의 정 안겨 올수록
천대와 고생살이의 옛 시절이
오막살이의 옛 모습이 떠오릅니다

비오면 빗발 들이치는 좁은 토방에
고역의 손때 찌들은 농장기들에
대를 두고 겪어 오신 만단 사연이

락엽이 질 때는 락엽을 모으시고
찬바람 불 때는 창 틈을 막으시고
압제와 가난살이 없어질 세상을
그 얼마 그리시며 또 기다리신가

허나 한숨으로만 살아온 이 땅의 아닙니다
만복이 제 발로 들어오기만 기다린 이 집이 아닙니다

왜놈의 총칼 소리 만경대 넘어 들 때

조선 사람의 명색마저 짓밟히울 때
김형직 선생은 분연히 싸움 길에 나서시고
항거의 불씨는 이 집에 일었습니다

초야에 묻힌 이 작은 집에
대대로 이어 흐른 불굴의 핏결 속에
아아, 그 누가 나시고 또 자라나신가

뜰 앞의 뜰메나무여 너 보고 들었으리라
살창에 비친 방 등불 가물거리는 밤에
아기의 울음 달래시는 어머님 그림자
조용히 부르시는 아버님의 자장가 소리도
조선의 아가야
어린 아가야

가정에는 화목동
나라에는 영웅동

세월의 흐름 따라
그 모든 것 세상은 알았습니다

인민의 수령 여기 자라신 곳
만경대 푸른 잔디에 숨은 이야기도
이 고장 떠나시어
장백을 찾아가신 그 시절의 숨은 사연도

오직 혁명의 길에 몸 바치신 부모의 뜻이오시고
하늘을 우러러 남긴 선조들의 소원을 알으시고
애타게 부르는 이 나라 인민의 새 세상 위하여

이역 풍상 간고한 나날

혁명의 대오 강철로 이끄시며
항일의 십 오여 성상을
일제를 족치며 싸워 오신 그 영광의 력사

아아, 혁명의 높은 봉우리여
불굴의 정신이여

당신의 위대한 사상이
광명이 되여 오늘 이 땅에 넘치고
로동당 시대를 열어 놓았나니
산도 물도 이 땅의 모든 생활이
당신의 어버이 사랑 속에 안겨 있습니다
김일성 원수이시여
당신이 계신 이 땅 이 시대
이 우에 더 큰 보람과 행복 나는 모르옵나니

당신의 옛 고향집에
당신이 걸으신 길과 발자욱마다에
이 심정 이 노래를 드립니다
만수무강을 비옵니다

해도 십 년, 달도 십 년

- 총련 창립 10주년을 맞이하여

부산항 부두에 소소리 비 오고
현해탄 물 우에 갈매기 목 메였노라
이역 수천 리 쫓기여 가면서
빼앗긴 고향이 하도 원통해…

야마도 땅에 등짐을 지고
품팔이 고역은 또 몇 해이던가
살아도 산값을 못 누리며
망국의 피눈물은 또 얼마이던가

허나 동해 기슭에 새 아침은 밝아
붉은 태양이 백두 산정에 솟았노라
일본 군도의 살풍은 몰려가고
어버이 땅 북녘에 새 조국은 일어섰노라

그 날부터 어엿한 심중의 말
——나는 조선 사람이다
아아, 60만 그리운 동포들이여
그 날로부터 조선 공민의 영광 지니지 않았는가

어느 물가에 버림받은 조약돌이 아니라
어느 거리에 짓밟히는 부평초가 아니라
몸은 비록 이국 땅에 아직 살아도
영광스러운 어버이 품에 있는 그대들

해도 십 년, 별도 십 년
그 누가 주신 삶의 영광이기에
조국을 위하여 싸우지 않았으랴
수령을 위하여 몸 바치지 않았으랴

60만이 지닌 황금빛
한 송이 해바라기인 듯
우러러 우러러 거센 풍우를 헤치며
한 마음 평양을 우러러 보는 그대들

그 옛날 왕인이 글을 가르친 그 땅에서
그 옛날 담징이 예술을 꽃피워준 그 땅에서
오늘은 미 일 제국주의의 범죄를 규탄하며
사회주의 조국의 새 진리를 펼쳐 싸우는 그대들
오고 싶은 조국의 길 그 누가 막으며
보내고 싶은 동포의 심정 그 무엇이 막으랴
오라! 자유로운 길 열어
통일된 조국의 붉은 노을도 함께 바라보자

눈도 십 년, 비도 십 년
정의와 진리와 민족의 권리 위하여
공화국 기치를 높이 든 그대들에게
동포의 심장, 뜨거운 인사를 보내노라

투쟁 만세
영광 만세

수령이시여 만수무강하시라

찬란한 아침이 밝아왔습니다
얼마나 맑고 푸른 하늘입니까
황홀한 감격에 가슴 부풀게 하는 저 하늘
붉은 지평선 우에
오늘 새해 장엄한 햇빛이 솟아오릅니다

혁명의 시대 투쟁의 길 우에
창조와 혁신의 불길 세차게 타오른 새 력사 우에
천리마 대진군으로
승리의 한 해를 보내고 새해를 맞는
영광스런 이 아침에 그 어디서나
수령께 드리는 노래 울려 퍼집니다

끝없이 자유로운 날개를 펼쳐
새들도 훨훨 날아가는 아침 햇빛 속에
설빔 색동의 나 어린 꽃봉오리들도
붉은 목수건 훨훨 날리는 햇빛 속에
우리의 사회주의 행복이 온 강산에 넘치고
오직 하나의 충성 바쳐 인민은 노래합니다

아아, 위대하고 영명하신 김일성 원수이시여
사천만 우리 인민은 삼가 당신의 이름 부르며
그 어디서나 새해인사를 당신께 드립니다

백두의 삼정아래 높고 낮은 모든 련봉들이

이 땅의 모든 사회주의 도시들이 인사를 드립니다
용광로의 거연한 탑돌과
자립경제의 숨결 뿜어 올리는 아스라한
굴뚝의 세찬 연기들 앞에서
기름진 옥야 어데나 흥성거리는 마을들의
만풍년을 쌓아올린 황금낟가리들 앞에서
사람마다 승리자의 빛나는 모습으로
새 전투의 불타는 충성을 안고
그 어디서나 새해인사를 수령께 드립니다

지난해 룡성의 천리마를 불러 일키신
보다 큰 비약의 부름을 안고
붉은 주권을 만년반석 우에 올려 세운 지난해
위대한 십대 정강에서 주신 전투의 새 강령을 안고
오직 수령께 드리는 충성의 노래를 드립니다

                    1

그 옛날엔들 하늘이 없었으리까
해와 달과 별들이 없었으리까
봄철이면 꽃피는 나무이며
대지를 누벼 흐르는 흐뭇한 강들이 없었으리까만
그 옛날 인민들은 어두운 하늘에 저주를 던지며
착취와 고역에 시달리는 대이주에서
열매가 아니라 피맺힌 눈물을 걷어 안으며
꽃이 아니라 굶주려 쓰려진 어린 자식들 부둥켜안으며
차라리 저 하늘 무너지라고
황량한 광야에 울부짖기도 하였습니다

허나 인민은 결코 욕된 생활에 주저앉지도 않았고
인민은 결코 착취와 압제의 원쑤를 용서하지도 않았고

인민은 결코 한시도 투쟁을 멈추지 않았습니다
수령이시여 그것은 바로 당신의 횃불이
백두령봉에 타오른 그때부터입니다
항일의 길 혁명의 길 조국광복의 길로
무장대오를 불러일으키신 그 날로부터

인민은 바로 당신의 광명을 보았습니다
어두운 세기의 구름장들을 부시며
삼천리강토에 뿌리시는 그 광명을
혁명투사들은 주체의 진리를 가슴에 안고
무장을 높이 들라 하신 당신을 따라
눈보라의 준령을 넘어 일제를 무찔러 싸우면서
사회주의의 밝은 앞길을 내다보았습니다

몸소 조국의 운명을 어깨에 메시고
고난의 행군 길 헤치심은 몇 천 리이신가 몇 만리이신가
그 길은 바로 조국으로 다가오신 길

지금도 생각하면 눈시울 뜨겁습니다
해방의 밝은 길 열으시며 조국으로 개선하시던 그 날

너무나 큰 감격에 뜨거운 눈물을 흘리며
그칠 줄 모르는 환호와 만세소리 높이
오매에도 그립던 당신을 맞이했나니

만고의 영웅이신
절세의 혁명가이신
아아 김일성 원수이시여

당신은 우리 인민들 속에
광명으로 오셨습니다

행복으로 오셨습니다
　진리로 오셨습니다
　　승리의 기치로 오셨습니다

오늘 새해 맑고 푸른 하늘 우러러
수령께서 걸어오신 영광의 길 더듬으며
한없는 행복 설레는 가슴으로
수령의 만수무강을 축원합니다

2

해방된 이 땅의 20여 년을
불패의 당을 이끄시며
불굴의 인민을 령도하시며
혁명의 온갖 시련을 몸소 막아내시며
사회주의 새 조국 펼쳐주신 길
그 길에서 당신의 뜨거운 사랑 인민들 가슴에 안겨졌습니다

정녕 인민의 아픔을 가슴에 지니시고
추우나 더우나 인민을 위하여
나라의 방방곡곡을 몸소 찾아 살피시니
생활에 근심이 없는 세상이
배움의 길 누구에게나 활짝 열려진 세상이
로동이 생활의 행복으로 되는 새 세상이
실로 당신의 위대한 햇빛아래 펼쳐졌습니다

당신의 원대한 구상과 설계도에
붉은 수도의 고층건물이 하나하나 놓이었고
황철의 야금기지도 랑림의 언제도 비날론의 궁전도 일어섰고
자력갱생의 수많은 공장들이 기계들이
전기의 그물이 관개수로의 푸른 그물이 온 나라를 덮었습니다

235

수령께서 가신 숙천에 대안에
사회주의 공산주의로 나아갈 뚜렷한 길들이 밝혀지고
당신이 가신 청산리에서
우가 아래를 돕고
사람과의 사업을 잘하게 밝히시니
당신의 위대한 정신
온 나라를 혁신과 비약으로 들끓게 하였습니다

인민은 나아갑니다
남이 한 발짝 나아가면
열 발짝을 앞서 나아가려고
강선에 주신 수령의 천리마의 첫 봉화는
온 나라 천리마 기수들을 불러 일으켜
천리마 대진군의 새 시대를 열으셨습니다

오늘 사회주의 높은 봉우리 우에
천리마로 달려온 자랑찬 길우에
어느 열매 하나 수령의 은혜 아닌 것 없습니다
어찌 우연하리까 오늘의 이 영광

온 겨레를 안아주신 당신의 사랑으로 하여
그 어느 산간마을에도
멀리 떨어진 그 어느 바다 기슭에도
헐벗고 못사는 사람이 없고
의지 없는 로인들도 외로운 고아들도 없습니다

집마다 밝은 창문마다
노래 소리 웃음소리 꽃처럼 환히 핀 얼굴들

사람마다 말합니다 어데서나 말합니다
살기 좋아라 일하기도 좋아라 배우기는

더 좋은 사회주의 세상이어라
어찌 우연하리까 오늘의 이 행복

정녕 당신의 계심으로 하여 있는
영광의 시대 행복의 세월입니다
빛나는 이 시대에 사는 인민의 이름으로 소리높이 노래하노니
오늘의 저 맑은 하늘도 당신이 주신 것입니다
오늘의 저 밝은 햇빛도 당신이 주신 것입니다

끝없는 영광과 행복에 다시금 설레이며
수령의 밝은 햇빛 우러러 새해인사를 드리오니
아아, 우리 인민의 위대한 수령이시여
우리 행복의 어버이시여
부디 만수무강하시라 만수무강하시라

3

오늘 온 나라는 철벽입니다
한 손에 총 한 손에 낫과 마치를 잡으라 하신
수령의 가르침 따라
그 어데서나 당과 수령께 충직한 붉은 전사들
하나의 목숨도 청춘도 오직 당신께 바쳐
혁명초소들에 철벽으로 섰습니다

어찌 잊으리까 미제 침략자들이
전쟁의 불길을 이 땅에 들씌우던 그 날
마을도 숲도 고지의 흙도 바위도 불타던 그 날
가열한 그 불길 속에서 1211고지는 거연히 원쑤를 막아냈습니다
오직 당신의 령활하신 전략과 전술로 하여

불타는 전호 속에서 당신의 명령을 듣는 우리 용사들이기에

그 어떤 시력 속에서도 수령을 믿는 우리 인민들이기에
불사조마냥 일어섰고 성난 사자마냥 달려 나아갔고
세계최강이란 미제침략군의 신화를
저 함정골에서 골짝마다에서 짓부셔 놓았습니다

허나 아직도 그 원쑤들이 남녘하늘아래 있습니다
나라의 절반 땅이 놈들에게 짓밟혀 있습니다
어찌 한시를 참으리까
당신의 명령이라면
이제라도 달려 나아갈 우리의 총창이 모두 일어섰습니다

우리의 틀어쥔 총창이
우리의 무쇠주먹이
철천의 원쑤들을 남녘바다에 몰아 처넣기 전에야
어찌 이 총을 놓고 이 주먹을 펴고 잠들 수 있으리까

우리의 모든 건설들이
판가리 결전의 그날 향하여 세찬 불꽃을 날립니다
전기로의 쇠물은 소용돌이쳐 흐르고
강철의 쇠물마다에선
멸적의 포신들이 거대한 머리를 들며 일어납니다

오직 당신이 계심으로 하여
통일의 붉은 그 날도 가까이 내다봅니다
오직 당신이 계심으로 하여
오늘도 남녘의 인민들은
승리의 신념을 안고
수령의 이름 가슴깊이 부르며
항쟁의 길로 투쟁의 불길 속으로 나아갑니다

사천만 우리 인민의 수령이시여

우리 인민은 오직 당신을 따라 나아갑니다
위대한 십대 정강에서 밝혀주신
자주 자립 자위의 길을 따라
혁명의 시대를
세계혁명의 물결이 거세찬 이 시대를
승리의 시대 영광의 시대로 밀고 나아가렵니다

로동 계급의 길 혁명화의 길로 자신의 채찍을 더욱 높이며
우리의 혁명대오를 강철로 더욱 튼튼히 꾸리며
수령의 두리 당의 두리에
하나로 뭉쳐 불패의 힘으로 뭉쳐 나아가렵니다

경제와 국방건설의 두 고삐를 튼튼히 틀어잡고
한번 더 천리마의 기적을 세상에 떨치며
천리마의 대진군으로 달려 나아가렵니다
그 어떤 보수성도 소극성도
천리마 세찬 발 밑에 짓부시며
사회주의의 보다 장엄한 높은 봉우리에로
조국통일의 휘황한 노을 빛 속으로 달려가렵니다

오직 당신이 계심으로 하여
통일도 번영도 빛나는 미래도 있는 것입니다
오늘 당신의 빛나는 주체 사상은
바다건너 멀고먼 대륙들에도 비쳐갑니다
당신의 이름은 아프리카 신생독립의 나라
어느 먼 야자수 그늘에서도 들을 수 있습니다
당신의 이름은 철쇄를 끊고 일어서는
세계 혁명가들의 힘으로 되었습니다

영광의 바다로
양양한 미래의 바다로

거센 물결도 헤치시며
오직 당신만이
혁명의 키를 바로잡고 인도하시는 수령이시여

오직 당신만을 의지해 나아가는
우리 인민의 운명을 새 력사에 실으시고
오직 당신만이
혁명의 항로를 바로잡고 인도하시는 수령이시여

오늘 새해 아침을 맞이하여
사천만 인민은 충성을 맹세하며 바라오니
부디 만수무강하시라 부디 만수무강하시라

먼 대양과 대륙의 끝에서도

환호와 만세소리 설레이는 꽃물결 속에서
조선이 안겨주는 친선의 정 뜨거이 안고
먼 대륙의 벗들은 떠나갔습니다

하늘을 날으는 비행기의 유리창 너머로
어느덧 멀어져 가는 이 땅에
정녕 아쉬운 석별의 정 남기고
영원히 잊혀지지 않을 조선의 영상을 안고
그들은 떠나갔습니다

제국주의 철쇄를 끊고 일어선 나라들에
아직은 혁명의 가시덤불을 헤쳐 나아가며
민주와 사회주의 길 찾는 혁명가들에게
조선의 영상은 실로 위대한 모습으로 안겨져 갔습니다

세상엔 전설이 많아도
천리마 조선의 전설은 세상에 다시없습니다
그들은 평양의 거리를 황홀히 거닐면서
하늘이 아니라 땅 우에 솟은 인민의 락원을 보았으며
쇠물이 사품치는 강선의 전기로 앞에서
제힘을 믿는 자력갱생의 조선을 보았으며
조국 땅 곳곳마다에서 울리는 꽃봉오리들의 노래와 춤들에서
위대한 조선의 황금예술을 보았습니다

수리화의 푸른 물줄기 산을 넘어 흐르는 곳

기계로 화학으로 농사짓는 만풍년의 청산벌에서
새로운 농업지도체계의 정신을 보았으며
대안의 공장구내를 생각에 잠겨 걷고 또 걸으며
공산주의 공업관리의 위대한 새 체계를 보았나니
그들은 조국 땅 그 어디에서나
탁월한 수령 김일성 동지의
위대한 주체사상의 광명한 빛발을 보았습니다
이 나라 이 땅 그 어느 먼 두메를 찾아가도
수령님의 은혜로운 사랑의 햇빛아래
실업과 빈궁의 슬픔이란 모르고
즐거운 로동 속에 삶을 누리는
세상에서 가장 행복한 인민의 생활을 보았습니다

아아, 먼 대륙의 혁명가들은 노래합니다
이 세상에서 사회주의의 가장 빛나는 모범은 조선이라고
이 세상에서 가장 위대하신 혁명의 수령은 김일성 원수님이시라고

야자수 설레이는 남방의 하늘가를 날으면서도
지중해협의 검푸른 바다 우를 건너면서도
사하라 사막의 열풍 속을 헤치며 날으면서도
그들의 마음은 조선을 떠나지 않았고
그들은 가슴깊이 무한한 경모의 정으로
김일성 동지를 우러러 노래 불렀습니다

아아, 김일성 원수이시여
수령님의 농촌테제는 아프리카 대륙에도
광명한 햇빛을 주십니다
수령님의 로작 속에는
민주의 길
사회주의의 길
공산주의의 길이 환히 밝혀져 있습니다

조선 땅 우에 뿌리시어 찬란히 꽃핀
자유와 행복의 그 씨앗을
신음하는 먼 대륙에도 심으려 합니다
미제국주의로 하여 억울히 고통받는
인민들의 해방을 위하여
수령님께서 가리키신 반제반미투쟁의 길로
힘차게 나아가렵니다

수령님의 로작을 지닌 혁명가들이
압제의 땅에 혁명의 붉은 씨앗을 뿌리며
조선의 위대한 태양을 우러러 노래합니다
인류의 앞길을 찬연히 밝히시는
위대한 태양 김일성 원수님은
현시대의 탁월한 맑스 레닌주의자이시라고

천년을 살아도 만년을 살아도

한없이 귀중한 나의 조국
진정 인간의 존엄과 자유와 행복의 노래는
나의 사랑하는 사회주의 조국에서 넘쳐흐릅니다

수천 년 흐르고 굽이친 세월 속에
동방 고조선의 아득한 옛날로부터
이 땅의 비문과 판각과 력사 우에
오늘의 조선처럼 그 이름 세상에 떨친 적은 없습니다

수수억만년 저 하늘에 해와 달은 흘렀어도
피눈물과 저주 속에 살아온 인민들 머리 우엔
단 한줄기 광명을 주지 못하였나니

나라의 이름을 지닌 삼천리 반도 안에
봄여름 꽃은 피고 새들은 목청 돋구어 노래 불렀어도
그 꽃은 나라의 행복으로 피지 못하고
그 노래 사람들의 기쁨으로 되지 못하였나니

그 광명은 비로소
그 행복과 기쁨은 비로소
력사의 하늘땅을 활짝 여시며
만경봉에 솟아오르신 위대한 태양의 품에서
눈부시게 비쳐오고 따사로이 흘러내렸습니다

그 빛발아래

낡은 세기의 철쇄들은 산산이 부서지고
그 따사로운 품에서
구원된 조국은 거연히 일어섰습니다

조국의 심장은
태양의 빛발 주체의 그 빛발로 고동치고
조국의 걸음은 굳센 신념의 걸음으로
그 누구도 넘지 못한 혁명의 령마루들을 넘어
조선의 천리마는 드디어
세기의 하늘 높이 날아올랐습니다

침략과 살육의 폭풍 사나운 세월의 기슭으로
자욱마다 붉은 피 흘리며 헤매던 그 조선이 아닙니다
원한 서린 황토에 잉무던 보습을 박고
마소처럼 가대기를 끌던 그 조선이 아닙니다
무서운 천대와 가난 속에 어머니가 죽고 어린것들이 숨을 거둔 땅 우에
강물이 아니라 피눈물이 넘치던 그 조선이 아닙니다

오늘은 수령님 햇빛 아래
불행과 슬픔의 그 모든 것이 사라진 땅
정녕 행복이란 꽃이 처음으로 만발하여
조국은 그 꽃송이들마다에 감사의 정을 가득 담아
수령님 햇빛 우러러 바치옵니다

지하의 보물도 인민을 위하여
천고의 밀림도 인민의 행복을 위하여
새 조선은 오직 수령님의 원대하신 뜻 받들어
혁명과 건설의 보람찬 길을 힘차게 달려왔습니다
세상이 경탄의 눈으로 바라보는 우리 사회주의 길로

규모가 커지면서 속도를 높이면서

더 위력한 기세로 쇳물은 끓고 압연강재는 쏟아지고
온 나라에 공작기계들은 은하수처럼 흐르고
경제의 자립성은 나래를 펼치고 또 펼쳐
오늘의 조선은 기계의 나라 공업의 나라로 되었습니다

사람들은 자랑찬 조국의 노래를 어데서나 듣습니다
전야를 누벼 달리는 뜨락또르의 군단을 보면서도
그 전야에 넘치는 황금물결의 벼이삭 한 포기에서도
사람들은 어데서나 가슴속깊이 노래합니다

햇빛 넘치는 학원의 창문가
월사금을 모르는 아이들의 랑랑한 글소리를 들으면서도
어데나 꽃피는 행복의 요람
꽃포단 침대 우에 방실거리는 아이들 곁에서도
한없이 아름다운 수도의 아침 만수대 언덕을 오르면서도

조국의 고귀한 이 모든 것을 안겨주신
어버이수령 김일성 원수님을 노래합니다
그이의 따사로운 손길에 목메이며

마음만 먹으면 도시와 발전소들이 전설처럼 일어서는 것도
서해기슭에 지도에 없는 군들이 솟는 것도
백리과원에 향그런 과일이 끝없이 무르익는 것도
대륙과 대양을 건너 조선예술이 온 세계에 황금빛을 뿌리는 것도
그것은 오직 누리에 넘치는 수령님 사랑의 은혜

바로 그 은혜로운 수령님 햇빛 아래
사람들은 마지막 힘든 로동에서 해방되며
찬란한 공산주의미래에로 나아갑니다
바로 그 은혜 속에 일편단심 충성을 다하며
하늘 땅 바다 어데서나 금성철벽으로

수령님 안겨주신 이 좋은 조국 지킬 것이오니

천년을 살아도 수령님 모시고
만년을 살아도 수령님 우러러
우리의 조선은 충성의 길에서 영원히 번영할 것입니다
인류의 봄빛을 온 세상에 펼치시는
아, 위대한 수령님 사랑 속에

행복의 언덕

아마도 슬픈 시절을 걸어온 탓인가
좋고 즐거운 일을 당해서
웃음 속에 눈물이 맺히려 함은

행복의 언덕을 오른다
누가 이리로 이끌어 주셨기에
바람은 이리도 시원하며
밝은 햇볕 아래
꽃으로 피는 시절을 보는가

빈 쌀독을 보며
한숨짓던 어머니
한 뙈기 부칠 땅이 없어
타관살이로 떠나던 어버이

피맺힌 원한 속에 그리던 세상
행복의 언덕 여기 오르시며
어찌 꿈같다 여기시지 않으리

잿더미 폐허로 쓰러진 땅에
복수에 찬 마음 가다듬어
건설의 첫 삽날을 박은 우리들
이제 이 언덕에 오르며
어찌 스스로 놀라지 않으랴

수천 년 이 땅의 고통을 씻어
예속과 착취의 흔적을 씻어
흐르는 강물 퍼지는 노래

여기 일하면 일한 보람
무럭무럭 살진 이삭은 패고
예 보지 못한
새로운 마을 공장 도시
황홀한 사회주의의 락원 펼쳐지거니

대동강 기슭에
인민의 궁궐들이 솟아오른다
일찍이 전설에도
이러한 전설은 없었노라

인간의 행복을 만드는 그 모든 것
그것을 만들어 올리는
불꽃의 나라여

밤을 모르는 청년들이
력사를 앞당기는 처녀들이
누구도 모를 비밀이 아니라
고귀한 로동의 위훈 가운데
영원한 행복을 노래부른다

행복의 이 언덕을 오른다
서울로 가는 길도 여기서 멀지 않다
김제 만경 그리운 곳도
제주라 백사지에 꽃이라 심어줄 날도

행복의 이 언덕을 오른다

누가 이리로 이끌어 주셨기에
바람은 이리도 시원하며
이처럼 아름다운 세상을 보는가

아아, 누구도 그이를 안다네
5개년 계획을 열어 불러주신 이
태양과 같은 당의 은혜
누구도 누구도 그이를 안다네

누가 이리로 이끌어 주셨기에
바람은 이리도 시원하며
이처럼 아름다운 세상을 보는가

아아, 누구도 그이를 안다네
5개년 계획을 열어 불러주신 이
태양과 같은 당의 은혜

조선의 태양 우러러

- 공화국 창건 35돐 경축 군중시위 광장에서

꽃은 오늘을 위하여 피어난 듯
감격에 넘쳐 설레입니다
깃발은 오늘을 위하여 태어난 듯
영광에 넘쳐 물결칩니다
백만의 시위대열은
공화국이 걸어온 서른 다섯 해
장엄한 승리의 화폭들을 펼치며
주석 단상을 우러러 영광을 드립니다

위대한 수령 김일성 동지께
친애하는 지도자 김정일 동지께

꽃보다 더 좋은 것 없어
가장 아름답고 고운 꽃들을 흔듭니다
우리 당의 깃발이 좋아
우리 공화국 깃발이 좋아
환호성 높이 심장으로 흔들며 감사를 드립니다

오늘의 시위광장에는
어버이수령님 높이 모시고
수령님 혁명위업 한 몸에 이어 나아가시는
친애하는 그이를 함께 모시었나니

아아, 그이의 모습은

서른 다섯 해 전 수령님의 그 모습
공화국 창건을 선포하시던
슬기와 정열에 넘치시던
바로 그 청년장군의 모습이 아니신가

바라뵈올수록 바라뵈올수록
온 누리가 환해지는 그 모습 우러러
70고령의 늙은 전사인 이 마음도
오늘은 가슴에 더욱 뜨겁게 솟구쳐 오르는
그 날의 그 눈물보다 뜨거운 것을 흘립니다

무에서 유를 찾으시고
천리마에 속도전을 가하시며
우리의 공화국을
위대한 사회주의 강국으로 꽃피워 나아가시는 그이

침식을 잊으시며
밝으신 예지로 온갖 난관을 헤치시며
주체의 붉은 노을을
온 누리에 펼쳐 나아가시는 그이
영광 찬란한 그 햇발 우러러
온 세계가 그이께 축복을 드립니다

오늘의 우리 공화국은
일제의 야수에게 짓밟히고 버림받던
그 옛날의 그 조선이 아닙니다

만국평화회의 마당에
배를 갈라 피를 뿌려도
누구 하나 알아주지 않던
천애고아의 그 명색 없던 조선이 아닙니다

252

오늘의 우리 공화국은
어버이수령님 태양의 품으로 일으켜 주시며
인류 력사 우에 거룩한 자세로 일떠선 주체의 조국
주체조국의 향도의 햇발이신
친애하는 그이께서 사랑의 품으로 안아 이끄시어
주체의 리상세계로 나아가는 위대한 조선

아아, 복 받은 조선이여
반만년 력사에
어느 시대 어느 세월에
이런 행복이 있었던가
은혜로운 태양과 향도의 햇발 속
영원한 사랑에 안긴 이런 행복이

온 세계 친선의 벗들이
백이 넘고 천이 넘는 귀중한 사절들이
끝없는 흠모와 존경을 안고 축하를 드립니다

조선의 행복을
인류의 행복으로 축하합니다

조선의 긍지
조선의 영광
민족의 태양과 향도성을 우러러
하나로 뭉쳐 나아가는
우리 인민의 억센 의지가 물결칩니다
백만 시위대열의
꽃의 바다 깃발의 대하

찬란한 미래를 열어 나아가는
조선의 이 전진은

그 어떤 험산도 탁류도 밀어 제끼며
아직 이루지 못한 조국통일의 그 날을 향하여
통일된 조국의 광장으로
억세게 억세게 나아갈 것입니다

우리의 념원이 꽃핀
그 날의 그 광장 그 꽃바다 우에
오늘같이 어버이 수령님 모시고
친애하는 지도자 동지께서
주석단 우에 높이 오르실 때

아아, 우리 인민은
오늘의 이 뜨거운 것보다
더 뜨겁고 뜨거운 것을
우리의 두 눈에 홀리고 홀릴 것입니다

잊을 수 없는 영광의 그 날

사람들 나에게 묻는다면
나는 대답하리라

내 한 생에
가장 큰 행복과 영광
받아 안던 그 날을

못 잊을 추억은 많아도
내 눈앞을 먼저 떠오르는
그 날을

신록의 청신한 바람
창가에 설레던 그 날이여

우리의 지도자이신
친애하는 그이를
삼가 모신 그 날이여

얼마나 기다린
그 시각이었던가

조국강산에 락원의 꽃을 더욱 활짝 피워 가시며
우리 인민들에게
<락원의 노래>를 또 안겨주시려
몸소 창조현장에 나오신 그이

위대한 창조의 스승을 모신 그 영광
어찌 짧은 말로써 형언할 수 있으리요

우리의 인사를 따뜻이 받아주시고
우리의 손도 뜨겁게 잡아주시고
우리를 한 자리에 앉도록 불러주신 그 사랑

그 은정만도
비길 데 업는 영광인데

자애로운 눈길을 드시어
머리에 흰 서리 내린 저를 부르시어라
인자하신 미소로 정겨우신 음성으로

그이 앉으신 바로 옆자리로
친히 손을 들어 부르시어라
─어서 이리 오시오

아아 꿈이면 이런 꿈이 있으리요
너무나 황감하고 귀중한 그 자리
내 무슨 충성의 공이 있어
그 자리에 감히 나아가리요

허나 천금같은 이 시각
더는 머뭇거릴 수 없어
외람되이 발길을 옮겨
불러주신 그 자리에 앉았노라

그 영광의 자리에서
력사에 큰 자욱으로 아로새긴
그이의 가르치심을 또한 받았노라

그것은 바로 주체의 진리
노래 하나를 지도하시어도
인민을 위하여 바치시는 숭고한 리념

참으로 그이는
우리 인민 모두를
창조의 주인, 기적의 영원한 자리에 앉혀주신 분

어버이 수령님의
주체의 진리를 더욱 밝히시어
수천 수만 년
그 누구도 주지 못한 이 행복 이 영광
우리 인민에게 안겨주신 그이

참으로 그이는
우리 인류가 천만 년 우러러 모실
은정의 햇발이어라
진리의 향도성이시어라

아아 어찌 알았으리오
이렇듯 위대하신 이의 뜨거운 은정
내 그 날 그리도 가까이 받아 안을 줄이야

행복에 목 메이는 그 순간
나의 머리에는
지난 날 어머니의 모습이 떠올랐어라
한 많은 세상을
소원만 남기고 떠나신 어머니
아들의 이 행복 보신다면
얼마나 감격의 눈물 흘리시리요

나라 없던 슬픈 시절에
눈물의 자장가 불러주신 어머니

이는 어머니의 간절한 소원
이는 이루지 못한 소원

허나 어머니의 이 모든 소원도
우리의 친애하는 그이께서
풀어 주셨나니

좋은 세상도 인간의 봄도
더 활짝 꽃피워 주시며
꽃방석보다도 천백 배 고귀한
은정의 자리에 앉혀 주셨나니

아, 어머니 어머니
이제는 한을 푸시라
이제는 눈물을 거두시라
이제는 복 받은 이 아들을 축복하시라

허나 축복에 앞서
은정의 품에 안아 값 높은 삶을 주시는
친애하는 우리의 김정일 동지께
삼가 감사의 인사를 드리시라
이 아들과 함께 큰절을 드리시라

세월이 흐를수록
잊을 수 없는 그 날이여

충성의 마음들은 그이를 받들어
억만 년 노래하리라

가장 순결한 마음
티 없이 맑은 충성의 마음 아니고서야
어찌 감히 그 날을 회상하리요
내 오직 충성의 그 마음으로
그 날을 지켜 살리라

충효의 마음 속에
내 그이를 가장 친근히 모시고
내 목숨으로 그이의 위업을 지켜 가리라

제 2 부 가요시

서울 노래(1934.4) ~ 미녀도(1939.1)

서울 노래

조명암 작사
안일파 작곡
채규엽 노래
콜롬비아 레코드 40508A
1934년 4월 개사곡

한양성 옛 터에 종소리 스며들어
나그네 가슴에도 노래가 서립니다

한강 물 푸른 줄기 말없이 흘러가네
천만년 두고 흐를 서울의 꿈이런가

밤거리 서울거리 네온이 아름답네
가로수 푸른 잎에 노래도 아리랑

꽃피는 한양성 잎 트는 서울거리
앞 남산 피는 구름 서울의 넋이런가

---

* 동아일보 당선 가사

남포의 추억

금운탄 작시
이면상 작곡
선우일선 노래
포리돌 19172
1935년 1월

애 타는 이 가슴을 바닷물에 적시며
적시다 불이 일면 울어나 보리

바닷가 모래 우에 그 이름을 쓰노니
물결이 숨어들어 지워갑니다

애달픈 지난날에 맺은 꿈을 잊으리
갈매기 등에 실어 띄워 보내리

---

* 영화 「바다여 말하라」의 주제가(편자 주)

바다의 청춘

조영출 작시
김면균 작곡
윤건영 노래
포리돌 19172
1935년 1월

바다의 길이 멀어 천만리런가
님 그리운 한 시절에 꿈길도 젖네
물결에 젖어 아 눈물에 젖어
갈매기에 한 평생이 처량합니다

해당화 꽃이 붉어 청춘이런가
남쪽나라 항구마다 사랑이 있네
파도에 밀려 아 추억에 밀려
스러진 꿈 옛사랑이 무너집니다

흐르는 구름 따라 몇 해이런가
비나리는 파지장도 등불에 젖네
유랑에 십 년 아 설움에 십 년
뱃머리에 님을 잡고 울었습니다

추억의 소야곡

조명암 작시
김준영 작곡
임헌식 노래
콜롬비아 40606
1935년 4월

스러진 옛 꿈을 눈물에 잊으리
찬이슬 새벽 풀에 맺어나 두오리
하룻밤 그 일이 구름 같구나
젊은이의 노래도 한때이던가

은하수 물결에 노래를 찾으리
시드는 꽃품 안에 이 설음 묻으리
포구의 이별도 옛말 같구나
임자 잃은 이 밤은 울고만 싶네

무너진 옛 성에 흐르는 달빛은
천만년 두고두고 이야기하련만
덧없는 세월이 물결이오라
가신 님의 청춘은 시들었어라

눈물의 부두

조명암 작시
김준영 작곡
채규엽 노래
콜롬비아 40612
1935년 5월

비에 젖은 해당화 붉은 마음에
맑은 모래 십리 벌 추억은 이네

한 옛날에 가신 님 행여 오실까
비나리는 부두에 기다립니다

저녁 바다 갈매기 꿈 같은 울음
뱃사공의 노래에 눈물 집니다

님이여 잘 있거라

조명암 작시
김준영 작곡
강홍식 노래
콜롬비아 40629
1935년 8월

님이여 잘 있거라 소매잡고 우는 님아
이 몸은 떠나가리 하염없이 울고 가리

뜬구름 저 언덕에 피눈물을 묻으오리
시들은 갈대 잎에 이슬 되어 흐르오리

갈 길은 아득하다 정처 없는 거친 들에
눈물이 넘쳐흘러 바위 옷만 젖어든다

주막의 하룻밤

조명암 작시
김준영 작곡
강홍식 노래
콜롬비아 40649
미취입

이 잔을 잡아요 눈물의 술잔을
주막의 하룻밤도 꿈이랍니다
아 웃어나 볼까 울어나 볼까

고향은 멀어요 저 멀리 아득해
설음에 지고 지는 신세랍니다
아 웃어나 볼까 울어나 볼까

사랑을 말아요 뜬구름 사랑을
이별이 잦은 님의 정이랍니다
아 웃어나 볼까 울어나 볼까

믿지를 말아요 웃음이 간다고
눈물에 젖은 웃음 가시랍니다
아 웃어나 볼까 울어나 볼까

목화를 따며

조명암 작시
김해송 작곡
장세정 이난영 노래
오케레코드 1896
1936년 5월

목화를 따세 목화를 따 목화 풍년일세
서산에 해가 지면 파란별이 뜬다
목화 따러 가는 처녀들 목화 따러 가는 지역에
물방아는 돈다 물방아는 돈다
물방아는 돌아간다 잘도 돌아간다
아 잘도 돌아간다

목화를 따세 목화를 따 목화 고장일세
저 산에 매미 울면 님이 돌아온다
목화 실러 오는 망아지 목화 실러 오는 도련님
고개 넘어온다 고개 넘어온다
열두 고개 넘어온다 잘도 넘어온다
아 잘도 넘어온다

목화를 따세 목화를 따 목화 자랑일세
저 꽃이 피어나면 맘도 피어난다
목화 싣고 오는 망아지 목화 싣고 가는 도련님
고개 넘어간다 고개 넘어간다
열두 고개 넘어간다 잘도 넘어간다
아 잘도 넘어간다

금노다지 타령

금운탄 작시
이면상 작곡
김용환 노래
포리돌 19332
1936년 8월

노다지 노다지 금노다지 이 강산 저 강산 바람이 났네
에여라차 가며는 갈수록 나오건마는
정들인 이 내 몸 가락지 한 쌍도 못해주노라
에여라차 에여라차 열 길을 파며는 소용이 있나 에여라차

노다지 노다지 금노다지 이 강산 저 강산 바람이 났네
에여라차 있는 정 없는 정 다 버려 두고
금전의 한으로 막걸리 한잔에 흥이로구나
에여라차 에여라차 열 길을 파며는 소용이 있나 에여라차

노다지 노다지 금노다지 이 강산 저 강산 바람이 났네
에여라차 노다지 파내면 누구를 주나
줄 때가 없으면 우리 님 품속에 묻어나 두자
에여라차 에여라차 열 길을 파며는 소용이 있나 에여라차

황야에 해가 저물어

조명암 작시
김준영 작곡
강홍식 김초운 노래
콜롬비아 40705
1936년 8월

천리만리 황야에 해가 저물어
유랑의 이 내 몸이 외롭습니다
떠나갈 길 아득한 나그네 신세
누굴 따라 이같이 울며 헤매나

떠나가면 가는 곳 그 어디런가
외롭다 내 갈 길은 황야의 저 꽃
한이 없는 설움을 풀 길이 없어
나그네로 한 평생 살아갑니다

강남 가에 피는 꽃 사랑의 꿈도
어젠 날 찬이슬에 스러지고요
님을 따라 해내던 젊은 시절도
속절없는 세월에 떠났습니다

봄바람에 떠나온 이내 고향이
가을비 오는 밤엔 차마 그립다
그릴사록 마시는 술잔을 들고
눈물 지운 그 밤이 몇 번이런가

잊으리라 먹은 맘 눈물도 허사
애태운 옛사랑도 허사랍니다
해가 저문 황야에 갈 길은 멀어
아득하다 별빛도 외롭습니다

有情 無情

조명암 작시
김준영 작곡
안명옥 노래
콜롬비아 40726
1936년

세월은 흘러가도 강산은 젊었구나
젊어도 눈물짓는 그 마음 알 길 없네
풀어진 치마끈이 눈물에 다 젖도록
떠나신 님 생각에 애태운 옛 사랑아

꽃 피면 봄이던가 잎 지면 가을인가
세월은 말이 없다 세상도 꿈 같구나
울어서 잊을소냐 눈물로 지을소냐
젖어도 타는 심사 내 알 길 바이없네

그리운 내 고향도 그리운 옛 사랑도
믿을 길 없는 것을 내 어이 믿고 왔나
강산은 말이 업고 물방아 잠이 들어
외로운 이 심사를 아는 듯 몰라주네

春 夢

조명암 작시
김준영 작곡
강홍식 노래
콜롬비아 40734
1936년

눈물로 맺은 정을 눈물로 풀고 가리
봄눈은 녹아 흘러 방초만 푸르렀네
아리아리 아리아리 아라리오
아리랑 고개를 넘어간다

만나자 이별이라 손잡고 말못하니
눈물만 아롱아롱 애 타는 옛사랑아
아리아리 아리아리 아라리오
아리랑 고개를 넘어간다

가시면 못 오시나

조명암 작시
김준영 작곡
김초운 노래
콜롬비아 40742
1936년

가시면 못 오시나 못 오실 길을 오셨던가
손잡고 우시는 님의 그 마음 내 몰라라
그 마음 내 몰라라

창밖에 오는 비야 내 가슴에도 나려다오
탈수록 그릴 사랑을 차라리 식혀다오
차라리 식혀다오

울 길을 왜 왔나요 울려줄 길을 왜 왔나요
차라리 안 오셨드면 이 설움 모를 것을
이 설움 몰을 것을

그리워 만났으나 그릴 생각에 눈물 지니
이별이 사랑이던가 가시면 못 오시나
가시면 못 오시나

추억의 등대

조명암 작사
손목인 작곡
이난영 노래
오케 1943
1936년 12월

그리운 저 바다 밤이 되면 서러워
오늘도 등대불이 나를 울려줍니다
사랑에 우는 마음 오나가나 외로워
눈물에 어린 창이 아 처량하여집니다

아득한 먼바다 궂은비에 어두워
오늘도 젖은 꿈이 반짝이며 웁니다
잊었던 내 사랑도 등불 보면 그리워
추억에 하룻밤이 아 애처로워집니다

오늘은 이 바다 내일은 저 바다
물 우의 한 평생은 외롭기도 합니다
창랑을 베개 삼아 내 사랑을 꿈꾸며
눈물에 어린 등불 아 울어 울어줍니다

구십 리 고개

금운탄 작사
조자룡 작곡
김용환 노래
포리돌 19392
1937년 2월

꿈에도 고향생각 가고싶은 그 곳은
걸어서도 구십 리 고개 넘어 갑시다
에헤여 가다 못 가면 데헤여 쉬어나 가세
열 두나 고개 고개 쉬어 넘어 갑시다

그리운 내 고향에 물레방아 도는 곳
못살아도 내 고향 가고 싶은 곳이지
에헤여 가다 못 가면 데헤여 쉬어나 가세
아리랑 아리 아리 노래하며 갑시다

내 고향 처녀들이 나를 불러주는 듯
하루에도 몇 번씩 가고 싶은 내 고향
에헤여 가다 못가면 데헤여 쉬어나 가세
모본단 댕기 한 벌 사 가지고 갑시다

無情曲

조명암 작사
박시춘 작곡
장세정 노래
오케 1998
1937년 5월

진달래꽃 흩날리는 봄도 저문다
애태운 옛사랑도 호사랍니다
한 세상에 기다린 꿈 잊을 길 없어
낯 설은 타향만리 울며 떠도네

황야에도 해가 지면 황혼이 오네
눈물 뒤에 이별도 아득하구나
생각사록 꿈결같은 사랑이언만
못 잊어 애태우는 나그네 설움

물결 따라 흘러가면 타향이라네
이 내 몸 부평같이 흘러가리라
기약 없이 흘러보낸 청춘이어니
설움에 해 타향만리 울며 가리라

대동강 물결 우에

김다인 작사
전기현 작곡
모란봉 노래
태평레코드
1937년

대동강이 대동강이 좋을시고
대동강이 좋을시고
기린말이 승천한 곳 사천 년이 그윽하고
요리조리 감돌아서 箕城八景이 기특하다
산은 점점 물은 용용 佳人才士 노든 데라
대동강이 좋을시고

청천강이 청천강이 좋을시고
청천강이 좋을시고
비단 띠를 두른 바위 은하수가 너울이요
구비구비 굽이쳐서 동해 서해가 치마로다
앉은 구름 누운 구름 팔선녀가 하강하네
청천강이 좋을시고

구룡연이 구룡연이 좋을시고
구룡연이 좋을시고
옥부용이 일만 이천 수정방아 기특하고
구불구불 솟아오른 단발령이 시원하다
하늘길이 닿았고나 은사다리 금사다리
구룡연이 좋을시고

漢陽은 千里遠程

조명암 작사
이면상 작곡
황금심 노래
빅터 1132
1937년 12월

한양은 천리원정 가는 님을 잡지마소
오다가다 만난 사람 맘을 주지 말았어야
에헤야 데헤야 가는 님 붙들고 울어볼까
손수건 흔들며 웃어볼까

한양은 천리원정 길이 멀다 말을 마소
정든 사람 그리우면 하룻밤에 만난다네
에헤야 데헤야 가는 님 붙들고 울어볼까
손수건 흔들며 웃어볼까

한양은 머나먼 길 걸어가면 발병 나네
못 갈 길을 떠나가면 궂은비가 나린다오
에헤야 데헤야 가는 님 붙들고 울어볼까
손수건 흔들며 웃어볼까

알뜰한 당신

조명암 작사
전수린 작곡
황금심 노래
빅터 KJ1132
1937년 12월

울고 왔다 울고 가는 설은 사정을
당신이 몰라주면 그 누가 알아주나요
알뜰한 당신은 알뜰한 당신은
무슨 까닭에 모른 체 하십니까요

만나면 사정하자 먹은 마음을
울어서 당신 앞에 하소연할까요
알뜰한 당신은 알뜰한 당신은
무슨 까닭에 모른 체 하십니까요

안타까운 가슴속에 감춘 사랑을
알아만 주신대도 원망 아니하련만
알뜰한 당신은 알뜰한 당신은
무슨 까닭에 모른 체 하십니까요

금송아지 타령

금운탄 작사
김정석 작곡
이화자 노래
포리돌 19399
1937년

노들두 강변에 늘어진 양류를
한 가지 뚝 꺾어 피리를 만들어
시화년 년풍에 금송아지 타고서
얼씨구 좋다 절씨구나 흥
피리를 불자네

금강두 산골에 자라난 칡덩굴
한줄기 뚝 잘러 감어를 두었다
아리랑 바람에 가는 님의 허리를
얼씨구 좋다 절씨구나 흥
동여나 매잖구

삼신산 불로초 다 어데 갔느냐
한 포기 쑥 뽑아 화분에 심었다
고운 님 오시건 늙지를 말자고
얼씨구 좋다 절씨구나 흥
나누어 먹잔다

당기당 타령

조명암 작사
박시춘 작곡
이화자 노래
오케
1937년

당기당 둥당 당기당 둥둥 어럼마 얼싸 당기당 둥
빈대란 놈 빨기를 잘하니 아편쟁이로 돌리고
벼룩이란 놈은 쏘기를 잘하니 사냥꾼으로 돌리고
당기당 둥 둥둥 둥둥 당기당 둥둥 어럼마 얼싸 당기당 둥

당기당 둥당 당기당 둥둥 어럼마 얼싸 당기당 둥
앵무란 놈 말을 잘하니 채상꾼으로 돌리고
황새란 놈은 다리가 길어서 우편배달로 돌리고
당기당 둥 둥둥 둥둥 당기당 둥둥 어럼마 얼싸 당기당 둥

당기당 둥당 당기당 둥둥 어럼마 얼싸 당기당 둥
제비란 놈 맵씨가 고우니 기생 낮으로 돌리고
쇠파리란 놈은 곱기를 잘하니 뚜쟁이로나 돌리고
당기당 둥 둥둥 둥둥 당기당 둥둥 어럼마 얼싸 당기당 둥

당기당 둥당 당기당 둥둥 어럼마 얼싸 당기당 둥
까마귀란 놈 지지리 검으니 굴뚝쟁이로 돌리고
까치란 놈은 나뭇짐 잘 지니 목도장이로 돌리고
당기당 둥 둥둥 둥둥 당기당 둥둥 어럼마 얼싸 당기당 둥

꼬집힌 풋사랑

조명암 작사
박시춘 작곡
남인수 노래
오케 12110
1938년 3월

발길로 차려무나 꼬집어 뜯어라
애당초 잘못 맺은 애당초 잘못 맺은
아 꼬집힌 풋사랑

마음껏 울려다오 네 마음껏 때려라
가슴이 찢어진들 가슴이 찢어진들
아 못 이겨 갈쏘냐

(대사) 발길로 차라구요 꼬집어 뜯으라구요
　　　마음껏 차고 싶고 꼬집어 뜯고 싶어요
　　　누가 당신을 가라고 했소
　　　싫다고 했소
　　　밤거리 사랑이란 담뱃불 사랑
　　　맘대로 피우다가 버리는 사랑
　　　하지만 당신만은 당신만은 아…

뿌리친 옷자락에 눈물이 젖는다
속아서 맺은 사랑 속아서 맺은 사랑
아 골수에 사무쳐

토라진 눈물

조명암 작사
양상포 작편곡
장세정 노래
오케   12110
1938년 3월

울고 가요 울고 가요
토라진 어린 마음 어린 마음 울고 갑니다
남의 눈을 숨어 파는 꽃이 싫거들랑
'아 그만 두' 아 그만 두

억울해요 억울해요
턱없는 조바심이 조바심이 억울합니다
눈물 우에 분바르는 이 사랑 싫거들랑
'아 그만 두' 아 그만 두

푸른 달빛 푸른 달빛
눈물에 여울지는 여울지는 처량한 밤에
열 아홉 살 트는 사랑 두 뺨이 싫거들랑
'아 그만 두' 아 그만 두

櫻花暴風

조명암 작사
박시춘 작곡
김정구 노래
오케 12111
1938년 3월

여기도 벚꽃 저기도 벚꽃
창경원 벚꽃이 막 펴났네
늙은이 젊은이 우굴우굴 우굴우굴
얼시구 좋다 응 응 꽃 시절일세 에헤이
처녀 댕기는 갑사나 댕기 총각 쪼끼는 인조견 쪼끼
밀어라 당겨라 잡아 놓아라 두둥실 흥 꽃이로구나
일천간장 다 녹이는 꽃이로구나

낮에도 벚꽃 밤에도 벚꽃
창경원 벚꽃이 막 펴났네
흥나간 봄 나비 너울너울 너울너울
얼씨구 좋다 응 응 꽃 시절일세 에헤이
영감 상투는 비틀어지고 마누라 신발은 도망을 쳤네
영감 마누라 꼴 좀 보소 어헐싸 흥 꽃이로구나
입만 방긋 껄껄 웃는 꽃이로구나

홀아비 벚꽃 쌍둥이 벚꽃
창경원 벚꽃이 막 펴났네
동물원 친구들 웅성웅성 웅성웅성

얼씨구 좋다 응 응 꽃 시절일세 에헤이
신사 모자는 찌부러지고 아가씨 치마가 쭉 찢어졌네
저 거동 좀 봐요 정당정 홍 꽃이로구나
얼씨구나 창경원의 꽃이로구나

산호빛 하소연

조명암 작사
박시춘 작곡
이난영 노래
오케 12113
1938년 3월

산호빛 석양하늘 저물어 가는 들창에
죄 없는 옷고름만 물어뜯으며
두 눈이 빠지도록 기다린 사람아
어쩌면 새벽에야 오신단 말이오
에이 여보 에이 여보 에이 여보

울리고 가시려면 차라리 오지 말아요
만나자 이별이란 차마 못할 일
하룻밤 한 자리에 할말도 많은데
어쩌면 오자마자 가신단 말이오
에이 여보 에이 여보 에이 여보

구겨진 옷소매로 넘치는 눈물 씻으며
죄 없는 붉은 입술 물어뜯건만
남의 속 몰라주는 무정한 사나이
어쩌면 사내 속이 그렇게 좁은가
에이 여보 에이 여보 에이 여보

청노새 탄식

조명암 작사
손목인 작곡
남인수 노래
오케 12122
1938년 4월

어서 가자 노새야 어서 가자 노새야
안개 낀 지평선 달려가자 노새야
음 이 마을 저 마을에 푸른 연기만
아 애달픈 탄식처럼 솟아오른다

울고 남은 눈물아 울고 남은 눈물아
마지막 이별에 풀어져라 풀어져
음 노새는 가자 울고 날은 저물어
아 들판에 사무친다 먼데 종소리

타고 남은 사랑아 타고남은 사랑아
고달픈 유랑에 스러져라 스러져
음 피 어린 가슴속에 눈물은 식고
아 조각달 바라보며 울고 또 운다

處女夜曲

조명암 작사
박시춘 작곡
장세정 노래
오케 12122
1938년 4월

맥없이 떨리는 가슴을 부여잡고
당신의 방문을 두드립니다
여보세요 여보세요
반가운 대답만은 못할지언정
하 톡 쏘지 말아요
네 네 톡 쏘면 싫어요

이제는 맨발로 살며시 다가서서
당신의 창문을 열어봅니다
여보세요 여보세요
따뜻이 웃어주질 못할지언정
하 톡 쏘지 말아요
네 네 톡 쏘면 싫어요

못 참을 사랑의 눈물을 깨물면서
당신의 손끝을 만져봅니다
여보세요 여보세요
고마운 말씀만은 못할지언정
하 톡 쏘지 말아요
네 네 톡 쏘면 싫어요

미운 정 고운 정

조명암 작사
손목인 작곡
이은파 노래
오케 12124
1938년 4월

홍라사 떨쳐입고 찾아갈거나
분칠로 단장하고 찾아갈거나
이 어느 남문 턱에 해만 저물어
오늘도 벼르다가 주저앉는다

머리칼 휘어듬고 발버둥치나
지척이 천리 같다 그대 있는 곳
차창에 기대앉아 바라보느니
눈물만 거침없이 흘러내린다

인물로 살 수 있는 인정이더냐
맘씨로 살 수 있는 정분이더냐
앞치마 걷어잡고 생각할수록
미운 정 고운 정은 살 수 없구나

국경열차

조명암 작사
박시춘 작곡
송달협 노래
오케 12124
1938년 4월

눈물을 베개삼아 하룻밤을 새고 나니
압록강 푸른 물이 창밖에 굽이친다
달리는 국경열차 뿜어내는 연기 속에
아아 어린다 떠오른다 못 잊을 옛사랑이

차창에 기대앉아 파이프를 입에 물고
조용히 다시 못 올 고향을 생각하니
달리는 국경열차 잠 못 드는 기적 속에
아아 울린다 넘쳐난다 추억의 멜로디가

낯 설은 타관 여자 마주앉아 밤을 새니
어여쁜 그 얼굴에 추억이 풀어진다
달리는 국경열차 흔들리는 창문 위에
아아 슬프다 처량하다 못 잊을 로맨스가

총각 진정서

조명암 작사
박시춘 작곡
김정구 노래
오케 12147
1938년 6월

누님 누님 나 장가보내 주 쓰르라미 울고 호박꽃 피는
내 고향의 어여쁘고 순직한 아가씨가 나는 좋아
오이 김치 열무 김치 맛있게 담고 알뜰살뜰 아들 딸 보는 아가씨에게
누님 누님 나 장가 보내 주
응 응 응 장가 갈 테야

누님 누님 나 장가보내 주 귀뚜라미 울고 들국화 피는
내 고향의 앵두같이 귀여운 아가씨가 나는 좋아
뽕잎 따서 누에치고 질쌈 잘 하고 오밀조밀 재미성 있는 아가씨에게
누님 누님 나 장가 보내주
응 응 응 장가 갈 테야

누님 누님 나 장가보내 주 까마귀 까치 울고 모란꽃 피는
내 고향의 복스럽고 똑똑한 아가씨가 나는 좋아
바느질에 빨래질에 상냥스럽고 둥글둥글 믿음성 있는 아가씨에게
누님 누님 나 장가 보내 주
응 응 응 장가 갈 테야

파묻은 편지

조명암 작사
손목인 작곡
이난영 노래
오케 12039
1938년 6월

해당화 꽃잎을 따서 눈물 씻으며
바닷가 백사장에 써보는 글자
다시 못 올 그대의
이름입니다 이름입니다
아 아 아 다시 못 올 추억의
나머집니다 나머집니다

바닷가 모래를 모아 성을 쌓아놓고
울면서 모래 속에 파묻은 편지
다시 못 올 그대의
선물입니다 선물입니다
아 아 아 다시 못 올 사랑의
무덤입니다 무덤입니다

꽃피는 포구

조명암 작사
손목인 작곡
이은파 노래
오케 12147
1938년 6월

갈매기 우는 동해 바다
아 아 아 아 옛사랑이 온다

해당화 피는 동해 바다
아 아 아 아 섬 아가씨 운다

조갑지 줍는 포구에 저녁
아 아 아 아 혼자 애를 태우네

바다의 交響詩

조명암 작사
손목인 작곡
김정구 노래
오케 12140
1938년 7월

어서 가자 가자 바다로 가자
출렁출렁 물결치는 명사십리 바닷가
안타까운 젊은 날의 로맨스를 찾아서
헤이 어서 어서 어서 가자 어서 가
젊은 피가 출렁대는 저 바다는 부른다
저 바다는 부른다

어서 가자 가자 바다로 가자
뭉게뭉게 구름 이는 푸른 바다 품속에
산호 수풀 우거진 곳 로맨스를 찾아서
헤이 어서 어서 어서 가자 어서 가
젊은 꿈이 둥실대는 저 바다는 부른다
저 바다는 부른다

어서 가자 가자 바다로 가자
가물가물 붉은 돛대 쓰러지는 수평선
섬 아가씨 읽어 주는 붉은 사랑 찾아서
헤이 어서 어서 어서 가자 어서 가
갈매기 떼 너울대는 저 바다는 부른다
저 바다는 부른다

외로운 화장대

조명암 작사
박시춘 작곡
장세정 노래
오케 12139
1938년 7월

붉은 붉은 붉은 붉은
입술이 타오르는 이 밤은 왜 이렇게 괴로울까요
왜 이다지 쓸쓸할까 왜 이다지 쓸쓸할까
남치마 열두 주름
갈피 갈피 갈피 갈피
설움이 찾아든다 눈물이 찾아든다

까만 까만 까만 까만
눈동자 깜박이는 이 밤은 왜 이렇게 외로울까요
왜 이다지 쓸쓸할까 왜 이다지 쓸쓸할까
더듬는 앙가슴에
구석 구석 구석 구석
설움이 퍼진다 눈물이 퍼진다

하얀 하얀 하얀 하얀
얼굴에 화장하는 이 밤은 왜 이렇게 외로울까요
왜 이다지 쓸쓸할까 왜 이다지 쓸쓸할까
풀어진 허릿바에
살금 살금 살금 살금
설움이 풀린다 눈물이 풀린다

사랑은 가시밭

조명암 작사
박시춘 작곡
이난영 노래
오케
1938년 7월

한바탕 울어볼까 한바탕 웃어볼까
사랑이란 쓰디쓴 한잔 술이냐
모르고 마신 술에 입맛이 쓰다
입맛이 쓰다

한바탕 속아볼까 한바탕 속여볼까
사랑이란 한 개피 성냥불이냐
불붙는 가슴속에 마음이 탄다
마음이 탄다

한바탕 사정할까 한바탕 떠나 쓸까
사랑이란 꽃피는 가시밭이냐
모르고 달려들어 울고 말았다
울고 말았다

풋난봉

·조명암 작사
박시춘 작곡
이은파 노래
오케 12141
1938년 7월

난봉이로구나 난봉이로구나
얼굴이 잘나서 흥 난봉이냐
돈이 잘나서 난봉이냐
노류장화 꺾을 적에 무린들 없을소냐
얼싸 좋다 지화자 좋다 난봉 무리가 몰려든다

난봉이로구나 난봉이로구나
세월이 잘 가서 흥 난봉이냐
젊어 한때라 난봉이냐
독수공방 잠 안 올 때 한숨인들 없을소냐
얼싸 좋다 지화자 좋다 모진 바람에 꽃이 진다

난봉이로구나 난봉이로구나
놀이가 좋아서 흥 난봉이냐
술이 좋아서 난봉이냐
거리거리 술집마다 유정 무정 없을소냐
얼싸 좋다 지화자 좋다 아닌 밤중에 비가 온다

못생긴 영웅

조명암 작사
박시춘 작곡
송달협 노래
오케 12141
1938년 7월

일부러 일부러 술 마시는
사나이 내 가슴에 피가 끓는다
사랑은 무엇이며 여자란 무엇이며
가거라 가거라 청춘도 다 가거라
헤맬수록 화를 내는 내가 미쳤다 내가 미쳤다

일부러 일부러 비를 맞으며
헤매는 내 마음에 불이 붙는다
희망은 무엇이며 님이란 무엇이며
가거라 가거라 허영도 다 가거라
헤맬수록 화를 내는 내가 천치다 내가 천치다

일부러 일부러 뺨을 때리는
실없는 손바닥에 땀이 흘렀다
웃음은 무엇이며 한숨은 무엇이며
가거라 가거라 탄식도 다 가거라
뉘칠수록 화를 내는 내가 못났다 내가 못났다

微笑의 코스

조명암 작사
박시춘 작곡
이난영 노래
오케 12148
1938년 7월-8월

(합) 황혼의 종로로 방향을 돌리고
　　달린다 버스는 명랑스럽게
(남) 가냘픈 웃음에 아름다운 목소래
　　어여쁜 애 버스 걸
(여) 곤세르 쓰메에리 번쩍이는 금단추
　　"멋진데 운전수"
(합) 흔들흔들 저 도련님 저 아가씨 거동 좀 봐요
(여) "*****"
(남) "그렇지 않지"
(여) "너무 0000"
(남) "정말이야"
(합) "그러면 그런 게지 ******"

(합) 꽃피는 남산으로 방향을 돌리고
　　달린다 버스는 가로수 그늘
(남) 앵도빛 두 입술 **** 목소리
　　귀여운 애 버스 걸
(여) 로이드 안경에다 모자에는 ***
　　"멋진데 운전수"

(합) "흔들흔들 저 아씨님 저 신사 거동 좀 봐요"
(여) "아마 ****"
(남) "그렇지 않아"
(여) "*******"
(남) "정말이야"
(합) 그러면 그런 게지 *****

(합) 달 밝은 한강으로 방향을 돌려서
    달린다 버스는 미풍을 타고
(남) 날씬한 스타일 칼날 같은 눈동자
    그럴듯해 버스 걸
(여) 운전수 신이 났네 오십 마을 백 마일
    "멋진데 운전수"
(합) 우리들은 직업전선 없지 못할 콤비랍니다
(여) "달이 밝지요"
(남) "하늘도 맑은데요"
(여) "*******"
(남) "*******"
(합) 희망의 코스로 달리는 버스

낙화의 꿈

조명암 작시
정진규 작곡
유종섭 노래
콜롬비아 40823
1938년

가는 봄 지는 꽃도 한이 많거든
어이타 님 가실 때 아니 울겠소
못처럼 오셨다가 오셨다가
속절없이 가신다니 야속합니다

못올 길 가실 줄을 알고 남지만
턱없이 믿어지는 원수의 마음
못처럼 오셨다가 오셨다가
속절없이 가신다니 야속합니다

가는 님 가슴속에 묻은 사랑은
봄밤에 흩어지는 꽃잎이런가
못처럼 오셨다가 오셨다가
속절없이 가신다니 야속합니다

개고기 主事

김다인 작사
김송규 작곡
김해송 노래
콜롬비아 40824
1938년

아 떨어진 중절모자 빵꾸난 당꼬바지
꽁초를 먹더래도 내 멋이야
댁더러 밥 달랬소 아 댁더러 옷 달랬소
쓰디쓴 막걸리나마 권하여 보았건디
이래 뵈도 종로에서는 개고기 주사
나 몰라 개고기 주사를 머야 이건

아 여름에 동복 입고 겨울에 하복 입고
옆으로 걸어가도 내 멋이야
댁더러 밥 달랬소 아 댁더러 옷 달랬소
쓰디쓴 막걸리나마 권하여 보았건디
이래 뵈도 종로에서는 개고기 주사
나 몰라 개고기 주사를 머야 이건

아 안경을 발에 쓰고 냉수에 초쳐 먹고
아 해뜨면 우산 써도 내 멋이야
아 댁더러 밥 달랬소 아 댁더러 옷 달랬소
쓰디쓴 막걸리나마 권하여 보았건디
이래 뵈도 종로에서는 개고기 주사
나 몰라 개고기 주사를 머야 이건

꽃바람 님바람

김다인 작시
전기현 작곡
남일연 노래
콜롬비아 40832
1938년 9월

연분홍 꽃바람에 쌍그네를 뛰잔다
치마를 주름잡는 사랑의 꽃바람
불타는 첫사랑을 달빛 속에 띄워 보내자
부르자 젊은 노래를 라 꽃바람 분다

진주사 치마끈이 달빛 속에 날린다
가슴을 주름잡는 정열의 꽃바람
싹트는 첫사랑을 날리는 치마끈에 붙들어 매자
부르자 젊은 노래를 라 꽃바람 분다

보채는 머리카락 수풀같이 흔들려
열 아홉 풋마음이 뿔뿔이 떠돈다
불붙는 첫사랑을 아득한 구름 속에 날려 보내자
부르자 젊은 노래를 라 꽃바람 분다

울리는 滿洲線

조명암 작사
손목인 작곡
남인수 노래
오케 12164
1938년 9월

푹푹칙칙 푹푹칙칙 뛰이
떠난다 타관천리 안개 서린 응 벌판을
정은 들고 못살 바엔 아 이별이 좋다
달려라 달려 달려라 달려 하늘은 청황적색 저녁노을 떠돌고
차창에는 담배연기 서릿서릿 서릿서릿 풀린다 풀린다

푹푹칙칙 푹푹칙칙 뛰이
넘는다 교량 숲을 파도치는 응 언덕을
허물어진 사랑에는 아 이별이 좋다
달려라 달려 달려라 달려 한정 없는 동서남북 지평선은 저물고
가슴속엔 고향산천 가물가물 가물가물 비친다 비친다

푹푹칙칙 푹푹칙칙 뛰이
건넌다 검정다리 달빛 어린 응 철교를
고향에서 못살 바엔 아 타향이 좋다
달려라 달려 달려라 달려 크고 적은 정거장엔 기적 소리 남기고
찾아가는 그 세상은 나도 나도 나도 나도 모른다 모른다

님 전상서

조명암 작사
박시춘 작곡
이난영 노래
오케 12164
1938년 9월

안녕하십니까요 네
염려하여 주심으로 저는 잘 있습니다
그런데 여보 여보 어쩌면 회답 한 장 없이
그렇게 그렇게 모른체 하십니까요
참 정말 답답하고 궁금합니다 네
꼭 꼭 회답해주세요 네

기억하십니까요 네
작년 여름 바다에서 속삭이던 그 물가
그러나 여보 여보 당신이 없는 세상은
얼마나 얼마나 슬프다겠습니까요
참 정말 맹세하신 그 말씀을 네
꼭 꼭 믿지를 마세요 네

편지해주십시오 네
당신 맘은 언제든지 네게 사랑인가요
하지만 여보 여보 당신이 그리운 까닭에
밤이나 낮이나 울면서 지냅니다요
참 정말 안타까워 못살겠어요 네
그만 그만 그대 그립니다요

항구마다 괄세드라

조명암 작사
박시춘 작곡
남인수 노래
오케 12175
1938년 9월

항구마다 여자도 많더라
항구마다 술집도 많더라
허건만 허건만 못난 이내 청춘
어리석은 나한테는
간데 족족 무정트라 괄세더라

항구마다 인심도 많더라
항구마다 눈물도 많더라
허건만 허건만 시들한 세상에
혼자 사는 나한테는
간데 족족 슬프더라 외롭더라

岐路의 黃昏

조명암 작사
박시춘 작곡
남인수 노래
오케 12175
1938년 10월

그러냐 그러냐 뜬세상 인심이란 모두가 그러냐
흩어진 인정이요 흩어진 사랑이언만
부평 같은 내 신세 버림받은 나한테는
인정도 없고 돈도 없고 사랑도 없다

그러냐 그러냐 낯 설은 타관이란 모두가 그러냐
들어찬 사랑이요 들어찬 술집이언만
봄을 등진 내 한 몸 웃음 잃은 내 앞에는
사랑도 없고 길도 없고 술집도 없다

그러냐 그러냐 실없은 사랑이란 모두가 그러냐
흩어진 웃음이요 흩어진 눈물이언만
얼이 빠진 내 마음 넋이 빠진 내 얼굴엔
웃음도 없고 피도 없고 눈물도 없다

괄세를 마오

조명암 작사
박시춘 작곡
이난영 노래
오케 12155
1938년 9월

이왕에 못 살 바엔 분풀이나 해볼까요
이왕에 갈 바에는 미련 없이 가렵니다
열두 번 속은 끝에 내가 울며 내가 울며
열두 번 괄세 끝에 내가 갑니다 내가 갑니다
아아 아아아 괄세를 마오 괄세를 마오
괄세를 말아요

모두가 어리석은 수작인줄 알건마는
모두가 야속해서 내가 먼저 가렵니다
열두 번 참는 끝에 내가 울며 내가 울며
열두 번 성화 끝에 내가 갑니다 내가 갑니다
아아 아아아 괄세를 마오 괄세를 마오
괄세를 말아요

마지막 떠나가면 두 번 다시 못 올 길을
나머지 분풀이에 맘을 풀고 가렵니다
곰곰이 생각 끝에 내가 울며 내가 울며
버릴 것 다 버리고 내가 갑니다 내가 갑니다
아아 아아아 괄세를 마오 괄세를 마오
괄세를 말아요

월급날 정보

조명암 작사
박시춘 작곡
김정구 노래
오케 12186
1938년

술 좋다 안주 좋아 얼큰한 세상
곱배기 약주 술이 제격이란다
부어라 꾹꾹 눌러 잔이 터지게
에게 에게 고까짓 것 한 모금이다
으으* 정말 취한다

때 좋다 세월 좋아 노래도 좋지
젓가락 장단 맞춰 춤도 추어라
아서라 이러다간 바람 나겠네
아차차차 월급 봉투 거덜이 났네
으으 술맛 쓰겄다

찢어진 월급 봉투 손에 들고서
마누라 잘못 했소 빌 생각하니
아찔한 머리 속에 찬바람 불어
건들건들 술잔 드는 손이 떨린다
으으 술맛 싱겁다

---

* 실제 노래에서는 딸꾹질 소리로 표현됨.(편자 주)

바다의 자장가

김다인 작시
전기현 작곡
신회춘 이옥란 노래
콜롬비아 40836
1938년 10월

에헤 떠나를 가자 떠나를 가요
광풍을 밀치고 떠나를 가자
어기영디영 에헤
남빛 희망 가득 싣고 둥실둥실 잘도나 떠나가네

에헤 떠나를 가자 떠나를 가요
파도를 받으며 떠나를 가자
어기영디영 에헤
황소 같은 청춘 싣고 둥실둥실 잘도나 떠나가네

에헤 떠나를 가자 떠나를 가요
희망기 날리며 떠나를 가자
어기영디영 에헤
꽃같은 靑春丸은 둥실둥실 잘도나 떠나가네

울고 간 龍山驛

김다인 작시
전기현 작곡
신회춘 노래
콜롬비아 40836
1938년 10월

야속히 불어오는 궂은 비속에
재우처 들여오는 건 싸이렌이냐
갈리면 마지막인 애달픈 조각길
한사코 가려느냐 무정한 님아

흰 수건 흔들어서 보내는 기차
바퀴가 돌 때마다 마음도 돈다
곳 없는 레루 우에 눈물을 뿌리며
한사코 가려느냐 박정한 님아

아득한 빗발 넘어 흐르는 가등
흐르는 가등 따라 바퀴는 돈다
돌아라 쉬지 말고 지향도 없어라
이 세상 저 끝까지 한없이 가자

上海로 가자

김다인 작시
이용준 작곡
유종섭 노래
콜롬비아 40839
1938년 11월

기타를 목에 메고 상해로 돌아가자
안개는 흩어지고 테프는 난다
아득한 부두에는 고동소리 넘치고
지붕을 물들이는 달빛이 좋구나

오송로 깊은 밤은 흰 눈이 쌓이고
멀고먼 선창에는 등불이 곱다
지난날 이 항구에 울고 떠난 사람아
새로 단 커텐 밑에 웃으며 만나자

기생수첩

김다인 작시
전기현 작곡
이옥란 노래
콜롬비아 40839
1938년 11월

허크러저 상한 가슴 술로 속여 웃는 밤
이 한 밤이 아
어째 이리도 길단 말이냐

칠보단장 어데 가고 노류장화 가엾다
내 신세가 아
어째 이리도 안타까우냐

밤거리에 흩어지는 길을 잃은 꽃송이
가는 길이 아
어째 이리도 험상궂으냐

꼴망태 목동

조명암 작사
김영파 작곡
이화자 노래
오케 12190
1938년 12월

꼴망태 둘러메고 소를 모는 저 목동
고삐를 툭툭 치며 콧노래를 부르다가
이랴 홍홍 어서 가자 정든 님 기대릴라
홍 이랴 음메

석양 산 바라보며 타령하는 저 목동
골통대를 툭툭 털어 잎담배를 피어 물고
이랴 홍홍 어서 가자 정든 님 기대릴라
홍 이랴 음메

마을 앞 실개천에 얼굴 씻던 저 목동
고의춤 툭툭 털어 농구 망태 다시 메고
이랴 홍홍 어서 가자 정든 님 기대릴라
홍 이랴 음메

님 前 화풀이

조명암 작사
김영파 작곡
이화자 노래
오케 12190
1938년 12월

아하 네로구나 음 흥 네로구나
일년은 열두 달 일년은 삼 백 예순 날
날마다 기다린 네로구나
날날이 지난 날이 네로구나 음 흥 네가 바로 네로구나
네가 네가 네가 네로구나
남의 속 지긋지긋 태워주던
음 흥 네로구나 네로구나

아하 네로구나 음 흥 네로구나
올 제는 웃기고 갈 제는 울리고
말썽을 부리던 네로구나
네로구나 네로구나 음 흥 네가 바로 네로구나
네가 네가 네가 네로구나
남의 속 지긋지긋 태워주던
음 흥 네로구나 네로구나

아하 네로구나 음 흥 네로구나
달래면 뽐내고 성내면 토라져
부화를 부리던 네로구나

네로구나 네로구나 오 네가 바로 네로구나
네가 네가 네가 네로구나
남의 속 지긋지긋 태워주던
음 흥 네로구나 네로구나

눈물의 신호등

조명암 작사
박시춘 작곡
김정구 노래
오케 12193
1938년 12월

울어야 보지 못할 사람이라면
차라리 그 이름도 잊으련마는
비오는 저문 거리 깜박이는 등불에
가슴 속 타오른다
아 눈물의 추억

빗방울 유리창에 부딪칠수록
흐르는 식은 눈물 쉴 새 없나니
떨리는 이 가슴을 혼자 안아보면서
마음 속 불러본다
아 그리운 사랑

애꿎은 입술만을 깨물어가며
아프고 쓰린 심정 참아보건만
거울에 비친 얼굴 야위어가는 청춘에
눈물이 넘쳐난다
아 흘러간 사랑

활동사진 강짜

김다인 작사
김송규 작곡
김해송 남일연 노래
콜롬비아
1938년

(여) 버선목이라고 뒤집고 보이리까
　　　내가 무얼 어쨌다고 트집입니까
　　　모로코 사진 보다 웃었기로니
　　　게리쿠퍼한테 반했다니 억울합니다
(합) 이건 도무지 코 털어 막고
(여) 답답할 노릇이
(합) 또 어디 있담

(남) 호주머니라고 털어서 보이리까
　　　나는 무얼 어쨌다고 바가질 긁소
　　　춘희의 사진 보다 웃었기로니
　　　그레타 갈보한테 녹았다니 원통합구려
(합) 이건 도무지 코 털어 막고
(여) 답답할 노릇이
(합) 또 어디 있담

(여) 피차에 똑같소 좋은 수가 있소 그려
　　　극장을 발 끊으란 그런 말이지
(여) 그리고 말썽 많던 서양사진도

　　구경할 수 없이 되었다니
(합) 안성마춤이요
(합) 이건 도무지 코 틀어 막고
(여) 답답할 노릇이
(합) 또 어디 있담

불꺼진 정거장

조명암 작사
박시춘 작곡
김남홍 노래
오케 12202
1939년 1월

연분홍 손수건을 흔들면서 보냅니다
님 실은 밤차는 기적 소리 구슬퍼
거침없이 내리는 눈물 눈물
마지막 님을 잡고 목놓아 웁니다

(대사) 여: 기어코 가십니까
　　　 남: 가야지요
　　　 여: 야속합니다 당신이 속이었던 행복이란 이것입니까
　　　 남: 이 철없는 사람아 속다니 사랑하는 까닭에
　　　　　 이별도 눈물도 있는 것이 아니오
　　　 여: 몰라요 몰라요 그러나 당신은 내 마음이 되어
　　　　　 당신이 없는 세상은 캄캄할 뿐이옵니다

연분홍 손수건이 빗물에 젖습니다
떠나갈 임이여 사랑만이 처량해
눈 녹듯이 스러진 맹세 맹세
창살에 떨어가며 쓰러져 웁니다

(대사) 남: 아 기적이 울어요 부대 몸조심하시고

여: 여보 이것이 마지막은 아니겠지요
남: 염려 마요 또 오리다
여: 꼭 오세요 네 삼 년이고 오 년이고 기다리지요
   오직 당신 하나만을 기대리니
   부디 안녕히
   님 실은 밤차는 한 많은 눈물 속에 사라져갑니다

연분홍 손수건이 한숨 속에 날립니다
갈 사람과 걷는 나 혼자만 외로워
촛불같이 꺼지는 사랑 사랑
불꺼진 정거장에 쓰러져 웁니다

세상은 요지경

조명암 작시
박시춘 작곡
김정구 노래
오케 12203
1939년 1월

요지경속이다 요지경 속이다
세상은 요지경 속이다
생글 생글 생글 생글 아가씨 세상
벙글 벙글 벙글 벙글 도련님 세상
애 애 야들아 내 말 좀 들거라
얼굴이 잘 나면 잘나서 살고
못난 사람은 제 멋에 산다
얼싸 음마 둥개 둥개 아무럼 그렇지 둥개 둥개

싸구려 판이다 싸구려 판이다
세상은 싸구려 판이다·
찰랑 찰랑 찰랑 찰랑 막걸리 술잔
지글 지글 지글 지글 매운탕 안주
애 애 야들아 내 말 좀 들거라
곱배기 한 잔에 웃음이 가득
삼팔 수건에 추파가 온다
얼싸 음마 둥개 둥개 아무럼 그렇지 둥개 둥개

물방아 속이다 물방아 속이다

세상은 물방아 속이다
둥글 둥글 둥글 둥글 뜨내기 사랑
생글 생글 생글 생글 숫배기 사랑
애 애 야들아 내 말 좀 듣거라
홀애비 사정은 과부가 알고
처녀 사정은 총각이 안다
얼싸 음마 둥개 둥개 아무렴 그렇지 둥개 둥개

모던 관상쟁이

조명암 작사
김영파 작곡
김정구 노래
오케 12203
1939년 1월

관상이요 관상입니다
자 관상입니다 관상 관상입니다 관상
아씨마님 관상입니다
이마가 넓으면 (남의 덕을 보고)
귀가 크면은 (남의 말을 잘 듣고)
입이 크면은 (먹을 것이 많습니다)
자 어서 어서 관상입니다
십 전을 내면 십 전 어치
오십 전 내면은 오십 전 어치
일원을 내면은 일원 어치요
자 관상이요 관상입니다

관상이요 관상이요
자 관상입니다 관상 관상입니다 관상
학생아씨 관상입니다
얼굴이 길면은 (시집이 멀구요)
코가 높으면 (부잣집 며느리요)
눈이 크면은 (무서움이 많습니다)
자 어서 어서 관상입니다

색씨 관상은 외상이요
마님 관상은 에누리요
영감님 관상은 거절합니다
자 관상이요 관상입니다

관상이요 관상입니다
자 관상입니다 관상 관상입니다 관상
신부 신랑 관상입니다
입술이 붉으면은 (첫 아들을 보고)
턱이 예쁘면 (부부 정이 많고)
인중이 길면 (만수무강합니다)
자 어서 어서 관상입니다
시골집 신부는 단골이요
서울 집 신랑은 맛배기 관상
금슬이 좋으면 열두 곱이요
자 관상이요 관상입니다

人生間奏曲

조명암 작사
박시춘 작곡
남인수 노래
오케 12204
1939년 1월

고향 십 년 타향 십 년 오며가며 시들었소
내 사랑 남 주고 내 사랑 남 주고
내 청춘 내 청춘 시들었소

동서남북 춘하추동 이리저리 흘러가소
내 사랑 버린 죄로 내 사랑 버린 죄로
내 청춘 내 청춘 병들었소

꿈도 없이 님도 없이 오나가나 혼자 사오
내 마음 달래면서 내 마음 달래면서
내 한 몸 내 한 몸 살아왔소

어머님 전 上白

조명암 작사
김영파 작곡
이화자 노래
오케 12212
1939년 12월

어머님 어머님
기체후 일향만강 하옵나이까
복모구구 무임하성지지로소이다
下書를 받자오니 눈물이 앞을 가려
연분홍 치마폭에 얼굴을 파묻고
하염없이 울었나이다

어머님 어머님
이 어린 딸자식은 어머님 전에
피눈물로 먹을 갈아 하소연합니다
전생의 무슨 죄로 어머님 이별하고
꽃피는 아침이나 새우는 저녁에
가슴 치며 탄식하나요

어머님 어머님
두 손을 마주 잡고 비옵나이다
남은 세상 길이길이 누리시옵소서
언제나 어머님의 무릎을 부여안고
가슴에 맺힌 한을 하소연하나요
頓首再拜하옵나이다

美女圖

조명암 작사
김영파 작곡
이화자 노래
오케 12212
1939년 1월

에 내려온다 내려와 내려온다 내려와
녹의홍상 떨쳐입고 어여쁜 아가씨가 내려온다
앙금당실 앙금당실 시치미 딱 떼고 나려온다
에라 얼쑤 얼쑤 에라 물렀거라
우리 정든 님이 날 찾아온다
날 찾아온다 에라 얼쑤

에 내려온다 내려와 내려온다 내려와
갑사댕기 떨트리고 꽃 같은 색씨들이 내려온다
해룽 해룽 해룽 해룽 허리띠 꼭 메고 내려온다
에라 얼쑤 얼쑤 에라 물렀거라
우리 정든 님이 호사를 했다
호사를 했다 에라 얼쑤

에 내려온다 내려와 내려온다 내려와
꽃바구니 옆에 끼고 말 같은 처녀들이 나려온다
싱긋벙긋 싱긋벙긋 가슴을 툭 치며 내려온다
에라 얼쑤 얼쑤 에라 물렀거라
우리 정든 님이 날 보러 온다
날 보러 온다 에라 얼쑤

2

항구의 無名草(1939.1) ~ 연락선 悲歌(1939.10)

항구의 無名草

조명암 작사
엄재근 작곡
장세정 노래
오케 12213
1939년 1월

울기도 안타까운 이 부두에서
사랑이 무엇인가 가는 님 잡고 몸부림을 칩니다
태증 소리 울리고 떠나가는 연락선
끊어지는 테프만이 야속합니다

별빛도 눈물겨운 항구 밖으로
무정한 연락선은 내 님을 싣고 속절없이 떠난다
사랑 없는 세상에 누굴 믿고 살리요
슈德 없는 여자라고 버리지 마소

등대 불 깜빡이는 수평선으로
떠나간 연락선의 검은 연기만 달빛 속에 흐른다
원수 같은 이별에 눈물 젖는 내 가슴
이 내 몸은 안개 속의 무명초라오

돈타령

조명암 작사
김영파 작곡
김정구 노래
오케 12214
1939년 1월

우 응
바람이 분다 바람이 불어 돈바람이 불어온다
돈돈돈 돈 돈바람이 오 전 짜리 전차바람
십 전 짜리 담배바람 오십 전 짜리 런치바람
돈이야 돈이야 돈 돈 돈 돈 돈돈돈돈돈돈돈 에 에
사대문 구멍으로 돈 바람이 불어온다

우 응
사태가 난다 사태가 나요 돈사태가 쏟아진다
돈돈돈 돈 돈사태가 있는 사람 웃음
사랑 없는 사람 눈물나지 못난 사랑 잘난 듯이
돈이야 돈이야 돈 돈 돈 돈 돈돈돈돈돈돈돈 에 에
인조견 치마폭에 돈사태가 쏟아진다

우 응
홍수가 난다 홍수가 나요 돈홍수가 밀려든다
돈돈돈 돈 돈홍수가 양복쟁이 지갑 속에
처녀 총각 염낭 속에 막내 며느리 궤짝 속에
돈이야 돈이야 돈 돈 돈 돈 돈돈돈돈돈돈돈 에 에
제멋대로 철렁 철렁 돈봉투가 밀려든다

달 같은 님아

김다인 작사
유일춘 작곡
미스 코리아 노래
태평8603
1939년 1월

달 같은 님아 해 같은 님아
벽오동 거문고에 줄 타는 님아
앞산 꾀꼬리 뒷산 뻐꾸기
청실홍실이 따로 있느냐
흥 응 흥 흐으으흥
넘실 넘실 아 넘실 넘실 늬나니 난실
안달이 났구나 흥 흥 안달이 났구나 흥

능청한 님아 새침한 님아
태극선 부쳐가며 잠드는 님아
앞뜰에 청풍 뒤뜰에 명월
才子佳人이 따로 있느냐
흥 응 흥 흐으으흥
넘실 넘실 아 넘실 넘실 늬나니 난실
성화가 났구나 흥 흥 성화가 났구나 흥

총 같은 님아 칼 같은 님아
홍공단 이불 속에 꿈꾸는 님아
이 모에 원앙 저 모에 두루미

무릉도원이 따로 있느냐
흥 응 흥 흐으으흥
넘실 넘실 아 넘실 넘실 늬나니 난실
안달이 났구나 흥 흥 안달이 났구나 흥

무릉도원이 따로 있느냐
흥 응 흥 흐으으흥
넘실 넘실 아 넘실 넘실 늬나니 난실
안달이 났구나 흥 흥 안달이 났구나 흥

동그랑 땡땡

김다인 작사
전기현 작곡
미스코리아 노래
태평8607
1939년 1월

동그랑 땡땡 동그랑 땡 동그랑 땡땡 동그랑 땡
칠보단장이 동그랑 땡 좋다 좋다 응 응
요내 춘색이 동그랑 땡
네가 네가 네가 누구냐 네가 네가 네가 누구냐
건너말 김 면장 막내딸이냐 응 고것 참 늘씬하구나
어느새 저렇게 자랐었나 동그랑 땡 땡 동그랑 땡

동그랑 땡땡 동그랑 땡 동그랑 땡땡 동그랑 땡
홍도 백도가 동그랑 땡 좋다 좋다 응 응
요내 춘색이 동그랑 땡
네가 네가 네가 누구냐 네가 네가 네가 누구냐
아랫말 박 감사 둘째딸이냐 응 고것 참 고와졌구나
어느새 저렇게 영글었나 동그랑 땡땡 동그랑 땡

동그랑 땡땡 동그랑 땡 동그랑 땡땡 동그랑 땡
청실 홍실이 동그랑 땡 좋다 좋다 응 응
요내 세월이 동그랑 땡
네가 네가 네가 누구냐 네가 네가 네가 누구냐
담 너머 오동집 첫째 딸이냐 응 고것 참 능청맞구나
어느새 저렇게 철이 났나 동그랑 땡땡 동그랑 땡

못갑니다

김다인 작시
이용준 작곡
박향림 노래
콜롬비아 40845
1939년 1월

못갑니다 못갑니다 절대로 못가요 못가십니다
사정없이 내 가슴에 요렇게 속속들이 흠집을 내고
못갑니다 못갑니다 절대로 못가요

안됩니다 안됩니다 절대로 안돼요 아니됩니다
마음대로 내 가슴에 요렇게 이모저모 눈을 뿌리고
안됩니다 안됩니다 절대로 안됩니다

약속 하소 약속 하소 오늘 밤 이 시간 약속하세요
하늘땅이 꺼지어도 당신은 언제든지 있어 주세요
약속 하소 약속 하소 가지 마세요

연락선의 눈물

김다인 작사
김송규 작곡
유종섭 노래
콜롬비아 40846
1939년

고드름 낙수 지는 항구의 밤은
어이타 이다지도 어이타 이다지도
마음을 울리느냐
안개 속에 아득이는 가랑비 소리는
마스트에 홀로 우는 나그네 심사라

푸서기 바람결에 테프가 풀려
어이타 이다지도 어이타 이다지도
가슴을 울리느냐
바다 멀리 깜박이는 고동소리는
닻을 잡고 포구 찾는 나그네 심사라

꽃 같은 순정

김다인 작시
이용준 작곡
이옥란 노래
콜롬비아 40846
1939년 1월

꽃 같은 순정을 꽃 같은 순정을 치마폭에 싸들고
당신이 가는 길은 라라 나도 가겠소
어차피 이 한 몸은 당신 것이니
물인들 불 속인들 라라 쫓아가겠소

꿈이나 생시나 꿈이나 생시나 당신가는 길이면
비바람 불기하고 라라 따라가겠소
어차피 이 한 몸은 당신 것이니
산인들 바다인들 라라 쫓아가겠소

살거나 죽거나 살거나 죽거나 당신만을 믿어요
한울이 쏟아져도 라라 솟아나겠소
어차피 이 한 몸은 당신 것이니
아무리 울려줘도 라라 참고 살겠소

쌍쌍타령

김다인 작사
김송규 작곡
김장미 노래
콜롬비아 40847
1939년 1월

영남이라 부산바다 섬도나 쌍쌍
해가 뜨면 오륙도요 달이 뜨면 두셋
현해탄이 거울이드냐 맵시 보는 저 색씨 보소
만고강산 다 제쳐놓고 이 고장에 내 찾아왔소
응응응 응으으으 응으으응 얼씨구나 좋지

평양이라 대동강엔 배도나 쌍쌍
원포귀범 돛대 우엔 물제비도 쌍쌍
능라도가 주막이드냐 소리 뽑는 저 기생 보소
천하명승 다 버려 두고 이 고장에 내 찾아왔소
응응응 응으으으 응으으응 얼씨구나 좋지

홍남이라 연대봉엔 달도나 쌍쌍
장군바위 굴속에는 불로초도 쌍쌍
총석정이 바둑판이냐 시조 읊는 저 노인 보소
관동팔경 다 싫다하고 이 고장에 내 찾아 왔소
응응응 응으으으 응으으응 얼씨구나 좋지

나무아미타불

김다인 작사
김송규 작곡
김해송 노래
콜롬비아 40847
1939년 1월

상투 깎고 십년공부 나무아미타불
발톱 깎고 십년공부 나무아미타불
네 까짓게 뻐팅기면 나는 너를 홀타갈까
그런 대로 나만 따르면 쪽도리나 씌워주지
관세음보살 관세음보살
십년공부 나무아미타불

좁쌀 먹고 십년공부 나무아미타불
도라지 먹고 십년공부 나무아미타불
되잖은 게 된척하면 허리 굽힐 난 줄 아나
그런 대로 나만 좇으면 가마라도 태워주지
관세음보살 관세음보살
십년공부 나무아미타불

하눌 천 따 지 십년공부 나무아미타불
가갸거겨 십년공부 나무아미타불
지지리도 못 생긴 게 분 바르면 고와질까
그런 대로 나만 믿으면 떡이라도 먹어보지
관세음보살 관세음보살
십년공부 나무아미타불

방랑극단

조명암 작사
박시춘 작곡
남인수 노래
오케 12216
1939년 2월

오늘은 이 마을에 천막을 치고
내일은 저 마을에 포장을 치는
시들은 갈대처럼 떠다니는 신세여
바람찬 무대에서 울며 새우네

사랑에 우는 것도 청춘이러냐
분홍빛 라이트에 빛나는 눈물
서글픈 세리푸에 탄식하는 이 내 몸
마음은 고향 따라 헤매입니다

불꺼진 가설극장 포장 옆에서
타향에 달을 보는 쓸쓸한 마음
북소리 울리면서 흘러가는 몸이여
슬프다 유랑극단 피에로 신세

돈 半 정 半

조명암 작사
박시춘 작곡
이난영 노래
오케 12216
1939년 2월

세상이 가르쳐 준 사랑이러냐
금전이 가르쳐 준 헛정이러냐
울다가 아 아 아 아 아 아 아 눈물질 때
화류계 얽힌 몸은 화류계 얽힌 몸은
거미줄에 얽힌 나비

거리에 웃음 파는 신세일망정
참다운 의리만은 비길 데 없어
돈이냐 아 아 아 아 아 아 아 정이냐
화류계 매인 몸은 화류계 매인 몸은
어쩔 줄을 모른다오

출세도 주는 돈도 부럽지 않다
살점을 깎는 정도 대견치 않아
술이냐 아 아 아 아 아 아 담배이냐
화류계 딸린 몸은 화류계 딸린 몸은
취한 대로 산답니다

가을의 황혼

조명암 작사
김영파 작곡
고복수 노래
오케 12218
1939년 2월

가을 꽃 다 저물어 흰 눈발이 날리는
아득한 황야에서 누굴 찾아 헤매나
처량한 사나이가 방울 소리 울리며
사랑도 없는 길을 아아아아아
아 떠나갑니다

외롭다 우는 때는 눈물까지 얼굴이요
슬프다 노래하면 가슴속이 무너져
광야의 흰 눈발을 헤쳐가며 갈 사람
사랑의 불길조차 아아아아아
아 식어갑니다

하루 해 다 저물어 하늘까지 어두워
지난 일 생각하니 마음까지 어둡다
처량한 사나이가 칸델라의 붉은 등
눈길을 비쳐가며 아아아아아
아 떠나갑니다

쌍도라지 고개

조명암 작사
박시춘 작곡
이은파 노래
오케 12218
1939년 2월

쌍도라지 고개는 닐리릴리 고개
모본단 댕기가 넘나를 든다
닐리리야 닐리리 닐리리 닐리리야
무명치마가 날 부르네

도라지를 캐자고 넘어를 가면
광주리 한 반쯤 눈물이 반이야
닐리리야 닐리리 닐리리 닐리리야
남의 집 총각이 소용 있나

넘어가면 반기는 도라지 고개
만나자 이별에 발병이 난다
닐리리야 닐리리 닐리리 닐리리야
뒤뚱 뒤뚱 내 낭군아

無情 告白

조명암 작사
김해송 작곡
박향림 노래
오케 20006
1939년 12월

십 년을 두고 보렴아 백년을 두고 보렴아
눈물을 얽어 바친 이 내 사랑을
줄줄이 끊어놓고 줄줄이 끊어놓고
떠나가는 사람한테 무슨 행복이 있을소냐
무슨 기쁨이 있을소냐

세상을 두고 맹세다 청춘을 두고 맹세다
꽃가지 들고 웃는 이내 가슴을
가시로 때려주고 가시로 때려주고
떠나가는 사람한테 무슨 희망이 빛날소냐
무슨 운명이 좋을소냐

두 눈을 뜨고 보렴아 눈물을 흘려 보렴아
진정의 불이 붙은 이내 마음을
싸늘히 울려놓고 싸늘히 울려놓고
떠나가는 사람한테 무슨 웃음이 있을소냐
무슨 사랑이 있을소냐

희망의 썰매

김다인 작사
김송규 작곡
김해송 노래
콜롬비아 40848
1939년 2월

달리잔다 사명 실은 썰매야
달리잔다 희망 실은 썰매야
눈보라 속에서 군도는 운다
어서 어서 달리자
달리잔다 달리자 어서 어서 달리자
달리잔다 달리자 어서 어서 달리자
달리잔다 승리 실은 썰매야 북국을 찾아

달리잔다 서광 실은 썰매야
달리잔다 날개 돋힌 썰매야
아득한 이국 길 등불도 언다
어서 어서 달리자
달리잔다 달리자 어서 어서 달리자
달리잔다 달리자 어서 어서 달리자
달리잔다 승리 실은 썰매야 북국을 찾아

달리잔다 복을 실은 썰매야
달리잔다 광명 실은 썰매야
새 하늘 새 땅에 새벽이 온다

어서 어서 달리자
달리잔다 달리자 어서 어서 달리자
달리잔다 달리자 어서 어서 달리자
달리잔다 승리 실은 썰매야 북국을 찾아

엉터리 대학생

김다인 작사
김송규 작곡
김장미 노래
콜롬비아 40848
1939년 2월

우리 옆집 대학생 호떡주사 대학생은
십 년이 넘어도 졸업장은 캄캄해
아서라 이 사람아 참말 딱하군
밤마다 잠꼬대가 걸작이지요
연애냐 졸업장이냐 연애냐 졸업장이냐
아서라 이 사람아 정신 좀 차려라 응

우리 옆집 대학생 향수장사 대학생은
공부는 다섯끗 다마쯔낀 오백끗
아서라 이 사람아 참말 섭섭해
밤마다 잠꼬대가 걸작이지요
공부냐 다마쯔끼냐 공부냐 다마쯔끼냐
아서라 이 사람아 정신 좀 차려라 응

우리 옆집 대학생 붕어새끼 대학생은
학교는 못 가도 혼부라는 한 몫 봐
아서라 이 사람아 참말 기막혀
밤마다 잠꼬대가 걸작이지요
홍차냐 소다수이냐 고히냐 뽀도랍푸냐
아서라 이 사람아 지각 좀 들어라 응

연분홍 장미

김다인 작시
이용준 작곡
남일연 노래
콜롬비아 40848
1939년 2월

장미화 붉은 뜻을 아는 나비 몇이러뇨
가시에 찢긴 상처 라라 안타까워 홍

제풀에 떨어져도 언짢타고 안달인데
억지로 피어놓고 라라 흔드시남 홍

한 잎새 두 잎사귀 실어가는 바람들아
뜬세상 거리마다 라라 뿌려주렴 홍

청춘무정

김다인 작시
김송규 작곡
유종섭 노래
콜롬비아 40849
1939년 2월

오랑캐 꽃잎 따서 점치던 그 사랑은
내 가슴 갈기갈기 찢어준 사랑
지금은 나만 홀로 꽃을 따들고
언제나 오실꺼나 점을 친다오

이 세상 사랑이란 이런 것이런가
두 목숨 걸던 맹세 값이 없구나
이처럼 변키 쉬운 사랑이라면
수줍던 첫사랑이 너무 가엽소

흐르는 물거품에 낙화를 싣고
그 옛날 놀던 터나 헤매어 볼까
잊자니 눈물겨운 첫사랑이나
만나야 그는 벌써 남이로구나

朝鮮의 처녀

금운탄 작사
석일송 작곡
이화자 조영심 노래
포리돌 X-535-B
1939년

북으로 백두산은 구름 속에 꿈꾸고
남으로 한라산은 물소리에 꿈꾸네
이 강산 처녀들은 삼천리 꿈속에
오색실로 아롱아롱 사랑을 수놓네
아리아리 둥둥 스리스리 둥둥
둥둥둥 북을 울려라
이팔은 처녀시절 노래 부르자

평양도 대동강은 물이 맑아 좋구나
제일도 강산에는 꽃이 많아 좋구나
연두나 저고리에 연분홍치마에
이리굼실 저리굼실 구경이 좋구나
아리아리 둥둥 스리스리 둥둥
둥둥둥 북을 울려라
이팔은 처녀시절 노래 부르자

숫처녀 허리에는 봄바람이 감도네
실버들 늘어진데 선녀들이 춤추네
당홍두 갑사댕기 바람에 날리면

삼수갑산 얼음 눈도 녹고야 만나네
아리아리 둥둥 스리스리 둥둥
둥둥둥 북을 울려라
이팔은 처녀시절 노래 부르자

사막의 밤 눈물

금운탄 작사
김준영 작곡
조영심 노래
포리돌 X-545-A
1939년

사막에 해 저물어 나그네 고달파라
야자수 그늘 속에 하룻밤을 지낼까
님이여 옛사랑의 노래를 불러다오
외로운 낙타 등에 눈물 넘친다

어제는 고향살이 오늘은 타향살이
달빛에 속삭이는 그 옛날이 그립다
님이여 정처 없이 사막을 떠나가자
나그네 가슴속에 눈물 넘친다

靑春夜曲

조명암 작사
박시춘 작곡
남인수 노래
오케 12222
1939년 3월

우연히 정이 들어 얽혀진 사랑을
네가 먼저 끊을 줄은 꿈에도 몰랐다
가려무나 미련 없이 가거라
차라리 네 사랑에 혼자 미치마

세상을 바친대도 시들한 사람아
정이 식어 가는 너를 내 어이 할쏘냐
가려무나 속 시원히 가거라
이왕에 속은 사랑 나도 버리마

못 믿을 그 사랑에 내 눈이 어두워
애를 태운 내 가슴에 눈물만 남았다
가려무나 너 갈데로 가거라
애당초 속은 나만 웃음거리다

오로라의 눈썰매

조명암 작사
김 령 작곡
남인수 노래
오케 12222
1939년 3월

여기는 북쪽하늘 눈보라의 지평선
젊은 피도 얼어붙는 오로라의 남쪽 길
아아 아아 여기가 타향이냐 고향이러냐
갈수록 향방 없는 임자 잃은 나그네

여기는 눈썰매의 길이 얽힌 네거리
주막집의 등잔불도 울며 떠는 바람 속
아아 아아 여기가 타향이냐 고향이러냐
흘러서 갈 곳 없는 얼이 빠진 나그네

여기는 천리광야 거침없는 하늘밑
고삐 잡는 손마디가 얼어 트는 눈벌판
아아 아아 여기가 타향이냐 고향이러냐
눈물의 망또자락 처량하게 날린다

第二他鄉

조명암 작사
김광남 작곡
고복수 노래
오케 12224
1939년 3월

찬 베개를 안고서 흐느껴 우는
사나히 이 시름은 사랑이더냐
타향 바다 달빛은 나를 울리고
술잔마다 추억은 넘쳐흐른다

굴레 벗은 순정의 사나히 마음
타향살이 수십 년 몸만 늙었다
창문 열고 남쪽을 바라보는 맘
돌아갈 길 없는 몸 고향은 천리

조각달 항로

조명암 작사
엄재형 작곡
이인권 노래
오케 12225
1939년 4월

떠나온 저 항구에 사랑을 물리치고
뱃전에 기대서서 술을 마시는 마도로스다
손수건 흔들어준 님아 그리운 사람아
조각달을 바라보며 이 밤도 나는 운다

눈 쌓인 저 부두에 사랑을 울려 놓고
미련을 못 참아서 흐득여 우는 마도로스다
가슴에 매달리던 님아 그 님을 따라와
기약 없는 이별이다 원망을 말아다오

조각달 부서지는 뱃머리 물결 우에
떠돌아 흩어지는 마도로스의 피눈물이여
레포를 던져주던 님아 그리운 사람아
흘러가는 수평선엔 이 밤도 별이 떴다

꿈인가 추억인가

조명암 작사
송희선 작곡
남인수 노래
오케 12229
1939년 4월

범나비 꿈을 꾸는 꽃밭에 둘이 앉아
개나리 손에 들고 놀리든 시절
애련한 목소리로
"여보"
"음"
"벌써 봄이지"
"음"
"아 이렇게 해서 보내던 한철도 있었건만"
세월은 흐르고 두 사람은 흩어져
무정한 바람에 바람에
낙화만 흩날립니다

갈매기 춤을 추는 해변에 둘이 서서
흰 구름 수평선에 마음을 보내며
힘있는 목소리로
"여보"
"음"
"벌써 여름이지"
"음"

"아 이렇게 아름답던 여름도 있었건만"
이제는 물결만 드나드는 달밤에
외로운 그림자 그림자
하나만 헤매입니다

"아 이렇게 아름답던 여름도 있었건만"
이제는 물결만 드나드는 달밤에

靑春問題

조명암 작사
박시춘 작곡
장세정 노래
오케 12229
1939년 4월

울지도 못하나요 웃지도 못하나요
사랑이란 무엇이길래 내 맘대로 못 하나요
만약에 아시거든 가르켜 가르켜 주셔요

가지도 못하나요 오지도 못하나요
고향이란 무엇이길래 오도가도 못 하나요
만약에 아시거든 가르켜 가르켜 가르켜 주셔요

남지도 못하나요 잡지도 못하나요
청춘이란 무엇이길래 한 번 가면 못 오나요
만약에 아시거든 가르켜 가르켜 가르켜 주셔요

눈물의 事變

조명암 작시
박시춘 작편곡
이난영 노래
오케 12232
1939년 4월

턱없이 화를 내고 떠나가면서
날더러 괄세라니 죄가 되지라우
못생긴 양반아 알뜰한 양반아
울어야 아신다면 울겠습니다

세상이 다시없는 임자이길래
역정도 임자 앞에 내는 것이라우
못생긴 양반아 알뜰한 양반아
웃어야 아신다면 웃겠습니다

금시로 쪼개지는 가슴이언만
쌀쌀히 구는 것은 내 체면이라우
못생긴 양반아 알뜰한 양반아
일러야 아신다면 말씀하지요

복덕장사

조명암 작사
김영파 작곡
김정구 노래
오케 12236
1939년 4월

대추드렁 사려 대추드렁 사려
충청도 당대추 꿀맛이요 자
신랑 신부 잔치상에 이 대추를 쓸랴치면
옥동자가 한 쌍이요 귀동자가 한 쌍이요
장사하면 돈 잘 벌고 백년해로
언제든지 싸움 안 하고 살터이니
있을 적에 다들 사소
자 대추 대추 대추드렁 사려

고기드렁 사려 고기드렁 사려
명문산 고기가 꿀맛이요 자
아침저녁 진지 상에 이 고기를 들라시면
가내 태평 만수무강 봄 나비가 날아들어
딸을 보면 열녀 춘향 사위 보면 어진 낭군
옹기종기 있을 테니 있을 적에 다들 사소
자 고기 고기 고기드렁 사려

명태드렁 사려 명태드렁 사려
함경도 동 명태 꿀맛이요 자

임 그리워 병났을 때 이 명태를 쓸랴치면
입 맛 있고 병이 낫소 살이 찌는 약이라오
잠 안 올 때 잠이 오고 속 상할 때 맘 풀리고
이 병 저 병 나을 테니 있을 적에 다들 사소
자 명태 명태 명태드렁 사려

고향우편

김다인 작사
이용준 작곡
박향림 노래
콜롬비아 40850
1939년 4월

천리타향 구름 속에 기러기 운다
나 홀로 이 벌판에 헤매라는 법 있소
달리는 바퀴 우에 달리는 바퀴 우에 고향은 흐른다
방울을 목에 걸고 단부링 손에 들고
재주를 넘는다

이 그네서 저 그네로 손뼉은 운다
꺾이는 나팔 곡조 우는 맘을 메우네
달리는 바퀴 우에 달리는 바퀴 우에 고향은 흐른다
수건을 입에 물고 외바퀴 자전거에
재주를 넘는다

큰오빠는 싱가폴에 언니는 청도
뿔뿔이 헤져 보는 타국 달은 섧구나
달리는 바퀴 우에 달리는 바퀴 우에 고향은 흐른다
코끼리 발장단에 허리를 꺾으면서
재주를 넘는다

청실홍실

김다인 작시
이용준 작곡
남일연 노래
콜롬비아 40851
1939년 4월

꽃피던 아침도 꿈이었나요
달뜨는 저녁도 꿈이었나요
낙심 말우 언제든지 웃고 삽시다
철석같이 다짐받던 그 날 그 밤이
어쩌면 허무한 꿈이었나요

별 헤던 그 밤도 꿈이었나요
머리푼 그 밤도 꿈이었나요
울지 말우 언제든지 뽐내고 살자
강철처럼 엉킨 사랑 그 날 그 밤이
어쩌면 턱없는 꿈이었나요

흐르는 春色

김다인 작시
이용준 작곡
유종섭 노래
콜롬비아 40851
1939년 4월

하늘은 꼭두서니 종달새 넘놀고
벌판은 아롱아롱 비단을 깔았구나
가잔다 동무들아 저 산을 넘어서
미치는 봄바람에 끝없이 흐르자

숲 속을 흘러가는 안타까운 봄 안개
물결은 굽이굽이 희망을 실었구나
가잔다 동무들아 저 강을 건고서
철없는 봄바람에 마음껏 떠돌자

아득한 산골짜기 피리소리 넘놀고
바람은 산들산들 옷깃을 잡는구나
가잔다 동무들아 저 벌을 넘어서
얄궂은 봄바람에 한없이 덤비자

별일이 다 많아

김다인 작사
전기현 작곡
박향림 노래
콜롬비아 40852
1939년 4월

나이는 열 아홉 풋색씬데
아버지는 자꾸만 짜증을 내여
그래서 어머니한테 살그머니 물어봤더니
별일이 다 많아 옆집의 총각이 말썽이래요

댕기는 흑갑사 풋색씬데
어머니는 별안간 단장을 하래
그래서 아버지한테 살그머니 물어봤더니
별일이 다 많아 오늘이 맞선을 보는 날이래

꿈결도 수줍은 풋색씬데
옷고름만 닿아도 정이 가서요
그래서 큰언니한테 살그머니 물어봤더니
별일이 다 많아 낼 모래 장날엔 시집간대요

팔도 장타령

김다인 작사
김송규 작곡
김해송 노래
콜롬비아 40852
1939년 4월

해주감사 삼 년에 해가 나서 못하고
연안 백천 인절미는 송도 장꾼이 다 먹고
황주 봉산 능금 배는 서울장꾼이 다 먹고
신계 곡산 머루 다래는 처녀 총각이 다 먹네
얼씨구 두 잘 한다 절씨구 두 잘한다
흥 품바 품바 잘 한다

평양감사 삼 년에 기생 등살에 못 하고
구름 떴다 운산장은 날이 궂어서 못 보고
개천 많다 박천장은 물이 많아서 못 보고
이변 저변 영변장은 별리가 많아서 못 보네
얼씨구 두 잘 한다 절씨구 두 잘한다
흥 품바 품바 잘 한다

함경감사 삼 년에 고향생각에 못 하고
길주나 명천 북포장은 상주 무서워 못 보고
덕원 원산 명태장은 눈이 무서워 못 보고
이름 좋은 이천장은 이가 없어서 못 보네
얼씨구 두 잘 한다 절씨구 두 잘한다
흥 품바 품바 잘 한다

애수의 강변

김다인 시
이재호 곡
박향림 노래
콜롬비아 40853
1939년 4월

게잡이 불빛도 꿈꾸는 강변
나룻배 우에서 추억은 크다
모래를 헤치며 가슴을 때려본들
무너진 모래성을 무너진 모래성을
다시 쌀 수 있느냐

노 젓는 소리도 꿈꾸는 강변
모래밭 우에서 하소는 멀다
강가에 쓰러져 물소릴 헤어 본들
흘러간 물거품을 흘러간 물거품을
다시 몰 수 있느냐

안개도 이슬도 꿈꾸는 강변
다릿목 우에서 한숨은 길다
고개를 숙이고 머리를 뜯어본들
끊어진 연줄이야 끊어진 연줄이야
다시 일 수 있느냐

왜 이럴까요

김다인 작사
이재호 작곡
박정림 노래
콜롬비아 40857
1939년 5월

왜 이럴까요 왜 이럴까요 왜 이럴까
연락선의 통곡도 물새의 하소도
해방된 이 항구에 나 혼자 왔소 혼자서 왔어요
북풍만 남겨두고 가신 님아 아시나요 내 맘을

왜 이럴까요 왜 이럴까요 왜 이럴까
조잘대는 물결도 애 타는 달빛도
잠이든 이 항구에 나 혼자 왔소 혼자서 왔어요
북풍만 남겨두고 가신 님아 아시나요 내 맘을

왜 이럴까요 왜 이럴까요 왜 이럴까
눈보라의 비명도 등대의 애교도
사라진 이 항구에 나 혼자 왔소 혼자서 왔어요
애궂은 내 설움에 가신 님아 아시나요 내 맘을

울고 간 연못가

김다인 작시
이재호 작사
유종섭 노래
콜롬비아 40858
1939년 5월

가네숀 피는 밤 달 아래 속삭인 님
그 꽃이 지는 밤엔 못 가에서 울었소
사람 없는 골목길로 둘이서 걸어가던 그 밤도
흘러간 꿈이냐 다시 못 올 그대런가

목나단 우산에 얼굴을 가리우고
우는 님 떠나보낸 연못가가 원수다
안타까운 물결 우에 원망의 돌팔매를 던져도
어차피 꿈이다 다시 못 올 그대런가

피 곯아 타는 맘 속절없어
풀 먹인 모시치마 눈물 젖어 구겼소
깜빡이는 가등 밑을 밤새워 헤매이던 첫사랑
흩어진 꽃이냐 다시 못 올 그대런가

초가삼간

조명암 작사
김용환 작곡
이화자 노래
오케 12245
1939년 6월

모란꽃이 피거들랑 다시 오렴아 다시 오렴
연지곤지 단장하고 다시 오렴아 다시 오렴
초가삼간 집일 망정 금실 좋면 그만이지
호강 없이 살지라도 마음만은 너를 주마

모진 바람 고이 피해 다시 오렴아 다시 오렴
쪽도리를 고이 쓰고 다시 오렴아 다시 오렴
소금반찬 밥일망정 맘 맞으면 그만이지
백년해로 살지라도 사랑만은 너를 주마

당사실에 복을 차고 다시 오렴아 다시 오렴
색 가마에 올라앉아 다시 오렴아 다시 오렴
기화요초 없을망정 웃고 살면 그만이지
호사 없이 살지라도 내 가슴은 너를 주마

悲憐의 출발

조명암 작사
박시춘 작곡
이인권 노래
오케 12247
1939년 6월

아 잘 있거라 아 나는 간다
발버둥치는 네 마음을 낸들 어이 모르랴
운명이란 쇠사슬에 울다가 웃었다가
얽힌 내 사랑 응응
뜨내길 믿으면 소용이 있느냐

아 울지 마라 아 나는 간다
치맛자락에 눈물 싣고 나를 보며 웃어라
세월이란 물결 속에 떴다가 잠겼다가
흘러가는 목숨 응응
마지막 이별에 웃고 말리라

남행 열차

조명암 작사
박시춘 작곡
이난영 노래
오케 12247
1939년 6월

끝없이 흔들리는 남행 열차에
홍침을 베고 누어 눈물집니다
사랑하는 까닭에 사랑하는 까닭에
떠나를 가며
가엾다 내 청춘은 누구를 주나

세상이 다 모르는 내 가슴속에
눈물을 가득 싣고 떠나가건만
사랑하는 까닭에 사랑하는 까닭에
버린 내 사랑
야속한 추억만이 괴롭습니다

안개 속의 처녀

조명암 작사
손목인 작곡
고복수 노래
오케 12250
1939년 6월

안개 낀 서울거리 흐릿한 등불 아래
그 누구를 기다리나 아가씨들이냐
백화점 네온사인 꺼져 가는 이 밤에 음음음
애달픈 그림자만 움직입니다

밤거리 은행나무 그늘에 흘러와서
그 누구를 기다리나 외로운 눈송아
달무리 흐린 하늘 별빛이 끈 이 밤에 음음음
아가씨 눈동자만 반짝입니다

아가씨 그림자야 외로운 눈동자야
안타까운 그 사연을 말이나 하렴아
안개 낀 아스팔트 울려나는 발소리 음음음
젊은 꿈 새워 도는 밤은 구슬퍼

春風信號

조명암 작사
손목인 작곡
김정구 장세정 노래
오케 12260
1939년 6월

(여) 여보
(남) 왜 불러
(여) 여보
(남) 왜 불러
(여) 사꾸라 꽃이 피면 구경 간댔지
(남) 이것 참 야단났군 나는 몰라
(여) 흥 나는 몰라라
(남) 점잖지 못하게 마누라 왜 또 울어
　　변또 밥 싸 가지고 구경갑시다
(여) 흥 정말
(남) 정말
(여) 참말
(남) 참말이여
(합) 좋다 좋다 좋다 좋다 좋다 좋다 좋다 좋다
　　아베크 호시절 꽃구경 가세

(여) 여보
(남) 왜 불러
(여) 여보

(남) 왜 불러
(여) 봄철에 입을만한 치마가 없소
(남) 없으면 그만이지 할 수 있나
(여) 나 잉 몰라라
(남) 이것 참 큰일 났군 마누라 울지 말게
　　양비단 치마 한감 떠서 줄 테니
(여) 흥 정말
(남) 정말
(여) 참말
(남) 참말이여
(합) 좋다 좋다 좋다 좋다 좋다 좋다 좋다 좋다
　　꽃피는 봄철에 모양을 내자

(여) 여보
(여) 여보
(남) 왜 불러
(여) 옷 입은 스타일이 참말 좋지요
(남) 몸집이 말라빠져 버들 같구료
(여) 흥 난 몰라라
(남) 모르면 그만이지 마누라 속이 좁아
　　그럴 줄 이쁘길래 혼인을 했지
(여) 흥 정말
(남) 정말
(여) 참말
(남) 참말이여
(합) 좋다 좋다 좋다 좋다 좋다 좋다 좋다 좋다
　　춤추는 봄 말에 봄바람 난다

낭자머리 탄식

김다인 작사
이재호 작곡
김장미 노래
콜럼비아 40861
1939년 6월

가세요 가십시오 가세요 가십시오
잡아도 안 머무실 토라진 그대의 마음
타고남은 심장이라 눈물도 말랐소
낭자머리 풀어서 분홍 댕기 맺어본들
다시 못 필 동백꽃입니다

가세요 가십시오 가세요 가십시오
이대로 떠난다면 맹세가 보람이 없소
울고 남은 가슴이라 하손들 있겠소
낭자머리 풀어서 분홍댕길 디려본들
다시 못 올 카나리압니다

우리는 풍운아

김다인 시
이용준 곡
유종섭 노래
콜롬비아 40861
1939년 6월

울다니 될 말이냐 웃잔다 사내답게 웃어 붙이자
금단추 번쩍이는 가슴을 앙버티고
달리는 스키 우에 몸을 싣자
응 아렴풋 지평선에 저녁종이 반가워

울다니 될 말이냐 웃잔다 사내답게 웃어 붙이자
술잔에 남은 꿈을 발길로 걷어차고
흐르는 눈보라에 몸을 싣자
응 멀고먼 구름 속에 저녁놀이 정다워

스키냐 화살이냐 하늘은 팽이처럼 돌아 가누나
바람에 몸을 맡겨 옷자락 날리면서
끝없이 한정 없이 흘러가자
응 낯 설은 벌판에도 둥근 달은 좋구나

잃어버린 아버지

조영출 작사
손목인 작곡
이난영 노래
오케 12256
1939년 7월

아버님 아버님
목메어 부릅니다요
낮 설은 타향하늘
올 데 갈 데 없는 쓸쓸한 곳에서
아버님 아버님 아버님 아버님
불으며 헤매입니다
불쌍한 이 운명에 떠도는 딸자식은
흐득여 우나이다 대답하셔요

아버님 아버님
어데로 가시었나요
오늘도 창문 열고
구름 가는 곳을 바라만 봅니다
아버님 아버님 아버님 아버님
헤진 지 몇 몇 핸가요
세상을 모르고서 응석을 부리던 몸
봄맞이 스물 두 해 울었나이다

기타는 운다

김다인 작사
이재호 작곡
김장미 노래
콜롬비아 40863
1939년 7월

들려 온다 들려온 다 깊은 밤에
들려 온다 들려 온다 기타소리가
타국의 테라스 발코니에서 기타소리 들으며
아 아 그리운 곳 떠나 온 떠나 온 그 땅이냐

누구세요 누구세요 깊은 밤에
누구세요 누구세요 기타소리가
불꺼진 베란다 층층대에서 기타소리 들으며
아 아 보고픈 곳 두고 온 두고 온 그 정이냐

희망의 바다로

김다인 시
이용준 곡
박향림 노래
콜롬비아 40864
1939년 7월

꽃구름 달빛 속에 어기여차 배 띄워 떠나가자
파도는 출렁출렁 출렁거린다 헤이
라 ─
흐르는 뱃머리에 진주를 안고
희망이 손짓하는 바다로 가자

흩어진 섬을 돌아 어기여차 노 저어 떠나가자
바람은 소근소근 소근거린다 헤이
라 ─
달리는 돛대 우에 달빛을 싣고
희망이 손짓하는 바다로 가자

아득한 포구마다 어기여차 섬 처녀 반겨 웃네
물새는 조잘조잘 조잘거린다 헤이
라 ─
조으는 잔별 속에 사랑을 찾아
희망이 손짓하는 바다로 가자

정열의 수평선

김다인 시
이용준 곡
유종섭 노래
콜롬비아 40864
1939년 7월

메리겐 부두에서 사이렌이 들린다
오늘은 달빛 속에 고향 찾아가는 밤

소리쳐 잡는 손을 부두 우에 밀려
뱃머리 돌리어라 고향길이 바쁘다

아득한 바다 저쪽 손짓하는 내 고향
제물포 항구에는 울며 새는 가로등

달빛에 울고 헤진 아가씨가 반갑다
옛 고향 달밤에는 무슨 새가 우느냐

아득한 고향

김다인 시
이재호 곡
김장미 노래
콜롬비아 40867
1939년 9월

아 멀다 고향길이
마천령 저 산 넘어 솔방울 지는 고향
아 그립더라 옷소매에 감겨드는
타향 꿈은 속절없어 간데족족 눈물이요
내 고향만 못하더라

아 멀다 고향길이
마천령 저 산 넘어 산까치 우는 고향
아 그립더라 꽃잎 따서 점을 치든
딸네들아 잘 있느냐 오나가나 푸념이요
내 고향만 못 하더라

아 멀다 고향길이
마천령 저 산너머 쑥나물 피는 고향
아 그립더라 아지랑이 산허리에
청대콩이 눈에 암암 자나깨나 안타까운
내 고향을 잊을쏘냐

오동잎 질 때

김다인 시
이재호 곡
박향림 노래
콜롬비아 40868
1939년

한 잎 두 잎 오동잎이 떨어지는 밤
웬일일까 울고 싶어 앨범에 넘겨주신
그리운 모습 책장을 넘기면서 그 이름을
불러보나 다시 못 올 그 옛날
아 낙엽소리 섧구나

흩어지는 낙엽 속에 벌레 우는 밤
웬일일까 울고 싶어 울면서 주고 받던
열정의 편지 글자를 헤이면서 그 이름을
불러보다 다시 못 올 그 옛날
아 낙엽소리 섧구나

흘러간 오 년

김다인 시
이용준 곡
박향림 노래
콜롬비아 40871
1939년

새빨간 마후라 우에 눈을 받으며
외로운 경편철도 쓸쓸한 정거장에서
불꺼진 난로 앞에 밤차를 기다린
오 년 전 그날 밤이 눈에 암암타

코스모스 그늘 속에 황혼이 빗겨
로미오 줄리엣이 얼마나 울려 주었나
봄 안개 가을낙엽 흘러간 다섯 해
오늘은 세상바다 고동을 튼다

아가씨 讀本

조명암 작사
손목인 작곡
장세정 노래
오케 12259
1939년 7월

남저고리 방물치마 모양을 내고
그리운 그 사람과 그리운 그 사람과 나란히 서서
으슥한 거리 거리 으슥한 거리 거리 가고 싶은 맘
그 맘을 왜 어째서 아니 되나요
어머니 아버지도 눈이 어두워

아지랑이 아른아른 가슴도 아른
마음이 가는 곳은 마음이 가는 곳은 꽃피는 거리
무엇이 그리운지 무엇이 그리운지 애 타는 속을
그 사정을 왜 그것을 모른 대요
할머니 할아버지 이상해요

개나리 꽃밭에서 웃어보다가
나 길을 따라가면 나 길을 따라가면 부드러운 장미꽃
그리운 그 사람을 그리운 그 사람을 만나보고 싶은
내 생각이 어째서 어린애예요
언제나 어린애로 취급하지요

사각 봉투

조명암 작사
박시춘 작곡
장세정 노래
오케 12259
1939년 7월

낮 설은 사각봉투 받아 든 손이
웬일일까 가슴에서 흔들립니다
아는 듯 모르는 듯 아는 듯 모르는 듯
호랑나비만 사각봉투 겉을 보고
멋나게 춤을 추네

개나리 울타리에 혼자 숨어서
쑤군대는 가슴속에 편지를 안고
끝없이 울고 싶은 끝없이 울고 싶은
마음의 연민 꽃을 보고 웃음 짓는
열 일곱 시름

바람에 흩어지는 개나리 꽃잎
웬 일일까 가슴 우에 안겨듭니다
보슬비 부는 소리 보슬비 부는 소리
꿈같은 봄날 봉숭머리
입에 물고 꿈을 꿉니다

파랑치마

조명암 작사
박시춘 작곡
이은파 노래
오케 12260
1939년 7월

파랑 치마 긴치마 한 허리에 감기네
일만 설움 주름 타고 궂은 비가 옵니다
아리덩더쿵 스리덩더쿵 어쩔 수 없네
파랑 치마 젖는데도 어쩔 수 없네

살구나무 동리에 파랑 치마 날리네
화전놀이 서방보고 울어지고 맙니다
아리덩더쿵 스리덩더쿵 어쩔 수 없네
장구채가 부러져도 어쩔 수 없네

열 두 고개 아리랑 파랑 치마 해줬네
정든 님은 한번도 만나지도 못했네
아리덩더쿵 스리덩더쿵 어쩔 수 없네
오다가다 발병 나도 어쩔 수 없네

사랑 낭군

조명암 작사
김영파 작곡
이은파 노래
오케 12260
1939년 7월

잘 있었네 잘 있었네 내 가슴에 님이 떴네
왈랑 절렁 왈랑 절렁 왈랑 절렁 왈랑 절렁
청노새를 물어 물어 물어 물어
서낭당에 절하고 고개 고개 넘어 넘어갑니다

꿈에 만난 어느 생이 꿈속에서 깊어질 때
왈랑 절렁 왈랑 절렁 왈랑 절렁 왈랑 절렁
청노새야 가자 가자 가자 가자
서낭당에 절하고 고개 고개 넘어 넘어갑니다

비가 오나 눈이 오나 병이 들면 갈 수 없네
왈랑 절렁 왈랑 절렁 왈랑 절렁 왈랑 절렁
청노새는 갈래 갈래 갈래 갈래
서낭당에 절하고 고개 고개 넘어 넘어갑니다

바다의 꿈

– 해수욕장 풍경

조명암 작사
박시춘 작곡
이난영 노래
오케 12263
1939년 8월

여름 여름 여름엔 바람도 더운 바람
구슬 같은 땀방울이 얼굴에 송글송글
아가씨 도련님 얼음사탕을
웃으며 맛있게 깨물어 먹자
아이스크림 아이스오렌지
돌아가는 선풍기
여름은 시원한 사이다를 마시며
춤추자 해수욕장
랏 디리 루리 루리 루리 랏 두리 루리 루리 루리 루
시원스런 꿈이나 꾸자

여름 여름 여름은 서늘한 모시치마
와이샤츠 바람에 맥고모자
아가씨 도련님 부채질하며
가로수 그늘만 찾아나가자
아이스메론 아이스커피
돌아가는 레코드
아이스 멜로디 여름밤에

사랑은 시원타 시원하다
수박냄새 흘러오는 밤거리에
랏 디리 루리 루리 루리 랏 두리 루리 루리 루리 루
밤거리에 꿈이나 꾸자

여름 여름 여름은 청춘의 푸른 바다
물결 속에 춤추는 해수욕장
아가씨 도련님 휘파람 치며
시원한 바다를 찾아서 가자
아이스크림 아이스오렌지
바다에선 소용없는
아이스 선풍기
여름밤의 바다는 서늘해 서늘하다
미역냄새 흩날리는 바닷가에
랏 디리 루리 루리 루리 랏 두리 루리 루리 루리 루
바닷가에 꿈이나 꾸자

순정과 운명

조명암 작사
박시춘 작곡
이인권 노래
오케 12264
1939년 8월

나는 나요 너는 너다
한번 변한 사람에는 용서도 눈물도 부질없다
오냐 오냐 내 청춘이 눈이 멀어
내 마음을 몰랐구나 몰랐구나

나는 나요 너는 너다
두 번 안볼 이별에는 원망도 하소도 헛수고다
오냐 오냐 내 사랑이 뜨내기다
내 순정을 버렸구나 버렸구나

나는 나요 너는 너다
원수처럼 갈 바에는 인정도 사정도 모른 체다
오냐 오냐 내 마음이 무정해서
내 사랑이 꺼졌구나 꺼졌구나

수박 행상

조명암 작사
손목인 작곡
김정구 노래
오케 12265
1939년 8월

(야 이건 참 싸구나)
자 둥글둥글 수박이로구려 자
자 둥글둥글 수박이로구려 자
먹기 좋은 수박이요 보기 좋은 수박이요
노인네가 잡수시면 둥글둥글둥글 젊어지고
처녀 총각 잡수시면 둥글둥글둥글 사랑일세
자 싸구려 싸구려 싸구려 (야 이건 참 싸구나)
둥글둥글 둥글둥글 먹기 좋은 수박이로구려

자 둥글둥글 수박이로구려 자
자 둥글둥글 수박이로구려 자
무르녹는 수박이요 냄새 좋은 수박이요
목 마를 때 잡수시면 둥글둥글둥글 시원하고
출출할 때 잡수시면 둥글둥글둥글 배가 불러
자 싸구려 싸구려 싸구려 (야 이건 참 춤 넘어 가누나)
둥글둥글 둥글둥글 둥글게 사는 수박이로구려

(야 이건 참 싸구나)
자 둥글둥글 수박이로구려 자

자 둥글둥글 수박이로구려 자
어른에겐 어른 수박 아이에겐 아이 수박
우락부락 잡수시면 둥글둥글둥글 아들 낳고
야금야금 잡수시면 둥글둥글둥글 딸을 낳고
자 싸구려 싸구려 싸구려 (야 이건 참 침 넘어 가누나)
둥글둥글 둥글둥글 익살맞은 수박이로구려

삽살개 타령

조명암 작사
김영파 작곡
이화자 노래
오케
1939년

개야 개야 삽살개야 삽살개야 삽살개야
가랑잎만 들썩해도 짖는 개야
청사초롱 불 밝히고 정든 님이 오시는데
개야 개야 삽살개야 개야 개야 삽살개
(개 짖는 소리) 짖지 마라

개야 개야 검둥개야 검둥개야 검둥개야
독수공방 잠 안 올 때 짖는 개야
범아 동창 말을 몰아 정든 님이 오시거든
개야 개야 검둥개야 개야 개야 검둥개
(개 짖는 소리) 짖지 마라

개야 개야 삽살개야 삽살개야 삽살개야
팔베개로 꿈꿀 때에 짖는 개야
산정 파한 그리운 님 남모르게 오시거든
개야 개야 삽살개야 개야 개야 삽살개
(개 짖는 소리) 짖지 마라

연락선 悲歌

조명암 작사
손목인 작곡
이난영 노래
오케 12273
1939년 10월

이별튼 그날 밤에 몰려들던 달빛
연락선 너머로 이 밤도 비치네
여보 여보 여보 부디부디 잊지 마소
"잊었나요"
잊지를 마소
연지 찍은 두 볼에 설움이 피오

이별튼 그날 밤에 피던 장미꽃
네온 빛 그늘에 이 밤도 피었네
여보 여보 여보 부디부디 잊지 마소
"잊었나요"
잊지를 마소
주름치마 주름이 원망합니다

이별튼 그날 밤에 부르든 노래
달빛을 보면서 이 밤도 부른다
여보 여보 여보 부디부디 잊지 마소
"잊었나요"
잊지를 마소
이봄 지나 가을에 만나봅시다

3

항구일기(1939.10) ~ 망향곡(1941.2)

항구일기

조명암 작사
박시춘 작곡
남인수 노래
오케 12273
1939년 10월

등 달린 전봇대 안개 서린 부두에
파이프를 입에 물고 기대 섰는 이 밤은
울기도 싫구나 웃기도 싫구나
여자 없는 내 청춘만 흘러를 간다

새빨간 술잔에 하염없이 취해서
플라탄의 그늘아래 헤매이는 이 밤을
십 년도 하루요 하루도 수십 년
여자 없는 내 가슴은 얼음쪽 같다

고요한 바닷가 시달리는 조약돌
이 내 몸도 하염없이 세상 물에 시달려
사랑도 꿈같고 고향도 꿈같애
여자 없이 흘러가는 상선 뿐이다

다방의 푸른 꿈

조명암 작사
김해송 작곡
이난영 노래
오케 레코드 12282
1939년 10월

내뿜는 담배 연기 끝에
희미한 옛 추억이 풀린다
고요한 찻집에서 커피를 마시면
가만히 부른다 그리운 옛날을
부르누나 부르누나 흘러간 꿈은 찾을 길 없어
연기를 따라 헤매는 마음
사랑은 가고 추억은 슬퍼
블루스에 나는 운다
내뿜는 담배 연기 끝에
희미한 옛 추억이 풀린다

조 우는 푸른 등불 아래
흘러간 그 날 밤이 새롭다
조그만 찻집에서 만나든 그 날 밤
목메어 부른다 그리운 그 밤을
부르누나 부르누나 서리에 시든 장미화러냐
시들은 사랑 스러진 그 밤
그대는 가고 나 혼자 슬퍼
블루스에 나는 운다
조으는 푸른 등불 아래
흘러간 그 날 밤이 새롭다

가을의 漫遊記

조명암 작사
손목인 작곡
김정구 노래
오케
1939년

하늘은 푸른 누리 말쑥하다
한 조각 구름이 바다로 흐른다 (헤이)
어서 가자 저 구름을 타고서
흘러라 흘러라 저 바다에 흘러라
구름 타고 철철철 기력이 넘친다 넘치누나
라라 흘러라 가을 바다로

기러기 울고 가는 이별이다
꿈꾸는 청춘은 가을에 지났다 (헤이)
어서 가자 저 날개를 타고서
날아라 날아라 날개 치며 날아라
눈물같이 우수수 낙엽이 날린다 날려가자
라라 날려라 가을 지평선

바람은 비단처럼 부드럽다
날리는 옷자락 가을은 즐겁다 (헤이)
어서 가자 저 바람을 타고서
가잔다 가잔다 고개 넘어 가잔다
금잔디에 누워서 노래를 부르자 불러보자
라라 가잔다 가을의 벌판

청춘일기

조명암 작사
손목인 작곡
남인수 노래
오케 12285
1939년 10월

울르가 숨쉬는 푸른 언덕
휘파람 치며 넘어가자
님이여 가잔다 구름 따라 저 멀리
초록 안개 퍼지는 곳
아 새파란 하늘 희망의 하늘
젊은이들의 사랑이 부른다
꿈꾸는 가슴속 나부끼는 미풍에
젊은 피가 끓어오른다

갈매기 춤추는 푸른 바다
파도를 넘어 떠나가자
님이여 가잔다 물 연기를 피우며
꿈을 꾸는 저 섬 가에
아 새파란 하늘 희망의 하늘
젊은이들의 사랑이 부른다
동백꽃 그리워 불어오는 순풍에
돛을 달고 노래부르자

가을의 기름진 이 거리는
젊은이들의 오아시스

님이여 가잔다 노래하며 웃으며
푸른 기가 날리는 곳
아 새파란 하늘 희망의 하늘
젊은이들의 사랑이 부른다
빛나는 눈동자 속삭이는 로맨스
아름다운 꿈을 꾸잔다

빛나는 눈동자 속삭이는 로맨스
아름다운 꿈을 꾸잔다

꿈꾸는 處女園

조명암 작사
이봉룡 작곡
장세정 노래
오케 12285
1939년 10월

날개 속은 밤 비둘기 꿈을 꾸는 봄
남 모를 설움 속에 등불을 끄고
나 혼자 울었나이다
창문에 달색만이 내 마음 알아주는 듯
허공에 찬바람도 울어줍니다

초저녁에 이별하고 돌아온 이 밤
비단 폭 치마폭이 눈물에 젖어
나 혼자 탄식합니다
가신다는 그 말씀이 내 가슴을 찔러주는 듯
하염없이 원망하며 울음도 잊어

첫눈이라 젖은 가슴 손수건이라
덧없이 받은 소식 눈물이 오니
야속타 원망하네요
밤하늘의 기적소리 내 행복을 뺏아가는 듯
설레이는 가슴속에 쌓아둡니다

마차의 은방울

조명암 작사
손목인 작곡
김정구 노래
오케 12292
1939년 11월

펄펄펄펄 날린다 펄펄펄펄 날린다
보랏빛 벌판 길에 날리는 마프라
달려가는 마차에는 방울이 운다
휘갈기는 채찍 넘어 빛나는 별빛
저 마을 고개로 이랴
달려라 달려 노새야 달려
울지 말고 달려라

펄펄펄펄 날린다 펄펄펄펄 날린다
황혼의 회색날개 날리는 지평선
호로 넘어 북소리에 가슴은 뛴다
눈물 젖은 옷자락에 시들은 사랑
생각을 말아라 이랴
달려라 달려 마차야 달려
오아시스 남쪽을

펄펄펄펄 날린다 펄펄펄펄 날린다
달리는 칸데라의 불빛도 날린다
시달리는 은방울에 노새도 운다

오로라의 찬바람이 불어오며는
눈보라 날린다 이랴
달려라 달려 마차야 달려
조각달이 걸린다

코스모스 탄식

조명암 작사
김해송 작곡
박향림 노래
오케 20003
1939년 12월

코스모스 피어날 제 맺은 인연도
코스모스 시들으니 그만이더라
국경 없는 사랑이란 말 뿐이러냐
웃으며 헤어지던 두만강 다리

해란강에 비가 올 제 다정튼 님도
해란강에 눈이 오니 그만이더라
변함없는 마음이란 말 뿐이더냐
눈물로 손을 잡던 용정 플랫홈

두만강을 건너올 제 울든 사람도
두만강을 건너가니 그만이더라
눈물 없는 청춘이란 말 뿐이러냐
한없이 흐득이던 나진행 열차

순정 특급

조명암 작사
김해송 작곡
박향림 노래
오케 레코드 20003
1939년 12월

님을 찾아간다는 것도 새빨간 거짓말
고향 그려 간다는 것도 새빨간 거짓말
짓밟힌 순정의 아픈 가슴 달래고저
지향 없이 지향 없이 급행열차에 몸을 싣고 달리자

옛날 그려 운다는 것도 새빨간 거짓말
사랑 그려 운다는 것도 새빨간 거짓말
부모도 형제도 생사 이별 매달린 몸
마지막엔 마지막엔 눈물 젖은 운명 까닭 없이 웁니다

웃는 얼굴 좋다는 것도 새빨간 거짓말
하얀 손길 좋다는 것도 새빨간 거짓말
꽃잎에 맺은 꿈 낙엽 흩어지던 땅엔
고소하게 고소하게 사랑어린 님과 정처 없이 갔노라

담뱃집 처녀

조명암 작사
손목인 작곡
이난영 노래
오케 20004
1939년 12월

(남) 저 담배 한 갑 주십시오
(여) 아이 저 어떤 것을 드릴까요

아침이면 아홉 시 저녁이면 네 시 반
날마다 찾아오는 핸섬보이
오늘은 웬일일까 웬일일까
시간이 지나도록 오지를 않네
(아마 어디가 아픈 게지 그렇지 않으면 늦잠을 자나)
나는 나는 나는 그리워 보고 싶어
(아이 어서 오세요. 하도바 드릴까요)
나는야 네 거리 별명 있는 따리야
(아이고 저 휘파람소리 저기 오는 이가 아마 그이지)
(분명 그렇다면 어쩌나 아이 부끄러)

비가 오나 눈이오나 어김없는 시간에
파이프 입에 물고 지나가며
공연히 싱글벙글 싱글벙글
슬며시 보는 사람 왜 아니 올까
(아마 볼일이 있는 게지 그렇지 않으면 내 시계가 틀렸나)

나는 나는 나는 내 마음 나도 몰라
(아이 어서 오세요 가이다는 떨어졌는데요)
나는요 꿈꾸는 아름다운 장미화
(남) 저 담배 한 갑 주십시오
(여) 아이 어떤 것을 드릴까요

아니 보면 그립고 만나보면 수줍어
이틀에 한 번 오는 싸라리맨
이 밤은 웬일일까 웬일일까
저 달이 저물도록 오지를 않네
(아마 담배를 끊은 게지 그렇지 않으면 돈이 없나)
나는 나는 나는 가슴이 두근 두근
(하이 어서 오세요. 네 미도리를 드릴까요)
(나는요 웃으며 서비스를 한대요)

울며 헤진 부산항

조명암 작사
박시춘 작곡
남인수 노래
오케 20006
1939년 12월

울며 헤진 부산항을 돌아다보는
연락선 난간머리 흘러온 달빛
이별만은 어렵더라 이별만은 슬프더라
더구나 정들인 사람끼리 응 응응

달빛아랜 허허바다 파도만 치고
부산항 간 곳 없는 검은 수평선
이별만은 무정터라 이별만은 야속터라
더구나 못 잊을 사람끼리 사람끼리

사공의 딸

조명암 작사
박시춘 작곡
이난영 노래
오케 20008
1939년 12월

자개돌 집어던진 강물 우에는
달빛만 깨어지고 마음만 상해
믿지를 말아야지 이이이이이이이
믿는 나만 속는걸 믿지를 말아야지

달무리 지는 밤은 가슴도 흐려
물 우에 소리 없이 나리는 눈물
울지를 말아야지 이이이이이이이
우는 나만 슬픈걸 울지를 말아야해

조각배 띄워놓고 홀로 앉아서
못 오는 그 사람을 원망하느니
만나지 말아야지 이이이이이이이
만나며는 속상해 만나질 말아야 해

溫突夜話

김다인 작사
전기현 작곡
이병한 함석초 노래
리갈 레코드 C471
1939년

—그 사기에 적혀 있는 일은 아니로되 지금으로부터 한 육 십 년 전 경기도 여주 땅에
  는 박돌이란 총각과 갑순이란 처녀가 있었답디다

박돌이와 갑순이는 한 마을에 살았소
두 사람은 서로서로 사랑을 하였대요
그러나 그것은 마음속 뿐이요
겉으로는 서로서로 모르는 척 하였오

그러는 중 갑순이는 시집을 갔다나요
시집가는 가마 속에 눈물이 흘렀대요
그러나 그것은 가마속 일이요
겉으로는 아무런 일없는 척 하였오

화가 나서 박돌이도 장가를 들었대요
그 날 밤 서방님은 하늘높이 우셨오
그러나 마음은 아프고 쓰리었오
겉으로는 그까짓 년 하여도 보았오

그 후에도 두 사람은 한결같은 옛 생각
안타까운 상사념을 잊을 수는 없었오
그러나 그것은 마음 속 뿐이오
겉으로는 서로서로 모르는 척 하였오

애수의 기타

조명암 작사
박시춘 작곡
이인권 노래
오케 20008
1939년 12월

지새는 밤거리 자욱해진 밤 안개
휘파람을 남기고 떠나간 옛사랑이
운다 운다 기타의 가는 줄이 이 밤도 추억에
실마리를 더듬어 흐득여 운다 운다

지새는 조각달 설움 같은 달빛 아래
피눈물을 뿌리고 흘러간 옛사랑이
운다 운다 기타의 뜯는 줄이 이 밤도 사랑에
보금자릴 더듬어 흐득여 운다 운다

지새는 북두칠성 구부러진 거리에
푸른 한숨 걸치고 없어진 옛사랑이
운다 운다 기타의 떠는 줄이 이 밤도 옛날에
로맨스를 더듬어 흐득여 운다 운다

쓸쓸한 여관방

조명암 작사
박시춘 작곡
박향림 노래
오케
1940년 1월

가슴을 파고드는 싸늘한 바람에
여관방 등잔불이 음 가물거린다
창 틈을 새어드는 음 휘파람소리에
아 아 아
타향의 그 누구가 타향의 그 누구가
나를 울리나 나를 울리나

때묻은 베개머리 생각은 흐리고
추억에 가무러진 음 가슴은 아파
천장을 바라보는 음 검은 눈 속에
아 아 아
어느덧 아롱지는 어느덧 아롱지는
피눈물이어 피눈물이어

지새는 밤 안개가 창문을 두드리고
사랑에 목이 메는 음 가슴도 흐려
덧없이 유달리 음 허망한 꿈속에
아 아 아
그리워 세상 길은 그리워 세상 길은
멀고멀구나 멀고멀구나

영자야 가거라

조명암 작사
박시춘 작곡
이인권 노래
오케
1940년 1월

영자야 가려무나 네 맘대로 가려무나 못 믿을 사람아
네 사정에 속으마 네 사정에 속으마 화류계 사랑
춘향이는 못될망정 절개는 절개 그 어이 값 없으랴

영자야 가려무나 속 시원히 가려무나 박정한 사람아
울며 맺던 맹세도 울며 맺던 맹세도 거짓이었나
내 순정을 바친 죄로 상처만 크다 내 홀로 울며 살리

영자야 가려무나 미련 없이 가려무나 눈 어둔 사람아
네가 찾는 세상은 네가 찾는 세상은 조화의 나라
억천만길 장부의 속 계집이 알리 영원히 가려무나

꽃 없는 화병

조명암 작사
손목인 작곡
남인수 노래
오케 20017
1940년 2월

버젓이 버젓이 맺지 못할 인연을
무리로 무리로 맺은 것이 원수다
꽃 없는 화병에 꽃이 필소냐
아아아아아아
철없는 청춘이 원망스럽다

번연히 번연히 알아차릴 결말을
웃으며 웃으며 속인 것이 원수다
피 없는 가슴에 맥이 뛸소냐
아아아아아아
꽃다운 청춘이 야속스럽다

눈뜨곤 눈뜨곤 꺾지 못할 꽃송이
눈감고 눈감고 꺾은 것이 원수다
때아닌 밤중에 해가 뜰소냐
아아아아아아
못생긴 청춘이 야박스럽다

북경의 달밤

조명암 작사
손목인 작곡
김정구 노래
오케 20018
1940년 2월

마차야 흔들흔들 흔들거리며
새빨간 지붕 밑 지나가면서
웃음을 던져주는 북경아가씨
열 여덟 수줍은 가슴 떨면서 맺은 사랑에
애련한 노래를 불러주고 갈 적엔
눈물에 방울이 진다

마차야 흔들흔들 흔들거리며
꽃나무 그늘 밑 지나가면서
반지를 빤짝이는 북경아가씨
열 여덟 애 타는 가슴 님 몰래 맺은 사랑에
구슬픈 호궁을 울려주고 갈 적엔
성문에 달빛이 운다

마차야 흔들흔들 흔들거리며
연지빛 등불 밑 지나가면서
귀걸이 하늘대는 북경아가씨
열 여덟 꽃 피는 가슴 가만히 맺은 사랑에
불붙는 추파를 던져주고 갈 적엔
가냘픈 앵무새 운다

애수의 압록강

조명암 작사
손목인 작곡
이화자 노래
오케 20020
1940년 2월

아아 뗏목은 흘러간다 압록강 칠백 리를
황금도 나는 싫어 공명도 나는 싫어
아아 강 건너 속에 내 사랑 그립다
아아 아아아아아 뗏목은 흘러간다

아아 뗏목에 해가 졌다 백로 낀 압록강에
웃어도 칠백 리요 울어도 칠백 리요
아아 그리운 내 사랑아 만난 님 구만리
아아 아아아아아 뗏목에 해가 졌다

아아 뗏목에 울며 간다 달빛은 푸르른데
세월도 야속하고 운명도 야속하다
아아 피눈물 흘리며 내 사랑 부른다
아아 아아아아 뗏목에 울며 간다

街燈의 小夜曲

조명암 작사
낙랑인 작곡
이인권 노래
오케 20020
1940년 2월

가등 밑에 울고 가는
아가씨 아가씨 아가씨는 누굴까
일그러진 사랑에 애달픈 추억
날 울린다 내 가슴에 불이 붙는다
아아 불이 붙는다

창문밖에 흐득이는 궂은 비
궂은 비 궂은 비는 구슬퍼
너와 나와 이별 그날 밤처럼
날 울린다 내 청춘이 외로웁구나
아아 외로웁구나

밤거리에 들려오는 소야곡은
소야곡은 소야곡은 처량해
너와 나와 부르던 그 노래처럼
날 울린다 옛사랑 으응 나는 슬프다
아아 나는 슬프다

花柳春夢

조명암 작사
김해송 작곡
이화자 노래
오케 20024
1940년 3월

꽃다운 이팔 소년 울려도 보았으며
철없는 첫사랑에 울기도 했더란다
연지와 분을 발라 다듬은 얼굴 우에
청춘이 바스러진 낙화신세
마음마저 기생이란 이름이 원수다

점잖은 사람한테 귀염도 받았으며
나 젊은 사람한테 사랑도 했더란다
밤늦은 인력거에 취하는 몸을 실어
손수건 적신 적이 몇 번인고
이름조차 기생이면 마음도 그러냐

빛나는 금강석을 탐내도 보았으며
겁나는 세력 앞에 아양도 떨었단다
호강도 시들하고 사랑도 시들해진
한 떨기 짓밟히운 낙화신세
마음마저 썩는 것이 기생의 도리냐

424

화륜선아 가거라

조명암 작사
김해송 작곡
이화자 노래
오케 20024
1940년 3월

철석간장 녹여 주고 가는 곳을 물어 보자
피눈물 목이 멜 제 기적이 뚜우우
허풍선이 사랑 속에 속아서 맺은 정이로구나
오냐 오냐 잘 가거라

천금같은 내 청춘에 이별이 웬 말이냐
떠나는 화륜선에 물결이 출렁 출렁
내 품속에 울던 님아 마음이 변해 원수로구나
오냐 오냐 잘 가거라

화륜선아 잘 가거라 만경창파 잘 가거라
몸부림치며 울 제 바다가 쨍쨍
화류신세 계집애도 사랑이 있어 병이로구나
오냐 오냐 잘 가거라

항구야 울지 마라

조명암 작사
박시춘 작곡
이난영 노래
오케 20025
1940년 3월

항구야 울지 마라 구슬픈 기적소리
안타까운 이별에 눈물어린다
사랑이란 알고도 열에 열 번 속으니
상처받은 내 마음이 몸부림친다

항구야 울지 마라 떠도는 갈매기야
날개조차 부러진 내 사랑이다
떠나가는 사람을 원망하면 무얼 해
파도치는 선창머리 해가 저문다

항구야 울지 마라 밤거리 네온사인
얼룩진 남치마 야속스럽다
붉은 입술 싸늘한 눈물 젖는 내 얼굴
상처받은 첫사랑에 시들어간다

鄕愁列車

조명암 작사
박시춘 작곡
이인권 노래
오케 20025
1940년 3월

천리라 달리는 눈이 쌓인 국경선
이 밤은 빼치카의 불이 그리워
털외투로 몸을 싸고 눈을 감은 창 머리
어린다 내 고향이 눈에 어린다

삼십의 고개로 기울어진 내 청춘
빛 낡은 사랑 속에 추억은 길어
기대앉은 아가씨의 꿈을 꾸는 눈썹에
떠도는 그 옛날이 어제 같구나

이 밤이 새며는 눈이 쌓인 정거장
날 맞을 사람 없는 타국 대합실
동무 삼는 파이푸의 푸른 연기 따라서
영원히 떠나가는 나그네런가

유쾌한 봄소식

조명암 작사
채월탄 작곡
김정구 노래
오케 20026
1940년 3월

남산의 아지랑이 아롱 아롱
북한산 비둘기는 꾸룩 꾸룩
옛다 좋다 옛다 좋다 봄이로구나
봄봄봄봄봄봄봄 봄봄봄봄봄봄봄
경복궁 붉은 추녀가 날아갈 듯
아가씨 치맛자락이 팔랑팔랑
종로통 남대문통 본전통 봄바람 좋다
어이궁 어허 저리궁 어허
버스걸 웃음에도 봄빛이 으스러진다

창경원 요 사꾸라 울긋불긋
뒷골목 네온사인 알롱달롱
옛다 좋다 옛다 좋다 봄이로구나
봄봄봄봄봄봄봄 봄봄봄봄봄봄봄
백화점 육 층 양옥이 무너질 듯
아가씨 노랫가락이 뗑뚱뗑뚱
구리개 광화문통 악박골 봄바람 좋다
어리궁 어허 저리궁 어허
선술집 천정에도 사꾸라 꽃이로구나

한강의 봄 물결은 출렁출렁
왕십리 버들가진 넘실넘실
옛다 좋다 옛다 좋다 봄이로구나
<u>봄봄봄봄봄봄 봄봄봄봄봄봄</u>
총각은 가슴을 쥐고 콧노래요
처녀는 손을 비틀며 방글방글
다방골 서대문통 자하문밖 봄바람 좋다
어리궁 어허 저리궁 어허
야시장 복판으로 봄 타령 불어를 간다

살랑 춘풍

조명암 작사
박시춘 작곡
이화자 노래
오케 20026
1940년 3월

살랑 살랑 살랑 살랑 향기 실은 봄바람아
꿈을 꾸는 님 가슴에 내말 전해 주려무나
꽃을 안고 한숨 지며 님 그리워 못산다고
애 마르는 내 하소를 전해 전해 주려무나

살랑 살랑 살랑 살랑 장난꾼인 봄바람아
검은 눈썹 나려감은 님의 눈을 띄워다오
사랑한단 말만으론 믿을 바이 망연타고
가슴 타는 내 마음을 전해 전해 주려무나

살랑 살랑 살랑 살랑 사령 같은 봄바람아
올까 말까 망설이는 님의 품에 불어다오
일각대문 기대서서 님 오기만 바란다고
변함 없는 내 마음을 전해 전해 주려무나

花柳 雜記帳

조명암 작사
박시춘 작곡
박향림 노래
오케 20027
1940년 3월

울기도 싫으며 웃기도 싫어
눈물에 썩은 사랑 화류의 한을
붉은 입술 깨물어서 웃어야 옳을소냐

꿈속에 속아서 꿈속에 맺어
밤거리 꼭두각시 깨진 사랑을
술잔너머 비웃으며 웃어야 옳을소냐

목숨도 끊고서 맹세도 끊어
짓밟힌 꽃잎처럼 떠날 내 신세
경대 앞에 분바르며 울어야 옳을소냐

동생을 찾아서

조명암 작사
박시춘 작곡
이인권 노래
오케 20029
1940년 3월

싸락눈 흩날리는 신작로 굽은 길
오늘도 양차 위에 황혼이 어린다
동생을 찾아서 동생을 찾아서 여기까지 왔건만
그리운 동생은 대답이 없다

어머니 슬하에서 자라난 두 형제
우리는 아버지의 얼굴도 모른다
세월이 흘러서 세월이 흘러서 이별한지 십여 년
동생아 널 찾아 나는 헤맨다

양차는 떠나간다 눈발을 헤치고
낯설은 거리 거리 네 이름 부르며
동생아 아느냐 동생아 아느냐 눈물겨운 운명을
살아서 있다면 대답을 해라

사랑은 불사조

조명암 작사
박시춘 작곡
이인권 노래
오케 20033
1940년 5월

가슴을 치며 탄식을 해도
하룻밤에 그려진 사랑이란 어리석은걸
울며 보낸 사랑의 눈물 흔적 얼룩이 진
책상을 바라보며 울고 말았소

울어를 보나 웃어를 보나
찢어진 창문에는 찬바람만 불어드는걸
미련 터진 사랑의 식은 불을 헤쳐가며
내 어이 이다지도 속을 태우나

둘러보아도 찾아보아도
떠나간 정든 님은 이래저래 마지막인걸
믿으랄 때 냉정튼 내 마음을 원망하며
내 어이 이다지도 눈물 지우나

月明沙窓

조명암 작사
송희선 작곡
이화자 노래
오케 20055
1940년 6월

달밤에 가신 그 후로는
달만 보면 눈물겨워 청춘이 시듭니다
내 여보 독수공방 찬 자리에
아아 아아 꿈도 꿈도 한 많은 푸른 봄입니다

한 많은 구름 낀 세상에
임자 없이 사는 마음 희망을 모릅니다
내 여보 월명사창 밤 깊은데
아아 아아 누구 누구 찾아가야 옳을까요

달지는 고개 너머로
달과 함께 가신 님은 왜 아니 오시나요
내 여보 달만 보면 우는 나를
아아 아아 어이 어이 날 두고 갔나요

434

항구의 붉은 소매

조명암 작사
손목인 작곡
이난영 노래
오케 20058
1940년 7월

누가 누가 버리고 간 한 송이 붉은 장미
해 저문 항구 비나리는 아스팔트
꽃잎을 밟고 가는 요꼬하마 아가씨는
아 아 아 아 나르리 나르리 나르레겐
그 누구를 찾아가나
안타까운 새빨간 꽃잎 하나

누가 누가 불러주는 애달픈 세레나데
이별의 항구 네온사인 처마 밑에
나막신 들고 가는 요꼬하마 아가씨는
아 아 아 아 나르리 나르리 나르레겐
그 누구를 사모하나
안타까운 눈초리 검은 눈썹

누가 누가 흘리고 간 한없이 푸른 한숨
정념의 항구 술 마시는 폐부두에
술잔에 눈물짓는 요꼬하마 아가씨는
아 아 아 아 나르리 나르리 나르레겐
그 누구를 이별했나
안타까운 입술엔 연지 냄새

빛나는 수평선

김다인 작사
이재호 작곡
김해송 노래
콜롬비아 44007
1940년 7월

불러라 (라라 라라 라) 불러라 (라라라 라라)
장사의 노래를
노래는 은가루요 우리들은 검둥이 (라라라 라 라라라 라)
가잔다 (라 라 라) 가잔다 (라라라 라)
몽금포로 청춘의 고향 (라라라 라 라라라라 라)
물소 우는 바다 위에 부르자 장사들아 (라라라 라)

불러라 (라라 라라 라) 불러라 (라라라 라라)
남아의 노래를
하늘은 코발트요 우리들은 젊었다 (라라라 라 라라라 라)
가잔다 (라 라 라) 가잔다 (라라라 라)
명사십리 청춘의•벌판 (라라라 라 라라라라 라)
휘날리는 꽃잎 속에 부르자 남아들아 (라라라 라)

불러라 (라라 라라 라) 불러라 (라라라 라라)
청춘의 노래를
바위는 울퉁불퉁 우리들은 놉새다 (라라라 라 라라라 라)
가잔다 (라 라 라) 가잔다 (라라라 라)
월미도로 청춘의 바다 (라라라 라 라라라라 라)
타오르는 모래 속에 부르자 청춘들아 (라라라 라)

436

애송이 사랑

조명암 작사
김해송 작곡
이인권 노래
오케 K5007
1940년 8월

어림치고 달래는 달콤한 말씀이
애당초 날 울려줄 장본이었소

어깨 넘어 가만히 만지는 손길이
애당초 내 마음의 슬픔이었소

울어서는 못쓴다 타일러 주시니
애당초 날 해롭힐 눈물이었소

어른처럼 믿으며 섬기던 마음이
애당초 내 품속의 사랑이었소

아! 모란봉

조명암 작사
박시춘 작곡
박향림 노래
오케 K5010
1940년 9월

모란봉 청솔나무 아람을 얼싸안고
목을 놓아 한없이 울리라 울리라
소갈머리 없는 사나히 사나히
방정한 이별 이별 설어

을밀대 돌층계 미친 듯 쓰러져서
땅을 치며 한없이 울리라 울리라
인정머리 없는 사나히 사나히
야속한 이별 이별 설어

조각달 곤두백인 대동강 나루터를
피눈물로 한없이 울리라 울리라
소갈머리 없는 사나히 사나히
야박한 이별 이별 설어

울리는 백일홍

이가실 작사
전기현 작곡
계수남 노래
콜롬비아 44010
1940년 8월

백일홍 꽃밭 위에 싸늘한 눈물비는
설음의 실마린가 오늘도 부슬부슬
오 그리운 날의 희미한 추억이여
비 젖는 백일홍에 내 맘도 운다
우 우 우 운다

창 앞에 노래하던 새장의 카나리아
어디로 날아갔나 조그만 발자욱아
오 날아간 꿈의 희미한 사랑이여
텅 비인 새장 안에 내 맘이 운다
우 우 우운다

내리는 부슬비에 외로운 새장 옆에
그 누굴 기다리나 쓸쓸한 내 가슴은
오 못 믿을 님의 희미한 얼굴이여
백일홍 꽃밭 위에 내 맘이 운다
우 우 우 운다

가거라 똑딱선

조명암 작사
이봉룡 작곡
이난영 노래
오케 K5001
1940년 9월

가는구나 가는구나
어리는 눈물 속에 똑딱선은 가는구나
내 님을 실었거든 쌍고동을 울려라
울려라 울려라 이 몹쓸 똑딱선아

가는구나 가는구나
우는 나를 보이지 말고 똑딱선은 가는구나
인연이 남았거든 검은 연기를 뿜어라
뿜어라 뿜어라 이 몹쓸 똑딱선아

가는구나 가는구나
부두의 나를 두고 똑딱선은 가는구나
차라리 가려거든 소리 높이 가렴아
가거라 가거라 이 몹쓸 똑딱선아

松花江 썰매

조명암 작사
송희선 작곡
권명성 노래
오케 5010
1940년 9월

갈바람에 썰매는 간다 백운색 벌판을
몰아치는 젊은이 정열 버릴 곳 어데냐
지난밤은 목단강 술집 오늘은 송화강변
얼어터진 이 가슴속에 뿌린 술이다

눈바람을 헤치고 간다 썰매는 떠난다
피가 끓는 젊은이 사랑 버릴 곳 어데냐
홍안령에 파묻힌 꽃은 새봄을 기다려도
내 청춘은 추억 속에 묻힌 가랑잎

얼음 강판 썰매는 간다 무연한 송화강
저 하늘이 끝닿은 곳은 시베리아다
웨카 술엔 취할지라도 희망은 구름 깃발
얼어터진 이 가슴속에 몸부림친다

추풍낙엽

조명암 작사
김해송 작곡
이화자 노래
오케 31004
1940년 10월

간다고 서를 마소 간다고 서를 마소
추풍낙엽 휘돌아 치는 원정령 서낭님께
그대 마음 이내 마음 변치 말자고
길이 길이 길이 길이 빌고를 간다

간다고 서를 마소 간다고 서를 마소
안개구름 휘몰아치는 원정령 산신님께
그대 청춘 이내 청춘 늙지 말자 하고
지극 정성 지극 정성 빌고를 간다

간다고 서를 마소 간다고 서를 마소
서리바람 휘몰아치는 원정령 고개 만리
넘어드는 내 발길을 가지 말라 하고
빗방울이 빗방울이 훼사를 논다

442

마음의 화물차

조명암 작사
손목인 작곡
이화자 노래
오케 31004
1940년 10월

멋모르고 받은 사랑은 병을 샀구려
구름다리 우루룽 우루룽 밤차는 간다마는
병들어 썩은 눈물 실어보낼
아 아 화물차는 언제 오나

멋모르고 주는 사랑에 병을 샀구려
구름 넘어 으스름 으스름 달빛은 온다마는
울어서 한이 없는 이내 눈물
아 아 그칠 날은 언제 오나

멋모르고 속은 사랑은 병을 샀구려
추녀 밑에 주루룩 주루룩 밤비는 온다마는
병들어 썩은 가슴 씻어버릴
아 아 소낙비는 언제 오나

눈오는 네온가

조명암 작사
박시춘 작곡
남인수 노래
오케 31006
1940년 10월

이 등잔 저 등잔에 불은 꺼지고
넘어진 술잔마다 서리는 피눈물
울다가 만져보는 치맛자락엔
그 누가 그 누가 쏟았는가 술이 어렸다

이 들창 저 들창에 눈은 퍼붓고
쓰러진 테불에 휘도는 찬 바람
울다가 맺어 보는 저고리 끈은
그 누가 그 누가 뜯었는가 흠집이 졌다

이 거리 저 거리에 밤은 깊었고
가슴은 생각마다 두 발을 구르네
울다가 찾아보는 머리의 꽃은
그 누가 그 누가 가져갔나 종적이 없네

잘 있거라 斷髮嶺

조명암 작사
김해송 작곡
장세정 노래
오케 31005
1940년 10월

한 많은 단발령에 검은머리 풀어 쥐고
한없이 울고 간다 한없이 울고 간다
아 정든 님아 잘 있거라

두 눈에 피가 흘러 시들어진 진달래는
한 많게 붉었구나 한 많게 붉었구나
아 정든 님아 잘 있거라

단발령 참나무에 붉은 댕기 풀어 걸고
마지막 울고 간다 마지막 울고 간다
아 정든 님아 잘 있거라

꿈꾸는 백마강

조명암 작사
임근식 작곡
이인권 노래
오케 31001
1940년 11월

백마강 달밤에 물새가 울어
잊어버린 옛날이 애달프구나
저어라 사공아 일엽편주 두둥실
낙화암 그늘에 울어나 보자

고란사 종소리 사무치면은
구곡간장 오로지 찢어지는 듯
누구라 알리요 백마강 탄식을
깨어진 달빛만 옛날 같으리

눈물의 노리개

조명암 작사
김해송 작곡
이화자 노래
오케 31008
1940년 11월

아 그리운 님이여 모두가 오해입니다
술잔에 넘친 술이 눈물이 아니라면
이불을 쓰고 누워 우는 나를 보고 가서
뭐하랴 사노라는 한 많은 노류춘화를
님이여 님이여 왜 몰라주시옵니까

아 그리운 님이여 모두가 인물입니다
수심과 내 곡조에 가슴이 천년 만년
거문고 부여안고 우는 날 보고 가서
값없는 사람에게 사랑도 전하오리까
님이여 님이여 한 많아 못살겠어요

아 그리운 님이여 모두가 춘몽입니다
방문이 부서져라 밀치고 떠날 바엔
노리개 청란이란 비웃지 말고라도
하룻밤 꿈일망정 사랑은 사랑이었소
님이여 님이여 모두가 웃음입니까

關西 新婦

조명암 작사
손목인 작곡
이화자 노래
오케 31008
1940년 11월

가요 가요 가요 가요 가요
관서천리 머나먼 길 나를 데려 가요
독수공방 사창 달에 나를 두고 가시면
관서천리 고개마다 궂은비가 쪼르륵 쭈르륵 옵니다

가요 가요 가요 가요 가요
노새 등에 안장 놓고 나를 데려 가요
천길 같이 깊이 든 잠 버리시고 가시면
청노새가 울어 울어 소낙비가 쭈루룩 쭈루룩 옵니다

가요 가요 가요 가요 가요
청춘시절 놓지 말고 나를 데려 가요
눈물짓는 노랑치마 울리고 가시면
관서천리 주막마다 까마귀가 까우욱 까르륵 옵니다

西窓의 밤 눈물

조명암 작사
박시춘 작곡
이난영 노래
오케 K5021
1940년 11월

서창을 쓸어 덮는 빗발은 눈물이냐
쓸쓸한 밤 등잔불을 우두머니 바라보며
한 많은 님 생각에 내 가슴이 쓰러졌다

창문을 뒤흔드는 바람은 웬일이냐
단간 방에 홀로 누워 홑이불을 쓸어안고
야속한 옛 생각에 내 청춘이 시들었다

베개에 헝클리는 머리는 설움이냐
독수공방 싸늘한 벽 님인 듯이 때려보며
못잊을 내 사랑에 내 마음이 창이 났다

모래성 탄식

조명암 작사
이봉룡 작곡
고운봉 노래
오케 31011
1940년 12월

저문 거리 나는 가리 모래성 무너진들
피눈물을 파묻고 나는 가오리
가는 날 잡는 이가 누구뇨
아아 아아 여보 간 여보 간 님아
몹쓸 님이여

나는 가리 나는 가리 방랑을 휘더듬어
내 청춘을 짓이기고 나는 가오리
내 갈 길 막는 이가 누구뇨
아아 아아 무정한 무정한 님아
몹쓸 님이여

나는 가리 나는 가리 머나먼 모래성에
내 가슴을 파묻고 나는 가오리
가는 날 붙잡는 이 누구뇨
아아 아아 원수던 원수던 님아
몹쓸 님이여

분바른 靑鳥

조명암 작사
박시춘 작곡
남인수 노래
오케 31010
1940년 12월

깨어진 色鏡으로 단장을 하며
목메어 울던 너는 밤거리 파랑새
날아간 그 고장이 날러간 그 고장이 어디란 말이냐
인도교 다리 아래 강물만 푸르다

깨어진 색경 위에 시를 써놓고
세상에 울던 너는 분바른 파랑새
날아간 그 하늘이 날라 간 그 하늘이 어디란 말이냐
두 줄을 못 읽어서 가슴이 막혔다

깨어진 색경 속에 울던 그 얼굴
색경은 어쩌다가 놓혀를 보냈다
날아간 그 고장이 날라 간 그 고장이 어덴 줄 안다면
달빛을 등에 지고 나 역시 가련다

紅薔薇

조명암 작사
박시춘 작곡
이인권 노래
오케 31009
1940년 12월

붉은 술에 춤을 추는 샨데리아 불빛아래
이 내 가슴은 눈물에 시달리는 부드러운 꽃잎
잠시로 피었다가 시들어간다
아 믿을 길 없는 옛사랑의 젊은 꿈

불러보는 그 옛날에 피눈물이 흐르건만
이내 가슴은 한숨에 빛을 잃어 떨어지는 꽃잎
달래어 주는 이도 없는 이 내 몸
아 속절이 없소 옛사랑의 젊은 꿈

오호라 父主前

조명암 작사
김영파 작곡
이화자 노래
오케 31013
1941년 1월

달을 따라 가셨는가 별을 따라 가셨는가
삼신산 마지막 고개 넘어가신 아버님
꽃잎 속에 파묻힌 그 발자국 찾으며
불효녀 불효녀는 백배 사죄하옵니다

가신 다음 효도하면 그 효도가 쓸데 있나
일월령 넘어가실 때 일러주신 그 말씀
구름 속에 사라진 그 음성을 찾으며
불효한 죄가 많아 아버님을 부릅니다

다홍치마 설움인가 행주치마 신세인가
어엿이 부어가면서 이별 못한다더니
온 세상이 꽃피면 그 꽃 속을 찾아서
삼신산 고갯길을 울며 울며 헤맵니다

453

진달래 詩帖

조명암 작사
이봉룡 작곡
이난영 노래
오케 31016
1941년 1월

진달래 바람에 봄 치마 휘날리더라
저 고개 넘어간 파랑 마차
소식을 싣고서 언제 오나
그 날이 그리워 오늘도 길을 걸어
노래를 부르느니 노래를 불러
앉아도 새가 울고 서도 새 울어
맹세를 두고 간 봄날의 길은 멀다

갈 길도 길건만 봄날도 길고 길더라
돌 집어 풀밭에 던져 보며
이렇단 대답이 있을소냐
그 날이 그리워 오늘도 길을 걸어
노래를 부르느니 노래를 불러
산 넘어 산이 있고 물 건너 벌판
기약을 두고 간 봄날의 길은 멀다

범나비 바람에 댕기가 풀어지더라
산허리 휘감은 아지랑이
봄날은 소식도 잊었는가

454

그 날이 그리워 오늘도 길을 걸어
노래를 부르느니 노래를 불러
아가씨 가슴속의 붉은 정성과
행복을 두고 간 마차의 길은 멀다

역마차

조명암 작사
김해송 작곡
장세정 노래
오케 30016
1941년 1월

초록 포장 둘러치고 역마차는 달린다
짤랑대는 귀걸이는 어이 우느냐
이 거리 저 거리 등불을 흘리면서
간다 간다 간다 간다
타향살이 유리창엔 그림자도 외롭다

조각달을 바라보며 역마차는 달린다
고향 떠난 청노새는 어이 우느냐
오늘도 어제도 채찍을 말아 들고
간다 간다 간다 간다
혼자 우는 노새 등은 때릴 곳이 없구나

울고 웃는 꿈을 싣고 역마차는 달린다
선물 받은 모란꽃은 어이 젖느냐
희망도 행복도 가슴에 얼싸 안고
간다 간다 간다 간다
포장 새를 내다보면 은하수가 흐른다

紗窓 夜月

이가실 작사
김준영 작곡
손복춘 노래
콜롬비아 44019
1941년 1월

鏡臺를 앞에 놓고 얼굴을 다듬으나
검은 눈썹 두 눈에는 눈물이 잠겼소
사랑도 내 청춘도 지냈건마는
쓰라린 가슴속은 쓰라린 가슴속은
그 무엇의 탓인가

찢어진 紗窓 위에 달빛이 새어들어
검은머리 풀어진 베개를 휘감소
운다고 아픈 상처 나으리마는
거둘 길 없는 눈물 거둘 길 없는 눈물
그 누구의 탓인가

해 저문 黃浦江

조명암 작사
김해송 작곡
박향림 노래
오케 5034
1941년 2월

황포강 저문 날에 비는 오는데
그 누가 울리느냐 깡깡이 줄을
오늘도 가고 싶은 나가사끼로
쌍굴뚝 누렁배는 떠나는구나

잠파를 늘어뜨린 푸른 들창에
노래를 불러주는 타향아가씨
아느냐 모르느냐 이내 마음을
눈앞에 떠오른다 어머니 얼굴

황포강 물새 울어 해가 저물 제
그 누가 막을소냐 떠나는 배를
사나히 그 희망에 꽃이 피면은
즐거이 가리로다 그리운 산천

아주까리 등불

조명암 작사
이봉룡 작곡
최병호 노래
오케 5034
1941년 2월

피리를 불어주마 울지 마라 아가야
산 넘어 고개 넘어 까치가 운다
고향 길 구십 리에 어머니를 잃고서
네 울면 저녁별이 숨어버린다

노래를 불러주마 울지 마라 아가야
울다가 잠이 들면 엄마를 본다
물방아 빙글빙글 돌아가는 고향 길
날리는 갈대꽃이 너를 부른다

방울을 울려주마 울지 마라 아가야
엄마는 돈을 벌러 서울로 갔다
바람에 깜빡이는 아주까리 등잔불
저 멀리 개울 건너 손짓을 한다

노랑 저고리

조명암 작사
김영파 작곡
이화자 노래
오케 31017
1941년 3월

샛노랑 저고리에 다홍치마 걸쳐 입고
계룡산 구십 리를 열흘만에 다녀왔소
갈 때는 좋았지만 돌아올 땐 서러워
저고리 속 앞섶에 눈물 꽃이 피었소

샛노랑 바구니에 시루떡을 담아들고
진달래 고개 넘어 맨드라미 마을 찾아
갈 때는 좋았지만 돌아올 땐 서러워
바른 산 온산에 뻐꾹새가 울었소

노랑돈 서너 푼에 철렁대는 염낭 차고
계룡산 구십 리를 정든님 이 떠나갔소
갈 때는 좋았지만 돌아올 땐 서러워
가락지 받은 손에 눈물이 고였소

아리랑 삼천리

조명암 작사
김영파 작곡
이화자 노래
오케 31017
1941년 3월

두견화 피며는 온다던 님
두견새 울어 울어도 왜 아니오나
세월아 네월아 가지를 마라
아리랑 삼천리 꽃 떨어진다

알뜰한 사람을 보고싶고
금강산 팔만구암자 불공을 할까
바람아 강풍아 불지를 마라
아리랑 삼천리 꽃 떨어진다

목화 핀 울타리 까치가 운다
아마도 우리 님이 오시나보다
바람아 피는 꽃 막지를 마라
아리랑 삼천리 님이 오신다

요즈음 찻집

조명암 작사
김해송 작곡
박향림 노래
오케레코드 1941년
1941년 2월

요즈음 찻집은 뿌로카 세상
요즈음 찻집은 기업가 세상
이 구석에 금광이 왔다갔다
저 구석에 重石鑛이 왔다갔다
천원 만원 주먹구구 뻘건 눈이 돌아갈 때
전화통은 찌릉 찌릉 찌릉 찌릉
찌릉 찌릉 찌릉 찌릉 운다 울어 운다 울어

요즈음 찻집은 여행권 세상
요즈음 찻집은 급행권 세상
이 테불엔 만주를 들락날락
저 테불엔 北支那 들락날락
앉은뱅이 활개치듯 젊은 피가 춤을 출 제
유성기는 풍짱 풍짱 풍짱 풍짱
풍짱 풍짱 풍짱 풍짱 운다 울어 운다 울어

요즈음 찻집은 아가씨 세상
요즈음 찻집은 도련님 세상
南窓 위엔 연극장 포스터요

北窓 우엔 베토벤 꿈을 꾼다
우유차에 살이 쪘나 찻집아씬 토실토실
라디오가 살금 살금 살금 살금
살금 살금 살금 살금 운다 울어 운다 울어

날짜 없는 일기

조명암 작사
김해송 작곡
이난영 노래
오케 31019
1941년 2월

책장을 넘깁니다 책장마다 울고 넘소
날짜 없는 일기책엔 세월이 흘러갔소
봄철에 맺은 꿈이 가을철에 흩어져
세월이란 이런 거냐고 세월이란 이런 거냐고
음음음 으으음 으음 생각을 했소

책장을 찢습니다 글자마다 울며 찢소
당신 이름 적힌 줄에 눈물이 아롱졌소
현해탄 저편에서 얽은 맹서 꿈 만해
청춘이란 이런 거냐고 청춘이란 이런 거냐고
음음음 으으음 으음 애를 태웠소

날짜도 없습니다 그 옛날도 희미했소
살러버릴 그 일기엔 꿈만이 가득 찼소
생각이 떠오르면 내 가슴을 만지며
희망이란 이런 거냐고 희망이란 이런 거냐고
음음음 으으음 으음 눈을 감았소

수선화

조명암 작사
박시춘 작곡
남인수 노래
오케 31019
1941년 2월

푸른 연기에 한숨을 싣고
흘러라 파이푸야 사랑은 가고
추억만이 숨을 쉰다
아 아 한 송이 수선화가
한 송이 수선화가 서글픈 이 밤

달빛을 잃은 안개 낀 거리
울어라 휘파람아 옛날은 가고
생각만이 안타까운
아 아 시들은 수선화가
시들은 수선화가 애달픈 이 밤

胡弓 처녀

이가실 작사
김준영 작곡
왕죽희 노래
콜롬비아 44022
1941년 2월

이별한 부모형제 소식인들 알리오
떠도는 비둘기의 신세랍니다
어제는 황야 벌판 날이 새면 남쪽 길
호궁을 울리면서
호궁을 울리면서 떠나갑니다

낮 설은 마을 중에 꿈을 꾸는 베개는
언제나 아롱아롱 눈물이 젖어
설음에 소스라친 가슴속이 아프면
호궁을 울리면서
호궁을 울리면서 달래줍니다

바람에 나부끼는 흐트러진 앞머리
귀고리 대롱대롱 유랑 아가씨
그리운 娘娘祭의 명절날이 오면은
호궁을 울리면서
호궁을 울리면서 춤도 춥니다

망향곡

이가실 작사
이용준 작곡
마월송 노래
콜롬비아 44023
1941년 2월

뚫어진 창문으로 흘기는 달빛
애달픈 생각 속에 가물가물 서린다
지나는 바람결에 우는 문풍지
울어서 내 가슴엔 눈물이 솟는다

고향이 멀다마는 생각엔 지척
정든 님 옷자락이 하늘하늘 날린다
눈물의 섬섬옥수 만져 보내며
울어서 이별한 지 몇 해나 되는가

지나친 눈물 속에 시드는 청춘
한 많게 보낸 님이 새록새록 그립다
달빛이 젖었는가 흐리는 세상
사나이 긴 한숨을 그 누가 알소냐

야루강 春色(1941.3)~ 결사대의 안해(1942.12)

4

야루강 春色

이가실 작사
전기현 작곡
손복춘 노래
콜롬비아 레코드 44030
1941년 3월

흘러를 가는 흘러를 가는
압록강 칠백 리에 봄도 저물어
뗏목 위에 노래하는 젊은 뱃사공
옛사랑 실어 보낸 곳은 어덴가

바람에 지는 바람에 지는
강변의 복사꽃이 물위에 흘러
빨래하는 아가씨의 수줍은 마음
꽃잎을 따라 따라 꿈을 꿉니다

들려를 오는 들려를 오는
압록강 산에 들에 노래는 슬퍼
백두산에 솟은 물이 바다로 가면
언제나 다시 오나 흘러간 사랑

뻐꾹새 우는 밤

이가실 작사
이용준 작곡
박소성 노래
콜롬비아 44030
1941년 3월

뻐꾹새 우는 밤엔 꿈도 구슬퍼
못 잊을 옛사랑에 흘리는 눈물
꽃잎에 맺은 맹세 시들어 가도
비에 젖는 청춘에는 눈물 뿐이다

물 우에 거품이냐 그림자려냐
흘러간 추억에는 흔적도 없네
울어서 다시 만날 사랑이라면
뻐꾹새 울어 울어 밤을 새워라

잔 넘은 세상에서 누굴 믿으랴
으스름 달빛만이 지새는 이 밤
골백번 속고 속은 뜨내기 사랑
뻐꾹새 네가 울면 돌아 올거냐

님 실은 퐁퐁선

이가실 작사
김준영 작곡
왕죽희 노래
콜롬비아 44031
1941년 3월

비오는 남포바다 퐁퐁선은 떠난다
물새도 울어 울어 눈물이 넘치는데
퐁퐁선은 무슨 일로 닻줄을 감았는가
우는 것이 인삽니다 다녀오세요

한 많은 남포 항구 퐁퐁선은 떠난다
연기도 비를 마저 목메어 풍기는데
가는 님은 무슨 일로 정들자 가시는가
우는 것이 맹셉니다 다녀오세요

해 저문 남포여울 퐁퐁선은 떠난다
비오고 바람불어 물결은 사나운데
퐁퐁선은 무슨 일로 한사코 떠나는가
우는 것이 정폽니다 다녀오세요

紅紗燈 푸념

조명암 작사
박시춘 작곡
박달자 노래
오케
1941년 3월

란탄이 흔들리는 국낙도 언덕
나는요 열아홉살 송화강 큰 애기
새빨간 홍사등에 얼굴을 적시며
누구를 들으라고 누구를 들으라고
草琴을 부나요

꽃바람 불어오는 모스도와야
꿈꾸는 센트라루 점괘를 맡기고
새빨간 홍사등에 얼굴을 적시며
누구를 들으라고 누구를 들으라고
草琴을 부나요

가거라 草笠童

조명암 작사
김영파 작곡
이화자 노래
오케 31027
1941년 4월

어리광도 피웠소 울기도 하였소
홍갑사 댕기를 사달라고 졸라도 보았소
아리살짝궁 응 쓰리쓰리 응
문경 새재 넘어간다 초립동이 아저씨 떠나간다
못가 못가 초립동이 못가 못가 초립동이
아저씨 떠나간다

가지 말라 잡았소 발광도 부렸소
고무신 한 켤레 사달라고 응석도 부렸소
아리살짝궁 응 쓰리쓰리 응
문경 새재 넘어간다 초립동이 아저씨 떠나간다
간다 간다 초립동이 간다 간다 초립동이
아저씨 떠나간다

노잣돈도 뺐었소 봇짐도 뺐었소
영 넘어 오 백 리 가는 사람 신발도 뺐었소
아리살짝궁 응 쓰리쓰리 응
문경 새재 넘어간다 초립동이 나를 두고 못 떠난다
못가 못가 초립동이 못가 못가 초립동이
날 두고 못 떠난다

염주알을 굴리며

조명암 작사
김해송 작곡
고운봉 노래
오케 31028
1941년 4월

한 고개 두 고개 두견화 바람 속에
바랑 짐 짊어지고 떠나간 사람아
구겨진 장삼 소매 풀이 슬퍼 아롱아롱
고향집 뒤에 두고 고향집 뒤에 두고
산천을 찾아갔소

九龍布 물소리 소리쳐 느껴울 때
波羅密 짚새기로 떠나간 사람아
목에 건 보리염주 백에 여덟 굴리면서
八潭을 구비 구비 八潭을 구비 구비
마지막 떠나갔소

비로봉 머리의 구름 길 더듬어서
천만층 쇠줄 잡고 걸어간 사람아
만폭동 암자 터에 국태민안 비올 적에
白檀香 피워놓고 白檀香 피워놓고
삼백 날 밤을 샜소

櫻化春

조명암 작사
박시춘 작곡
김정구 노래
오케 31035
1941년 4월

사꾸라가 피었네 사꾸라가 피었네
잘나도 사꾸라 못나도 사꾸라
뽐내는 사꾸라 건방진 사꾸라
방갓 쓴 시골영감 꽃구경 서울 왔다
방갓이 바람에 띄굴 띄굴 띄굴
영감님 허둥지둥 아하하 우습구나
고양이가 야웅 양야웅
이상스런 봄이로다 헤이
꽃 범벅 시절이로다

사꾸라가 피었네 사꾸라가 피었네
인조견 사꾸라 후지견 사꾸라
꽃가지 목에 걸고 권커니 취하거니
술잔을 뒤엎어 띄굴 띄굴 띄굴
술잔이 깨어져도 아하 웃는구나
병아리가 꼬록 꼭꼬록
얄궂은 봄이로다 헤이
꽃보고 취하는 시절

사꾸라가 피었네 사꾸라가 피었네
숫배기 사꾸라 바람난 사꾸라
뾰죽한 아씨 구두 뒤축이 떨어져서
새빨간 얼골로 쩔룩 쩔룩 쩔룩
장난꾼 총각들이 아하하 웃는구나
두루미가 끼룩 끽끼룩
웃음보가 터져 온다
興亞의 봄이로구나

봄 편지

김다인 작사
古賀政男 작곡
이난영 노래
오케 31035
1941년 4월

연밥 따는 궁노 숲에 낮달이 뜰 때
가랑잎에 쓰신 편지 가슴에 품고
왼종일 기다려도
왜 아니 와요 왜 아니 와요
나 혼자 나 혼자서 울고 있어요

쌍가마진 가르마를 곱게 갈라서
쪽쪄 보며 만져보는 아가씨 시절
그때가 그리워요
야속하구려 야속하구려
종달새 만경 들에 혼자 웁니다

가슴으로 울며가며 바라다보는
하늘에는 별만 총총 헝클어졌소
당신은 왜 몰라나요
저 구름 속에 저 구름 속에
초잡은 내 편지를 띄웠습니다

쌍꺼풀진 눈동자에 가려진 비밀

왕모래를 던져보는 아가씨 마음
왜 몰라주시나요
그 비밀 속에 그 비밀 속에
불러서 밤을 새워 몇 번이런가

살얼음에 맺힌 사랑 녹일 길 없어
가슴 우에 손을 얹고 입김을 분다
새벽 별 돋아와도
왜 아니 와요 왜 아니 와요
혼자서 몸부림에 꿈만 더디다

그리운 찻집

조명암 작사
박시춘 작곡
남인수 노래
오케 31030
1941년 4월

등불도 꿈을 꾼다 황혼의 거리
만나던 그 찻집은 꽃잎이 진다
울어도 젊은 날의
울어도 젊은 날은 달콤한 시절
부르자 부르자 부르자 부르자
달콤한 그 시절의 푸른 희망을

안개도 추억이다 그리운 거리
만나던 그 등잔엔 불이 흐렸다
말못해 보낸 사람
말못해 보낸 사람 갸름한 얼굴
부르자 부르자 부르자 부르자
갸름한 그 얼굴에 숨은 하소연

노래도 사랑이다 미풍의 거리
만나던 그 골목엔 밤새가 운다
달콤한 홍차 끓는
달콤한 홍차 끓는 찻집의 추억
부르자 부르자 부르자 부르자
그리운 그 찻집에 맺은 로맨스

푸념 사거리

이가실 작사
전기현 작곡
손복춘 노래
콜롬비아 44032
1941년 5월

만나러 가는 길엔 싸늘한 이슬
못보고 오는 길엔 뜨거운 눈물
옥양목 치마 깃이 발길에 감겨
미친 듯 허둥지둥 헤매입니다

만나던 그날 밤엔 수줍은 달빛
이별튼 그날 밤엔 야속한 별빛
손수건 입에 물고 말은 못하고
눈물로 소리 없이 하소연했소

아픈 맘 달래보는 버들피리도
우는 맘 타이르는 허튼 노래도
님 가신 하늘 저편 바라만 보면
어느덧 방울지는 눈물입니다

여인행로

조명암 작사
박시춘 작곡
남인수 노래
오케 31036
1941년 5월

밤 안개 길을 막은 인생의 거리
아내를 울려놓고 돌아설 적에
행복을 찾아가면 어데로 가랴
눈앞에 부서진다 아 사나이 눈물

떠나간 부모님의 주신 사랑이
거치른 세상 길에 무너졌다고
순옥아 울지 마라 울지를 마라
눈보라 지나가면 아 봄꽃이 핀다

뜬구름 허영에서 헤매지 말자
참다운 사랑에는 행복이 온다
지난 꿈 뉘우쳐라 눈물을 씻고
희망봉 바라보며 아 웃으며 살자

무정천리

조명암 작사
박시춘 작곡
남인수 노래
오케 31039
1941년 6월

타향살이 설움 속에 세월이 갔소
내 고향 무정천리 길이 멀어
아 정처 없는 구름 우에
음 몸을 실었소

연자방아 돌고 도는 고향이었소
정든 님 길을 막고 울던 그날
아 황송아지 목이 메게
음 울어 주었소

구름 넘어 달이 뜨는 무정 타향에
울어라 청조고리 밤을 새워
아 찢어지는 가슴속에
음 고향이 멀다

청춘항구

조명암 작사
박시춘 작곡
남인수 노래
오케 31039
1941년 6월

갈매기 우는 선창 가에
손을 들어 흔들었소
떠나는 그 사람의 그 행복을
빌기는 했건마는
아 서글퍼

조각달 흐린 바닷가에
누굴 찾아 헤매는고
얼굴을 만져보면 이슬인가
실없는 눈물인가
아 흘렀네

임자도 없는 등불 아래
내 가슴을 더듬었소
날러간 추억 속에 반짝이는
청춘의 별빛만이
아 외롭소

집 없는 천사

조명암 작사
박시춘 작곡
남인수 노래
오케 31052
1941년 7월

하늘을 지붕 삼고 떠도는 신세
동서남북 바람 속에 갈곳이 없어
찬이슬 잔디 우에 쓰러져 울면
어머님의 옛사랑이 다시 그립다

비오고 바람 부는 하늘 밑에서
팔베개로 꿈을 꾸는 집 없는 천사
운다고 궂은 비가 아니 올소냐
설음 맺힌 가슴에도 희망은 있다

뒷골목 담장 아래 무릎을 꿇고
쳐다보는 칠성별이 정든 님이요
집 없는 몸이라고 한을 할소냐
울지 마라 귀뚜라미 행복이 온다

인 생

조명암 작사
김해송 작곡
남인수 노래
오케 31053
1941년 7월

달을 보고 물어보자 별을 보고 물어보자
인생의 걷는 길은 웃음이냐 눈물이냐
희망도 풋사랑도 일기첩에 남기고
달빛 속에 별빛 속에 가는 곳이 어데냐

하늘보고 물어보자 별을 보고 물어보자
내 청춘 넘을 길이 이 고개냐 저 고개냐
눈물의 깨진 꿈을 앙가슴에 안고서
산을 넘고 물을 건너 떠난 곳이 어데냐

선 창

조명암 작사
김해송 작곡
고운봉 노래
오케 31055
1941년 7월

울려고 내가 왔던가 웃으려고 왔던가
비린내 나는 부둣가엔 이슬 맺힌 백일홍
그대와 둘이서 꽃씨를 심던 그날도
지금은 어디로 갔나 찬비만 내린다

울려고 내가 왔던가 웃으려고 왔던가
울어본다고 다시 오랴 사나이의 첫 순정
그대와 둘이서 희망에 울던 항구를
웃으며 돌아가련다 물새야 울어라

울려고 내가 왔던가 웃으려고 왔던가
추억이마나 건질 건가 선창 아래 구름을
그대와 둘이서 이별에 울던 그날도
지금은 어디로 갔나 파도만 묻힌다

항구의 밤

조명암 작사
박시춘 작곡
장세정 노래
오케 31059
1941년 7월

항구의 밤이여 이별의 밤이여
버들잎 떨어지는 전등불 밑으로
선창을 걸어가는 두 그림자
아 가냘픈 휘파람 가슴을 찌르는
항구의 밤이여
이별의 밤이여

항구의 밤이여 이별의 밤이여
사랑의 똑딱선이 닻줄을 감을 제
맹세를 깨뜨리는 청춘 부두
아 지도를 펼치면 눈물의 항로다
항구의 밤이여
이별의 밤이여

항구의 밤이여 이별의 밤이여
달빛도 부서지는 물결을 넘어서
떠나는 마도로스 파이푸에
아 연기도 희망도 바다에 맡기는
항구의 밤이여
이별의 밤이여

유랑의 나그네

조명암 작사
이봉룡 작곡
최병호 노래
오케 31059
1941년 7월

아 풀베개는 몇 번인고
돌베게는 몇 번인고 미련은 아니언만
고향 찾는 내 심사 고향 찾는 내 심사
황막한 이 벌판에 청마야 우지마라

아 바람결이 무심할까
구름결이 무심할까 센치는 아니언만
부모형제 그리워 부모형제 그리워
꽃가지 부여잡고 소식을 물어본다

아 버들잎에 띄운 몸아
이슬 같이 깨진 꿈아 여기가 어디라고
팔베개를 베고서 팔베개를 베고서
나그네 유랑 길에 노래를 부르느냐

만주 뒷골목

조명암 작사
박시춘 작곡
김정구 노래
오케 31062
1941년 8월

양차부 소리 치는 만주라 뒷골목
호박씨 깨트릴 때 호궁이 운다
어라 울어다오 꾸냥 무릎에
빼주를 마실거나 만주라 달밤

점쟁이 소리 치는 만주라 뒷골목
손금을 보려다가 지나는 길손
모란꽃 시들어진 조각달 밤에
양차를 불러 타면 어디로 가랴

홍사등 걸려있는·만주라 뒷골목
꾸냥의 하늘머리 향내가 좋다
성명 물을거나 물어볼거나
양차를 불러 타면 어디로 가랴

융수건 길손

김다인 작사
박시춘 작곡
남인수 노래
오케 31061
1941년 8월

역마등 흘러가는 푸른 육북선
융수건 목에 감은 길손이란다
사랑도 눈물도 모르고 사는
나무 찍는 도끼에 청춘이 온다

곡절로 얽어 맺은 좁은 가슴을
종달새 육북 뜰에 풀어놓았다
푸념도 추억도 모르고 사는
움직이는 기중기에 행복이 온다

산맥을 쓸어안은 젊은 팔뚝에
진흙의 비린내가 감기어온다
설음도 하소도 모르고 사는
한정 없는 황무지에 사랑이 온다

진주라 천리 길

이가실 작사
이운정 작곡
이규남 노래
콜롬비아 40875
1941년 9월

진주라 천리 길을 내 어이 왔던고
촉석루엔 달빛만 나무 기둥을 얼싸안고
아 타향사리 심사를 위로할 줄 모르누나

(대사) 진주라 천리 길을 어이 왔던가
　　　 연자방아 돌고 돌아 세월은 흘러가고
　　　 인생은 오락가락 청춘도 늙었더라
　　　 늙어 가는 이 청춘에 젊어 가는 옛 추억
　　　 아 손을 잡고 헤어지던 그 사람
　　　 그 사람은 간 곳이 없구나

진주라 천리 길을 내 어이 왔던고
남강 가에 외로이 피리 소리를 들을 적에
아 모래알을 만지며 옛 노래를 불러 본다

인생출발

조명암 작사
박시춘 작곡
남인수 노래
오케 31065
1941년 10월

장명등 무르녹은 층층다리에
무릎을 꿇고 앉아 죄를 빌었소
울려서 보낸 사람 만날 길 없는
운명의 쇠사슬을 어이합니까

장명등 그림자에 밤을 새우며
못생긴 내 청춘을 뉘우쳤건만
참다운 사랑 속에 싹트는 행복을
짓밟은 내 양심이 편하오리까

장명등 타는 불에 죄를 버리고
내일의 새 희망을 다시 찾았소
꽃다운 인생 길에 노래 부르며
그대여 눈물 없는 길을 갑시다

포구의 인사

김다인 작사
이봉룡 작곡
남인수 노래
오케31065
1941년 10월

포구의 인사란 우는 게 인사러냐
죽변만 떠나가는 팔십 마일 물길에
비 젖는 뱃머리야 비 젖는 뱃머리야
어데로 가려느냐 아아아아아아아아아아아

학 없는 학포란 어이한 곡절이냐
그리운 그 사람을 학에다 비겼는가
비 젖는 뱃머리야 비 젖는 뱃머리야
어데로 가려느냐 아아아아아아아아아아아

해협을 흘러가는 열 사흘 달빛 속에
황소를 실어 가는 울릉도 아득하다
비 젖는 뱃머리야 비 젖는 뱃머리야
어데로 가려느냐 아아아아아아아아아아아

비 오는 상삼봉

조명암 작사
박시춘 작곡
남인수 노래
오케 31072
1941년 10월

잔별이 반짝이든 상삼봉 꼭대기
검정구름 걸치더니 비가 오누나 비가 오누나
오는 비를 막을 손가 가는 사람을 말릴 손가
비오는 상삼봉은 이별의 고개

당나귀 울며 넘는 상삼봉 꼭대기
도라지 꽃피는 세월 봄철은 갔소 봄철은 갔소
가는 날짤 말릴 손가 오는 사람을 마달 손가
비오는 상삼봉은 정든 님 고개

뻐꾹새 숨어 우는 상삼봉 꼭대기
방울소리 처량하게 넘어 가누나 넘어 가누나
이별 설워 우는 거냐 비가 온다고 우는 거냐
해 저문 상삼봉에 청노새 간다

사나히 행복

조명암 작사
이봉룡 작곡
이인권 노래
오케 31074
1941년 10월

고향 길 뒤에 두고 일만 킬로다
연꽃 피는 만주에 굴러온 이 몸
돈도 없고 지위도 나는 없다만
팔을 걷고 해볼 테다 사나이 맹세

잘 살고 못 사는 게 사랑일소냐
푸른 하늘 천정엔 해가 걸렸다
향기로운 대지에 흙을 안고서
웃어보는 젊은 몸이 내 재물이다

타고난 알몸뚱이 검은 가슴에
붉은 연꽃 안고서 노래 부르면
만주벌판 지평선 저녁 햇발이
어머님의 손끝처럼 눈물겨웁다

내 고향은 항구였다

조명암 작사
박시춘 작곡
이인권 노래
오케 31075
1941년 10월

내 고향은 항구였다 동백꽃 항구
이별하는 사랑도 만나보는 사람도
여기서는 울었다 여기서는 웃었다
동백꽃 향기 속에 옛사랑은 잘 있느냐

내 이름은 마도로스 젊은 뱃사공
사랑했던 시절도 노래하던 옛날도
쌍고동이 보냈다 파도 속에 묻었다
파이프 물었으니 연기나 내뿜어 보자

내 사랑은 항구였다 못 잊을 항구
줄을 붙는 여자도 잔을 드는 사내도
정을 두고 사렸다 그 마음을 믿었다
동백꽃 향내 속에 세월만이 무정쿠나

落花三千

조명암 작사
김해송 작곡
김정구 노래
오케 31084,
1942년 1월

반월성 넘어 사자수 보니
흐르는 붉은 돛대 낙화암을 감도네
옛 꿈은 바람결에 살랑거리고
고란사 저문 날엔 물새만 운다
물어보자 물어 봐 삼천궁녀 간 곳 어데냐
물어보자 낙화삼천 간 곳이 어데냐

백화정 아래 두견새 울어
떠나간 옛 사랑의 천년 꿈이 새롭다
왕흥사 옛 터전에 저녁 연기는
무심한 강바람에 퍼져 오른다
물어보자 물어 봐 삼천궁녀 간 곳 어데냐
물어보자 낙화삼천 간 곳이 어데냐

청마산 우에 햇발이 솟아
부소산 남쪽에는 터를 닦는 징 소리
옛 성터 새 뜰 앞에 꽃이 피거든
산유화 노래하며 향불을 사루자
물어보자 물어 봐 삼천궁녀 간 곳 어데냐
물어보자 낙화삼천 간 곳이 어데냐

千里定處

김다인 작사
박시춘 작곡
백년설 노래
오케 31090
1942년 1월

낭성이 떨어져서 물 우에 흐른다
물 우에 정처 실어 정처 우에 물 실어
종소리 수평선 갈무리 천리
가누나 가는구나 종소리 속에

저 별이 悲愁의 별 이별 길 갈래길
은하가 거울 되어 고향 땅이 어려라
뱃노래 수평선 갈무리 천리
가누나 가는구나 뱃노래 속에

여섯 자 이내 키가 광야에 섰구나
넘어진 그림자도 새파랗게 젊었다
종소리 콧노래에 갈무리 천리
가누나 가는구나 뱃사공 세상

더벙머리 과거

김다인 작사
박시춘 작곡
백년설 노래
오케 31090
1942년 1월

과거사 못 생겼소 과거사 못생겼소
황혼이 꽃 노을이 천변에 나린
광교에 걸터앉아 울었소 소리쳤소
철없는 더벙머리
서글픈 과거사다 못생긴 과거사다

과거사 어리석소 과거사 어리석소
이슬이 밤 안개가 종로에 나린
로타리에 걸터앉아 웃었소 낄낄댔소
한 많은 더벙머리
외로운 과거사다 고달픈 과거사다

과거사 잊어야지 과거사 잊어야지
낙엽이 수박등이 흐르는 골목
이 골목 저 골목을 헤맸소 더듬었소
철없는 더벙머리
버리자 골목대장 버리자 더벙머리

500

아들의 血書

조명암 작사
박시춘 작곡
백년설 노래
오케 31093
1942년 2월

어머님 전에 이 글월을 쓰옵나니
병정이 되온 것도 어머님 은혜
나라에 바친 목숨 환고향하올 적엔
쏟아지는 적탄 아래 죽어서 가오리다

어제는 광야 오늘날은 산협 천리
군마도 철수레도 끝없이 가는
너른 땅 수천 리에 진군의 길은
우리들의 피와 뼈로 빛나는 길이외다

어머님 전에 무슨 말을 못하리까
이 아들 보내시고 일구월심에
이 아들 축원하다 기다리실 때
이 얼굴을 다시 보리 생각을 마옵소서

목단강 편지

김다인 작사
이봉룡 작곡
이화자 노래
오케 31093
1942년 2월

한 번 읽고 단념하고 두 번 읽고 맹세했소
목단강 건너가며 보내주신 이 사연을
낸들 어이 모르오리 성공하소서

오빠라고 부르리까 선생님이 되옵소서
사나이 가는 길에 가시넝쿨 넘고 넘어
난초 피는 만주 땅에 흙이 되소서

밤을 새워 읽은 편지 밤을 새워 감사하며
여자의 마음둘 곳 분접시가 아닌 것을
깊이 깊이 깨달아서 울었나이다

경기 나그네

조명암 작사
김해송 작곡
백년설 노래
오케 31096
1942년 3월

십자가 비석 아래 신들메를 고치고
남산별 바라보는 경기 나그네
오늘은 어드메요 내일은 어드메요
아 송도로 가는 길은 멀기도 하오

무학재 마루턱에 솔방울을 굴리고
홍제원 바라보는 경기 나그네
오늘은 어드메요 내일은 어드메요
아 큰 벼슬 생길 날은 아득하구료

오리정 십리허에 청노새를 세우고
염낭을 만져 보는 경기 나그네
오늘은 어드메요 내일은 어드메요
아 노새도 절름대는 황혼이구료

고향설

김다인 작사
이봉룡 작곡
백년설 노래
오케   31096
1942년 3월

한 송이 눈을 봐도 고향 눈이요
두 송이 눈을 봐도 고향 눈일세
깊은 밤 날러오는 눈송이 속에
고향을 불러 보는 고향을 불러 보는
젊은 푸념아

소매에 떨어지는 눈도 고향 눈
뺨 우에 흩어지는 눈도 고향 눈
타관은 낯설어도 눈은 낯익어
고향을 외어 보는 고향을 외어 보는
젊은 한숨아

이 놈을 붙잡아도 고향 냄새요
저 놈을 붙잡아도 고향 냄샐세
나리고 녹아 가는 모란 눈 속에
고향을 적셔 보는 고향을 적셔 보는
젊은 가슴아

504

春風曲

조명암 작사
이봉룡 작곡
이화자 노래
오케 31098
1942년 3월

초목이 푸르러서 봄철인가요
진달래가 붉어서 봄철인가요
울진 삼척 머나먼 길 떠난 김 도령
보내주신 편지 속에 봄이 왔구려

강나루 얼음 풀려 봄철인가요
가책단에 눈 녹아 봄철인가요
낮에 울고 밤에 우는 노랑 앵무새
내 가슴에 새가 울어 봄이 왔구려

한사코 일러보낸 김 도령은
울진 삼척 먼길에 간 길을 안다
혼자 간다 편지만은 잊을 길 없어
어서 올적 기다리는 봄이 왔구려

하르빈 다방

조명암 작사
김해송 작곡
이난영 노래
오케 31099
1942년 3월

푸른 등 꿈을 꾸는 하르빈 차방에
담뱃불 피워 물고 추억을 안고
눈오는 겨울밤을 눈오는 겨울밤을
조용히 보내면
아 아 아 아
희망의 속삭임이 희망의 속삭임이
가슴에 넘친다

그리운 푸른 버들 늘어진 긴자에
향기론 바람결이 다시 그리워
창살을 바라보면 창살을 바라보면
하얗게 쌓이는
아 아 아 아
봄날을 기달리어 봄날을 기달리어
하르빈 아가씨

만주 신랑

김다인 작사
이봉룡 작곡
송달협 노래
오케 31099
1942년 3월

정 하나 잘못 두어·우는 가슴아
호삭풍 들어오는 만주러라
홍안령 높은 고개 잔뿌리 위에
내 사랑 새 태양에 신랑이 되자

발 하나 잘못 짚어 빠진 달길아
참새도 얼어죽는 만주러라
흑룡강 넓은 물길 용솟음 속에
새 살림 새 역사에 신랑이 되자

꿈 하나 잘못 두어 헝큰 청춘아
눈물도 웃음 되는 만주러라
홍안령 흑룡강이 무궁한 벌판
새 살림 새 나라에 신랑이 되자

落花流水

김다인 작사
이봉룡 작곡
남인수 노래
오케 31100
1942년 5월

이 강산 낙화유수 흐르는 봄에
새파란 잔디 얽어 지은 맹세야
세월에 꿈을 실어 마음을 실어
꽃다운 인생살이 고개를 넘자

이 강산 흘러가는 흰 구름 속에
종달새 울어 울어 춘삼월이냐
홍도화 물에 어린 물결 우에
이 강산 봄소식을 편지로 쓰자

사람은 낙화유수 인정은 포구
보내고 가는 것이 풍속이러냐
영춘화 야들야들 피는 들창에
행복의 물새 우는 포구로 가자

즐거운 상처

조명암 작사
박시춘 작곡
백년설 노래
오케 31102
1942년 5월

상처는 만질사록 상처는 아퍼
님에게 못다 바친 목숨이 슬퍼
이 밤도 편지 받은 저 땅의 동무여
씩씩한 그 맹세가 다시 부럽소 다시 부럽소

사나히 그 목숨이 등불이라면
님에게 바치자는 등불이련만
상처로 돌아온 몸 어이 할손가
나머지 팔다리에 불을 부칠까 불을 부칠까

못 생겨 그런 것도 아니언마는
병상에 누운 대로 생각을 하면
불현듯 가고 싶은 저 땅의 戰地
훈장에 절을 하며 눈물 집니다 눈물 집니다

아주까리 수첩

김다인 작사
이봉룡 작곡
백년설 노래
오케 31102
1942년 5월

아주까리 꽃 그림자 흔들리는 섬 속에
하모니카 안타까운 강남 달 시절
갈매기 울어 울어 해지는 선창에
모자를 흔들면서 떠나던 사람아

분수처럼 넘쳐나는 꼭두서니 노을에
하모니카 불어 불어 떠나던 님아
날마다 선창 위에 해를 지우며
당신을 기다려서 십 년이 넘었소

맹세 남긴 방초 언덕 이슬비만 내린다
갈매기만 쌍을 지어 꿈을 부르네
실실이 풀어지는 노을 속으로
수평선 흘러가는 돛대만 헤이네

목포는 항구

조명암 작사
이봉룡 작곡
이난영 노래
오케 31103
1942년 5월

영산강 안개 속에 기적이 울고
삼학도 등대아래 갈매기 우는
그리운 내 고향 목포는 항구다
목포는 항구다 이별의 부두

유달산 잔디밭에 놀던 옛날도
동백꽃 쓸어안고 울던 옛날도
흘러간 내 고향 목포는 항구다
목포는 항구다 똑딱선 운다

여수로 떠나갈까 제주로 갈까
비오는 선창머리 돛대를 잡고
이별튼 내 고향 목포는 항구다
목포는 항구다 추억의 고향

多情 燈臺

김다인 작사
이봉룡 작곡
남인수 노래
오케31103
1942년 5월

석양천의 붉은 노을 바다에 깔고
아득히 떠나가는 타관 낚시 배
떠도는 포구마다 반기는 등대
인생의 낚시 줄이 불빛을 감네

감겼다 풀어지는 낚시 줄 속에
부산 땅 청진 땅이 얼룩이 지고
순풍이 넘쳐나는 황포 돛대에
인생의 낚시 줄이 불빛을 감네

나도 백년 너도 백년

김다인 작사
박시춘 작곡
김정구 노래
오케 31105
1942년 5월

넓은 세상 넓게 살자 네 활개 펴고
나도 백 년 너도 백 년 대장부 세상
떠들며 사는 것도 하소를 알라
수수하게 건전하게 다정한 이웃

모가 없는 둥근 세상 둥글게 살자
나도 백 년 너도 백 년 한 식구처럼
하늘에 꽂힌 별도 정성을 알라
오붓하게 차분하게 다정한 이웃

알고 보면 너나 나나 알만한 친구
웃음 끝에 한숨 끝에 당신과 나다
혀끝에 묻는 말도 가슴을 알라
오래 두고 뒤에 두고 다정한 이웃

국경의 다방

조명암 작사
이봉룡 작곡
이인권 노래
오케 31109
1942년 5월

청춘아 청춘아 울지를 말아라
사랑을 배운 것이 눈물이더냐
그렇다고 천리타향 낯 설은 찻집에서
레코드에 설움 싣고
아 주책없이 울어야 하나

저무는 저무는 하늘 저 남쪽에
애달픈 조각달이 흘러왔기로
그렇다고 달빛 아래 눈물을 못 참고서
레코드에 설움 싣고
아 보람없이 울어야 하랴

웃음도 사랑도 흘러를 간 이 밤
세상의 모든 것이 눈물이기로
그렇다고 젊은 가슴 희망을 저버리며
테블 가에 쓰러져서
아 하염없이 울어야 하나

남 매

조명암 작사
이봉룡 작곡
남인수 노래
오케 31110
1942년 5월

세상은 넓다마는 남매는 단둘이다
언제나 같이 살자 맺은 맹세가
바람에 날렸느냐 구름에 흘렀느냐
그리운 그 날 밤의 그 항구 그 이별

앵무새 울어 울어 선잠을 깨고 나니
한자리 속삭이던 어머님 꿈은
망각에 흐렀느냐 앵무가 깨뜨렸나
그리운 그 시절의 그 얼굴 그 말씀

봄날은 아름다운 꿈속에 오는 시절
꽃피는 우리들의 남매는 젊어
하늘을 바라본다 희망에 웃어본다
그리운 그 어머님 그 사랑 그 말씀

신 곰배타령

김다인 작사
전기현 작곡
모란봉 노래
태평 5040
1942년 6월

곰배랏다 곰배야 곰배나 칭칭칭칭 곰배
문곰배야 쌀곰배야 풍년곰배가 너로구나
곰배랏다 곰배야 곰배나 칭칭칭칭 곰배

곰배랏다 곰배야 곰배나 칭칭칭칭 곰배
이팔청춘 걸머지고 나무리벌로 나아가자
곰배랏다 곰배야 곰배나 칭칭칭칭 곰배

곰배랏다 곰배야 곰배나 칭칭칭칭 곰배
노랑고깔 푸른 고깔 포곡새소리 멋들었다
곰배랏다 곰배야 곰배나 칭칭칭칭 곰배

곰배랏다 곰배야 곰배나 칭칭칭칭 곰배
재수사망 누가 아나 공이소리가 아는구나
곰배랏다 곰배야 곰배나 칭칭칭칭 곰배

곰배랏다 곰배야 곰배나 칭칭칭칭 곰배
더꺼머리 발 방아에 노랑수건이 춤을 춘다
곰배랏다 곰배야 곰배나 칭칭칭칭 곰배

서생원 일기

조명암 작사
김해송 작곡
김정구 노래
오케 31111
1942년 7월

어제는 경기 개명 찾아갔건만
오늘은 임진강에 떨어진 선비
알성급제 푸른 꿈은 어데로 가고
눈물만 흘리는고 고향 가는 서생원

행화촌 저문 날에 노새는 운다
아가씨 선물 가득 받은 쌈지도 운다
정마잽이 하인들은 어디로 가고
병풍의 꽃잎만이 가는 길 막는고

주막집 초롱불도 서러울 게요
성주 님 보기에도 무안할 게요
글방 공부 십년 공부 어디로 가고
헛가방 지고 가나 가엾어라 서생원

517

청춘썰매

조명암 작사
이봉룡 작곡
백년설 노래
오케 31112
1942년 7월

새 금색 벌판 우에 황혼이 짙다
저 마을 지붕 아랜 홍차 끓는 빼치카
경희 아가씨의 분홍 손끝이
고향의 편지 쓰는 등불이 있다

하늘이 맴을 돌아 백 리를 왔다
눈보라 채질하는 고향 그림 젖었다
그 누가 노래하며 꿈을 꾸는고
썰매의 방울소리 잊어 버렸나

힘차게 지쳐 가면 봄날이 온다
저 강의 물이 흘러 물새 우는 봄철에
면사포 하늘하늘 꽃송이 구름
내 고향 아가씨를 만나 보리라

남쪽의 달밤

조명암 작사
박시춘 작곡
남인수 노래
오케 31122
1942년 7월

나는 모른다 나는 모른다
동백꽃 피는 내 고향 떠나왔으니
사나이 내 목숨을 낸들 어이 알소냐
뻐꾹새 울지 마라 뻐꾹새 울지 마라
남쪽의 달밤

흘러를 간다 흘러를 간다
남쪽의 항구 쌍돛대 화륜선 위에
고향을 찾아가는 내 마음이 흐른다
어머니 불러보는 어머니 불러보는
남쪽의 달밤

내 고향

조명암 작사
박시춘 작곡
백년설 노래
오케 31121
1942년 7월

영 끝에 구름 돌고 구름 끝에 해가 져서
진달래 얼싸 안고 고향 길을 돌아오니
연자방아 도는구나 연자방아 도는구나
어머님 치마폭에 어머님 치마폭에
인사 없이 앉았네

손잡고 웃는 얼굴 기쁜 눈물 적시면서
내 아들 잘 왔느냐 눈물로만 말씀할 때
가슴만이 뛰는구나 가슴만이 뛰는구나
어머님 머리 위에 어머님 머리 위에
꽃 하나를 꽂았소

등잔에 불을 켜니 내 책상이 여전하다
씀바귀 나물 무친 저녁상을 받고 보니
눈시울이 뜨겁구나 눈시울이 뜨겁구나
행복에 목이 메여 행복에 목이 메여
물을 먼저 마셨네

四面楚歌

조명암 작사
박시춘 작곡
최병호 노래
오케 31124
1942년 7월

옥퉁소 한 곡조에 고향 땅이 그리워
강동 자제 팔 천 군사 흩어졌느냐
우미인 잘 있거라 낸들 어이할소냐
역발산 항우런들 응 응 내 어이할소냐

바람에 지는 낙화 이 마음을 알소냐
돌아서는 말안장에 갑옷이 운다
우미인 잘 있거라 낸들 어이 할소냐
초패왕 항우런들 응 응 내 어이할소냐

낭자일기

조명암 작사
박시춘 작곡
남인수 작곡
오케 31127
1942년 8월

낭자는 꽃이었소 아름다웠소
한마음 붉게 피는 동백이었소
천만산 넘고 넘어 싸움터로 가는
이 산천 젊은이의 아내이었소

낭자는 일꾼이요 씩씩하였소
먼 곳에 가신임께 지지 않았소
부모는 남북으로 恨別이언만
충성을 맹세하는 한가지였소

낭자는 꽃이었소 붉은 정성에
한 조각 떨어지는 낙화이었소
맘대로 못다 하는 생사이건만
떳떳이 죽는 것이 소원이었소

一字上書

조명암 작사
김해송 작곡
남인수 노래
오케 31135
1942년

강물은 출렁출렁 달빛을 실었구나
내 고향 먼 먼 길에 뻐꾹새 우는 이 밤
부모님을 생각하면 오지랖이 설레어
창 아래 꿇어앉아 일자상서 붓을 든다

양류는 처렁처렁 청사를 풀었구나
내 고향 떠나온 지 몇 번째 이런고
무심으로 보냈는가 유심으로 보냈나
사나이 맹세만은 철석에다 비겼노라

바람은 슬렁슬렁 꽃잎을 쓰는구나
내 고향 산막 아래 산제비 집을 지을 때
이 아들의 금의환향 기다리는 부모님
이 소식 일자상서 아들처럼 반기소서

蘇州 뱃사공

이가실 작사
손목인 작곡
이해연 노래
콜롬비아 40890
1942년 9월

복숭아꽃이 피는 삼사월 蘇州 땅
물새가 울어 울어 해질 무렵에
저 멀리 돌아든다 흰 돛대 붉은 돛대
행복에 꿈을 싣고 꿈을 싣고 손짓을 한다

꽃잎이 부서지는 舟航의 뱃머리
바람아 불지 마라 봄날이 간다
저 멀리 떠나가는 소주 땅 뱃사공은
唐明紬 가득 싣고 가득 싣고 어데로 가나

한산사 종소리에 해지고 달이 떠
흐르는 물결마다 흐르는 달빛
뱃사공 아저씨에 보내는 편지에는
그리운 나가사끼 나가사끼 항구의 소식

화초 염불

이가실 작사
이운정 작곡
옥잠화 노래
콜롬비아 40890
1942년 9월

진달래도 한들한들 개나리도 한들한들
하사월 명사십리 해당화도 한들한들
探花蜂蝶 춤을 추네 청실홍실 춤을 추네
오색 꽃이 한들한들 한들한들

난초 꽃이 한들한들 파초 꽃이 한들한들
양산도 백 리 길에 복사꽃이 한들한들
가는 노새 춤을 추네 강남제비 춤을 추네
화류춘풍 한들한들 한들한들

참배꽃이 한들한들 맨드라미 한들한들
천안도 삼거리에 버들꽃이 한들한들
쌍가마가 춤을 추네 쌍조군이 춤을추네
기화요초 한들한들 한들한들

人生線

김다인 작사
이봉룡 작곡
남인수 노래
오케 31136
1942년 11월

똑같은 정거장이요 똑같은 철길인데
시름 길 웃음 길이 어이한 한길이냐
인생이 철길이냐 철길이 인생이냐
아득한 인생선에 달이 뜬다 해가 뜬다

똑같은 시그넬이요 똑같은 깃발인데
고향 길 타관 길이 어이한 한길이냐
인생이 철길이냐 철길이 인생이냐
아득한 인생선에 비가 온다 눈이 온다

사나이 옷고름이 바람에 나부낄 때
연기는 꾸불꾸불 威望의 깃발이냐
인생이 철길이냐 철길이 인생이냐
아득한 인생선에 밤이 온다 꿈이 온다

청년고향

김다인 작사
박시춘 작곡
남인수 노래
오케 31136
1942년 11월

한없이 솟아나는 차김을 바라보며
내 고향 논두렁에 흙김이 그립구나
사시나무 고개아래 봄 버들 나죽한
언제나 그리운 건 흙 냄새 고향이지

깊은 밤 굴러가는 차 소릴 듣노라면
내 고향 외양간에 황소가 그립구나
느릅나무 바위아래 풀피리 노곤한
언제나 가고픈 덴 얼룩소 고향이지

우수수 무너지는 가로술 기대면은
내 고향벌판 우에 가을이 그립구나
북두칠성 그늘아래 장독이 그득한
언제나 보고픈 건 풍년의 고향이지

少年草

김다인 작사
이재호 작곡
진방남 노래
태평5052
1942년 11월

새파란 안개 새빨간 안개 안개 낀 수평선
羅針을 돌려라 뱃머리 돈다
열대의 하늘 사나이라면 사나이라면
남쪽으로 산호바다로 흐르자 소년들아

싸락눈송이 함박눈송이 눈송이 지평선
깃발을 날려라 군마는 운다
국경의 하늘 사나이라면 사나이라면
남쪽으로 노로 고지로 달리자 소년들아

수평선들아 지평선들아 감격의 언덕아
소라를 불어라 테푸는 난다
평화의 하늘 사나이라면 사나이라면
珊瑚海로 노로 고지로 흐르자 달리잔다

朝鮮의 누님

김다인 작사
이재호 작곡
진방남 노래
태평 5052
1942년 11월

방가로 열두 골목 함박눈 불어오는 밤
구슬 등잔 창 머리에 그리운 우리 누님
시모후리 소매 잡고 소매 잡고
동생아 눈길천리 비바람 천리
동생아 성공하여라

보스톤 가방 속에 털로 짠 장갑 한 쌍은
황국 단풍 추야 삼경 밤새신 누님 선물
시모후리 소매 잡고 소매 잡고
동생아 육로 천리 물로 천리에
동생아 성공하여라

두 남매 걷는 길은 그림자 두 줄이었소
고생 주고 낙을 사자 조선의 우리 누님
시모후리 소매 잡고 소매 잡고
동생아 나라 위한 꽃송이들아
동생아 성공하여라

누님의 사랑

조명암 작사
박시춘 작곡
백년설 노래
오케 31139
1942년 12월

새벽 차 기다리는 정거장에서
난로 불에 태워버린 편지의 사연
이 편지를 낼까 말까 망설이다가
말없이 소식 없이 떠나갑니다

못 가게 잡는 것도 누님의 사랑
고향에서 살자함도 지당하오나
사나이로 태어나서 할 일이 있소
새 세상 너른 땅을 그냥 두리까

바람에 날린 꽃씨 강남 천리에
이슬 맞고 비를 맞아 꽃이 필 때면
어엿하게 만리장서 쓰겠나이다
남쪽의 갖은 선물 보내오리다

결사대의 아내

조명암 작사
박시춘 작곡
이화자 노래
오케 3114
1942년 12월

상처의 붉은 피로 써 보내신 글월인가
한 자 한 맘 맺힌 뜻을 울면서 쓰셨는가
결사대로 가시던 밤 결사대로 가시던 밤
이 편지를 쓰셨네

세상에 오는 사랑 이 사랑을 당할 손가
나랏님께 바친 사랑 달 같고 해와 같아
철조망을 뚫던 밤에 철조망을 뚫던 밤에
한 목숨을 바쳤소

한 목숨 넘어져서 천병만마 길이 되면
그 목숨을 아끼리오 용감한 님이시여
이 아내는 웁니다 이 아내는 웁니다
감개무량 웁니다

5

어머님 안심하소서(1942.10) ~
철령이라 높은 고개(1951.1)

어머님 안심하소서

조명암 작사
김해송 작곡
남인수 노래
오케 31146
1942년 12월

고향 눈 부슬부슬 나리던 아침
어머님 작별하던 정거장에서
눈물로 맹세하온 사나이 결심
한시런들 잊으리까 잊으오리까
어머님 안심하소서

고향 길 떠나올 제 검은 외투에
싸락눈 털어 주신 어머님 손길
그 사랑 가슴 깊이 생각하올 제
한시런들 허랑하게 보내오리까
어머님 안심하소서

낮이면 땅을 파는 농군이 되고
밤이면 책을 읽는 선비랍니다
비오고 눈이 오는 여름 겨울은
몸 성하게 이 날 이 때 일 잘하오니
어머님 안심하소서

九十春光

이가실 작사
이운정 작곡
옥잠화 노래
콜롬비아 40897
1942년 12월

도화 강변 배를 띄워 흘러를 들 제
끝없이 들리는 갈대피리 그 소리
듣고 나면 열 아홉의 웃음 품은 아가씨
가슴에 꽃이 핀다 구비구비 구십 리

시들었던 꽃가지가 다시 푸르러
청제비 춤추던 그 시절이 몇 핸고
물어보면 구름 속에 반짝이는 저 별빛
물결에 아롱진다 구비구비 구십 리

흘러가는 뱃머리에 달빛을 싣고
노래를 부를까 옷소매를 적실까
물에 띄운 고향 하늘 어머님이 그리워
뱃전에 편지 쓴다 구비구비 구십 리

비둘기 소식

조명암 작사
김영파 작곡
이화자 노래
오케 31133
1942년 12월

달도나 밝다 계명 산천 풀뿌리 피리를 불어나 보세
가리나 가리나 못 갈 바엔 임 오실 고개 십 년 고개
두리둥둥 둥실둥실둥실 두리둥둥 둥실둥실둥실
두리두리두리둥둥둥 성화로구나

달도나 밝다 호남 천리 한 쌍의 비둘기 날려나 보세
고향에 살림은 염려 말고 잘 되어 오시는 소식을 전해
두리둥둥 둥실둥실둥실 두리둥둥 둥실둥실둥실
두리두리두리둥둥둥 성화로구나

달도나 밝다 삼경 오경 창문을 열고서 길쌈을 하세
임에게 띄웠던 일편단심 비둘기 소식을 기다려 보세
두리둥둥 둥실둥실둥실 두리둥둥 둥실둥실둥실
두리두리두리둥둥둥 성화로구나

정든 땅

조명암 작사
이봉룡 작곡
백년설 노래
오케 31157
1943년 2월

고향이 따로 있나 정들면 고향이지
백일홍도 심어 놓고 옥수수도 심어 놓고
부모님 섬겨보세 사랑도 맺어보세
꽃피는 고향일세 농사짓는 고향

고향이 따로 있나 살면은 고향이지
빨래터도 꾸며 놓고 빨래 줄도 늘여 놓고
노래도 불러보세 장단도 때려보세
정다운 고향일세 농사짓는 고향

(3절 일본어 가사)

알쌍 급제

조명암 작사
이봉룡 작곡
백년설 노래
오케 31157
1943년 2월

청노새 안장머리 석양볕이 떨어졌네
황토마루 올라서니 앙가슴이 출렁댄다
청노새야 흥겨워라 하늘보고 소리쳐라
여기가 서울이다 여기가 서울이다
과거보는 서울이다

이십 년 공부 끝에 알쌍 급제 소원성취
금방 우에 이름 걸고 고향으로 돌아가면
내 아들아 훌륭하다 반겨하실 우리 부모
부모님 아들 되어 부모님 아들 되어
이 효도를 못할손가

(3절 일본어 가사)

男兒一生

조명암 작사
이봉룡 작곡
남인수 노래
오케 31158
1943년 2월

임진강 얼음장에 팽이. 치는 아이야
삼각산 가는 길에 백설이 쌓였느냐
새파란 손을 꼽아 따져보는 그 세월
굳세게 빛나거라 사나이 별빛

古い船場の白雪踏めば
男の胸に血潮かひえる
ひえてたまるか命の空だ
もえろかかやけ男星

고향을 떠나올 때 선물 받은 염낭에
엽전이 남았는고 은전이 남았는고
임진강 나루터에 흘겨보는 그 옛날
사나이 붉은 피가 남아 있구려

---

* 2절 가사의 뜻을 옮기면 다음과 같다. '오래된 선창우에 하얀 눈을 밟으면/ 사나이
가슴 속에 끓는 피 식는구나/ 식어서 참겠는가 목숨은 하늘이다/ 타거라 빛나거라
사나이 별빛'(편자 주)

황포 돛대

조명암 작사
박시춘 작곡
최병호 노래
오케 31165
1943년 2월

황하수 벅찬 물에 노래를 싣고
어드메로 떠나가는 황포 돛대냐
흘러가는 동쪽 바다 동쪽의 사랑
행복을 실어오는 황포 돛대냐

病院船 뱃머리에 깃발을 보고
손을 들어 절을 하는 뱃사공이냐
아세아에 두견 피는 영원의 사랑
노래를 싣고 가는 황포 돛대냐

한여름 작은 새의 노래 소리도
황포 돛대 그늘 밑에 노래 소리도
흘러가는 세월 속의 즐거운 노래
깃발이 휘날린다 구름이 난다

양산도 봄바람

이가실 작사
이운정 작곡
옥잠화 노래
콜롬비아 40906
1943년 3월

에 양산도 봄바람에 범나비 날고
진달래 가지에는 실비가 온다
양산도 양산도 길두나 멀어라
에라 놓아라 아니 못 놓겠네 아니 못 놓겠네
이 봄이 다 가도 나는 못 놓아요

에 서산에 해 저물어 달 없는 밤엔
양산도 구십 리에 두견만 운다
양산도 양산도 길두나 멀어라
에라 넘어라 아니 못 넘겠네 아니 못 넘겠네
초롱불 없어서 나는 못 넘소

에 행화촌 아주머니 언제나 오나
소나무 가지 위엔 달빛이 잔다
양산도 양산도 길두나 멀어라
에라 가거라 아니 못 가겠네 아니 못 가겠네
정든 님 두고서 나는 못 가요

第三 아리랑

이가실 작사
이운정 작곡
옥잠화 노래
콜롬비아 40906
1943년 3월

아리랑 아리랑 아리 아리 아리랑
아리랑 고개는 웬 고갠고
아리랑 강남은 천리나 원정
정든 님 올 때만 기다린다네
아리아리로 넘어 넘어서
야월삼경 고요한 밤에 두견아
음 울지를 말아라 울지를 마라

아리랑 아리랑 아리 아리 아리랑
아리랑 고개는 웬 고갠고
꽃가지 꺾어서 단장을 말고
미나리 강변에 일하러 가세
아리아리로 넘어 넘어서
오월남풍 실바람 불 때 도화야
음 지지를 말아라 지지를 마라

아리랑 아리랑 아리 아리 아리랑
아리랑 고개는 웬 고갠고
이왕에 이 고개 넘을 바에는

임에게 한 목숨 바쳐를 보세
아리아리로 넘어 넘어서
이팔청춘 좋은 시절에 세월아
음 가지를 말아라 가지를 마라

황해도 노래

이가실 작사
손목인 작곡
이해연 노래
콜롬비아 40910
1943년 4월

재령 신탄 나무릿벌 풍년이 들면
장연 읍내 달구지에 금쌀이 넘치네
어서 가세 어서 가세 방아 찌러 어서 가세
우리 고을 풍년방아 연자방아 돌아간다

해주 청풍 바람결엔 달빛도 좋아
연안 백천 모래 틈엔 더운물이 넘치네
어서 가세 어서 가세 머리 빨러 어서 가세
참 메나리 캐었다고 섬섬옥수 못될 손가

신계 곡산 명주 애기 분단장하고
봉산 탈춤 구경 가네 오월이라 단옷날
어서 가세 어서 가세 탈춤 구경 어서 가세
망질하는 평산 애기 황소 타고 찾아가네

서귀포 칠십리

조명암 작사
박시춘 작곡
남인수 노래
오케 31167
1943년 6월

바닷물이 철썩철썩 파도치는 서귀포
진주 캐던 아가씨는 어데로 갔나
휘파람도 그리워라 쌍돛대도 그리워
서귀포 칠십 리에 물새가 운다

자개돌이 철썩철썩 물에 젖는 서귀포
머리 빨던 아가씨는 어데로 갔나
저녁달도 그리워라 저녁별도 그리워
서귀포 칠십 리에 황혼이 온다

모래알이 철썩철썩 소리치는 서귀포
고기 잡던 아가씨들 어데로 갔나
모래알도 그리워라 자개돌도 그리워
서귀포 칠십 리에 맹세가 컸소

초록색 해안선

조명암 작사
이봉룡 작곡
남인수 노래

초록색 해안선에 저녁 해가 지며는
내 마음 바다에도 저녁 안개 서린다
웃으며 속삭이던 ***는 쓸쓸도 해라 쓸쓸해
가며는 못 오느냐 가며는 못 오느냐
아 음 꿈속에 운다

해안선 안개 속에 옷자락을 적시며
추억에 목이 메던 내 마음의 옛사랑
행복을 기약하던 ***는 무정도 해라 무정해
못 올 델 왜 갔느냐 못 올 델 왜 갔느냐
아 음 기적이 운다

파도에 추억 실은 이별이란 두 글자
마지막 노래 위에 어푸러져 울었소
이 가슴 울려 주고 밤을 새던 그 날 그 밤도
영원히 잊었느냐 영원히 잊었느냐
아 음 무정한 사람

신접살이 풍경

조명암 작사
大久保德二郎 작곡
남인수 이난영 노래

(여보 아이 참 이거 봐요 아 여보)

*** 당신 맘을 알았습니다
어쩌면 그다지도 냉정합니까
당신의 그 마음이 **하지요
그렇지요(몰라) 그렇지요(듣기 싫어) 아 야속합니다
그다지도 냉정하신 당신인 줄 몰랐습니다

오히려 야속해진 내 맘이외다
오늘도 어저께도 듣는 것이란
임자의 이해 없는 **이외다
그렇지 뭐(몰라요) 그렇지 뭐(몰라요 몰라) 아 쓸 데 없구나
조금 더 재미있는 임자인 줄 알았건마는

(암 그러겠지요. 나야 별 수 없는 여자이니까 미안합니다
뭐야 다시 한 번 더 말해 봐
흥 얼마든지 말하지요 나는 교양도 없고 이해도 없는 못난이
당신은 훌륭한 신사이니까 나 같은 여자야 뭐 소용 있나요
쓸 데 없죠 쓸 데 없죠 쓸 데 없죠
듣기 싫어 *** 아이 속상해 잉)

울리며 울리면서 싸운 다음엔
언제나 눈물 속에 떠도는 웃음
싸우면 싸울수록 정이 든다네
용서해요(천만에) 용서해요(용서하우) 아이고 부끄러워라
부부의 싸움이란 안타까운 정이랍니다

추억의 청춘가

이가실 작사
마월송 작곡
왕죽희 노래

종로의 네 거리 오늘도 저물어
네온의 꽃피는 그리운 서울 그리운 서울
하늘대는 아가씨들의 옷자락은 연지빛
노래를 불러 꿈을 꾸는 아름다운 이 밤에
달빛도 흘러다오 서울이라 들창 밑

아리랑 노래 가냘픈 노래가
사랑을 찾아서 꿈꾸는 서울 꿈꾸는 서울
가슴속에 피어오르던 안타까운 하소연
그대를 불러 눈물 지운 열 아홉의 어린 꿈
바람도 부드럽다 서울이다 지붕 밑

은행 잎 푸른 가로수 그늘에
휘파람을 불어 기다린 그대 기다린 그대
비가 오면 고요한 찻집 창문 아래 앉아서
메롱을 마신 그 옛날의 아름다운 젊은 꿈
이 밤도 그리웁다 서울이다 첫사랑

人生 街頭

조명암 작사
김해송 작곡
백년설 이난영 노래
오케 31172
1943년

(남) 알겠다 이 가슴에 서린 한
　　값없는 눈물 속에 무엇이 있으랴
　　보아라 저 하늘엔 푸른 별이다
　　저것이 인생이다 젊은 꿈이다

(대사) (여) 오라버니 가슴은 000000
　　　　가슴에 서린 안개를 밀쳐 버리고
　　　　앞으로 앞으로 나가겠습니다
　　　　저 하늘의 푸른 별 저것이 인생이라면
　　　　알겠습니다 이것은 깨달음
　　　　오라버님 어번은 꾸지람을 말아 주십시오

(여) 2절 일본어 가사

(남) 알겠다 내 마음에 행복의 길을
　　어머님 웃음 속에 사랑이 그립다
　　보아라 저 거리엔 떠나는 마차
　　저것이 인생이다 출발이란다

부모이별

조명암 작사
김해송 작곡
백년설 노래
오케 31172
1943년

산을 끼고 도는 길이 일 백 이 십 리
물을 끼고 도는 길이 일 백 이 십 리
군복을 떨쳐 입고 고향을 가면
신 벗고 달겨드는 부모님이 반가워

부모님께 맹세하고 일 백 이 십 리
처자에게 당부하고 일 백 이 십 리
청노새 다시 몰아 다시 떠날 때
만나는 사람마다 그 인사가 고마워

저녁 노을 돌아보고 일 백 이 십 리
고향 산천 돌아보고 일 백 이 십 리
노새정 안장놀이 휘파람 치면
흥겨워 덜렁대는 청노새도 고마워

고향소식

조명암 작사
이촌인 작곡
백년설 노래
오케 31182
1943년

사공아 뱃사공아 울진 사람아
인사는 없다마는 말 물어보자
울릉도 동백꽃이 피어 있더냐
정든 네 울타리에 정든 네 울타리에
새가 울더냐

사공아 뱃사공아 울진 사람아
초면에 염치없이 다시 묻는다
울릉도 집집마다 기가 섰더냐
정든 네 사람들은 정든 네 사람들은
태평하더냐

사공아 뱃사공아 울진 사람아
어느 때 울릉도로 배를 굴리건
이렇단 젊은 사람 나라일 많아
還故鄕 못한다고 還故鄕 못한다고
전하여다오

552

아름다운 花園

조명암 작사
박시춘 작곡
박향림 노래
오케 31192
1943년 8월

당신의 선물이요 어린 꽃이요
폭풍우 맞을새라 가슴에 안고
봄날을 기다리는 아내의 이맘
아셨나 모르셨나 아득한 천리

그리움 그대 음성 그대의 말씀
그 마음 그 부탁을 잊으오리까
아내는 굳세이게 살겠사오니
나라에 바치실 몸 조심하소서

끝없는 생각

조명암 작사
박시춘 작곡
백년설 노래
오케 31183
1943년 9월

한없이 하염없이 흘러가는 강물에
끝없이 정처없이 떠나가는 조각배야
내 고향 동백꽃은 봄 아가씨 풋선물
어제에 실어오는 그 시절이 언제나 언제나

한없이 하염없이 반짝이는 은하수
끝없이 정처없이 날아가는 기러기냐
내 고향 등잔불은 어머님의 첫사랑
편지로 젖어오는 그 시절이 언제나 언제나

한없이 하염없이 흘러오는 포구에
끝없이 정처없이 떠나가는 내 마음아
내 고향 가는 길은 앵화 피는 양산도
성공해 돌아가는 그 시절이 언제나 언제나

낙동강 손님

조명암 작사
박시춘 작곡
백년설 노래
오케 31183
1943년 9월

쌍돛대 흔들흔들 뱃머린 돈다
낙동강 건너가는 아낙네 손님
산딸기 끌어안고 앞치마 속에
풍년이 왔구려 풍년이 왔구려
아 아 산딸기 풍년

물 타고 춤을 추는 제비도 간다
낙동강 건너가는 아가씨 손님
댕기를 끌어안고 오지랖 속엔
노래가 숨었소 노래가 숨었소
아 아 순국의 노래

황혼에 황포 돛대 하늘은 돈다
낙동강 건너가는 모자 쓴 손님
뱃사공 손을 잡고 맹세를 할 때
잘되기 바라오 잘되어 오겠소
아 아 행복의 문답

蘭花扇

조명암 작사
박시춘 작곡
장세정 노래
오케 31185
1943년 9월

난초그림 부채 살에 달빛이 흘러
가슴속의 만단 사연 서로 얽히네
하루 밤을 드새어도 만리성일세
만리장성 멀고 먼 길 어이 가셨나

가오리라 산해관의 눈길을 찾아
가오리라 가신 님의 솜옷을 안고
하로밤을 드새어도 만리성일세
蘭花扇에 지은 맹세 잊으오리까

북쪽하늘 눈 날리는 한겨울밤에
솜저고리 솜바지를 꾸며서 놓고
보낼 길이 없는 것도 조바심일세
蘭花扇을 바라보며 하소연이요

떠나갈 海港

조명암 작사
박시춘 작곡
최병호 노래
오케 31185
1943년 9월

항구란 떠나갈 곳 동경의 보금자리다
모래 위에 쓰고 쓰는 그리운 남녘 남짜
가리로다 가리로다
이밤의 기선으로 가고야 말리로다

항구란 떠나갈 곳 애당초 여인숙이라
가슴 우에 쓰고 쓰는 희망의 바랠 망짜
가리로다 가리로다
인도양 물결 찾아가고야 말리로다

항구란 떠나갈 곳 언제나 출발점이다
구름 우에 쓰고 쓰는 못 잊을 효도 효짜
가리로다 가리로다
사나이 피 흘릴 곳 가고야 말리로다

항구의 前夜

이가실 작사
손목인 작곡
김영춘 이해연 노래
콜롬비아 40920
1943년 12월

선창에 두고 가는 누이동생아
떠나는 이 오빠를 싫다 말아라
사나이 가는 길엔 희망이 있다

닻줄을 몸에 감을 적에 맹세를 하오
오빠는 저 바다의 갈매기 친구
내일의 그 성공을 빌고 빕니다

항구의 전날 밤은 이별의 밤길
어머님 부르면서 맹세를 하오
두 손길 꽃을 잡고 다시 만나리

血書志願

조명암 작사
박시춘 작곡
남인수 박향림 백년설 노래

무명지 깨물어서 붉은 피를 흘려서
일장기 그려놓고 聖壽萬歲 부르고
한 글자 쓰는 사연 두 글자 쓰는 사연
나라님의 병정 되기 소원입니다

해군의 지원병을 뽑는다는 이 소식
손꼽아 기다리던 이 소식은 꿈인가
감격에 못 이기어 손끝을 깨물어서
나라님의 병정 되기 지원합니다

나라님 허락하신 그 은혜를 잊으리
반도에 태어남을 자랑하여 울면서
바다로 가는 마음 물결에 뛰는 마음
나라님의 병정 되기 소원입니다

반도의 핏줄거리 빛나거라 한 핏줄
한 나라 지붕 아래 은혜 깊이 자란 몸
이 때를 놓칠손가 목숨을 아낄손가
나라님의 병정 되기 소원입니다

대동아공영권을 건설하는 새 아침

구름을 헤치고서 솟아오는 저 햇발
기쁘고 반가워라 두 손을 합장하고
나라님의 병정 되기 소원입니다

이천 오백 만 감격

조명암 작사
김해송 작곡
남인수 이난영 노래

역사 깊은 반도 산천 충성이 맺혀
영광의 날이 왔다 광명이 왔다
나라님 부르심을 함께 받들어
힘차게 나아가자 이천 오백 만
아 감격에 피끓는 이천 오백 만
아 감격에 피끓는 이천 오백 만

동쪽 하늘 우러러서 성수를 빌고
한 목숨 한 마음을 님께 바치고
米英의 묵은 원수 擊滅의 마당
정의로 나아가자 이천 오백 만
아 감격에 피끓는 이천 오백 만
아 감격에 피끓는 이천 오백 만

喜べ 榮あるこの朝
皇尊の御民われ
われら今日より兵となり
行くぞ戰の海の果て
ああ誰誰かここ進まざる
ああ誰誰かここ進まざる

그대와 나

조명암 작사
김해송 작곡
남인수 장세정 노래

꽃피는 고개 너머 하늘에는 새날이 밝는다
영원한 길을 닦는 지평선에서
노래를 부르잔다 君と僕(키미토보쿠)
노래를 부르잔다 君と僕(키미토보쿠)

그대는 반도 남아 이 내 몸은 야마토 사쿠라
건설의 해가 솟는 지평선에서
노래를 부릅시다 愛の歌(아이노우타)
노래를 부릅시다 愛の歌(아이노우타)

여기는 아세아다 우리들의 희망은 빛난다
깎듯이 손을 잡고 깃발 아래서
충성을 맹세 짓는 君と僕(키미토보쿠)
충성을 맹세 짓는 君と僕(키미토보쿠)

---

* 일제 말기에 제작된 영화 「그대와 나(君と僕)」의 주제가(편자 주)

微風의 항구

조명암 작사
박시춘 작곡
남인수 노래

노래를 부르자 이 항구 모란꽃 피는 미풍의 거리
돌아다보면 바다엔 깜빡이는 등대불
아 **** **** *려난 희망의 도시러냐
너도나도 불러라 이 밤의 항구

노래를 부르자 이 항구 보슬비 걷힌 신비의 거리
돌아다보면 포도엔 떠나가는 幌馬車
아 대동아의 *** *이 많은 바람을 실었느냐
너도나도 불러라 이 밤의 항구

노래를 부르자 이 항구 홍련화 피는 남쪽의 거리
돌아다보면 하늘엔 반짝이는 십자성
아 **** 사람들의 아침은 이국의 꿈이러냐
너도나도 웃어라 이 밤의 항구

동백꽃 피는 望樓

김다인 작사
이재호 작곡
이인권 노래
태평 5086
1943년

혼자서 피는구나 혼자서 지는구나
새빨간 동백꽃이 대동강 내 형제다
이 몸은 등대지기 바다의 망루살이
오늘도 타관 배를 마중한다 배웅한다

남몰래 오는구나 남몰래 가는구나
춘삼월 물제비가 대동강 내 형제다
이 몸은 등대지기 수평선 망루살이
길 잃은 화륜선을 마중한다 배웅한다

피는 새 피는구나 오는 새 가는구나
춘삼월 물제비가 한 동갑 사는 데다
등대는 불사의 꽃 망루는 나의 무덤
한 백년 한평생을 이 바다에 던지겠소

울어라 은방울

이가실 작사
김해송 작곡
장세정 노래
오케레코드
1946년

해방된 역마차에 태극기를 날리며
누구를 싣고 가는 서울 거리냐
울어라 은방울아 세종로가 여기다
삼각산 바라보니 별들이 떴네

자유의 종이 울어 8·15는 왔건만
독립의 종소리는 언제 우느냐
멈춰라 역마차야 보신각이 여기다
포장을 들고 보니 종은 잠자네

연보라 코스모스 앙가슴에 안고서
누구를 찾아가는 서울 색씨냐
달려라 푸른 말아 덕수궁이 여기다
채찍을 휘두르니 하늘이 도네

---

* 1948년 「해방된 역마차」로 부분 개작되어 재취입되었다.(편자 주)

몽고의 밤

김다인 작사
박시춘 작곡
남인수 노래
뉴오케레코드
1947년

동방국 아세아에 밤이 내린다
고비 사막 너머로 아득한 저 하늘
달빛도 울어 새는 몽고의 밤이여
별빛도 울며 새는 몽고의 밤이여
아 낙타 등에 꿈을 싣고 한없이 가리라

아득한 대지 위에 날이 밝는다
成吉思汗 옛 꿈에 동을 튼 저 벌판
바람도 춤을 추는 몽고의 밤이여
별빛도 얼어붙는 몽고의 밤이여
아 낙타 등에 꿈을 싣고 한없이 가리라

---

* 1950년 「백제의 밤」으로 개작되어 재취입되었다.(편자 주)

故鄕草

김다인 작사
박시춘 작곡
송문숙 노래
오케
1947년

남쪽나라 바다 멀리 물새가 날으면
뒷동산에 동백꽃도 곱게 피는데
뽕을 따던 아가씨들 서울로 가네
정든 사람 정든 고향 잊었단 말인가

찔레꽃이 한 잎 두 잎 물위에 날리면
내 고향에 봄은 가고 서리도 찬데
이 바닥의 정든 사람 어데로 가나
전해오던 흙 냄새를 잊었단 말인가

---

* 이 곡은 1944년에 작곡되었다. 해방 이후 오케레코드사에서 송민도가 음반을 내었
고, 다시 장세정에 의해 오리엔트에서 재취입되었다.(편자 주)

절연 편지

조명암 작사
손목인 작곡

눈썰매 몸을 실어 떠나던 날은
주막집 추녀 끝에 고드름이 얼었소
내 고향 내 사랑은 왜 그리도 그린가
달리는 썰매에서 울었습니다

눈바람 지난밤의 미련이 남아
아가씨 분홍수건 꺼내보며 울었소
내 청춘 내 류방은 왜 그리도 슬픈가
싸늘한 호롱 밑에 눈물이 젖소

반 웃음 반 눈물로 떠나던 날은
주막집 추녀 끝에 고드름이 녹았소
내 가슴 내 마음은 왜 그리도 아픈가
바람에 님을 불러 탄식을 했소

조국보위의 노래

조령출 작사
리면상 작곡
1950년

가슴에 끓는 피를 조국에 바치니
영예로운 별빛이 머리 우에 빛난다
나가자 인민군대 용감한 전사들아
인민의 조국을 지키자 목숨으로 지키자

우리의 부모형제 우리가 사는 곳
제국주의 침략에 한 치인들 밟히랴
나가자 인민군대 용감한 전사들아
인민의 조국을 지키자 목숨으로 지키자

정의의 총칼로써 원쑤를 무찔러
공화국은 영원히 부강하게 살리라
나가자 인민군대 용감한 전사들아
인민의 조국을 지키자 목숨으로 지키자

청년유격대

조령출 작사
리면상 작곡
1951년

우리는 청년유격대
복수의 폭탄을 품고
원쑤의 어둠 속으로
오늘도 용감하게 나간다
우리의 피 젖은 깃발이
저 마을에 휘날릴 때
조국을 위해 자유의 노래를
동무여 힘차게 불러라

우리는 청년유격대
복수의 칼날을 품고
원쑤의 심장 앞으로
오늘도 용감하게 나간다
원한의 미제 야수들
저 거리에 쓰러질 때
인민을 위해 자유의 노래를
동무여 힘차게 불러라

압록강 이천 리

조령출 작사
리면상 작곡
1952년

어야 더허야 어랴 더허야
어야 더허야 어랴 더허야
압록강 이천리에 노를 저어라
얼음장 헤치면서 떼는 흐른다
어야 더허야 어랴 더허야
어야 더허야 어랴 더허야
에헤야 데헤야

백두산의 나무로구나
천년이나 자란 이깔나무
혜산 초산 돌아 돌아 몇 밤 새웠나
의주 가면 진달래꽃 피어나리라
어여차 지여차 어야 더야
어야 더허야 어랴 더허야
어야 더허야 어랴 더허야

강 언덕엔 밭갈이하는 처녀들의 노래
전선으로 좋은 선물 보내 주자네
이깔나무 참나무야 너도 가거라
너 가는 곳 조국건설 꽃이 피리라
어여차 지여차 어야 더야
어야 더허야 어랴 더허야
어야 더허야 어랴 더허야

물레야 동무야

조령출 작사
리면상 작곡
1952년

물레야 동무야 도리슬슬 돌아라
님 그려 타는 마음 너는 알리라
이 마음을 다리달달 감았다
원쑤를 물리치고 우리 님 오시거든
이 마음을 스리슬슬 풀어라
물레야 동무야
도리돌돌 슬슬 돌아라

미국 놈이 원쑤로세
이 원쑤를 굽이굽이 갚세나
락동강 칠백 리 피가 어린 굽이마다
이 원한을 스리슬슬 푸세나
물레야 동무야
도리돌돌 슬슬 돌아라

님 가신 저 산에도
저 달빛을 도리돌돌 감아라
쌈터에 나오신 몸 잠 어이 주무시나
나도 이 밤 스리슬슬 새우리
물레야 동무야 도리돌돌 슬슬 돌아라

얼룩소야 어서 가자

조령출 작사
김진명 작곡
1952년

식량바리 등에 싣고 얼룩소야 어서 가자
쩔렁쩔렁 방울 소리에 정든 새도 반기는구나
이랴 이 소야 어서 가자
원쑤놈의 시한탄에 귀한 내 딸 죽었단다
이내 원쑤를 갚아주는 인민군대를 찾아가자
이랴 내 소야 어서 가자
식량바리 등에 싣고 이랴 쯔쯔쯔 얼룩소야 어서 가자
이야 이 소야 어서 가자

철령이라 높은 고개

조령출 작사
김진명 작곡
1981년 1월

철령이라 높은 고개 봄철에도 눈이 있네
눈보라가 치던 날에 포를 끌고 넘은 고개
못 잊어라 그 전사들 그 이야기 못 잊어
바람 세찬 령마루에 진달래는 피어나네

철령이라 높은 고개 사연 많은 고개 길에
넘어서면 화선 천 리 한 치의 땅 물러서랴
내 나라를 지켜 싸운 영웅들을 못 잊어
바람 세찬 령마루에 진달래는 피어나네

부 록

평론 및 기타 산문抄

경주 순례기
— 옛 달을 찾아서

가을 하늘은 맑다 뿐이랴? 또한 향기로웠다. 경주 순례의 첫 발길은 몹시도 가벼웠다. 슬픔이 엉기엉기 서린 고도를 찾아가는 자의 마음이 무엇이 기쁘랴마는 우울의 학창에서 차디찬 과학에 얼크러진 흉금이 맑은 대기를 향하여 자유로이 호흡을 하는 것은 기쁨이 아니랄 수 없었다.

10월3일, 우리들은 새벽 7시경에 경성(京城)역 앞 광장에 모였다. 네 분 선생님의 인솔하에 일행은 부산행 7시40분 열차에 몸을 던졌다. 장안을 울리는 기적 한 소리. 차가 움직이는 줄은 모르건만 남산은 움직이기 비롯하였다. 홍진의 진흙구덩이인 도성(都城)을 떠나가는 것이다. 그러나 한양도 피 흘리고 넘어진 옛 성, 경주도 한숨 속에 사라진 옛 성. 폐허에서 폐허로 남북 삼천 리. 이것이 모다 폐허인 것이며 지긋지긋한 과거의 유물인 것이다. 묻혀질 것은 묻혀지고 새로 건설될 것은 건설되어야 할 것이라고 생각했다.

삼각산 그림자 잠긴 한강을 한숨에 건너가는 기적의 울음 좇아—

기차는 가을 하늘에 검은 입김을 뿜으며 평원을 더듬고 산을 더듬고 물을 건너 남으로 남으로 달아났다. 동무들은 먼길을 떠나는 기쁨에 노래하고 춤추며 즐거하였다. 모든 근심을 잊어두고…… 젊어서 못 즐기면 어느 때 웃어보리. 옛 시름 잊어두고 노래하며 춤추노라. 기구한 삶일수록 즐겨 웃고 클 것을. 멀리 구름이 한가롭게 흘렀다. 무슨 역을 지났느냐고 물으니 성환(成歡)을 지났다고 한다. 다음이 천안(天安)! 천안에서는 아산(牙山) 하늘이 보일 터이지? 생각할수록 가슴이 막막하여졌다. 세상을 원망해 무슨 소용이 있으련마는 쓰디쓴 세파에 밀리고 부대끼어 표랑의 길 위에 한 조각 생을 더듬어 헤매는 자신을 생각할 때 심장이 에어지는 듯한 느낌이 없지 않았다.

고향이 어디냐고 누가 물으면 나는 고향이 없다고 대답하는 것이 나의

578

습관이었다. 고개를 숙이며 '나는 고향이 없소'라고 언제나 같은 대답에 같은 한숨을 흘리는 것이다. 그리던 고향! 내 낳은 아산이 천안에서 멀지 않은 것이다. 비애의 차디찬 구름은 내 넋을 안고 고향 하늘에 떠내려갔다. 누구나 고향이 아니 그리우랴만 기억에서도 찾아볼 수 없고, 오직 공상에서만 찾아볼 수 있는 내 고향 아산은 너무나 이 애를 쏟아먹은 존재였다.

내 고향은 서해바다의 물결이 찰싹이는 곳이라 한다. 그리고 그 얼굴은 많은 전란에 흠졌고, 선구자 김옥균(金玉均) 선생의 묘가 그곳에 있다 한다. 그 산이 어찌 생겼고, 그 물이 어찌 흐르며, 그 마을이 어떻게 누워 있는지, 더구나 내 낳은 영인산(靈仁山) 밑 조그만 초가집은 지금 어찌 되어 있는지 꿈에서도 찾아볼 수 없는 내 고향은 너무 애처로운 존재이다.

천안! 그것은 역부의 외치는 소리였다. 내 고향 산천이 저기요 가리킬 때 눈물이 넘칠 듯해 구름을 가리켰네. 구름도 고향 구름이라기 눈을 감고 한숨 지다. 어느덧 천안을 떠난 기차는 여전히 식식거렸다. 고향 하늘은 점점 멀어졌다. 그것이 얼마나 고마운지 몰랐다. 내 마음 속으로는 하염없이 울었다. 그러나 '그래도 큰 뜻 먹었으니 웃음 짓고 나가지' 하며 부르짖었다.

차는 씩씩하게 달아났다. 내 마음도 어딘가 멀리 멀리 달아났다. 부강(芙江)을 지났을 때 난데없는 한 줄기 강물이 서쪽으로 흘러가고 있었다. 이것이 백마강(白馬江) 상류라고 한다. 이 물줄기를 따라 내려가면 그곳이 백마강이고, 그 강가에는 눈물겨운 낙화암(落花岩)이 있을 터이지? 백제의 애달픈 옛 이야기를 이 물결이 낙화암을 싸고돌며 이야기할 터이지?

대전(大田)에 도착하였을 때 일행은 점심을 먹었다. 달아나는 기차를 그 누가 막으랴. 기차는 어느덧 추풍령(秋風嶺)을 넘어가는 것이다. 오후 4시경에 대구(大邱) 역에 도착하여 한 20분 후 다시 경주(慶州)행 경편차(輕便車)에 환승하였다.

동촌(東村), 반야월(半夜月), 금호(琴湖) 등을 지나가는 동안에 날은 저물었다. 암흑이 온 세상을 짓눌렀다. 차창에 스며드는 가을 밤바람은 저으기 싸늘하였다. 7시30분이나 되어 불빛만이 깜빡이는 경주 고도에 내렸다. 고도에 부는 바람엔 색다른 향기가 나는 것 같았다. 경주는 검은 빛 바다에 푹 파묻혀 있으므로 산도들도 모두가 한 빛이었다. 쓸쓸한 거리를 걸어갔다. 이곳에도 붉은 등불, 푸른 등불은 눈을 뜨고 있었다. 천년 전 옛 서울에 얄미운 현대문명의 발길이 스며들었다는 것은 생각할수록 섭섭하였다.

안동여관에 들어 저녁을 먹었다. 온 하루를 두고 차에 시달린 몸을 자리에 눕히니 그것처럼 좋은 일은 없었다. 고도에 와 두 다리를 펴고 누워 옛일을 헤아리매 내 또한 옛사람인양 싶었다. 옛사람들을 꿈속에 만나지라고 마음속으로 빌며 잠에 안겼다.

이튿날

가을날은 언제나 청명하였다. 고도의 운명을 보고 울던, 옛터에 뜨는 해가 오늘도 계림을 붉게 물들여 주었다. 오전 8시 반경에 여관 뜰 앞에 일행은 모여 황 선생님의 박물관의 고적 설명을 듣다. (중략)

옥저(玉笛)! 이는 신라시대에 사용하던 것으로 신비적 존재임에 흥미가 있었다.

이 옥저 소리에 신라왕궁은 얼마나 평화에 잠들었던가? 신라의 혼을 한 입에 덥석 물은 이 옥저는 쓸쓸한 박물관 한 모퉁이에 잠들어 누웠구나. 황금시대의 신라도 영원히 돌아오지 못할 길손의 잠이 깊어 과거의 한 조각 유물이 되어 젓대 빈 구멍 속에 고이 숨어 있지 않은가. 옥저 다시 운들 신라는 못올 것을…… 그러나 다시 운다면 신라의 눈물은 기어코 쏟아지리라. 나오다가 봉덕사종을 보았다. 보기에도 커다란 종! 우리들은 그 종소리를 들을 기회를 가졌다. 그러나 그것은 결코 신라 사람이 치지 않았다. 때앵 하고 종은 울었다. 나는 시 한 편을 생각했다.

신랏적 종이 울었네
밤 천 년 낮 천 년만에 그 종이 또 울었네
계림 흰 닭은 어데 갔소
신라 큰 백성들 다 어데 갔소
신랏적 종이 울었네
갈바람만이 쓸쓸한 고도에
이 종만이 호올로 눈 비비며 울었네
신라가 살았다 우느뇨
신라가 죽었다 우느뇨
멋없이 우는 그 종소리 월성 가으로 사라져 가는구나
신랏적 종이 울었네
여운은 끊일 듯 이을 듯 흩어져 가네
종소리에 넋을 잃고

회색빛 과거에 정조를 빼앗긴 무리여
신라는 울었다 그러나
종소리 스러질 때 신라는 잠든다
광녀와 같이 현실은 다시 고함치며 달려 드노니
아, 과거와 현재에 쫓기운 무리여
신랏적 종은 울었다
신랏적 종은 그게 서러워
에밀레 에밀레 울다가 사라져 가는 것이다

어딘가 검정 안개가 덮인 듯 마음으로 박물관을 나서서 남쪽 길로 가다가 다시 서로 꾸불어져 벼 파도가 넘실거리는 평원 사이로 뻗어진 길을 걸어갔다. (중략)

분황사(芬黃寺)를 나서 그 앞 콩밭 좁은 길을 걸어갔다. 명활성지(明活城址)를 왼편으로 바라보며 황룡사지(黃龍寺址)에 발을 옮겼다. 아무 흔적도 찾아볼 수 없는 황룡사 터는 너무도 황폐하였다. 이것이 폐허다. 한때의 영화가 낮이면 바람 되어 수풀에 흐느껴 울고 밤이면 이슬 되어 풀잎에 잠드는 오직 공허 만이 떠 흘러가는 이 폐허다. 숲 속에 우는 벌레울음이 옛 호화를 부르짖으며 기러기 나는 가을하늘의 한 조각 달이 옛 환락을 괴롭게 이야기할 뿐이다. 이곳에 큰 종이 있었고, 이곳에 구층 대탑이 있었고, 화려한 금당이 있었음을 어이 알리. 오직 콩밭이 이모저모에 빼어져 있는 커다란 주춧돌만이 '이것이 황룡사 자리요' 하고 외칠 뿐이다. (중략)

싸움, 그것이 얼마나 많은 죄악을 범한다는 것은 말하지 않고라도 몽고병(蒙古兵)이 얼마나 잔인무도한 야만인 것은 이로써 짐작할 바이다. 영토가 욕심이 나면 영토를 빼앗으면 그만일 것이고, 재보(財寶)에 눈이 뒤집히면 재보 그것만을 가져가면 족할 것이 아닌가? 불상이 무슨 죄가 있고, 탑이 무슨 죄가 있어서 불을 놓고 훼손하랴? 그것이 문화의 적이고 인류의 범죄자가 아니고 무엇이랴? 그들의 발 밑에 문화의 아름다운 꽃송이가 그나마 무참히도 짓밟혀졌으며 찬란한 역사의 종잇장을 얼마나 가엾게도 짓찢었는지 생각하면 생각할수록 울분을 참을 수 없다.

황룡사 거종은 아침과 저녁으로 18만호의 계림성중에 울리어 신라사람들의 마음을 미화시키었다. 이 종이 한번 새벽 하늘에 사무치면 성중 사람들은 모다 자리에서 일어나 향불 피우고 합장하고 굳은 신앙 밑에 불전에 예배하였다 한다. 해 뉘엿이 서산을 넘을 때 이 종이 울면 씩씩하게 일하고 힘쓰던 신라사람들은 집으로 돌아가 즐거운 웃음에 생황을 울리며 또한 글을 외었다 한다. 이 종이 얼마나 위대하였던가 하는 것은 이로써 짐작할 바이나 이런 크나큰 보배가 언제 어떻게 없어졌는지를 모른다. 오직 희미한 전설에서 알천 모래밭에 파묻혀 있다는 말 밖에는 얻어들을 수 없다. 이 종이 자취를 감추었을 때 신라도 기울어졌던 것이다.

모든 것이 꿈같이 사라져버린 터전에 콩잎만이 누런 물결을 치며 바람에 넘실거릴 뿐이다. 얼른 형용할 수 없는 심정으로 다시 좁다란 논둑 길을 걸어갔다. 간 곳이 바로 안압지(雁鴨池)였다. 물결만 바람에 나부끼며 찬웃음 치는 듯하였다. 못 속에 우뚝 일어선 둔덕에는 이름 모를 수풀이 흰 꽃을 피워 옛일을 꿈속에 뭉겨 버리는 것이다. 거치른 터전, 기화요초가 우거지고 진금기수(珍禽奇獸)가 뛰놀던 안압지엔 오직 공허의 회색빛 환상이 흩어져 갈 뿐이었다. 신라 최고 행락의 생활이 이 못에 피었다 이 못에 흔적도 없이 숨어졌구나 하고 생각할 때 임해전(臨海殿) 터의 외로이 남은 석구(石溝) 또한 구슬펐다.

임해전 터 잘 있거라 뒤에 두고 안압지를 눈감고 돌아갈 제 발 밑에 밟히는 가을 숲이 옛 넋인 듯 바스락바스락 울었다. 에돌아 가는 것이다. 옛터에서 옛터로…… 큰길 건너서 조그만 언덕에 올라가니 송림 우거진데 바람이 쏴 불어간다. 그리 높지 않은 언덕, 반달처럼 주욱 뻗어져 간 곳. 그곳을 월성(月城)이라 한다. 가슴에선 시상이 뒤범벅을 쳤다. 멀리 들 너머 가을 밝은 하늘엔 흰 구름장이 흘러가고 월성 복판에 밭곡식이 누렇게 물들고 새들은 푸득푸득 날았다.

석빙고(石氷庫)를 거쳐 다시 큰길로 돌아 나와 한참 가노라니 첨성대(瞻星臺) 예노라는 듯이 내달았다. 첨성대. 동양최고기록을 가진 천문대, 신라의 큰 자랑. 신라의 밝은 혼은 아직도 이 대에 남아있는 것이다. (중략) 밑 사면엔 풀이 우거지고 다른 데와 같이 이것도 밭 사이에 외로이 서서 고도의 아담한 대기에 옛 향기를 아직도 힘차게 뿜어내는 것이다. 신라 없었던들 이 대 어이 있었으며 이 대 없었던들 신라의 문화 어이 빛났으랴?

비 나릴 때 비를 맞고 눈 나릴 때 눈을 맞으며 가을 달 봄바람 한 많은 몇 몇 해에 얼마나 하늘을 원망하였으랴? 신라 이후의 암담한 역사를 굽어

볼 때 얼마나 그 가슴이 쓰리랴? 온몸이 아프랴? 이만한 천문대는 고려에서도 찾아볼 수 없으며 조선에서도 찾아볼 수 없다. 만일 이 대(臺)가 덧없이도 허물어져 그 자취가 아득하다면 하고 생각할 때 마음은 알 수 없는 공포에 떨었다. 가슴이 서늘했다.

기념촬영을 한 다음 소나무가 그득히 서 있는 숲을 들어갔다. 이름을 물으니 계림(鷄林)이라 한다. 옛날 김씨의 시조인 김알지(金閼智)의 탄생지라는 전설이 숨어있는 곳이다. 흰 닭의 울음이 들리는 듯하였다. 나는 흰 닭이 그리워졌다. 크나큰 혁명가의 출현을 기다리는 이 마음은 흰 닭의 소리가 이 삼천리 그 어느 구석에서나 들려지기를 바랬다.

남산 밑 포석정을 접어드니 바람이 옷깃을 붙잡고 감돌며 무엇인가 속삭이는 듯하였다. 유상곡수(流觴曲水)의 남은 자취는 이곳을 찾는 이로 하여금 애상의 멜로디를 한 마디씩 뜯어주는 것이다. 구비구비 돌아간 곡선.

지나(支那) 동진(東進)시에, 즉 육조시대(六朝時代)에 유행하던 유상곡수를 본받아 축조한 것으로 신라호화를 짐작하기에 가장 쉬운 존재이다. 이 극단의 호화일락의 포석정(鮑石亭)에 아침 꽃과 같이 담뿍 피었음에 반해서 신라멸망의 참화가 또한 이곳에서 폭풍과 같이 일어났었다는 눈물겨운 과거의 갈피를 들출 때 가슴이 아니 에어지며 눈물이 안 솟아나랴?

문약(文弱)에 흩어진 신라말기에 임금으로 태어난 경애왕(景哀王)의 운명도 기구하였던 것이다. 포석정에 그 달이 몇 번이나 뜨고 곡수에 술잔이 몇 번이나 흘러갔던가. 후백제군의 낯선 말굽이 이 자리를 그리도 짓밟을 줄은 꿈에도 몰랐을 것이다. 남산 밑 이궁(離宮)으로 쫓겨간 경애왕이 용포(龍袍)를 몇 번이나 눈물에 휘적시었으랴? 이 땅에 있어 공전절후(空前絶後)의 아담스러운 꽃이 곡수에 흘러간 술잔과 같이 꼬리를 아득한 추억 밑에 숨기고 말지 않았는가.

아! 과거는 빛났다. 또한 참담하였다. 흥망이란 그것이 진리이니까 원망한들 소용이 있으랴? 나는 유득공(柳得恭)의 고시를 생각했다.

三月初旬去踏靑 蚊川花柳鎖冥冥
流觴曲水傷心思 休上春風鮑石亭

유씨는 춘풍이 불 때 포석정에 오르지 말라고 하였다. 유상곡수는 너무도 심사를 상하게 하니까. 하물며 추풍이랴? 조락의 가을, 대지에 나뭇잎이 부슬부슬 떨어지며 황량한 가을의 비수(悲愁)를 아뢰울 때 포석정에 오르는 이의 마음이야 오죽이나 비탄을 느끼랴? 신라는 이곳에서 넘어졌다. 영웅의 말로와 같이 신라의 임종을 헤아릴 때 포석정은 비참하였다. 나는 어미 잃은 갈매기와 같이 떨리는 가슴 우에 서투른 시조 몇 수를 썼다.

   곡수에 띄운 잔이 맘놓고 흘러가다
   낯 설은 굽 소리에 넘어져 울었습네
   임금님 가신지 천년에 그도 가고 없고녀

   한껏 호화롭던 꿈 깨고 눈 부비니
   낙엽만 빈 터전에 옛일을 그리오라
   오릉에 자는 혼들 아예 몇 번 울었습나

떨려 나왔다. 더 있을 수 없었다. 도랑을 건너고 밭을 지나 남산 밑으로 읍을 향해 갔다. 신라시조 박혁거세 거서간의 탄생지라는 나정(蘿井)에 들러 숭덕전(崇德殿), 오릉(五陵), 숭혜전(崇惠殿), 미추왕릉(味鄒王陵), 황남고분군(皇南古墳群)을 차례로 거쳐 석양이 뉘엿할 때 저자 복판에 있는 봉황대에 올랐다. 이는 큰 고분이었다. 넓은 고도의 벌판을 눈 아래 깔고 회고의 실마리를 더듬기에 가장 좋았다. 천 여년 간 전하여 내려온 서울. 17만8천9백36호의 대규모의 서울. 그 서울의 번창은 이 겨레의 기록에 있어서 주옥의 편인 것이다. 화려를 잃을까 염려하여 취탄(炊炭)의 생활을 하던 그때의 사람은 또한 가장 예술을 알고 당 문화를 능가할 만한 문화건설에 신력이 있었던 것이다. 이 겨레의 밝은 혼의 권화였던 것이다. 서울. 위장한 서울. 금성도 지금은 없어졌다. 월성 또한, 명활성 또한, 모든 것은 황폐의 페이지로 옮겨져 갔다.
  폐허. 동도(東都)의 성곽은 한 촌락에로 그 그림자를 뭉개버리고 오직 저녁연기만이 봉황대를 싸고 돌 뿐이다. 지금쯤은 황룡사 종이 18만호 장안에 울리워 가고 옥저와 생황의 아름다운 멜로디는 신라의 평화를 구가하며 신라혼(新羅魂)을 싣고 사무쳐 흘러갔을 것이다.
  그러나 20세기의 신라서울엔 석양이 봉황대 우의 붉은 핏물을 죽죽 뿜으

584

며 무거운 우울의 한숨 같은 저녁 연기만이 도성을 휩싸고 희미한 신비의
세계로 이 넋을 안고 끝도 없이 갈 뿐이었다. 나는 한시에서 이런 구를 생
각해냈다.

　　비인 큰 대 우에 석양이 그득할 손
　　메마른 가을 나무에 찬 기러기 울고 가네
　　일천 년 그 긴 내력이 모연(暮煙)되어 드옵노라

　　우뚝우뚝 솟은 뫼는 옛사람의 무덤 곳이
　　신라 큰 혼들이 그 속에 자옵노라
　　이따금 샛바람 되어 옛일 아뢰우더라

　아련하게 잠들어버리려는 옛 서울. 오, 옛 서울이여. 아주 잠들지 말라. 20
세기의 혼탁한 물결에 물들지 말고 옛 향기에 젖은 그대로 신라의 향그러
운 그리고 고상한 해골을 가슴에 안은 채 과거로 달음질쳐 가거라. 영원히
잠들어 버리라. 신비의 총아여.
　이 날의 해는 남은 빛을 걷어 안고 서산 뒤로 사라져 버렸다. 평화의 꿈
의 물결이 저 지평선에서 밀려드는 것 같았다. 그러나 어딘가 낙숫물같이
떨어지는 옛 서울의 그리운 넋의 눈물 소리를 듣는 것 같았다. 아, 신라의
서울이여. 너는 밤의 평온한 깃에서 자위의 거문고를 뜯으며 고단한 넋을
꿈에로 보내려는 구나.
　──대(臺)를 내려가는 마음. 그는 꿈이었다. 오후 6시경에 여관으로 돌아
갔다.

　10월5일. 오전 6시에 잠은 깨다. 날은 여전히 밝았다. 가을대기의 홀리는
향기는 너무도 가슴을 밑바닥까지 씻어주었다. 새벽밥을 먹고 경주역 발 6
시35분에 올랐다. 이화생(梨花生)들도 같이 탔다. 동무들은 즐거이 노래했다.
새벽의 무거운 공기를 뚫고 기차는 달아났다. 고도의 평원을 헤치며 멀리
명활성지가 보이고 가까이 안압지가 보이고 아침볕은 찬란한 햇살을 흘렸
다. 약 40분 후에 우리들은 불국사역에 도착하였다. 신작로를 걸어 왼편에
보이는 산으로 산으로 들어갔다. 얼마동안 올라가매 그곳에 송림이 우거지

고 새맑은 바람이 별경(別景)을 앞서 손을 맞아 주었다.

"불국사!"

입에 오르고 귀에 익은 이름! 처음에 눈을 띄우는 것이 석교(石橋)였다. 바른편 자하문(紫霞門)으로 올라가는 곳이 백운교(白雲橋). 칠보교(七寶橋) 왼편이 청운교(靑雲橋), 백련교(白蓮橋). 기묘한 구조, 신비스러운 유물, 웅장한 다보탑(多寶塔), 직선미로 된 석가탑(釋迦塔)--아름다운 전설이 숨어있는 탑 등, 신공(神工) 같은 그 솜씨에 아니 놀랄 수 없었다.

솔밭길 걸어드니 바람도 맑더군요
백운교 밟고 올라 칠보교 잡아드니
그것이 큰 보배랄새 발 놓기가 젊더군요

층층 디딜머리 발꿈치가 무겁기로
머리 돌려 긔 보오니 잡는 이 있더군요
잡는 이 있으리마는 신라혼이 딸더군요

20분간 자유관람을 마치고 일행은 토함산을 넘어갔다. 구비구비를 돌아 열두 구비도 더 돌아갔다. 아리랑 고개를 넘어가는 추상적 인간의 마음과도 같이 조선인의 상징인 그 마음과도 같이 식은 희망과 쓰디쓴 원망이 얽힌 마음으로…… 나는 경제로나 정치로나 혹은 문화로나 모든 부문에 있어 뒤떨어지고 자기파멸의 갱굴(坑窟)을 더듬는 조선사람이 아무런 희망도 기대도 없이 한갓 옛 문화의 곰팡내가 그리워 이 토함산(吐含山)을 넘는 것이 아닌가 하고 생각했다.

언제나 짓밟힌 민족. 그것을 연민에만 부칠 것이 아니다. 오히려 꾸짖고 싶고 선배를 원망하고 싶다. 반만년의 역사의 페이지의 대부분이 남의 발밑에 짓뭉개지고 짓찢어지지 않았는가. 고식적(姑息的)인 '생(生)'--현재. 그러나 다행히도 우리는 한 가지의 잊지 못할 존재를 갖지 않았니? 과거의 기록이 피투성이고 눈물 투성이인 그 속에서 빛나는 야광주(夜光珠)와 같고, 지극히 불결한 연못에 핀 한 떨기 연꽃과도 같이 두 눈을 또렷또렷 뜨고 한 입에 향기를 덥썩 물은 한 개의 존재--신라를 찾아낼 수 있지 않은가? 만일 이 존재가 그 기록에서 찾아낼 수 없었더라면 이 곁에는 얼마나 암담하였으랴? 얼마나 애처로운 한 가닥 꿈이었으랴? 그래도 이 문화가 있는 까닭에 자위의 곰팡내나마 맞지 않는가? 우리는 황금시대 신라의 예술이 있다고 자랑하지 않는가?

그러나 눈물 섞인 공허를 씹을 따름이다. 과거가 아무리 찬란하였다 해도 현재의 넘어지는 운명을 부추길 수는 없는 것이다. 나는 마음껏 소리쳤다.

"너는 너희들은 네 목에 걸린 삼줄을 풀 줄을 모르느냐?"

헐떡이는 가슴에 나는 토함산을 넘어서 산기슭에 숨긴 석굴암(石窟庵)의 가슴을 두드렸다. 이내 두 발길이!

가을은 의연하였다. 단풍이 울긋불긋 대예술 전당의 석굴암을 또한 밖으로 장식하였다.

석굴!

그리 넓지 않은 동굴로 문좌우엔 옹호신의 핏기 있는 박육(薄肉) 조각이 우선 엄숙하게 서 있고, 그 사이를 가을 따스한 햇볕이 은빛을 부었다. 태양은 무심하였다. 그러나 보는 이의 마음은 유달리도 이감을 느꼈다. 문안을 들어설 때 그 찰나의 감정은 암실에서 태양을 본 황홀 밑이 고요히 흘러가는 침묵, 그것이 잘 표현해주었다. 웅장한 석가본존의 좌상, 차디찬 돌의 조각이언만 어딘가 온정이 넘치고 유화(柔化)의 감이 났다. 어진 빛이 감도는 눈! 그 눈은 신라를 말해주고 다시 현재를 꿰뚫어 미래를 말해주는 것 같았다.

미간(眉間) 백호(白毫)는 간 곳이 없고, 오직 그 자리로 조그만 구멍이 남아있다. 그러나 그곳에선 한없이 길고 큰 빛을 비추어주었다. 그 빛은 이 동굴에 들어선 사람의 마음에 '영원의 진리'란 형떨이도 없는 향불을 피워주는 것이다. 벽면엔 박육각(薄肉刻)의 보살이 조각되어 있고, 그 위 석감(石龕) 속엔 여러 나한(羅漢)님이 열좌(列坐)하여 있었다. 미묘한 기술은 너무도 훌륭하였다. 더욱 석가좌상의 후면에 계신 관음상 조각에 이르러서는 오직 '!"만이 있을 뿐이었다. 그러나 너무도 위대한 걸작의 예술 앞엔 부질없는 감탄도 오히려 어리석은 짓이라 생각했다.

관음상의 조각은 과연 동양의 자랑이었다. 그 스타일로 보아 요샛말로 백%였다. 여러 부처님을 인 머리! 한 알 한 알의 구슬이 또렷한 주영(珠纓)! 왼손의 화병! 그 기상은 숭엄과 미의 권화(權化)였다. 무거운 침묵에 한없이 넓은 자애를 흘리는 눈! 엉틀멍틀한 돌이건만 뭉글뭉글한 살 붙임! 마음대

587

로 휘늘어진 옷자락! 이에 숭엄이 없다면 그 누가 살점이라도 한 점 물어뜯을 생각이 안 나랴? 천년 전 신라 석공의 손에 피었던 한 송이 꽃은 아직도 이슬을 머금어 향기를 토하는 듯하며, 신라 문화를 한 입에 담은 채 신라석공의 손에서 만들어진 보드라운 손결은 아직도 쫓기는 현실에 두근거리는 이 곁에의 백성의 가슴을 얼른 맞으려 내닫는 듯도 하였다.

숭엄한 예술 전당 신라예술의 물결이 꿈틀거리며 흐르다가 가장 씩씩한 기혼(氣魂)에서 기묘하게 불끈 솟은 물결이 석굴암인 것이다. 이 동굴 안을 걸어가는 자의 마음은 성결한 신라호흡에 취하지 않을 수 없을 것이다. 신라의 호흡은 두드러진 호흡이다. 석굴암은 신라예술의 권위며 최고봉이요, 조선문화의 대표적 걸작인 것이다. 신라는 아직껏 살았다. 그 혼은 동굴 안에 무늬를 일으키며 흘러가는 것이다.

신라여! 고맙다. 나는 감사하여 마지않는다. 그러나 숭엄한 기류에 싸여 동굴안을 합장하고 걸어가는 내 마음은 끝없이 흐득여 울어마지 않았다. 차라리 아주 황폐한 옛터에 백사장만이 쓸쓸한 바람에 누워있었던들 이 생각도 멎었을 것을 구태여 흐트러진 주추, 깨어진 와편(瓦片), 그리고 돌 바위에 새겨진 귀여운 불상! 이것이 있는 까닭에 회고의 심금은 눈물에 젖어 목멘 멜로디를 울리지 않는가? 오히려 피눈물까지 솟지 않는가 하고 생각했다. 그러나 이지(理智)는 아직도 눈을 떴었노라. 나는 다음과 같은 시를 읊었노라.

이 동굴 안을 거니는 자여
이 석굴 안을 들어가는 자여
오뇌를 잊으려는 자는 이 동굴 안을 거닐어라
자기를 잊고 드문 진락(眞樂)에 웃으려는 자는
이 동굴 안을 거닐어라
질식된 현실에서 새로운 우려를 살려는 자는
또한 이 동굴 안을 거닐어라

토함산너머 고이 잠자는 석굴
산언덕에 바야흐로 무르녹는 단풍
아! 옛 광휘를 잊지 못하는 역사의 피눈물이여

588

곰팡내 나는 과거의 기식이 흐르는
영원의 침묵에 눈감아버린
이 동굴 안을 들어가는 이여
그 침묵에서 위대한 맥박을 들으려는 자는
이 동굴 안을 거닐어라
신라의 큰 호흡을 마시려는 자는
이 동굴 안을 거닐어라

과거는 죽었느니라
휘황하던 문화의 넋도
한 조각 와편에……
찬피 흐르는 곡선에 숨어있을 따름이다
현재도 죽은 상 싶으니
아! 아득한 미래여
낡은 공기에 오직 예술만이 빙긋이 웃는
이 동굴 안을 들어가는 이여
무덤에 피는 꽃과도 같이
다시 향그러워 지려는 자는
이 동굴 안을 주먹 쥐고 거닐어라
곱다란 곡선엔 구원의 진리의 맥박이 푸들거리며
우두머니 앉은 석불의 시선은
참다운 삶의 순례자의 코스를 가리키리니
이 동굴 안을 들어가는 이여
자기를 불사르고 새로운 자기를 알려는 자는
이 동굴 안을 감히 거닐어라

일행은 다시 토함산을 넘었다. 불국사에서 점심을 먹고 괘릉으로 갔다.(중략)

10월6일, 오전 9시에 여관을 나서 선도산성(仙桃山城) 밑을 향하여 걸어갔다. 5리쯤 가서 왼편 솔밭으로 들어가니 그곳에 무열왕릉(武烈王陵)이 있었

다. 그 앞에 금양묘(金陽墓)가 있고…… 신라를 아는 자로서 김춘추(金春秋)
를 어찌 모르랴? 그는 재위 8년 간에 백제를 공멸(攻滅)시켜 통일의 첫걸음
을 쌓아 이룬 임금이었다. 그러나 생사의 진리 앞에 그도 머리 숙인 탓으로
한줌 흙이 되어 이곳에 썩어지는 것이었다. 생각하매 하늘에 흘러가는 구름
이 무엇을 가리키는 것 같고, 땅 우에 말라 가는 가을 잎이 그 무엇을 교시
하는 것 같았다. (중략)

순례는 이것으로 끝났다. 애달픈 신라의 답파는 이것으로 막을 내렸다.

그 날 오후 4시32분. 경주를 떠나는 기적 일성(一聲)은 신라 옛 하늘에 고
별을 아뢰었다. 경주는 신라문화의 싹튼 곳이다. 빛난 곳이다. 그리고 넘어
진 곳이다. 경주여! 신라가 네 품에 몇 번을 웃고 몇 번을 울었느냐?

신라의 옛터여! 달무리여! 너는 너의 가장 아끼고 사랑하던 골동품을 나
에게 눈물 흘리며 보여주지 않았니? 그리고 그 옛날의 너의 호화를 자랑하
지 않았니? 오늘은 네가 골동품 상자를 문닫으며 "옛날은 이랬다오. 나도
그때는 어여뻤다오. 그때 내 님은 퍽도 훌륭하였지요." 하는구나. 그리고 또
우는구나.

오, 신라의 제전이여! 동도(東都)의 넋이여, 그만 울라! 가을 하늘은 넓고
내 마음의 우수는 끝도 없이 길다. 신라의 고운 사랑이 피던 폐허의 흘리는
눈물은 기구한 운명에 휘말리는 이 땅의 한 싹을 받아난 이 몸의 구곡간장
을 천 갈래로 쏘느니. 포말같이 스러진 과거는 너무도 큰 애상의 존재이다.
그러나 긴 밤의 끝엔 여명이 오고, 스러지는 눈 밑엔 새싹이 돋으리니 신라
의 옛터여! 맘놓고 평온한 꿈의 거리를 침묵에 걸으라. 가뜩이나 멍든 이 몸
의 옷깃엔 손을 대지 말라. 폐허여, 잘 있으라.

철마여! 가을에 검은 입김을 내뿜으며 폐허를 등지고 가자. 아, 경주순례
의 마지막을 아뢰우는 붓끝은 눈물의 과거와 핍박의 현실의 교차점에서 이
날의 여명을 더듬어 약동하노라.

(「불교」, 1932)

시 형식의 다양성

작가는 자기의 심혈을 기울여 작품을 쓴다. 작가의 잉크 한 방울은 그의 피 한 방울과 같다는 말도 있다. 만일 작가가 그러한 심혈로 작품을 쓰지 않는다면 그 작품은 피 없는—다시 말해서 생명이 없는 사람과 같은 것이다. 그러나 나는 대부분의 진실한 작가들이 자기의 심혈로써 작품을 쓰고 있음을 알고 있으며 그들의 작품이 생기 발발한 현실 생활을 반영하고 있음을 알고 있다.

우리의 문학이 자기의 역사 과정을 밟으며 이러저러한 반동적 문학 조류와의 투쟁을 거쳐 얼마나 발전하였는가. 실로 우리의 문학은 개화 발전의 길에 들어섰다. 실로 인민들은 자기들의 문화재로서 문화 생활의 한 중요한 동반자로서 우리의 문학 작품을 사랑하였으며 사랑하고 있다. 독자들의 소리는 바로 그들의 문학에 대한 애정의 뜨거운 표현으로 되는 것이다.

몇 해전 박세영의 시 「고향을 지나며」와 나의 시 「강변에서」에 대하여, 이 시들이 가지는 애상적 경향에 대하여 비판이 있었다. 당시 많이 논의되었던 구호시로부터의 해탈, 그것은 일면 시에 있어서 호소성과 사상성의 미약을 초래할 우려가 있었던 것이다. 시의 서정을 풍부히 하며 그것을 강조하는 나머지 애상적 표현이 나타났는바 이에 대한 경종을 울리지 않을 수 없었던 것이다.

나는 나의 시 「강변에서」가운데 그러한 요소가 있음을 접수하였다. 이때 전방에 있는 어느 한 독자 —전사 동무로부터 편지가 왔다. 이 독자는 「강변에서」를 읽고 매우 느낀 점이 많았으며, 이 시는 전사 동무들에게 있어 사기를 북돋아주며 교양을 주고 있다고 말하였다. 작가인 나로서 이 편지를 또한 어떻게 접수할 것인가 나는 생각하였다. 나의 그 시가 전적으로 좋아서 그런 편지를 받았는가, 또는 나의 그 시가 전적으로 해독적인 것이기 때문에 그런 비판을 받았는가.

문제는 전적으로 수긍할 수 없는 부분적 결함의 존재인 것이다. 나는 독자에게 회답을 하였다. 전적으로 좋은 작품이 아니요, 애상적 경향이 있다는 것을 말하면서 독자들의 입장에서 더욱 연구하여 작가에게 좋은 방조를 달라고 회답을 하였다.

당시의 김순석은 나의 그 시의 첫 부분이 고요하고 적막하기 때문에 좋지 않다고 말하였다. 이 말에도 일면 수긍할 점은 있었으나, 시의 결함의 중요한 고리는 환경의 정적 묘사에 있는 것이 아니었다. 나는 당시 그렇게 또 주장하였다. 나는 누구보다도 포에지의 정적인 경지를 일면 추궁하고 있는 시인의 한 사람이 바로 김순석이라고 생각한다. 그러면 김순석의 이러한 면이 전적으로 좋지 않다고 말할 것인가. 아니다. 전적으로 좋지 않다고 말할 수 없다. 이것을 김명수는 자기의 논문 「서정시에 있어서의 전형성, 성격, 쓰찔」 가운데서 리정구의 견해를 논박하면서 해명하였다.

리정구는 시의 호소성, 동적인 면을 강조하며 기교주의적 편애를 비판한 나머지 고요한 곳에는 마치 아름다운 것이 없는 것처럼 보는 극단에로 나아가고 있다. '이것은 문제의 설정 자체가 모호하고 애매한바, 아름다운 것을 동적인 것과 정적인 것으로 구별하는 미학적 평가는 있을 수 없는 것이다'라고 김명수는 정당히 지적하였다.

리정구는 자기의 논문 「우리 시문학의 제 문제」에서 '고요하고 적막하고 온화한 곳에서만 아름다운 것을 찾으려고 하는 경향이 확실히 우리 일부 시인들에게 있다'고 말하면서 '적막하고 아름다운 것은 따로 있고 동적이고 선율적인 것은 아름다운 것이 아니라고 생각한다면 이것은 큰 잘못이다'라고 말하였다. 그러나, 고요하고 적막하고 온화한 곳에서만 아름다움을 찾으려는 그러한 시인이 어디 있는가?

또한 오늘 우리 작가들 중에 동적이고 선율적인 것은 아름다운 것이 아니라고 생각하는 그러한 작가가 있다고 말할 수 있을 것인가? 그것은 평론가의 지나친 근심이라고 나는 생각한다. 털어놓고 우리가 듣는 말을 말해보자. 우리는 당 일꾼들 가운데서 혹은 국가 일꾼들 가운데서 혹은 독자들의 소리에서 구호시는 좋지 않다는 말을 듣는다. 우리의 독자들은 설명이 아니라, 투쟁 강령의 단순한 외침이 아니라 시적 형상을 통한 심장을 감동케 하는 그러한 서정 높은 시작품들을 요구하고 있다.

우리 시인 작가들 역시 항상 그것을 말하였다. 구호적인 작품을 쓰지 말자! 구호는 우리 생활의 고상한 방향으로 된다. 그러나 그 강령적인 구호가

592

시인의 강렬한 애국적 정열에 의하여 시적 형상으로 나타나며, 구체적인 생활과 생활 감정으로서 표현되며, 현실 현상의 개별적인 것 특수한 것으로서 형상되며, 그것이 또한 작가의 개별적 문체로서 표현되지 않는다면 그것은 그냥 구호의 노출로밖에 되지 않는 것이다.

나 자신부터가 구호의 노출과 서정의 빈곤과 사색의 천박성, 형상력의 부족으로써 자기의 작품을 얼마나 무미건조한 것으로 만들었던가. 구호가 시구 속에 삽입되는 것이 혹은 구호의 외침이 작품 속에 울린다 하여 그것이 좋지 않을 하등의 논리적 근거는 없다. 오히려 그것이 높은 감동을 주는 예술적 형상의 밑받침 우에 섰을 때 그것은 더욱 감동적인 구호로 될 것이다. 훌륭한 정론적 시는 바로 그러한 것이다. 우리는 그 좋은 모범을 마야꼽스끼의 작품 중에서 본다.

매개 작가는 자기의 개성이 있고 자기 작품에 일정한 쓰찔이 있다. 뿐만 아니라 한 작가에 있어서도 그의 문학에 있어 이러저러한 문체의 변천을 체험할 수도 있다. 매개 작가의 작품들이 하나의 판으로 찍어 낸 듯한 그러한 것으로 되여서도 안 될 것이며 한 작가의 작품들이 또한 하나의 판으로 찍어 낸 듯한 그러한 것으로 되여서도 안 될 것이다.

유형성! 이는 무서운 함정이다. 그러나 부지불식간에 이 함정에 빠지게 되며 그것은 작가만이 아니라 평하는 사람들도 부지불식간에 작품들을 이 함정 속에 밀어 넣기도 한다. 외쳐라! 질풍 노도의 시를! 따웅! 따웅! 호랑이의 노호와 같이!… 하며 구름을 토하고 바람을 날리는 그러한 시를 쓰라고 요구한다. 물론 좋다! 그러나 어느 시나 누구의 시나 그러한 것으로 되라는 것은 무리한 요구이다. 작은 새처럼 노래하되 세계의 진면목을 노래하며 작은 시냇물처럼 노래하되 세계의 객관적 진리를 노래한다면 그것이 나쁠 게 없을 것이다.

우리는 많은 경우, 작품의 발표 전 합평을 하였다. 이러한 경우, 어떤 평자들은 남의 작품을 자기의 취미, 자기의 척도, 심지어는 자기의 문체 속에 혹은 자기의 쓔제트 속에 집어넣으려고 하였다. 결국 나나니처럼, 자기를 닮아서 닮아라라는 식으로 작품들을 유사의 길로 고무하였다. 실로 우리의 적지 않은 작품 평정서들이 작품의 개성을 위축시켰다. 여기 도식이 발생된 원인의 하나가 있다.

자연법칙은 객관적 세계의 추상된 진리이다. 그러나 삼라만상은 어구 그대로 자연의 다양 다체한 만상인 것이다. 백화난만! 우리는 한 마디 말 가운데 풍부한 형상을 갖는다. 우리의 생활에는 법칙이 있다. 그것은 추상된 진리이다. 우리의 생활은 이 진리에 의하여 발전한다. 우리는 맑스―레닌주의를 떠나 이 진리를 이해할 수 없다. 유물론적 변증법은 객관적 세계의 생활의 법칙이며 이 법칙에 의하여 우리는 우리의 생활을 창조한다.

백화난만한 아름다움을 우리는 이 법칙에 의하여 이해한다. 우리는 생활의 아름다움을 백화난만하게 창조하여야 한다. 이 원리는 우리 민족 문화의 다양 다채한 발전을 요구한다. 시 형식만 하드라도 다양한 형식을 갖는 것이 좋을 것이다. 우리 문학은 풍부한 자기의 전통을 가졌다. 향가의 가장 소박한 4구체 형식으로부터 8구체 혹은 10구체 혹은 정읍사(井邑詞)와 같은 6구체, 고려가요의 제 형식들 별곡체 시조 형식, 추풍감별곡(秋風感別曲)식의 일련의 이조가사(李朝歌辭) 형식과, 인민창작의 풍부한 민요형식들, 이러한 시문학 형식들에 대한 연구는 시문학을 다양하게 발전시킴에 있어 하나의 기초로 될 것이다.

오늘 우리의 인민 가요 형식의 하나인 6구(4구에 후렴 2구를 붙인 것) 3연의 형식은 어느 정도 정형시라고 말할 수도 있다. 경기하여가체(景幾何如歌體)나 시조(時調)체나 그것은 우리의 고유한 정형시라고 말할 수 있는 것이다. 오늘 많은 시인들이 자유시체로 시를 쓴다. 그러나 많은 경우 4구 1연을 번복하는 체제로 지향하고 있다. 이것은 우연한 현상인 것이 아니다. 이는 시의 산문화를 방지하는 하나의 표현인 것이다.

시의 음률을 보다 아름답게 보다 조화 있게 보다 참신하게 혹은 보다 웅장하게 혹은 보다 패기 있게 갖기 위한 노력은 매개 시인들에게 있어 이러저러하게 표현되고 있다. 시의 산문화를 방지하게 위한 지향은 시 자체가 갖는 특성인 것이다. 김명수는 '우리 시에 있어서 정형율의 연구는 앞으로 얼마든지 계속할 필요가 있다'고 말하였다. 이는 정당한 말이다. 시의 음악성 음률의 법칙들을 연구함으로써 우리 시 창조에 큰 도움이 될 것이다. 그는 또 이렇게 말하고 있다. '오늘 우리 시가 가지고 있는 결함들의 근원을 시 형식 문제에 전가시키는 것은 옳지 않을 뿐만 아니라 사실과 어긋나는 것이다'라고. 그러나 오늘 우리 시의 결함의 하나로 산문화의 요소를 들 수 있지 않는가. 그렇다면 결함들의 원인의 하나로서 시 형식 문제에 대한 고려가 충분히 못했다는 점을 지적할 수 있지 않는가. '아름답고 싱싱한 수목은 다만 비옥한 땅에서만 자란다. 그러나 자라는 나무를 매만지고 가다듬으며 모든 군가지를 잘라 버리는 사업이 또한 요구된다' 이러한 사업의 중요한 부분은 언어에 대한 수련이라고 그는 말하였다.

여기서 내가 부연할 것은, 바로 언어에 대한 수련이 형식에 대한 고려와 결부되어야 한다는 점이다. 나무의 군가지를 잘라 버리는 것이 곧 형식에 대한 고려인 것이다. 형식에 대한 고려는 어디까지나 사상적 내용을 보다 감동 깊게 전달하기 위한 방법상 문제로 되여야 한다. 이 방법상 문제를 우리 작가 시인들이 어찌 소홀히 취급할 수 있겠는가.

시 형식에 대한 고려는 또한 정형시 문제에도 연결된다. 이는 또한 우리의 고전적 시문학의 비판적 계승 섭취 문제와도 결부된다. 내가 말하고자 하는 것은 어디까지나 우리의 시로 하여금 산문화를 방지하며 다양다채한 형식들의 개화 발전을 요망하는 데 있다. 짧은 시를 쓰자 — 이러한 이야기도 시인들 속에 있었다. 시조와 같이 짧은 시도 써 보자! 이 요구도 나는 좋은 요구의 하나라고 생각한다.

우리의 선조들은 좋은 그림을 벽장에 붙이기도 하고 그림 족자를 벽에 걸어놓기도 하고 좋은 시를 기둥에 붙여 놓고 생활하였다. 현대 우리 생활에도 벽장화는 다시 필요하며 벽시도 필요하다. 좋은 짧은 시는 벽시로 광범히 이용될 수 있을 것이다.

오늘 단막 작품과 단시들은 문학의 전투적 형식으로서 절실히 요구되고 있다. 단시 가운데서도 시조와 같은 짧은 형식은 그 삼장(三章)가운데 기승전결이 명확히 보여지는 3행 단시로서 좋은 것이며 그 밖의 4행시 혹은 5행시의 단시 형식도 좋을 것이다. 이러한 창조는 시인에게 있어 「무제한한 자유」일 것이다. 다양한 형식, 다양한 쓰찔의 창조에 있어 시인들에게 무제한한 자유가 있으며 또 그 누구도 그것을 방해할 사람은 없을 것이다. 리정구는 우리 시의 산문화의 요인이 시인들의 작시법 상 무제한한 자유에 있는 듯이 말하고 있으나, 그것은 오히려 시인들이 우리 시문학의 이러저러한 다양한 형식들을 무제한하게 리용하며 섭취하며 발전시키지 못한 그 점에 있다고 나는 생각한다.

우리 시인들은 새로운 정형시를 창조해도 좋을 것이다. 과거의 어느 시 형식을 발전시켜도 좋다. 탁월한 선진 시인들의 모범이 그것을 말하고 있는 것이다. 그렇다고 일률적으로 정형시로 돌아가자고 말하는 사람이 있다면 나는 그 의견에 동의할 수 없다. 왜 그런가. 이미 우리의 자유시는 자기의 확고한 지반을 닦아 놓았기 때문이다. 전형적 형상들의 창작 방법은 다양하다. 그러므로 우리는 창작에 있어 어느 일률적 방법의 틀 속에 구애될 필요는 없다.

가령 기승전결의 법칙은 희곡에서도 있고 서정시에도 있다. 사건의 발단, 발전, 모순의 첨예화, 그의 정점과 전환, 그의 해결 등은 희곡 창작에 있어 불가결의 법칙으로 된다. 그러면 이러한 법칙이 서정시에서도 불가결의 것으로 되는가? 아니다. 서정시에서는 다른 방법으로 작용한다. 서정시에 있어서는 기승전결의 법칙이 있되 희곡과는 다른 방법으로 작용한다.

한산 섬 달 밝은 밤에 수루에 혼자 앉아
큰칼을 옆에 차고 깊은 시름하는 적에
어디서 일성호가는 나의 애를 끊나니

이 시에서 제1장은 기(起)가 되고 제2장은 승(承)이 되고 제3장은 전(轉)과 결(結)로 된다. 여기서 희곡에서와 같이 갈등을 찾으려고 한다면 무모한 일인 것이다. 그러면 이 시에는 갈등이 전혀 없다고 볼 것인가. 우리는 생활의 법칙에서 볼 때 이러저러한 모순의 대립과 갈등의 상호 관계를 떠나 우리의 생활도, 객관적 세계도 존재할 수 없으며 또 그것을 인식할 수도 없다는 것을 알고 있다. 그렇다면 어떠한 짧은 작품일지라도 객관적 세계문제를 반영하여 현실 생활을 반영하는 것이라면 어찌 모순의 대립과 갈등의 호상 관계가 없을 것인가. 문제는 그것들의 표현 방법이 다양한 거기에 있는 것이다. 서정시에도 갈등은 존재한다. 오직 그 형상의 방법이 다를 뿐이다. 상기 시조에서 본다면 갈등은 서정적 주인공인 리순신 장군의 애국적 감정과 왜적과의 사이에 내재하고 있다. 그러나 이 갈등은 희곡에서처럼 갈등 자체의 기승전결로 되여 있지 않고 이 갈등에 입각한 애국적 감정의 기승전결로 되여 있다. 서정시에 있어서 은폐된 갈등을 보지 않아서는 안 된다.

희곡에 있어서는 어떠한가? 갈등 문제 하나만 가지고 보더라도 역시 작가들의 창작상 개성적인 이러저러한 방법을 천명하지 못하였다. 긍정과 부정, 새 것과 낡은 것 등의 노골적인 대립과 그 표현을 그 상대적 인물 관계에서 보려고 하였다. 그것은 물론 보다 명확한 것으로 가장 좋은 방법의 하나이라고 생각한다. 그러나 그의 일률적 강요는 전형화의 창작 방법을 협애한 것으로 만드는 것이다.

가령 「심청전」에서 기본 갈등은 어떻게 설정되었으며 어떻게 형상되었는가. 여기엔 일관된 긍정적 주인공들은 존재하나 일관된 부정적 인물은 존재하지 않는다. 문제는 여기에 있다. 「심청전」은 특수한 자기의 쓔제트를 가지고 있으며 갈등을 또 그렇게 설정하고 있다. 「심청전」의 갈등의 본질은 봉건 사회의 계급적 모순에서 나온 것이다. 이 갈등은 광명과 암흑으로 표현되었다. 봉건 사회의 그 암흑한 제도는 암흑한 운명으로써 긍정적 주인공들을 압박한다. 심청의 임당수에서의 죽음은 곧 이 암흑한 운명이 빚어낸 비극의 절정으로 된다. 용궁 장면은 갈등의 전환점으로 되며 왕궁에서의 심청의 영화 및 심 봉사의 눈뜨게 된 그 행복은 긍정적 주인공들의 당시 봉건적 암흑과의 갈등에 있어서의 승리적 해결로 되는 것이다.

이와 같이 작가는 자기 작품의 갈등 형상을 어느 한 틀에 맞추어 만드는 것이 아니라 자기의 창작 방식에 의하여 자유롭게 할 수 있는 것이다. 오늘 우리 문학의 주공 방향은 부르주아 이데올로기와의 투쟁인 것이며 창작상의 유형적 틀, 협애한 방식들, 도식적 견해들을 깨뜨리는 데 있다. 현실 발전에 대한 진실한 체험과 우리 문학 유산에 대한 진실한 연구, 선진 문화에 대한 진실한 섭취 이러한 사업 없이는 소기의 성과를 거둘 수 없다. 우리 문학에 더욱 높은 사상성과 생동성과 감동성을 부여하기 위하여 우리에겐 대담한 방책들이 필요하다.

형식을 위한 형식의 탐구하면 그것은 우리의 당 문학과 하등의 인연이 없다. 우리에게 있어 현재 가장 좋은 창작 방법은 사회주의 리얼리즘이다. 사회주의 승리를 위한 이념으로써 우리의 현실 생활을, 우리 인민의 생활 감정을 진실하게 묘사하는 것 이밖에 다른 길은 없다. 당 정책을 실생활에 구현화하기 위하여 우리 문학은 자기의 온갖 재능을 다 발휘하여야 할 것이다.

조선 노동당 제3차 대회의 결정 정신에 입각하여 우리의 제2차 작가 대회를 앞두고 우리 작가들은 허심하게 문학상 문제들을 토론하며 모든 작가들이 이에 참가하여야 할 것이다. 작은 문제건 큰 문제건 솔직 대담히 토로함으로써 우리 문학 발전의 장애물들을 제거할 수 있다. 이러한 것이 또한 작가들의 고상한 품성이라고 생각한다.

(1956년 8월 「조선문학」)

서로 만나자

나는 여기서 수학적 문제나 철학적 문제를 제기하려는 것은 아니다. 나는 오직 우리 민족적 생활에 있어서 절박한 통일의 문제를 이야기하련다.

통일! 이는 하나로 뭉치자는 말이다. 우리는 왜 이 말을 가슴이 아프게 하지 않으면 안 되는가? 해방 후 우리나라엔 인공적 분계선이 생기였다. 미군이 진주한 남조선 지역과 쏘련 군대가 진주한 북조선 지역과 그리하여 한 나라에서 판이한 두 세계로 분열되었다. 그런데 어째서 해방 11주년을 맞이하는 오늘에 이르기까지 인공적 분계선은 그대로 남아 있으며 통일 정부는 세워지지 못하고 있는가?

여기서 이익을 보는 자는 그 누구며 고통을 받는 자는 그 누구인가? 사실은 명약관화하다. 이익은 오직 미국 백만 장자들과 그들의 주구들이 보고 있을 뿐이요, 고통은 조선 인민이 받고 있을 뿐이다. 부모와 형제와 처자들이 서로 갈라져 살고 있으며 그리운 사람들끼리 보지도 만나지도 심지어 편지한 장의 거래조차 못하고 있다.

우리는 단일한 민족으로 단일한 지역에서, 단일한 언어로, 단일한 문화 전통과 단일한 생활 풍속과 단일한 … 그렇다. 우리는 단일한 민족적 생활을 하여왔다. 우리는 하나로 살아왔으며 하나로 살아야 하겠다. 그런데 누가 이것을 원치 않는단 말인가? 남조선의 어머니들인가? 북조선의 아버지들인가? 아니다. 조선 사람들은 그 누구를 막론하고 하나로 살기를 원한다.

그러나 우리의 통일을 원하지 않는 신사들이 있다. 그는 바로 미국의 돈 많은 신사들이며 그는 바로 그 상전들의 충복 리승만 역도들이다. 허나 그 신사들은 조선의 분열이 마치 소련에 있는 듯 떠들어대며 그 책임이 마치 조선민주주의인민공화국에 있는 듯 말한다.

진정하라! 소련이 언제 어디서 그러한 책동을 하였는가? 카이로에서, 혹은 포츠담에서, 혹은 모스크바에서 그러한 책동을 하였는가? 상기하라! 제네바에서, 그리고 유·엔의 연단에서 소련은 조선 문제에 대하여 어떻게 주장하였던가?

　조선에서 외국 군대는 물러가야 한다. 조선 인민의 정치적 생활에 대하여 간섭치 말라. 그들의 문제는 그들 자신에게 맡길 것이라고 주장한 정당한 사람들은 누구였던가? 미국의 신사들이었던가? 천만에, 그것은 바로 세계의 평화와 민족들의 자주권을 위하여 시종일관 투쟁하여 온 소련의 주장이었던 것이다. 소련은 북조선으로부터 솔선 자기들의 군대를 철거시키었다. 조선 인민이 자기의 신성한 자주권을 행사할 수 있도록 모든 조건을 지어 주었다.

　그러나 미국의 신사들은 남조선에서 식민지 예속화 정책을 실시하며 동족 상잔의 내란까지 도발시키면서 식민주의의 악질적 술책을 다하였다. 그들의 술책은 이미 낡은 술책이라고 그들의 어용학자들까지도 말하고 있는 바이지만 그들은 남의 나라의 내정을 간섭하는 데 들어서 끝까지 집요하다. 그들은 오늘 애급의 수에즈운하를 국유화한데 대하여 국제적 사변과도 같이 간섭하기 시작한다.

　나는 여기서 흐루시쵸프의 말을 인용하겠다.

　수에즈운하는 어데 있는가? 애급 땅에 있다. 이 운하는 누가 건설하였는가? 아랍인들 즉 애급 주민들이 자기들 자신의 손으로 이를 건설하였다. 현재 우리는 정복과 강점의 방법으로 설정된 관계로써는 다른 나라 인민들을 예속시켜 둘 수 없는 그러한 시대에 살고 있다.

　그렇다. 우리는 새 시대에 살고 있는데 그들은 낡은 방법을 쓰고 있는 것이다. 미국은 세계의 통일적 패권을 수립하려는 허망한 꿈을 버리지 못하고 있다. 그러나 우리는 민족적 통일을 원한다. 여기에 모순이 있다. 또한 그들은 미국식 생활 양식을 남조선에 강요한다. 그러나 우리 조선사람은 조선 민족의 민족적 생활 양식을 발전시키려 한다. 여기에 모순이 있다.

　그러면 이 모순으로 하여 우리는 민족적 통일과 통일된 민족적 생활을 가져올 수 없겠는가? 아니다. 우리에겐 우리의 염원을 달성할 수 있는 충분한 가능성이 있다.

　오늘 조선 사람이면 그 누구나 통일에 대한 열망을 가지고 있다.

　— 통일이 언제나 됩니까요?

— 언제라니요? 하루 속히 돼야지요. 되도록 투쟁해야지요.

이러한 대화 속엔 통일에 대한 열망과 불타는 의지가 있는 것이다.

오늘 우리들 속엔 사랑하는 자식과 혹은 늙은 부모의 생사를 몰라 애태우는 사람들도 많고 아내를 남쪽에 두고 그 아내를 간절히 생각하는 사람들도 많으며 또는 남편을 북쪽에 두고 그 남편을 끝없이 사모하는 여인들도 많다. 남북의 분열은 사랑과 결혼 문제에까지도 심각한 고민을 주고 있다. 남쪽에 없는 물건이 북쪽에 있기도 하고 북쪽에 없는 물건이 남쪽에 있기도 하다. 전력은 북쪽에 많고 쌀은 남쪽에 많이 난다. 대(竹)는 북쪽에 없고 석탄은 남쪽에 없다.

남북의 분열은 우리 경제 생활에 심각한 타격을 주고 있다. 통일이 되는 날이면, 우리의 민족 경제는 유리한 조건하에 보다 급속히 발전할 것이다. 오늘 북반부의 인민 경제는 사회주의 건설을 향하여 계획적으로 급속히 발전하고 있다. 그러나 남반부의 생산은 파멸의 길로 들어가고 있다. 그러므로 한쪽은 인민 생활이 향상되어가며 한쪽은 인민 생활이 빈곤에 빠져가고 있다. 한쪽은 광명한 사회제도에 살며 한쪽은 어두운 질곡으로 화하였다. 그러므로 우리의 통일 문제는 남조선 동포들을 예속과 빈궁의 구렁에서 해방시키는 문제와도 연결된다. 이보다 더 절박한 문제가 있겠는가.

우리나라의 역사, 지리 및 기타의 모든 연구 사업에 있어 우리의 분열은 얼마나 큰 지장을 주고 있는가. 우리의 문학과 예술분야도 그러하다. 우리의 민족 문화도 분열되어야만 하는가? 남조선의 문학 예술은 미국식 생활양식이 강요하는 대로 색정과 퇴폐와 영탄과 절망의 세계를 방황한다. 남조선의 영화는 『춘향전』을 색정주의로 모독하고 있다. 인간에 대한 증오 사상은 조선 민족의 고상한 품성들을 여지없이 더럽히고 있다. 이렇게 타락하는 남조선 문학 예술을 진실한 사실주의의 문학 예술에로 건져 올리기 위하여 우리의 통일 문제는 절박한 문제로 되는 것이다.

그러나 남조선의 어떤 사람들은 나에게 이렇게 말할 것이다.
"당신은 공산주의자들의 입장에 서 있다. 당신은 그 입장에서 통일을 하려고 한다."

물론 나에게는 일정한 나의 세계관이 있으며 인생관이 있으며 조국통일에 대한 견해가 있다. 우리들은 같지 않은 견해들을 가질 수가 있다. "그러면 당신은 어느 입장에서 통일을 원합니까?"고 나는 그 질문자에게 묻고

600

싶다.

그는 자기의 입장 혹은 견해를 털어놓고 말할 수도 있을 것이다. 그러나 그가 남조선에 있고 내가 북조선에 있는 이상, 우리 사이에 장벽이 있어 내가 만날 수 없는 이상 어떻게 서로 앉아서 말할 수 있을까? 문제의 고리는 여기에 있다.

첫째로 우리는 서로 만나도록 하자.

공화국 북반부에서는 외국 사람들과 통상을 협의하며, 문화 교류의 협정을 체결하고 있는 이때에 어찌 한 민족 사이에 만날 수조차 없을 것인가. 그러나 독일에서는 분열된 조건하에서도 극히 초보적이나마 서로 왕래하며 만나고 있다. 내가 작년에 독일에 갔을 때 독일의 저명한 시인 쉴러 서거 150주년을 기념하기 위한 행사가 와이마르시에서 개최되었는바 서부 독일의 두 극단이 넘어 와서 경축 공연을 하고 돌아갔다. 또한 백림의 극장 배우들은 서부 독일에 가서 공연을 하고 돌아왔다.

또한 체육인들의 접촉도 그러하다. 심지어 독일 민족의 영예와 위신을 위하여, 동서 독일의 선수들이 합력하여 독일의 이름으로 국제 시합에 출전하는 일도 있다고 한다. 영화도 어느 정도 교류되고 있다. 시인 쉴러를 경축함에 있어 동부 독일은 물론 서부 독일 대표들도 참석하였다. 그 경축 총화에서 독일은 분열되어 있으나 독인 문화는 분열되어 있지 않았다는 결론에 도달하였던 것이다. 시인 쉴러에 대하여 말할 때 그는 동부 독일의 시인도 아니며, 서부 독일의 시인도 아니며, 그는 독일의 시인이라고 하였다. 이 얼마나 통일된 독일에 대한 열망인가.

나는 민족적 아량과 긍지와 위신에 대하여 생각할 필요가 있다고 느끼었다. 만일 전 민족적 운명에 대하여, 그 영예에 대하여, 그 긍지와 위신에 대하여 생각하는 사람이라면 이러저러한 정견이나, 신앙이나, 철학적 사고나 창작 방법상의 견해 등의 차이가 있다 하더라도 전체를 위하여 우선 최소한도의 합의점을 가질 수 있다고 생각한다.

그러나 우리의 통일을 방해하는 미제와 같은 외부의 간섭에 대해서는 어떻게 할 것인가? 나는 이렇게 말하고 싶다. 외부의 간섭이란, 만일 우리 민족 자체가 한 마음이 되어 그 어떠한 외부의 간섭일지라도 받지 않겠다고 한다면 그 어떤 파렴치한 간섭자들이라도 결국은 물러가고야 말 것이다.

문제는 우리 조선 사람들 속에 그자들의 간섭을 용인하며 심지어 그 자들의 간섭이 있어 주기를 희망하는 매국적 리승만 역도들이 있기 때문이다. 그러나 이러한 자들의 우리 삼천만 속에 있어 몇이나 될 것인가. 그는 한줌 도 못 되는 수효라고 생각한다. 우리 조선 인민의 절대 다수가 통일을 갈망 하며 외부의 간섭을 원하지 않고 있다는 것만은 누구도 부인하지 못할 것 이다.

조국 통일을 위한 가능성의 전제 조건은 바로 여기에 있다. 우리가 만나 자고 강력히 투쟁한다면 만날 수 있는 것이다. 우선 정치가는 정치가끼리, 학자들은 학자들끼리, 청년 학생들은 청년 학생들끼리, 예술가도 작가도 상 인도 종교가도 노동자도 농민들도 서로서로 만날 수 있는 것이다.

가령 우리 민족은 단일한 언어를 가지고 있다. 철자법 통일한 같은 문제 는 우리 언어 생활의 중요한 문제의 하나이다. 이러한 문제를 한자리에 앉 아 토의하며 통일된 철자법을 남북 인민들이 동일하게 쓸 수 없겠는가. 응 당 그렇게 되여야 할 것이다. 그가 만일 진정한 조선 사람이라면 이러한 제 의를 어떻게 반대할 수 있겠는가.

또한 우리는 단일한 문화 유산을 가지고 있다. 박연암, 정다산, 김홍도, 신채호 같은 학자 예술가들을 기념함에 있어 어찌 한자리에 모여 기념할 수 없겠는가. 우리 작가들에 대하여 말한다면 우리는 이 세계 그 어디를 가 나 조선의 작가로 불려질 것이다. 우리는 조선 문학을 옳게 발전시키자는 하나의 지향에 있어 하등의 의견 차이는 없을 것이다. 우리에겐 오직 방법 상 문제가 있을 뿐이다. 조선 문학을 어떻게 발전시킬 것인가에 대하여 이 야기할 수 있다. 문예학의 견해가 서로 다르면 어떠냐? 서로 만나서 이야기 해보자.

우리는 우리의 민족문학이 다양 다채하게 발전하며 여러 가지 작가적 쓰찔 이 있어 좋고 심지어 문학사조에 있어 상이한 것이 있다 하더라도 그것이 우리를 만나지 못하게 하며 중상하며 비방하며 격원시킬 아무런 근거로 될 수는 없다.

그러니 우리 남북의 작가들이 한자리에 모여 창작문제를 의논하며 고전 계승 문제를 토의한다면 이는 조선 작가들의 통일로 되는 것이며 이는 조 국 통일을 촉진시키는 하나의 길이라고 생각한다. 이러한 의지가 모든 부분 에서 불길같이 일어난다면 그 의지는 하나의 통일을 위한 역량으로 될 것 이다.

만나자! 만자서 이야기하자!

이 운동은 오늘 우리에게 당면한 민족적 운동으로 되는 것이다.

서로 도웁자! 부족한 것이 있으면 기탄 없이 달래보고 쓰기로 하자! 조선 인민이 전통적으로 가지고 있는 고상하고 아름다운 성품인 호상 원조하며 협조하며, 뜨겁게 사랑하는 정신을 어찌 우리들 사이에 발휘하지 못할 것인가.

조선민주주의인민공화국 정부는 북조선의 풍부한 전력을 남조선 인민들에게 제공하기 위한 아량 있는 제의를 하였다. 남조선 수해 이재민들에게 구호 물자를 보낼 것도 제의하였다. 그런데 남조선 당국은 이에 대하여 거부하는 묵묵부답인 태도이다. 우리가 만일 민족적 위신을 생각한다면 동포와 부모 형제들의 배려, 그의 뜨거운 애정을 어찌 거부하며 묵묵부답의 태도로 대할 수 있겠는가. 이러한 일은 오직 식민주의자들에게 좋은 미끼로 될 뿐이다. 주체를 찾자!

말로써가 아니라 한시 바삐 행동으로 실현하자! 힘을 가지고 해결하자는 것은 비겁한 일이다. 전 세계 인민이 힘의 정책을 달갑게 생각지 않거늘 어찌 그의 피 비린 뒷꼬리를 따를 것인가.

우리는 한민족이다. 어제도 그랬고, 오늘도 그렇고, 내일도 그렇다. 우리의 조국은 둘이 될 수 없다. 우리의 조국은 하나다. 하나의 길로, 아름답고 부강하며 살기 좋고 평화로운 우리의 나라, 통일된 조국의 끝없는 행복을 우리의 후손들에게 남겨주자.

(1956년 9월 「조선문학」)

연암의 사실주의적 형상력

―「양반전」을 중심으로

　연암의 정신세계는 크고 넓고 선진적이며 그의 관찰력은 깊고 예리하며 그의 사실주의적 형상력은 신랄하고 풍부하다. 나는 그의 「양반전」을 희곡으로 각색하는 과정에서 그의 문학의 일면을 엿볼 수 있었다.

　18세기 양반 봉건통치 계급의 부패 몰락상을 폭로 비판함에 있어 그의 필치는 림상 의사의 칼과 같이 에리하다. 「양반전」에는 양반의 두 개의 형이 형상되어 있다. 문학을 인간학이라고 볼 때, 문학에 있어서 인간 형상은 중요한 자리를 차지한다. 연암은 자기의 작품에서 그 시대에 존재하며 또한 있을 수 있는 이러저러한 인간의 형들을 형상하였다.

　「양반전」에 등장하는 정선 고을의 한 양반―그는 현명하고 글읽기를 좋아하며 문벌이 혁혁한 바 있으나 몹시 가난해서 해마다 그 고을 환자를 꿔 먹는 자이다. 그 환자가 쌓이고 쌓여 천 석에 이르렀다. 그런데 관찰사 순행 검열에 적발되어 당장 그 천 석을 갚지 않으면 안될 운명에 처하게 된다. 허나 극히 빈한하고 무능력한 이 양반이 무엇으로써 그 천 석을 갚겠는가. 양반은 울며 지낸다. 드디어 이 양반은 자기 이웃에 사는 부자에게 양반을 팔아 그 천 석을 갚게 된다. 이러한 사건을 통해서 연암을 양반 계급의 몰락상을 구체적으로 형상하였다.

　양반이 양반을 부자에게 판다는 문제는 그들의 사회적 지위, 권세, 다시 말하여 그들의 계급적 지배 세력을 신흥 부르주아지에게 넘겨주게 된다는 문제와 연결된다. 연암은 그 시대를 비판적으로 통찰함으로써 이와 같이 사회 발전에 관한 법칙을 반영시키고 있는 것이다.

　부자는 각성한다.

　"양반은 아무리 가난해도 항상 존귀한데 우리는 비록 부유하나 항상 비천하여… 양반네를 보면 쩔쩔 매며 뜰 바닥에서 절하고 코를 끌고 무릎으로 걷게 되니 이런 치욕이 어디 또 있겠는가.

604

이 치욕에 대한 반항은 그가 비록 부자라 하더라도 이 시기에 있어서는 인민적 성격을 갖는 것이다. 「양반전」에는 지배 계급과 피지배 계급, 귀족과 상놈의 두 인물 및 그들의 호상 관계가 형상화되어 있다. 그들은 바로 당시 사회의 전형적 인물들인 바 연암은 이 인물들을 통하여 당시 사회상을 풍부히 연상시키게 한다.

양반이란 어떤 것인가? 연암은 자기의 작품에서 양반의 일반적 본질을 극히 절묘한 형상력으로 보여준다. 「양반전」의 단편 소설적 기교에 대해서는 일정한 평가들이 논의되고 있는 바이나 실로 그의 압축된 극적 허구와 결말은 천의무봉(天衣無縫)이라 말할 수 있다. 그의 붓은 예리한 그것 뿐 아니라 불꽃이 튀는 듯하다. 그의 말들은 패기에 넘치고 거침이 없고 준색지 않고, 그의 풍자는 하늘이 옷깃을 바로 세울 정도이다. 그의 날카로운 관찰 앞에선 그 어떠한 가면도 그의 정체를 숨길 수 없으며 그 어떠한 그늘도 숨길 수 없는 것이다.

그는 양반이란 어떤 것임을 보여줌에 있어 양반 매매문서를 이용하였는바, 그의 탁월한 사실주의적 형상력을 우리는 여기서 본다. 그 한 줄 한 줄이 영통한 주옥이며 풍자 문학의 절품으로 광채를 발휘한다. 양반이란 '비천한 일을 아예 하지 말며…… 항상 첫새벽에 일어나 유황불로 기름 등잔을 켜놓고 눈을 코끝을 내려다보며 반드시 꿇어앉아서 『동래박의(東萊博議)』를 얼음 우에 박 밀듯이 외워야 한다.' '갓모자를 옷소매로 쓸어 얼른거리는 무늬를 내야 한다. 걸음은 천천히 하면서 신은 끈다. …『고문진보』와 『당시품휘』를 한 줄에 백 자씩 깨알같이 잘게 베껴 쓴다.' '손에 돈을 가지지 말고 쌀값을 묻지 말라.' 이러한 구절 구절에 연암이 풍자의 대상으로 세운 양반의 형상이 있는 것이다.

양반이란 사농공상(士農工商)의 으뜸으로서 존귀한 선비이며 군자로서의 생활규범을 갖는다. 그러나 이 규범이야말로 양반의 형식적이며 허례적인 것에 지나지 않는다. 이에 대한 연암의 비판은 바로 형식주의와 교조주의에 대한 신랄한 비판으로 되는 것이다.
연암의 다른 저작들에서도 보여주는 바이지만 송유(宋儒)의 썩은 철학과 소위 대의명분을 입으로 떠들면서 자기 나라의 주체를 살리지 못하고 청국의 좋은 점들을 허심이 받아들이지 않는 고리타분한 양반 인사들을 그는 여기서 대담히 풍자 조소하였다.

『동래박의』를 매일 아침 눈먼 소경이 경 외우듯 외워서 무슨 소용이 있을 것인가. 『당시품휘』나 『고문진보』를 한 줄에 백 자씩 베껴 써서 그게 무슨 소용이 있단 말인가. 그런 일이 국가 생활과 인민 생활에 무슨 실리가 있단 말인가. 그러한 것과 연암의 실학사상파는 상용될 수 없는 것이었다. 부자에게 있어선 양반 규범이 거북하고 몰취미할 뿐 아니라 잇속이 없는 것으로 되는 것이다. 그리하여 부자의 비위에 맞도록 양반 매매의 두 번째 문서가 작성된다. 여기서 연암은 양반의 다른 측면을 폭로한다.

양반에겐 어떠한 잇속이 있는가.

'잘하면 문과하고 못 해도 진사는 할 수 있다… 문과 홍패(紅牌)는 두 자 길이에 불과한 것이나 온갖 물건이 그 가운데에 구비되어 돈주머니라고 한다'

'궁한 선비도 자기 시골서는 마음대로 세력을 부려 이웃집 소로써 제 밭을 갈게 하며 마을 상놈들을 시켜 김을 매게 하더라도 누가 감히 없수이 여기리요, 만일 그런 자가 있다면 그놈의 콧구멍에 재를 퍼 넣으며… 귓쌈을 때려 부신들 누가 감히 원망하겠는가…'

이에 대하야 부자는 혀를 빼물고 이렇게 말한다.

"그만두시오! 필경은 나를 도적놈을 만들 작정이시오!"

도적놈! 이 결론은 바로 연암의 양반에 내린 준열한 비판인 것이다. 이 위에 더 양반의 본질을 형상할 수 있겠는가. 생산과 유리된 자들, 인민을 착취하여 무위도식하는 양반 선비 층에 대한 연암의 증오는 컸다. 서울에서 놀고 먹는 자들과 모리 간상배들을 그는 「민옹전」에서 황충이라고 풍자하였다.

"나는 이놈들을 잡으려 하나 도대체 이놈들을 잡아넣을 만한 큰 바가지가 없소 그려!"

연암은 또한 「범의 꾸중」(「호질(虎叱)」)에서 양반의 한 전형을 보여 준다. 북곽 선생은 방대한 책을 저술한 학자이며 도의가 높고 명망이 높은 선비이다. 그러나 이 선비는 동리자란 과부의 안방을 침범하여 사랑을 속삭인다. 이것을 안 과부의 다섯 아들들은 의논하기를 예절이 높은 북곽 선생이 그럴 리 없다, 이는 필시 여우가 사람의 탈을 쓰고 온 것이 분명하다. 여우는 쓸데가 많다더라. 이놈의 여우를 잡자. 그리하여 다섯 아들들이 북곽 선생을 친 바 선생은 귀신 짓을 하며 도망을 치다가 들 가운데 있는 똥통에 빠지고 말았다. 이 때, 범이 그 앞에 나타났다. 북곽 선생은 허우적거리며

똥통에서 머리를 쳐들었다. 범은 코를 가리고 고개를 돌이키면서 소리쳐 말하기를

"선비야! 냄새가 흉하고나"

실로 선비란 범에게 있어 맛있는 음식으로도 되지 않았다. 북곽 선생은 범에게 절을 하며 "범님의 덕은 아주 극진합니다.… 인간 세상의 천한 것이 감이 아래서 범님을 모시겠습니다." 하고 살기를 원하였다.

이때 범이 말하기를 "가까이 오지 말라. 일찍 내 들으니 글쟁이란 아첨쟁이라더니 과시 그렇구나!" 하며 선생을 꾸짖는다.

여기서 연암은 부패한 유학자의 전형적 본질 - 비굴하고 아첨쟁이인 성격을 보여주고 있다. 입으로 삼강오륜을 떠들어대고 말로 인의예지를 조자룡이 헌 칼 쓰듯 하는 양반들이지만 실상 그들의 정체는 북곽 선생에 불과한 것이다.

연암은 이러한 양반보다는 차라리 매일 똥거름을 지는 천민 엄행수의 덕을 찬양하여 「예덕선생전」을 썼다. 연암은 어디까지나 양반의 위선과 패덕과 그들의 형식적인 것, 교조적인 것, 그들의 쇄국적 고식성, 그들의 어줍지 않은 상고주의 등을 폭로 비판하며 풍자 조소하였다. 그들이 가는 길은 결국 「양반전」의 정선 양반이 갖는 멸망의 길인 것이다.

양반의 지체를 팔고 상놈의 동방 옷을 입고 머리엔 관 대신 전립을 쓰고 땅바닥에 엎드려 상놈 부자 앞에서 소인을 자칭하지 않으면 안될 그 형상이야말로 우스울 일이다. 이 웃음으로써 연암은 대의명분이니 춘추대의를 떠받든다는 부유(腐儒)들을 조소하였다. 이 썩은 선비들 가운데 입으로 중화를 숭상하고 오랑캐를 배척하는 자들이 많았다. 당시 오랑캐란 곧 청나라를 의미하는 바, 청은 명나라를 점령한 후 사람들의 머리를 깎게 하고 호복을 입혔다. 또한 조선은 청의 침략을 받아 병자호란의 치욕을 당했는바 소위 사대부들은 이 치욕을 씻어 보겠다는 경륜을 떠들었다. 그러나 연암은 이런 자들의 허위성을 자기 작품들에서 유감없이 폭로하였으며 그들을 선명하게 형상하였다.

「허생전」에 등장하는 어영대장 리완이 바로 그러한 인물의 하나이다. 이 양반은 「양반전」의 군수보다는 한층 정력적이며 그들의 형상으로서 한층 성숙된 형상인 것이다. 대체로 「양반전」이 내포한 사상은 「허생전」에서 성숙되었다고 말할 수 있다. 인물들의 성격도 그러하며 연암의 실학적 사상도

그러하다. 허생은 바로 작가 자신의 사상을 말하는 주인공이며 또한 작가 자신의 사상을 실천하는 인물인 것이다. 「양반전」의 정선골 양반이나 「허생전」의 허생은 다 같이 가난한 선비로되 두 인물 형상은 전혀 다르다. 하나는 암매한 몰락의 길로 떨어지고 하나는 상승하는 시대적 정신을 간파함으로써 선진적 지식인으로 발전하였다.

「허생전」의 주되는 갈등은 허생과 리완의 두 인물 관계에서 표현된다. 리완은 병자국치를 씻기 위한 인재를 찾아 허생의 집을 방문한다. 허생과 리완이 마주 앉아 주고받는 대화의 장면이야말로 연암의 작품 가운데 백미의 하나라고 볼 수 있다. 허생의 형상은 큰산을 의지한 범과 같고 리완의 형상은 물가에 앉은 한낱 고양이와 같다. 리완의 도도한 포부와 풍모는 허생 앞에서 초라하기 짝이 없으며 그의 위선적 가면은 초로 만든 칼과 같이 허생의 열렬한 비판 앞에 녹아 떨어진다.

진실로 나라를 근심하는 자라면 어떠한 어려운 일이던 하지 못할 것인가. 리완의 물음에 대하여 허생은 세 가지 계책을 내놓는다. 허나 리완은 이것도 저것도 다 어려운 일이라 실천하기 어렵다는 것이다. 허생은 그 하나의 계책으로서 병자국치를 씻자면 청나라를 치는 일인데, 그러자면 간첩을 써야 하며, 국내 자제들을 머리를 깎고 호복을 입혀 청국으로 유학생을 보내며, 그 나라에 가서 벼슬도 하게 하며 평민들은 무역을 시킬 것이며, 그리하여 그 나라의 허실을 알고 그 나라의 호결과 결탁하여 천하를 도모할 것이라고 제의한다. 다시 말하여 대국의 스승이 될 수 있는 계책까지를 내놓았다. 그러나 리완은 그 일도 어렵다고 하였다.

"지금 사대부들이 모두 예의를 삼가 지키고 있으니 누가 머리를 깎고 호복 입기를 좋아하겠습니까?"

허생은 화가 벌컥 오르는 어조로 말한다.

"소위 사대부란 대체 어떤 거냐? … 복수를 한다고 하면서 오히려 머리를 깎기를 아까워하며… 너는 한 가지도 실행할 수 없다고 하니 그러고도 스스로 조정의 신임 받는 신하라고 할 것이냐? 이 죽일 놈아!"

하고 자기 좌우를 살피어 칼을 찾아 찌르려하니, 리완은 혼이 빠져 달아나고 말았다. 여기서 우리는 탁월한 사실주의 작가 연암의 위대한 형상력을 본다. 실로 양반 통치배들은 죽일 놈이요 도적놈인 것이다. 「양반전」의 도적놈은 바로 죽일 놈으로 되는 것이다.

608

연암의 생각은 호호탕탕하며 그의 문장은 자유 분방하다. 그가 송유(宋儒)의 도식을 멸시 분쇄한 그것은 그들의 고루한 사고 뿐 아니라, 그들의 문장 형식까지도 극복하였다. 그는 당시 우리 문학에 있어서 새로운 경지를 개척하였다. 그의 사실주의 문학은 오늘 우리의 고귀한 유산이며 귀감으로 된다.

그는 모든 면에서 당시 낡은 견해들에 대하여 타격을 주었다. 그의 귀천설(貴賤說)이며, 그의 우정론(友情論)이며, 그의 장관설(壯觀設)이며, 그의 토지 개혁에 관한 학설이며…

「허생전」에 이르러 그는 새 시대의 길을 관찰하고 모색하였다. 「양반전」의 사상은 그의 전 문학을 꿰여 흐르는 주체적 사상이며 그의 사실적 형상력인 기법은 그의 전 문학의 특징적인 것이다. 그의 시 「총석정에서」「해돋이 구경」 등에서 보는 바, 그의 포에지의 세계는 중국의 두보, 리백의 세계와는 전혀 다르다. 뿐만 아니라 정송강과 윤고산의 세계와도 다르다. 이는 바로 그의 문학의 특징인 것이다. 우리는 이 특징을 앞으로 더욱 연구하며 그를 천명하여야 할 것이다.

「양반전」「호질」 등에서 보는바 그의 탁월한 사실주의적 풍자 문학은 앞으로 우리 세대가 계승 발전시켜야 할 영광스러운 유산이라고 나는 생각한다. 만일에 그가 오늘에 살아 계신다면 오늘의 새 사회와 우리의 제도를 보신다면 그는 다시 한번 감개무량한 심정으로 자기의 시 「총석정에서」「해돋이 구경」의 마지막 구절을 소리 높여 읊으리라

아! 어둠은 물러가고
광명이 돌아왔고나
그 누가 이 광명
두 손을 들어 번쩍 치켜올렸는가

(1957년 3월 「조선문학」)

서 문(조령출시선집)

시를 배우며 쓰며 발표한지 25 성상, 이에 한 선집을 묶습니다. 허나 해방 전 시기와 해방후 첫 시기의 시고는 전쟁시기에 잃어버린 탓으로 여기엔 유감스럽게도 발견된 시편들만 수록하였습니다.

시를 추림에 있어 해방후 첫 시기, 전쟁시기, 전후시기로 나누어 해당한 시기에 창작된 작품들을 추려 순차로 이에 수록하였고, 다음에 '독일방문시 초'를 싣고 끝으로 해방전 시기에 창작된 작품을 수록하였습니다.

이 시집의 흐름은 나의 사고 모색의 력사이며, 나의 사상 발전의 로정이 며, 나의 생활의 기록입니다.

특히 해방전 시기의 작품들에 대한 한 마디 언급한다면 나는 주로 자주 권을 빼앗긴 우리나라 당시 울분한 청년들의 심정을 상징적 수법을 노래했 던 것입니다. 그러므로 보다 사실적 표현으로 부분적인 수정을 가하여 그 몇 편을 여기에 수록하였습니다.

해방후 오늘에 긍하여 조국에 대한 애정과 사회주의에 대한 리념을 솔직 히 자유롭게 노래하게 된 것은 참으로 시인이 갖는 무한한 행복인 것입니 다.

숭고한 정신과 아름다운 정서의 북이 되며 인민들 속에 불망의 기념비로 될 그러한 시편을 남길 수 있음은 매우 어려운 일입니다. 그러한 의미에서 나는 이 선집을 묶으면서 나의 송구한 마음을 금할 수 없습니다. 독자 여러 분의 기탄없는 비판과 편달을 바랍니다.

1957. 6

평양에서

저 자

새로운 경지

문학의 역사는 새로운 내용과 형식의 경지를 지향하며 탐색하는 길을 걸었다. 대체 새로운 경지란 어떤 것인가? 그것은 새로운 내용과 형식에 대하여 생각할 수 있다.

문학—예술의 내용이 그 형식에 대하여 선차적이며 주도적인 것임은 오늘날 평범한 상식으로 되었다. 문학—예술은 인간 사회 생활의 반영이며 객관적 진실의 반영인 것이다. 그러므로 인간 사회 생활의 진실, 객관적 현실은 곧 문학 예술의 내용으로 되는 것이다.

사회의 발전, 현실의 부단한 발전은 새 것과 낡은 것과의 교체에 의하여 부단히 새로운 것, 새로운 경지의 개척의 길을 지향한다. 새로운 내용은 새로운 형식을 규정한다. 새로운 내용은 새로운 형식을 탐색한다. 새로운 형식에 대한 탐색은 내용의 새로운 경지를 형상 표현하기 위한 욕구이다. 형식을 위한 형식의 탐구는 따로 관념유희에 불과한 것이며, 그것은 결국 현실과 유리된 초현실적 세계, 유미적 신비적 경지에의 타락으로 되는 것이다.

플라톤과 칸트를 비롯한 관념론적 철학이 이러한 타락의 구렁 우에 허망한 무지개를 걸어 논 사실들을 우리는 알고 있다. 우리는 행복하게도 이러한 구렁에 빠지지 않을 수 있는 확고한 자기의 세계관을 가지고 있으며 미학을 가지고 있으며 예술 창조에 대한 목적의식성을 가지고 있다.

우리는 문학 예술이 갖는 사회적 역할의 힘을 알고 있기 때문에 특히 혁명 수행에 있어 문학 예술이 갖는 숭고한 사명과 그 의의를 인식하기 때문에 현실 속에 발전하고 있는 새 것에 대하여 보다 큰 관심을 가지며 그것에 적응한 예술적 형식을 탐색한다.

오늘 우리 시대는 새 것의 발전이 천리마를 탄 시세로 상징되는 시대이다. 이 위대성, 이 장엄성, 이 약진성… 실로 우리의 현실을 반영할 새로운 형식의 창조는 절실한 요구이다. 예술 분야에서 이번 공화국 창건 10주년

기념에 내놓은 대예술 공연은 바로 그 하나의 실례이다. 이는 미증유의 사변인 것이다. 3천명의 예술가들이 출연하였으며 막이 없는 광활한 무대 우에 음악 무용의 서사적 대화폭이 현란하게 전개되었다. 사회주의 건설의 일대 고조기에 달한 우리 시대의 내용을 형상하기 위해서는 이러한 형식이 요구되었다.

우리 문학 분야에 있어 장편 소설, 장편 서사시들이 그 어느 때보다도 왕성하게 창작된다는 것은 결코 우연한 현상이 아니다. 금년 상반 년도에 <조선문학>에 발표된 시편들을 본다면 적지 않은 수효의 시초들, 시 묶음들이 있었다. 이 역시 약진하는 현실, 다양하고 풍부한 새로운 것의 화폭을 포착하기 위해서는 이러한 형식이 요구된 것도 사실이다.

민병균의 「봄」, 원진관의 「수로 이 천리」, 박아지의 「의로운 벗」, 리효운의 「불타는 심장을 지난 사람들」, 김상훈의 「전원시초」, 조운의 「평양 8경」, 림춘길의 「어머니와 아들」 등과 더불어 그 밖의 일련의 시편들이 현실의 새롭고 풍부한 내용을 집약적으로 형상하기 위한 각자의 노력을 보여주고 있으며 또한 적지 않은 작품들이 자기의 얼굴들을 보여 주고 있음은 금년도 시문학의 일정한 수확으로 되는 것이다. 확실히 우리의 시문학은 발전하고 있으며 새로운 경지를 개척하고 있다. 새로운 시인들도 수다히 등장하였으며 해방 후 개화된 시문학은 자기의 현란한 화원을 시위하고 있다.

노동계급의 위력이 사회주의 건설의 기적적 위업을 달성하고 있는 우리 시대의 강력한 공민적 빠포쓰, 사회주의적 애국주의 사상이 오늘 우리들의 시에 고조로 맥박차고 있으며 노동의 주제는 지배적인 것으로 되었다. 이는 바로 시인들의 현실 생활에 깊이 침투한 결과이다. 시인들은 인민 속에서, 노동 속에서 시를 찾았고 시의 새로운 경지를 개척하였다. 위대한 현실의 발전 속도를 따라 잡기에 벅찬 시인의 시구들은 때로 산만성도 보여주고 있으며 다변적인 것으로도 되었으며 구호의 노출도 보여주고 있다. 구호의 노출과 산문적인 것, 다변적인 것은 개별적 시인들의 개성으로도 나타나고 있다.

어떤 사람들은 잔잔한 서정을 좋아하기도 하고 어떤 사람들은 정론적 호소의 편에 기호를 갖기도 한다. 문제는 시인의 불타는 시 정신에 있는 것이며 그 형상의 감동성에 있는 것이다. 시 아닌 희곡 가운데도 풍부한 시의 세계를 발견하기도 하고 시 형식을 갖춘 작품 속에 오히려 시 정신의 고갈을 발견하기도 한다.

민병균의 시에선 노동 속에서 단련된 붉은 얼굴을 보며, 김상오의 시에선 이지적이며 사고적인 면모를 보며, 천진무구한 정열, 홍안 백발의 시인 박세영이 있는가 하면 섬세한 서정의 꽃을 꺾는 오솔길의 시인 김순석이 있다. 벽암은 어디까지나 견실하고, 용악은 침착하다. 이렇게 말하는 것도 일면적임에 불과하다. 정서촌은 가곡적 리즘을 추구하고, 백인준의 시는 사변적이며, 림학수의 시에선 시상의 분방한 날개를 보며, 김상훈의 「전원시초」는 민요적 어감의 세계를 특징적으로 보여주고, 박팔양, 박석정의 시는 순탄한 호소의 문맥으로 견실하며, 박아지는 소박하면서도 다감한 서정의 분야를 개척한다.

적지 않은 시인들이 자기의 이채 있는 시 분야를 개척하기 위한 지향에 불타고 있는 것은 의의 있는 현상인 것이다. 우리 시대의 위대한 화폭을 위하여 장편 서사시와 시초, 시 묶음, 연시 등의 분야를 왕성히 개척하는 현상이 있는 반면에 우리는 또한 단시 운동이 일어나고 있음을 간과할 수 없다.

나는 일찍이 시조의 출현을 요망하였으며 시조 형식의 단시가 오늘 우리 시대의 생활 감정을 담아 노래할 수 있는 전투적 형식이 될 수 있으리란 것을 말한 바 있다. 시조 시인 조운은 <문학신문>에 「평양 8경」을 발표하였고, <조선문학> 6월호에 다시금 「평양 8경」을 발표하였다. 나는 「평양 8경」은 시조 형식의 다양한 측면을 보여주는 시도로써 제2장은 2행으로 부연하여 4행시로 구성하였다.

천 근 든 쇠북을 들 듯 안았던 꽃을 드립니다.
꽃도 머물렀다 한 번 핀 보람있어
예와 고이고저 피인 상 싶거늘
제주도 유자꽃이야 오죽 부러우랴

이는 해방탑을 노래한 것이다. 여기엔 조국 통일의 염원이 꽃을 통하여 또한 노래되고 있다. 물론 이와 같이 4행시적 형식의 시조도 내놓을 수 있으나 나는 일 장 일 행에 기초한 3행시적 시조 형식의 노래들이 더 많이 불려졌으면 한다.

정철의 「장진주(將進酒)」는 시조형식인 것이요, 수많은 사설 시조형식이 있음을 알고, 장편 서사적 가사 가운데 그 결구가 시조의 제 3장 형식으로 되어 있는 것을 적지 않게 우리는 알고 있다. 이렇게 보면 시조란 범주 가운데 무궁무진한 시 형식을 말할 수 있다. 허나 시조의 고전적 형식은 지난 시기 그 기사법에 있어 줄글로 기록했다 하더라고 일 장 일 행에 기초한 3장 3행시로 기사하는 형식을 취하는 것이 가장 아름다운 형식이 아닌가 생각한다.

단시일수록 집약적 표현의 극치를 보여주어야 하며 그 간결한 형식 가운데 강렬한 시정선의 불꽃이 빛나야 한다. 일반적으로 지난 시기보다 시들의 짧아진 것은 우연한 현상이 아니다. 이는 산문적 설명으로 떨어질 수 있는 경향으로부터 시적 형상의 추구를 지향하는 것이다.

리효운의 「불타는 심장을 지난 사람들」 중에, 리봉재의 「복초」 등에 우리는 단시의 압축된 아름다운 형상의 추구를 발견한다.

느티나무 가지에 둥근 달 걸리어
고운 제 얼굴 쳐다보라네
달 밝은 밤 좋기사 하다만
복초는 네게만 눈 팔지 않는다.

고운 달이여 맑은 냇물이여
복초를 두고 무심타 하지 말아
네가 비치는 창문, 네가 흘러 지나는 곳마다
자고 나면 더해지는 행복 지켜 섰기에,

복초의 애국적 정열은 정적인 아름다운 서정 가운데 표현되었다. 허나 이 시구들 가운데 '자고 나면 더해지는 행복'이란 부분에서 나는 좀 더 강력하고도 적절한 아름다운 시어가 없을까 하고 생각된다. '더해지는' 하고 표현해 놓고 보니까 어딘가 뜨뜻미지근한 감을 금할 수 없다.

우리는 시어들을 적절하게 포착하지 못함으로 해서 시의 형상을 약화시키며 그 시에 등장하는 인문의 성격형상을 객관적으로 심화시키지 못하는 실례들을 본다. 리달우의 「벼이삭」은 그 하나의 실례다.

614

땅이 꺼져라 드리운 벼이삭 벼이삭…

내 마음을 추켜 든 벼이삭
쭉정이 수염은 가슴을 찔렀다.

사회주의 동산이 두둥실, 벼이삭이 춤춘다.

이는 그 시 가운데 있는 시구들이다. 물론 시인의 눈, 마음의 눈은 카메라
와 같이 대지를 들었다 놓을 수도 있고 대지가 머리를 들며 가슴에 황금물결
이 일고 거기 사회주의 동산이 두둥실 떠오게도 할 수 있다. 그러나 다수확
을 하는 농민의 소박한 감정 표현으로써는 구구스러움을 느끼지 않을 수
없다. 바로 벼이삭 황금물결 속에 있는 농민의 노래로, 구태여 가슴에 황금
물결이 친다고 할 것이 있겠는가.
　시상에서 이러저러한 기교를 활용해보려는 기도— 이는 시의 진실성을 상
실하게 되는 것이다. 최승칠의 「전설」에 대하여서도 이렇게 말할 수 있다.

들려오는 지주의 외침은 가슴을 훑는데
리변의 쓰거움에 응담 맛이 무엇이랴

이러한 표현들도 진실감을 상실하는 부분이다.

수림 덮인 언덕은 황홀한 눈을 들고
나래치누나… 바다에 안기누나!

수림 덮인 언덕을 인격화해서 머리를 들고, 눈을 들고, 나래도 치게 할 수
있다. 그러나 기교를 부리고자 하는 인상을 주는 것은 손색이 아닐 수 없다.
　김상오의 「소원」은 그의 풍부한 양만으로 이채를 주는 시다, 새해의 염원
가운데 남쪽에 있는 사람들을 만나고 싶은 심정이 불타고 있음은 당연하다.

이런 날엔 그 어데 남쪽으로 연하장도 날아왔으면
싼타크로스 영감처럼 선물을 안고, 우리의 진이의

아직 본 적 없는 외할머니가 달려 왔으면,

　여기서 우리는 진이의 외할머니, 우리들의 할머니 한 분이 오기를 염원하는 심정을 느낀다. 그러나 그 할머니는 어떤 형상인가? 그를 기다리는 마음에 있는 할머니의 형상은? … 그것은 쌴타크로스는 우리 조선 할아버지나 할머니의 형상과는 거리가 멀다. 이는 서양 사람의 형상이다. 그러므로 이 한 구절의 영향으로 양풍을 느끼는 것은 유감스러운 일이다.
　우리는 신인 조성관의 「바다에 돌아온 천사」에서 신인다운 재기와 패기를 본다.

　　갈매기 너두야 흰 깃 흔들어
　　돌아 온 전사 반기누나
　　………
　　간 데를 모를 넓이
　　작렬하는 이 햇볕
　　아, 온몸의 힘 총알처럼 뛰어 날까부다

　바로 전사의 심정이다. 그는 어로의 전사로 다시금 바다로 나아갈 큰 정열을 노래한다.
　확실히 우리 시문학은 새로운 시인들소에서 새 시대 새로운 노동의 정신으로 불타는 새로운 사회주의적 애국주의 시정신으로 발전하고 있으며 자기의 개성과 자기의 시 형식들을 개척하고 있다. 우리는 시에서나 희곡에서나, 기교를 위한 기교, 외국식 위로를 반대한다. 조선 사람의 사고, 조선 인민의 생활 감정에서 우러나는 시어와 대사들을 구사할 것이다.
　우리의 시는 향가로부터, 고대 인민적 시가로부터 맥맥히 흘러 온 전통 위에 서 있다. 공산주의의 문을 두드리는 사회주의 고조기에 들어선 우리의 시문학은 보다 선진적인 세계로, 새로운 경지를 개척하며 나아가야 할 것이다.

(1958년 11월 「조선문학」)

616

2

시작품 발표목록

조명암 시작품 발표목록

차례	발표연도	제 목	발표지	비 고
1	1932.5.4	밤	조선일보	보성고보 재학생으로서 학생란에 투고한 작품
2	1932.10	思君	만국부인	삼천리사 발행 잡지
3	1932.12	이 洞窟안을 거니는 자여	신동아	경주 石窟庵을 노래한 시
4	1933.3.1	낡은 骸骨(외 1편)	佛靑運動	조선불교청년회 기관지(원문 미확인)
5	1933.5	웅시	전선	
6	1924.5 창간	내 마음에는 눈물이 날여	金剛杵	제23호(불교잡지). 프랑스의 시인 베를레에느의 시를 번역한 작품
7	1933.7	젊은 시인의 랩소디	조선일보	
8	1933.9.19	어버이에게 올리는 시	조선일보	1957년 『조령출시선집』에 개작하여 재수록함
9	1933.9	눈물의 埠頭	신여성	
10	1933.9	田園風調	신여성	
11	1933.9.10	젊은 詩人의 狂想曲	조선일보	1957년 『조령출시선집』에 「젊은 시인의 광상곡」으로 개작하여 재수록
12	1933.10	國境의 小夜曲	신여성	「고민」을 신여성 11월호에 발표. 목록에 삽입할 것
13	1933.10	짓밟힌 여인의 悲哀	신여성	
14	1933.11.7	人間	조선일보	『조령출시선집』에 재수록
15	1933.11	고민	신여성	
16	1933.12.2	GO, STOP	조선일보	
17	1934.1.1	東方의 太陽을 쏘라	동아일보	'當選 新詩'로 뽑힌 시작품 1957년 『조령출시선집』에 「동방의 태양을…」이란 제목으로 개작하여 재수록
18	1934.1.3	서울노래	동아일보	'流行歌'란 명칭이 붙어있으며, '禁無斷作曲吹入'이 부기됨 '鳴巖'이란 필명으로 발표됨
19	1934.1.25	歎息하는 街路樹	조선일보	
20	1934.1.30	銀盤우에 날개를 편 젊은 人魚들	동아일보	作品 末尾에 '漢江에서 金起林氏의 시 「날개를 펴럼으나」를 생각하며'란 부기가 있음

차례	발표연도	제　목	발표지	비　고
21	1934.2	亞細亞의 狂想	조선시단	
22	1934.2	創造의 길	조선시단	
23	1934.2	都城의 밤에 異狀 있다	형상	
24	1934.3	海底의 幻像	형상	
25	1934.4	봄비	신여성	
26	1934.4.3	파잎	동아일보	
27	1934.4.6	綠色의 3時	조선일보	
28	1934.4.7	危險信號	조선중앙일보	
29	1934.3	斷片	중앙	
30	1933.9	埠頭없는 새벽의 港口	조선일보	趙重連이란 이름으로 발표됨
31	1934.5	靑春曲	별건곤	제9권4호. 별건곤지 주최 제2회 유행소곡현상공모에서 2등으로 입선한 작품임. 이때 趙鳴巖이란 필명으로 「高句麗哀傷曲」을 투고하였으나 선외가작으로 뽑힘
32	1934.5.16	默禱	조선중앙일보	
33	1934.5.	「응시」	전선5월호	
34	1934.5.27	鴨綠江	동아일보	
35	1934.5.30	南浦의 悲歌	조선일보	'新歌謠'란 명칭으로 발표됨
36	1934.5.31	無題	조선일보	
37	1934.6.1	追憶의 小夜曲	동아일보	'新歌謠'란 명칭으로 발표됨
38	1934.6	開拓者	신동아	
39	1934.6	骸骨과 薔薇	신동아	
40	1934.6	歸鄕詩		
41	1934.7	平　原	중앙	
42	1934.9.6	燈籠의 航路	조선일보	
43	1934.9.7	銀河水	동아일보	'民謠'란 명칭으로 발표되었으며, '禁無斷作曲吹入'이 부기됨
44	1934.10	追憶의 建築	신동아	1957년 『조령출시선집』에 「바닷가에서」라는 제목으로 개작하여 재수록하고, 작품의 말미에 '추억의 건축'이라 표기함
45	1934.11	夜頌	신동아	
46	1934.11	黃金村	중앙	

619

차례	발표연도	제 목	발표지	비 고
47	1934.11.2	都城의 밤	조선일보	'三行詩'로 발표됨
48	1935.3.5	航路	조선일보	
49	1935.12.4	보헤미안	조선중앙일보	
50	1935.12.19	밤	동아일보	1957년 『조령출시선집』에 개작하여 재수록
51	1935.	향수		『조령출시선집』에서 처음 확인
52	1936.1	Nostalgia	조선문단	
53	1936.1.25	第三海峽	조선일보	
54	1936.3.3	北行列車	조선일보	1957년 『조령출시선집』에서 「북행 렬차」란 제목으로 개작하여 재수록
55	1936. 3	향도	을해명시선	
56	1936.7	꿈	조광	
57	1936.7	마담··	조광	
58	1936.9	마을 停車場	조광	
59	1937.5	붉은 날개의 傳說	조광	
60	1937.6.8	太陽의 墓地	조선일보	
61	1937.7.6	木蓮花—꼿알범(上)	조선일보	강원도 오대산에서 쓴 시 1957년 『조령출시선집』에 개작하여 재수록
62	1937.8	書齋	조선문학	
63	1937.11	칡넝넝	조광	
64	1938.10.2	蜃氣樓	동아일보	
65	1939.1	運命章	여성	
66	1939.6.21	瞑想하는 조악돌	동아일보	
67	1939.6.30	薔薇의 喪禮	조선일보	
68	1939. 9	적멸보궁	초원	
69	1939	해당화		『조령출시선집』에서 처음 확인
70	1939	청풍의 낙엽		『조령출시선집』에서 처음 확인
71	1939.9	남사당	초원	
72	1940.3	遺言書	초원	
73	1940.5	琉璃의 房	인문평론	
74	1940.8	白燭의 深夜	인문평론	'僧房에서'란 부기가 있음

차례	발표연도	제 목	발표지	비 고
75	1940.12	淸風의 箱子	인문평론	內金剛 古庵子에서 쓴 시
76	1943. 12	學びの窓巾	조광	日文詩
77	1945.12	모든 강물은 바다로 흐른다	신문예	창간호
78	1945.12	슬픈 歷史의 밤은 새다	예술운동	창간호, 해방기념시집 『횃불』에 재수록됨. '읊는 시'란 부기가 있는 것으로 보아 낭송용 작품으로 제작된 듯함
79	1946.11	총총이 배긴 별들아	문학	2호
80	1947.2	그리운 거리에서	신천지	
81	1947.3	共和國	연간조선시집	조선문학가동맹 간행 시집
82	1948	북조선으로	『조령출 시선집』	'38선을 넘어' '자유의 노래' '인민공화국' 등 3편을 함께 엮은 장시 형태
83	1949	조국을 지키리라	〃	
84	1950	산으로 간 나의 아들아	〃	
85	1950.9	락동강 전선	〃	
86	1951.1.4	이 밤도 기적이 울린다	〃	
87	1951	가슴의 끓는 피로서 말하노니	〃	
88	1952.1	나의 편지	〃	
89	1952	강변에서	『조령출 시선집』	1~3으로 구성된 장시 형태
90	1952	가을의 노래	〃	
91	1953	잊을 수 없는 이야기	〃	
92	1953	영웅의 탑	〃	
93	1953	단야장의 처녀	〃	
94	1953.9	선광장에서	〃	
95	1953.10	광산의 『호랑이』	〃	
96	1954.7	쓰딸린 거리에서	조선문학	
97	1955	국경의 봄	『조령출 시선집』	'독일방문시초'란 제목으로 편성됨
98	1955	깃발 아래서	〃	
99	1955	선물	〃	

차례	발표연도	제 목	발표지	비 고
100	1955.5	백림이여	〃	
101	1955.5	친선의 잔을 든다	〃	
102	1955.5	쉴러의 집을 찾아	〃	
103	1955.5	시인에게 영광을	〃	
104	1955.5	탑지기 로인의 이야기	〃	
105	1955.5	영웅도시의 아침	조선문학	
106	1956.2	당의 부름을 받고	당의 기치 높이	
107	1956	헌화가	『조령출시선집』	<별곡체>라는 표시가 있음
108	1956	탄부와 신부	〃	
109	1956.5	위대한 날의 노래	〃	
110	1956.9	탄의 노래	〃	
111	1956.12	복받은 땅에	〃	시조 형태의 작품
112	1957	나의 마음은 날은다	〃	
113	1957	푸른 하늘에 취해보자	〃	
114	1957	가야금	〃	시조 형태의 작품
115	1957	애급의 신화	〃	
116	1957.11	영원한 사랑아	〃	
117	1962.8	만경대에 드리는 노래	조선문학	
118	1965.5	해도 십 년 달도 십 년	조선문학	
119	1968.1	수령이시여 만수무강하시라	〃	
120	1970.4	먼 대양과 대륙의 끝에서도	〃	
121	1972.4	천 년을 살아도 만 년을 살아도	〃	
122		령을 넘어	『조령출시선집』	
123		한 자루 백묵을 쥐고	〃	
124		행복의 언덕		
125	198.1	철령이라 높은 고개	조선문학	'가사'라는 장르명이 표시되어 있음

차례	발표연도	제 목	발표지	비 고
126	1984.6	조선의 태양 우러러	조선문학	
127	1989.2	시를 쓰고 싶었노라	조선문학	
128	1990.7	잊을 수 없는 영광의 그 날	조선문학	

趙鳴巖 歌謠詩 및 기타 작품 총목록

1. 조영출(趙靈出) 명의로 발표한 작품

차례	년월	회사	번호	곡명	구분	작사자	작곡자	가수
1	1934. 12	po	19166	王昭君의 노래(上)	유행가	조영출	김범진	왕수복
2	1934. 12	po	10166	王昭君의 노래(下)	유행가	조영출	김범진	왕수복
3	1935. 1	po	19172	바다의 靑春	유행가	조영출	김면균	윤건영
4	1935. 1	po	19173	高原의 새벽	유행가	조영출	박벽계	김용환
5	1935. 1	po	19173	都城의 밤노래	자스	조영출	김탄포	김용환
6	1935. 3	po	19187	靑春埠頭	유행가	조영출	박벽계	김용환

2. 조명암(趙鳴岩) 명의로 발표한 작품

차례	년월	회사	번호	곡명	구분	작사자	작곡자	가수
1	1934. 4	Co	40508	서울노래	유행가	조명암	안일파	채규엽
2	1935. 2	Ok	1760	섬색씨	민요	조명암	손목인	김연월
3	1935. 4	Co	40606	追憶의 小夜曲	유행가	조명암	김준영	박헌익
4	1935. 5	Co	40612	눈물의 埠頭	유행가	조명암	김준영	채규엽
5	1935. 8	Co	40629	님이여 잘 잇거라	유행가	조명암	김준영	강홍식
6	1936. 5	Ok	1896	木花를 따며	유행가	조명암	김해송	장세정 이난영
7	1936. 8	Co	40705	荒野에 해가 저무러	유행가	조명암	김준영	강홍식 김초운
8	1936.	Co	40726	有情無情	유행가	조명암	김준영	안명옥
9	1936.	Co	40734	春夢	신민요	조명암	김준영	강홍식
10	1936.	Co	40742	가시면 못오시나	유행가	조명암	김준영	김초운
11	1936. 12	Ok	1943	追憶의 등대	유행가	조명암	손목인	이난영
12	1937. 5	Ok	1998	無情曲	유행가	조명암	박시춘	장세정
13	1937. 12	Vi	KJ-1132	알뜰한 당신	유행가	조명암	전수린	황금심
14	1937. 12	Vi	KJ-1132	漢陽은 千里遠程	신민요	조명암	이면상	황금심
15	1938. 3	Ok	12110	꼬집힌 풋사랑	유행가	조명암	박시춘	남인수

차례	년월	회사	번호	곡명	구분	작사자	작곡자	가수
16	1938. 3	Ok	12110	토라진 눈물	유행가	조명암	양상포	장세정
17	1938. 3	Ok	12111	櫻花暴風	만요	조명암	박시춘	김정구
18	1938. 3	Ok	12113	珊瑚빗 하소연	유행가	조명암	박시춘	이난영
19	1938. 4	Ok	12122	處女夜曲	유행가	조명암	손목인	장세정
20	1938. 4	Ok	12122	청노새 嘆息	유행가	조명암	손목인	남인수
21	1938. 4	Ok	12123	애당초붙어	유행가	조명암	박시춘	이난영
22	1938. 4	Ok	12123	하누님 맙쇼	만요	조명암	손목인	김정구 장세정
23	1938. 4	Ok	12124	國境列車	유행가	조명암	박시춘	송달협
24	1938. 4	Ok	12124	미운情 고운情	신민요	조명암	손목인	이은파
25	1938.	Ok	12131	네 꼭 정말요	유행가	조명암	손목인	장세정
26	1938.	Ok	12131	追憶의 長恨夢	유행가	조명암	박시춘	유 향
27	1938. 6	Ok	12147	꽃피는 港口	유행가	조명암	손목인	이은파 이난영
28	1938. 6	Ok	12147	總角 陳情書	만요	조명암	박시춘	김정구
29	1938. 6	Ok	12148	파무든 便紙	유행가	조명암	손목인	이난영
30	1938. 7	Ok	12139	외로운 化粧臺	유행가	조명암	박시춘	장세정
31	1938. 7	Ok	12140	바다의 交響詩	유행가	조명암	손목인	김정구
32	1938. 7	Ok	12145	新作 노래가락	경기잡가	조명암		장학선
33	1938. 7	Ok	12145	新作 창부타령	경기잡가	조명암		장학선
34	1938. 7	Ok	12151	목노의 嘆息	유행가	조명암	박시춘	송달협
35	1938. 8	Co	40823	落花의 꿈	유행가	조명암	정진규	유종섭
36	1938. 9	Ok	12156	他鄕의 술집	유행가	조명암	이시우	김정구
37	1938. 9	Ok	12164	님 前上書	유행가	조명암	박시춘	이난영
38	1938. 9	Ok	12164	울니는 滿洲線	유행가	조명암	손목인	남인수
39	1938. 9	Ok	12165	男裝美人	유행가	조명암	박시춘	장세정
40	1938. 9	Ok	12165	신접사리 風景	유행가	조명암	大久保 德二郎	이난영 남인수
41	1938. 9	Ok	12168	港口마다 괄세드라	유행가	조명암	박시춘	남인수
42	1938. 9	Ok	12168	病든 薔薇	유행가	조명암	이봉룡	이난영
43	1938. 9	Ok	12169	철나자 망녕	유행가	조명암	박시춘	장세정
44	1938. 10	Ok	12175	岐路의 黃昏	유행가	조명암	박시춘	남인수
45	1938.	Ok	12185	거리의 落花	유행가	조명암	엄재근	이난영

차례	년월	회사	번호	곡명	구분	작사자	작곡자	가수
46	1938.	Ok	12185	靑春工場	유행가	조명암	박시춘	남인수
47	1938.	Ok	12186	月給날 情報	만요	조명암	박시춘	김정구
48	1938. 12	Ok	12190	꼴망태 牧童	신민요	조명암	김영파	이화자
49	1938. 12	Ok	12190	님前 화푸리	신민요	조명암	김영파	이화자
50	1938. 12	Ok	12191	紅燈街의 半月	유행가	조명암	박시춘	서봉희
51	1938. 12	Ok	12193	눈물의 信號燈	유행가	조명암	박시춘	김정구
52	1938. 12	Ok	12193	無情海峽	유행가	조명암	박시춘	김남홍
53	1938. 12	Ok	12195	蟾津江 嘆曲	유행가	조명암	김영파	남인수
54	1938. 12	Ok	12195	홀너간 故鄕집	유행가	조명암	김영파	남인수 이난영
55	1939.	Re	C-452	靑春 海峽	유행가	조명암	정진규	김춘희
56	1939. 1	Ok	12202	불꺼진 停車場	유행가	조명암	박시춘	김난홍
57	1939. 1	Ok	12203	모던 觀相쟁이	만요	조명암	김영파	김정구
58	1939. 1	Ok	12203	世上은 妖地境	만요	조명암	김영파	김정구
59	1939. 1	Ok	12204	人生 間奏曲	유행가	조명암	박시춘	남인수
60	1939. 1	Ok	12205	珊瑚채죽	유행가	조명암	김영파	고복수
61	1939. 1	Ok	12205	素服단장	신민요	조명암	김준영	이은파
62	1939. 1	Ok	12212	美女圖	신민요	조명암	김영파	이화자
63	v39. 1	Ok	12212	어머님前 上白	自敍曲	조명암	김영파	이화자
64	1939. 1	Ok	12213	얼너본 他關 女子	유행가	조명암	김영파	남인수
65	1939. 1	Ok	12213	港口의 無名草	유행가	조명암	엄재근	장세정
66	1939. 1	Ok	12214	돈打鈴	신민요	조명암	김영파	김정구
67	1939. 1	Ok	12214	第三日曜日	유행가	조명암	김영파	이난영 남인수
68	1939. 1	Ok	12247	南行列車	유행가	조명암	박시춘	이난영
69	1939. 2	Ok	12216	돈半 情半	유행가	조명암	박시춘	이난영
70	1939. 2	Ok	12216	放浪劇團	유행가	조명암	박시춘	남인수
71	1939. 2	Ok	12218	가을의 黃昏	유행가	조명암	김영파	고복수
72	1939. 2	Ok	12218	쌍도라지고개	신민요	조명암	박시춘	이은파
73	1939. 3	Ok	12222	오로라의 눈썰매	유행가	조명암	김영파	남인수
74	1939. 3	Ok	12222	靑春夜曲	유행가	조명암	박시춘	남인수
75	1939. 3	Ok	12223	金剛山 絶景	신민요	조명암	김영파	이화자
76	1939. 3	Ok	12223	花草 新郞	만요	조명암	김영파	김정구

626

차례	년월	회사	번호	곡명	구분	작사자	작곡자	가수
77	1939. 3	Ok	12224	第二 他鄕	유행가	조명암	김광남	고복수
78	1939. 4	Ok	12225	쪼각달 航路	유행가	조명암	엄재근	이인권
79	1939. 4	Ok	12225	紅炎의 街燈빗	유행가	조명암	이봉룡	이난영
80	1939. 4	Ok	12233	無情詞	유행가	조명암		김해송
81	1939. 4	Ok	12236	福德장사	만요	조명암	김영파	김정구
82	1939. 4	Ok	12236	山深夜深	신민요	조명암	김영파	이화자
83	1939. 6	Ok	12238	내마음은 이럿소	유행가	조명암	박시춘	이인권
84	1939. 6	Ok	12238	戀愛技術	유행가	조명암	박시춘	이난영
85	1939. 6	Ok	12247	悲戀의 出發	유행가	조명암	손목인	이인권
86	1939. 6	Ok	12248	겁쟁이 村處女	만요	조명암	손목인	이화자
87	1939. 6	Ok	12248	片紙와 電話	유행가	조명암	손목인	장세정
88	1939. 6	Ok	12250	안개속에 處女	유행가	조명암	손목인	고복수
89	1939. 6	Ok	12250	春風信號	유행가	조명암	손목인	김정구 장세정
90	1939. 7	Ok	12255	草綠色 海岸線	유행가	조명암	이봉룡	남인수
91	1939. 7	Ok	12256	일허버린 아버지	유행가	조명암	손목인	이난영
92	1939. 7	Ok	12258	洋燈 二千里	유행가	조명암	박시춘	김정구
93	1939. 7	Ok	12258	젊머나 좃치	신민요	조명암	박시춘	이화자
94	1939. 7	Ok	12259	四角封套	유행가	조명암	박시춘	장세정
95	1939. 8	Ok	12245	草家三間	신민요	조명암	박시춘	이화자
96	1939. 8	Ok	12246	沙漠의 자장가	유행가	조명암	박시춘	남인수
97	1939. 8	Ok	12263	눈물의 太平洋	유행가	조명암	손목인	남인수
98	1939. 8	Ok	12263	바다의 꿈	유행가	조명암	박시춘	이난영
99	1939. 8	Ok	12264	純情과 運命	유행가	조명암	박시춘	이인권
100	1939. 8	Ok	12264	郵便馬車	유행가	조명암	이봉룡	이인권
101	1939. 8	Ok	12265	삽살개 打令	민요	조명암	김영파	이화자
102	1939. 8	Ok	12265	수박 行商	만요	조명암	손목인	김정구
103	1939. 8	Ok	12266	비오는 新作路	유행가	조명암	손목인	장세정
104	1939. 8	Ok	12267	피장파장	유행가	조명암	박시춘	고복수
105	1939. 10	Ok	12272	滿洲 아가씨	유행가	조명암	鈴木哲夫	김룽자
106	1939. 10	Ok	12272	서울 쑤루쓰	유행가	조명암	大久保德二浪	이인권

차례	년월	회사	번호	곡명	구분	작사자	작곡자	가수
107	1939. 10	Ok	12273	連絡船 悲歌	유행가	조명암	손목인	이난영
108	1939. 10	Ok	12275	마음의 자물쇠	유행가	조명암	손목인	장세정
109	1939. 10	Ok	12282	그리운 그대	유행가	조명암	박시춘	김릉자
110	1939. 10	Ok	12282	茶房의 푸른꿈	유행가	조명암	김해송	이난영
111	1939. 10	Ok	12283	가을의 漫遊記	유행가	조명암	손목인	김정구
112	1939. 10	Ok	12283	十五夜 打鈴	신민요	조명암	낙랑인	이화자
113	1939. 10	Ok	12285	靑空日記	유행가	조명암	손목인	남인수
114	1939. 11	Ok	12292	馬車의 銀방울	유행가	조명암	손목인	김정구
115	1939. 11	Ok	12295	달뜨는 舟橋	유행가	조명암	손목인	이인권
116	1939. 12	Ok	20003	純情特急	유행가	조명암	김해송	박향림
117	1939. 12	Ok	20003	코스모스 嘆息	유행가	조명암	김해송	박향림
118	1939. 12	Ok	20004	담배집 處女	유행가	조명암	손목인	이난영
119	1939. 12	Ok	20006	無情 告白	유행가	조명암	박시춘	박향림
120	1939. 12	Ok	20006	울며헤진 釜山港	유행가	조명암	박시춘	남인수
121	1939. 12	Ok	20007	沙工의 딸	유행가	조명암	박시춘	이난영
122	1939. 12	Ok	20007	哀愁의 끼타-	유행가	조명암	박시춘	이인권
123	1939. 12	Ok	20008	半우슴 半눈물	유행가	조명암	채월탄	이화자
124	1940. 1	Ok	20010	일홈이 妓生이다	유행가	조명암	박시춘	남인수
125	1940. 1	Ok	20010	中國아가씨	유행가	조명암	박시춘	장세정
126	1940. 1	Ok	20011	쓸쓸한 旅館房	유행가	조명암	박시춘	박향림
127	1940. 1	Ok	20011	英子야 가거라	유행가	조명암	박시춘	이인권
128	1940. 2	Ok	20020	街燈의 小夜曲	유행가	조명암	낙랑인	이인권
129	1940. 2	Ok	20020	哀愁의 鴨綠江	유행가	조명암	손목인	이난영
130	1940. 2	Co	C-2022	불꺼진 사롱	유행가	조명암	김준영	송금령
131	1940. 2	Ok	20017	내 어이 왓나요	유행가	조명암	채월탄	장세정
132	1940. 2	Ok	20017	꽃업는 花甁	유행가	조명암	손목인	남인수
133	1940. 2	Ok	20018	北京의 달밤	유행가	조명암	손목인	김정구
134	1940. 2	Ok	20019	슬기찬 千里馬	유행가	조명암	손목인	남인수
135	1940. 2	Ok	20019	연지곤지	유행가	조명암	손목인	이난영
136	1940. 3	Ok	20024	花柳春夢	유행가	조명암	김해송	이화자
137	1940. 3	Ok	20024	火輪船아 가거라	유행가	조명암	김해송	이화자

628

차례	년월	회사	번호	곡명	구분	작사자	작곡자	가수
138	1940. 3	Ok	20025	港口야 울지마라	유행가	조명암	박시춘	이난영
139	1940. 3	Ok	20025	鄕愁列車	유행가	조명암	박시춘	이인권
140	1940. 3	Ok	20026	살랑 春風	유행가	조명암	박시춘	이화자
141	1940. 3	Ok	20026	愉快한 봄消息	유행가	조명암	채월탄	김정구
142	1940. 3	Ok	20027	벙어리 離別	유행가	조명암	박시춘	박향림
143	1940. 3	Ok	20027	花柳 雜記帳	유행가	조명암	박시춘	박향림
144	1940. 3	Ok	20028	南쪽의 戀歌	유행가	조명암	김해송	남인수
145	1940. 3	Ok	20028	봄 안개 봄 치마	유행가	조명암	송희선	서옥자
146	1940. 3	Ok	20029	동생을 차저서	유행가	조명암	박시춘	이인권
147	1940. 5	Ok	20033	故鄕을 이젓느냐	유행가	조명암	송희선	이인권
148	1940. 5	Ok	20033	사랑은 不死鳥	유행가	조명암	박시춘	이인권
149	1940. 6	Ok	20045	望鄕의 뺀취	유행가	조명암	손목인	남인수
150	1940. 6	Ok	20049	靑淚紅淚	유행가	조명암	박시춘	박향림
151	1940. 6	Ok	20050	봄劇場	유행가	조명암	박시춘	박향림
152	1940. 6	Ok	20051	新作 노들江邊	신민요	조명암		이화자
153	1940. 7	Ok	20058	港口의 불근 소매	유행가	조명암	손목인	이난영
154	1940. 8	Ok	K5000	파이푸 嘆息	유행가	조명암	손목인	권명성
155	1940. 8	Ok	K5004	南京아가씨	유행가	조명암	이봉룡	이난영
156	1940. 8	Ok	K5004	紅燈日記	유행가	조명암	손목인	고운봉
157	1940. 8	Ok	K5006	님前녁두리	신민요	조명암	채월탄	이화자
158	1940. 8	Ok	K5006	離別이외다	신민요	조명암	박시춘	이화자
159	1940. 8	Ok	K5007	애송이사랑	유행가	조명암	김해송	이인권
160	1940. 9	Ok	K5010	松花江썰매	유행가	조명암	송희선	권명성
161	1940. 9	Ok	K5010	아 牡丹江	유행가	조명암	박시춘	박향림
162	1940. 9	Ok	K5011	가거라 똑딱船	유행가	조명암	이봉룡	이난영
163	1940. 10	Ok	31003	눈감은 浦口	유행가	조명암	박시춘	이난영
164	1940. 10	Ok	31003	불어라 쌍고동	유행가	조명암	김해송	남인수
165	1940. 10	Ok	31004	마음의 貨物車	유행가	조명암	손목인	이화자
166	1940. 10	Ok	31004	秋風落葉	유행가	조명암	김해송	이화자
167	1940. 10	Ok	31005	눈오는 네온街	유행가	조명암	박시춘	남인수
168	1940. 10	Ok	31005	잘잇거라 斷髮嶺	유행가	조명암	김해송	장세정
169	1940. 10	Ok	31006	마즈막 글월	유행가	조명암	박시춘	이화자
170	1940. 11	Ok	31001	꿈꾸는 白馬江	유행가	조명암	박근식	이인권

차례	년월	회사	번호	곡명	구분	작사자	작곡자	가수
171	1940. 11	Ok	31001	촤이나 燈불	유행가	조명암	김해송	이난영
172	1940. 11	Ok	31007	문허진 烏鵲橋	유행가	조명암	손목인	남인수
173	1940. 11	Ok	31008	關西新婦	유행가	조명암	손목인	이화자
174	1940. 11	Ok	31008	눈물의 노리개	유행가	조명암	김해송	이화자
175	1940. 11	Ok	K5021	西窓의 밤눈물	유행가	조명암	박시춘	이난영
176	1940. 11	Ok	K5022	桃花 江邊	유행가	조명암	박시춘	박향림
177	1940. 11	Ok	K5022	밤車의 실혼 몸	유행가	조명암	박시춘	고운봉
178	1940. 11	Ok	K5023	未完成戀歌	유행가	조명암	김해송	남인수
179	1940. 12	Ok	31009	國境의 茶房	유행가	조명암	이봉룡	이인권
180	1940. 12	Ok	31009	紅薔薇	유행가	조명암	박시춘	이인권
181	1940. 12	Ok	31010	紛바른 靑鳥	유행가	조명암	박시춘	남인수
182	1940. 12	Ok	31010	꼿 피는 支那街	유행가	조명암	손목인	박향림
183	1940. 12	Ok	31011	설음의 고개	유행가	조명암	박시춘	박향림
184	1940. 12	Ok	31011	모래城 嘆息	유행가	조명암	이봉룡	고운봉
185	1941. 1	Ok	31012	포장친 異國街	유행가	조명암	김영파	박향림
186	1941. 1	Ok	31012	흐르는 南꾯동	유행가	조명암	김영파	박향림
187	1941. 1	Ok	31013	南山꼴 茶방꼴	유행가	조명암	김영파	이화자
188	1941. 1	Ok	31013	오호라 父主前	유행가	조명암	김영파	이화자
189	1941. 1	Ok	31014	꽃도 실소 풀도 실소	유행가	조명암	박시춘	이난영
190	1941. 1	Ok	31016	驛馬車	유행가	조명암	김해송	장세정
191	1941. 1	Ok	31016	진달내 詩帖	유행가	조명암	이봉룡	이난영
192	1941. 1	Ok	K5030	鐵石의 情	유행가	조명암	박시춘	고운봉
193	1941. 1	Ok	K5031	牧童의 사랑	유행가	조명암	김영파	김정구
194	1941. 1	Ok	K5031	사랑엿장수	유행가	조명암	손목인	김정구
195	1941. 2	Ok	31018	요즈음 茶집	유행가	조명암	김해송	박향림
196	1941. 2	Ok	31019	水仙花	유행가	조명암	박시춘	남인수
197	1941. 2	Ok	31020	꽃바람 粉紅비	유행가	조명암	김영파	이화자
198	1941. 2	Ok	31020	希望의 故鄕線	유행가	조명암	이봉룡	권명성
199	1941. 2	Ok	K5036	숨쉬는 캰데라	유행가	조명암	김영파	이난영
200	1941. 2	Ok	K5036	辛福의 날짜	유행가	조명암	박시춘	성 일
201	1941. 3	Ok	31017	노랑저고리	신민요	조명암	김영파	이화자
202	1941. 3	Ok	31017	아리랑 三千里	신민요	조명암	김영파	이화자

차례	년월	회사	번호	곡명	구분	작사자	작곡자	가수
203	1941. 3	Ok	31021	秋風嶺 事件	유행가	조명암	이봉룡	이난영
204	1941. 3	Ok	31022	흘러간 學窓	유행가	조명암	전기현	장세정
205	1941. 3	Ok	31023	新京가는 洋車	유행가	조명암	김영파	김정구
206	1941. 4	Ok	31027	가거라 草笠童	신민요	조명암	김영파	이화자
207	1941. 4	Ok	31027	成鏡線 장사꾼	신민요	조명암	김영파	이화자
	1941. 4	Ok	31028	염주알 굴리며	유행가	조명암	김해송	고운봉
208	1941. 4	Ok	31030	그리운 茶집	유행가	조명암	박시춘	남인수
209	1941. 4	Ok	31030	풀각시 故鄕	유행가	조명암	박근식	이난영
210	1941. 4	Ok	31034	江原道아리랑	민요	조명암 補詞		이화자
211	1941. 4	Ok	31034	山念佛	민요	조명암 補詞		이화자
212	1941. 4	Ok	31035	櫻花春	유행가	조명암	박시춘	김정구
213	1941. 5	Ok	31036	女人行路	유행가	조명암	박시춘	남인수
214	1941. 5	Ok	31040	꽃거리 事情	신민요	조명암	박시춘	이화자
215	1941. 5	Ok	31040	발病나는 사랑인가	신민요	조명암	박시춘	박향림
216	1941. 5	Ok	31041	槍劍이 우는 밤	유행가	조명암	박시춘	고운봉
217	1941. 5	Ok	31041	첩첩靑山	유행가	조명암	송희선	박세정
218	1941. 5	Ok	31043	一字消息	유행가	조명암	박시춘	박달자
219	1941. 6	Ok	31039	無情千里	유행가	조명암	박시춘	남인수
220	1941. 6	Ok	31039	靑春港口	유행가	조명암	박시춘	남인수
221	1941. 6	Ok	31045	常綠의 거리	유행가	조명암	이봉룡	남인수
222	1941. 6	Ok	31045	希望	유행가	조명암	김해송	이난영
223	1941. 6	Ok	31046	진달네 純情	유행가	조명암	박시춘	박향림
224	1941. 6	Ok	31047	님이란 님字	신민요	조명암	김영파	이화자
225	1941. 6	Ok	31047	嶺千里 길손	유행가	조명암	송희선	박달자
226	1941. 6	Ok	31048	白牡丹 追憶	유행가	조명암	박시춘	이인권
227	1941. 6	Ok	31048	얼너본 日月曲	유행가	조명암	김영파	이난영
228	1941. 7	Ok	31052	志願兵의 어머니	愛國歌	조명암	古賀政男	장세정
229	1941. 7	Ok	31052	집업는 天使	가요곡	조명암	박시춘	남인수
230	1941. 7	Ok	31053	故鄕	가요곡	조명암	김해송	이난영
231	1941. 7	Ok	31053	人生	가요곡	조명암	김해송	남인수

631

차례	년월	회사	번호	곡명	구분	작사자	작곡자	가수
232	1941. 7	Ok	31054	살님 丹粧	신민요	조명암	박시춘	이화자
233	1941. 7	Ok	31054	여기가 他鄕	유행가	조명암	박시춘	박향림
234	1941. 7	Ok	31055	船艙	유행가	조명암	김해송	고운봉
235	1941. 8	Ok	31059	流浪의 나그네	가요곡	조명암	이봉룡	최병호
236	1941. 8	Ok	31059	港口의 밤	가요곡	조명암	박시춘	장세정
237	1941. 8	Ok	31060	二號室의 落花	가요곡	조명암	김해송	이화자
238	1941. 8	Ok	31061	융手巾 길손	가요곡	조명암	박시춘	남인수
239	1941. 8	Ok	31062	滿洲 뒷골목	가요곡	조명암	박시춘	김정구
240	1941. 9	Ok	31071	落花日記	주제가	조명암	김해송	송달협
241	1941. 9	Ok	31071	안해의 倫理	주제가	조명암	김해송	이난영
	1941. 9	Ok	31074	사나히 幸福	유행가	조명암	이봉룡	이인권
	1941. 9	Ok		항구의 뒷골목	유행가	조명암	손목인	김정구
242	1941. 10	Ok	31065	人生出發	가요곡	조명암	박시춘	남인수
243	1941. 10	Ok	31066	南柯一夢	가요곡	조명암	박시춘	이화자
244	1941. 10	Ok	31066	遼東 七百里	신민요	조명암	김해송	이화자
245	1941. 10	Ok	31067	사랑의 波止場	가요곡	조명암	이봉룡	최병호
246	1941. 10	Ok	31072	비오는 상삼봉	가요곡	조명암	박시춘	남인수
247	1941. 10	Ok	31075	내 故鄕은 港口	가요곡	조명암	박시춘	이인권
248	1941. 11	Ok	31078	山東 아가씨	가요곡	조명암	이봉룡	장세정
249	1941. 12	Ok	31080	오호라 王平	가요곡	조명암	김해송	남인수
250	1941. 12	Ok	31082	滿洲빛 黃昏車	가요곡	조명암		이인권
251	1942. 1	Ok	31084	그대와 나	주제가	조명암	김해송	남인수 장세정
252	1942. 1	Ok	31084	落花三千	가요곡	조명암	김해송	김정구
253	1942. 1	Ok	31085	江南의 나팔手	가요곡	조명암	김해송	남인수
254	1942. 1	Ok	31087	가거라 밤車	가요곡	조명암	박시춘	박향림
255	1942. 1	Ok	31087	歲月	가요곡	조명암	박시춘	최병호
256	1942. 1	Ok	31091	碧梧桐		조명암	이봉룡	최병호
257	1942. 1	Ok	31092	愛國班		조명암	김해송	김정구
258	1942. 2	Ok	31093	牧丹江편지	가요곡	조명암	박시춘	이화자
259	1942. 2	Ok	31093	아들의 血書	가요곡	조명암	박시춘	백년설
260	1942. 2	Ok	31095	月下의 船歌	가요곡	조명암	이봉룡	최병호
261	1942. 3	Ok	2011-22	男妹	가요곡	조명암		남인수 장세정

차례	년월	회사	번호	곡명	구분	작사자	작곡자	가수
262	1942. 3	Ok	31096	京畿나그네	가요곡	조명암	김해송	백년설
263	1942. 3	Ok	31097	病院船	가요곡	조명암	박시춘	남인수
264	1942. 3	Ok	31097	銃後의 자장歌	가요곡	조명암	김해송	박향림
265	1942. 3	Ok	31098	春風曲	가요곡	조명암	이봉룡	이화자
266	1942. 3	Ok	31100	엄마는 어듸로	가요곡	조명암	박시춘	장세정
267	1942. 5	Ok	31102	즐거운 傷處	가요곡	조명암	박시춘	백년설
268	1942. 5	Ok	31103	木浦는 港口	가요곡	조명암	이봉룡	이난영
269	1942. 5	Ok	31110	男妹	가요곡	조명암	이봉룡	남인수
270	1942. 5	Ok	31110	落花流水	가요곡	조명암	이봉룡	남인수
271	1942. 6	Ok	31106	南洋通信	가요곡	조명암	박시춘	백년설
272	1942. 6	Ok	31108	放街路의 달	가요곡	조명암	김화영	최병호
273	1942. 7	Ok	31111	徐生員 日記	가요곡	조명암	김해송	김정구
274	1942. 7	Ok	31111	玉樓夢	가요곡	조명암	김해송	이난영
275	1942. 7	Ok	31112	靑春썰매	가요곡	조명암	이봉룡	백년설
276	1942. 7	Ok	31113	一片정성	가요곡	조명암	박시춘	이화자
277	1942. 7	Ok	31113	暎山紅	가요곡	조명암	이봉룡	이화자
278	1942. 7	Ok	31114	沙漠의 花園	가요곡	조명암	박시춘	남인수
279	1942. 7	Ok	31116 -20	春香傳	가요곡	조명암	脚色文藝部 選出	유계선 이백수 박창환 강정구
280	1942. 7	Ok	31121	내 故鄕	가요곡	조명암	박시춘	백년설
282	1942. 7	Ok	31122	南쪽의 달밤	가요곡	조명암	박시춘	남인수
283	1942. 7	Ok	31122	紅桃	가요곡	조명암	서영덕	이난영
284	1942. 7	Ok	31123	花郎	가요곡	조명암	박시춘	박향림
285	1942. 7	Ok	31124	四面楚歌	가요곡	조명암	박시춘	최병호
286	1942. 7	Ok	31125	新作도라지	신민요	조명암	文藝部 構成	이화자
287	1942. 7	Ok	31125	新作아리랑	신민요	조명암	文藝部 構成	이화자
288	1942. 8	Ok	31126	마지막 筆跡	가요곡	조명암	이봉룡	이화자
289	1942. 8	Ok	31126	慰問편지	가요곡	조명암	남방춘	백년설
290	1942. 8	Ok	31127	娘子日記	가요곡	조명암	박시춘	남인수
291	1942. 8	Ok	31129	玉簪花	가요곡	조명암	송희선	이난영

차례	년월	회사	번호	곡명	구분	작사자	작곡자	가수
292	1942. 12	Ok	31133	비둘기 消息	신민요	조명암	김영파	이화자
293	1942. 12	Ok	31133	三千年의 꽃	신민요	조명암	김해송	이화자
294	1942.	Ok	31135	바다의 半平生	가요곡	조명암	남방춘	남인수
295	1942	Ok	31135	一字上書	가요곡	조명암	김해송	남인수
296	1942. 12	Ok	31139	누님의 사랑	가요곡	조명암	박시춘	백년설
297	1942. 12	Ok	31139	母子相逢	가요곡	조명암	能代八郎	백년설
298	1942. 12	Ok	31144	木花를 따며	주제가	조명암	김해송	장세정 이난영
299	1942. 12	Ok	31144	半島의 處女들	주제가	조명암	김해송	이화자
300	1942. 12	Ok	31145	決死隊의 안해	가요곡	조명암	박시춘	이화자
301	1942. 12	Ok	31145	望樓의 밤	가요곡	조명암	김해송	백년설
302	1942. 12	Ok	31146	丹心玉心	가요곡	조명암	이봉룡	장세정
303	1942. 12	Ok	31146	어머님 安心하소서	가요곡	조명암	김해송	남인수
304	1942. 12	Ok	31147	菊花一片	가요곡	조명암	김해송	이난영
305	1942. 12	Ok	31147	白鷗詞	가요곡	조명암	박시춘	김정구
306	1943. 2	Ok	31151-6	薔花紅蓮傳	가요곡	조명암	脚色文藝部·選曲	유계선 김양춘 이백수 복혜숙
307	1943. 2	Ok	31157	알쌍及第	가요곡	조명암	이봉룡	백년설
308	1943. 2	Ok	31157	情든 땅	가요곡	조명암	이봉룡	백년설
309	1943. 2	Ok	31158	男兒一生	가요곡	조명암	이봉룡	남인수
310	1943. 2	Ok	31158	아가씨 慰問	가요곡	조명암	이봉룡	장세정
311	1943. 2	Ok	31159	옥톡기 忠誠	가요곡	조명암	이봉룡	백년설
312	1943. 2	Ok	31160	福壽염낭	신민요	조명암	박시춘	이화자
313	1943. 2	Ok	31160	玉통소 우는 밤	신민요	조명암	박시춘	이화자
314	1943. 2	Ok	31165	山千里 물千里	가요곡	조명암	이봉룡	최병호
315	1943. 2	Ok	31165	黃布돗대	가요곡	조명암	박시춘	최병호
316	1943. 2	Ok	31166	新作 放我打鈴	신민요	조명암		이화자
317	1943. 2	Ok	31166	新作 楊山道	신민요	조명암		이화자

차례	년월	회사	번호	곡명	구분	작사자	작곡자	가수
318	1943. 6	Ok	31167	大地의 사나이	가요곡	조명암	박시춘	남인수
319	1943. 6	Ok	31167	西歸浦七十里	가요곡	조명암	박시춘	남인수
320	1943.	Ok	31172	父母離別	가요곡	조명암	김해송	백년설
321	1943.	Ok	31172	人生街頭	가요곡	조명암	김해송	백년설 이난영
322	1943. 8	Ok	31192	아름다운 花園	주제가	조명암	박시춘	박향림
323	1943. 8	Ok	31192	朝鮮海峽	주제가	조명암	박시춘	백년설
324	1943. 9	Ok	31183	끝업는 生覺	가요곡	조명암	박시춘	백년설
325	1943. 9	Ok	31183	洛東江손님	가요곡	조명암	박시춘	백년설
326	1943. 9	Ok	31185	떠나갈 海峽	가요곡	조명암	박시춘	최병호
327	1943. 9	Ok	31185	蘭花扇	가요곡	조명암	박시춘	장세정
328	1943. 11	Ok	31193	二千五百萬感激	가요곡	조명암	김해송	남인수 이난영
329	1943. 11	Ok	31193	血書志願	가요곡	조명암	박시춘	백년설 박향림 남인수
330	1944.	Ok	31211	一家親戚	가요곡	조명암	이봉룡	남인수
331	1944.	Ok	31211	志願兵의 집	가요곡	조명암	박시춘	장세정
332	1944.	Ok	31215	希望馬車	가요곡	조명암	남촌인	백년설
333	1944.	Ok	31215	追憶의 水平線	가요곡	조명암	남촌인	백년설
334	1946.	Ok		울어라 은방울 (해방된 역마차)	가요곡	조명암	김송규	장세정

3. 금운탄(金雲灘) 명의로 발표한 작품목록

차례	년월	회사	번호	곡명	구분	작사자	작곡자	가수
1	1935. 1	Po	19172	南浦의 追憶	주제가	금운탄	이면상	선우일선
2	1935. 5	Po	19198	旅路의 黃昏	짜즈송	금운탄		오리엔탈합 창단
3	1935. 8	Po	19215	處女祭	신민요	금운탄	이면상	선우일선
4	1935. 8	Po	19216	他館千里	가요	금운탄		김영길
5	1935. 9	Po	12219	나루의 哀想曲	유행가	금운탄	김면균	전 옥

차례	년월	회사	번호	곡명	구분	작사자	작곡자	가수
6	1935. 9	Po	19220	그대여 나에게로	합창	금운탄		오리엔탈리즘뽀이
7	1935. 9	Po	19220	薔薇의 꿈	합창	금운탄	이면상	오리엔탈리즘뽀이
8	1935. 10	Po		붉은꿈 푸른꿈	유행가	금운탄	박벽계	김용환
9	1935. 11	Po	19228	바다 없는 港口	유행가	금운탄	김탄포	전 옥
10	1935. 11	Po	19230	버드나무 숨길	유행가	금운탄	김면균	윤건영
11	1935. 11	Po	19230	嘆息의 小夜曲	유행가	금운탄	김면균	전 옥
12	1935. 12	Po	19231	朝鮮의 밤	유행가	금운탄	이면상	선우일선
13	1936. 6	Po	19313	弘路 人生	유행가	금운탄	이면상	윤건영
14	1936. 8	Po	19330	浦口의 우는 물새	신민요	금운탄	이면상	선우일선
15	1936. 8	Po	19332	金노다지 打鈴	유행가	금운탄	이면상	김용환
16	1936. 10	Po	19351	달빗도 외로워	유행가	금운탄	석일송	윤건영
17	1936. 10	Po	19351	떠도는 나그네 맘	유행가	금운탄	박벽계	김용환
18	1936. 10	Po	19354	烏鵲橋	신민요	금운탄	이면상	선우일선
19	1937.	Po	19384	물레방아 打鈴	신민요	금운탄		김용환
20	1937.	Po	19399	금송아지 타령	신민요	금운탄	김저석	이화자
21	1937. 2	Po	19392	九十里고개	신민요	금운탄	조자룡	김용환
22	1937. 5	Po	19407	그네 뛰는 仙女	신민요	금운탄	이춘추	이화자
23	1937.	Po	19417	花柳哀歌	가요곡	금운탄		선우일선
24	1937.	Po	19417	京城行進曲	가요곡	금운탄		윤건영
25	1938. .	Po	19470	비나리는 거리	유행가	금운탄	김준영	박옥매
26	1938. .	Po	19470	悲戀의 街路燈	유행가	금운탄		조영심
27	1939. 3	Po	X-535	朝鮮의 處女	신민요	금운탄	석일송	이화자
28	1939.	Po	X-542 B	눈물의 피에로	가요곡	금운탄		김용환
29	1939. 9	Po	X-592	金송아지 打玲	신민요	금운탄	김저석	이화자
30	1936. 5	NK	H1022	滄波에 가신 님	가요곡	금운탄	해 성	김애라

4. 김다인(金茶人) 명의로 발표한 작품 목록

차례	년월	회사	번호	곡명	구분	작사자	작곡자	가수
1	1934. 6	Ok	1680	鷄卵강짜 (上下)	넌센스	김다인		신불출 신일선
2	1937.	Ta	8347	離別의 十字路	유행가	김다인	이용준	울금향
3	1938. 9	Co	40832	꽃바람 님바람	유행가	김다인	전기현	남일연
4	1938. 10	Co	40836	바다의 자장가	유행가	김다인	전기현	이옥란 신회춘
5	1938. 10	Co	40836	울고 간 龍山驛	유행가	김다인	전기현	신회춘
6	1938. 11	Co	40839	妓生手帖	유행가	김다인	전기현	이옥란
7	1938. 11	Co	40839	上海로 가자	유행가	김다인	이용준	유종섭
8	1939.	Re	C-453	사랑은 속아도 사랑 (上下)	花柳悲劇	김다인		지경순 박세명
9	1939.	Re	C-456	沈淸이 (上下)	悲劇	김다인		지경순 박세명
10	1939.	Re	C-460	椿姬 (上下)	悲劇	김다인		지경순 박세명
11	1939.	Re	C-462	슈監마님 (上下)	넌센스	김다인		지경순 박세명
12	1939.	Re	C-463	鷄卵事件 (上下)	넌센스	김다인		지경순 박세명
13	1939.	Re	C-467	死의 勝利 (上下)	悲劇	김다인		지경순 박세명
14	1939.	Re	C-471	溫突夜話	유행가	김다인	전기현	이병한 성석초
15	1939. 1	Co	40845	못갑니다	유행가	김다인	이용준	박향림
16	1939. 1	Co	40846	꽃갓흔 純情	유행가	김다인	이용준	이옥란
17	1939. 1	Co	40846	눈물의 連絡船	유행가	김다인	김송규	유종섭
18	1939. 1	Co	40847	남무아미타불	漫謠	김다인	김송규	김해송
19	1939. 1	Co	40847	쌍쌍 打鈴	신민요	김다인	김송규	김장미
20	1939. 1	Ta	8603	달갓흔 님아	신민요	김다인	유일춘	미스코리아
21	1939. 1	Ta	8607	똥그랑 쌩쌩	신민요	김다인	김기현	미스코리아
22	1939. 2	Co	40848	엉터리 大學生	유행가	김다인	김송규	김장미
23	1939. 2	Co	40848	희망의 썰매	유행가	김다인	김송규	김해송

차례	년월	회사	번호	곡명	구분	작사자	작곡자	가수
24	1939. 2	Co	40849	연분홍 薔薇	유행가	김다인	이용준	남일연
25	1939. 2	Co	40849	青春無情	유행가	김다인	김송규	유종섭
26	1939. 4	Co	40850	故鄕郵便	유행가	김다인	이용준	박향림
27	1939. 4	Co	40851	청실홍실	유행가	김다인	이용준	남일연
28	1939. 4	Co	40851	흘으는 春色	유행가	김다인	이용준	유종섭
29	1939. 4	Co	40852	별일이 다 만어	만요	김다인	전기현	박향림
30	1939. 4	Co	40852	八道장타령	만요	김다인	김송규	김해송
31	1939. 4	Co	40853	哀愁의 江邊	유행가	김다인	이재호	박향림
32	1939. 5	Co	40857	왜 이럴가요	유행가	김다인	이재호	박향림
33	1939. 5	Co	40858	울고 간 연못가	유행가	김다인	이재호	유종섭
34	1939. 6	Co	40861	娘子의 머리 嘆息	유행가	김다인	이재호	김장미
35	1939. 6	Co	40861	우리는 風雲兒	유행가	김다인	김용준	유종섭
36	1939. 7	Co	40863	기타는 운다	유행가	김다인	이재호	김장미
37	1939. 7	Co	40864	情熱의 水平線	유행가	김다인	이용준	유종섭
38	1939. 7	Co	40864	希望의 바다로	유행가	김다인	이용준	박향림 외콜럼비아합창단
39	1939. 9	Co	40867	아득한 故鄕	유행가	김다인	이재호	김장미
40	1939. 9	Co	40868	梧桐닢 질때	유행가	김다인	이재호	박향림
41		Co	40871	흘너간 五年	유행가	김다인	이용준	박향림
42		Co	40873	松花江건너	유행가	김다인	이재호	박향림
43	1940. 7	Co	44007	빗나는 水平線	유행가	김다인	이재호	김해송
44	1941. 4	Ok	31035	봄便紙	유행가	김다인	古賀政男	이난영
45	1941. 5	Ok	31038	青春 뿌루스	유행가	김다인	大久保德二郎	이인권
46	1941. 6	Ok	31046	마지막 信票	유행가	김다인	박시춘	최병호
47	1941. 6	Ta	5004	승가리 姑娘	가요곡	김다인	전기현	백란아
48	1941. 7	Ta	5007	青春福祉	가요곡	김다인		태방남
49	1941. 8	Ok	31060	兩山道당나귀	가요곡	김다인	박시춘	이화자
50	1941. 8	Ok	31061	마음의 浦口	가요곡	김다인	김해송	이난영
51	1941. 7	Ta	5007	白紙올시다	가요곡	김다인	박시춘	장세정
52	1941. 9	Ta	5012	아가씨 茂盛	가요곡	김다인	김교성	백란아

차례	년월	회사	번호	곡명	구분	작사자	작곡자	가수
53	1941. 10	Ok	31065	浦口의 人事	가요곡	김다인	이봉룡	남인수
54	1941. 10	Ok	31069	舊小說 푸념	가요곡	김다인	박시춘	박향림
55	1941. 10	Ok	31069	사나희 位置	가요곡	김다인	박시춘	김구식
56	1941. 10	Ok	31072	열일곱 娘娘	가요곡	김다인	이봉룡	이난영
57	1941. 12	Ok	31081	구름길 冊曆	가요곡	김다인	박시춘	박향림
58	1941. 11	Ok	31078	달려라 노새	가요곡	김다인	김해송	남인수
59	1942. 1	Ok	31085	新春葉書	가요곡	김다인	김해송	이난영
60	1942. 1	Ok	31090	더벙머리 過去	가요곡	김다인	박시춘	백년설
61	1942. 1	Ok	31090	千里定處	가요곡	김다인	박시춘	백년설
62	1942. 1	Ok	31091	陳頭의 男便		김다인	박시춘	박향림
63	1942. 5	Ok	31105	나도百年 너도百年	가요곡	김다인	박시춘	김정구
64	1942. 7	Ok	31112	希望他關	가요곡	김다인	박해송	백년설
65	1942. 10	Ta	5050	公主江	가요곡	김다인	전기현	모란봉
66	1942. 11	Ok	31136	人生線	가요곡	김다인	이봉룡	남인수
67	1942. 11	Ok	31136	靑年故鄕	가요곡	김다인	박시춘	남인수
68	1942. 11	Ta	5052	少年草	가요곡	김다인	이재호	태방남
69	1942. 11	Ta	5052	朝鮮의 누님	가요곡	김다인	이재호	태방남
70	1942. 12	Ok	31134	靑春銅羅	가요곡	김다인	박시춘	백년설
71	1942. 12	Ok	31134	希望의 달밤	가요곡	김다인	박시춘	백년설
72	1942. 2	Ok	31094	珊瑚礁	가요곡	김다인	이봉룡	이난영
73	1942. 2	Ok	31094	地平線아	가요곡	김다인	윤학구	남인수
74	1942. 3	Ok	31096	故鄕雪	가요곡	김다인	이봉룡	백년설
75	1942. 3	Ok	31098	薔薇와 暴風	가요곡	김다인	이봉룡	이화자
76	1942. 3	Ok	31100	歡喜의 눈길	가요곡	김다인	김00	이인권
77	1942. 5	Ok	31102	아주까리 手帖	가요곡	김다인	이봉룡	백년설
78	1942. 5.	Ok	31103	多情燈臺	가요곡	김다인	이봉룡	남인수
79	1942. 6	Ok	31107	꿈 打鈴	가요곡	김다인	박시춘	이화자
80	1942. 6	Ok	31107	달曆 걸曆	가요곡	김다인	이봉룡	이화자
81	1942. 6	Ta	5040	新곰배타령	신민요	김다인	전기현	모란봉
82	1942. 6	Ta	5040	愛國 아리랑	가요곡	김다인		장옥화
83	1942. 7	Ok	31114	燈불茂盛	가요곡	김다인	김해송	남인수

차례	년월	회사	번호	곡명	구분	작사자	작곡자	가수
84	1943.	Ta	5068	百年雪傑作集 (上下)		김다인 구성		백년설
85	1943.	Ta	5086	冬柏꽃 피는 望樓	가요곡	김다인	이재호	이인권
86	1943. 2	Ok	31159	圖們江아가씨	가요곡	김다인	김해송	박향림
87	1943. 2	Ta	5060	白年雪傑作集 (上下)		김다인 편성		백년설
88	1944.	Ok		故鄕草		김다인	박시춘	장세정

* '김다인' 명의로 발표된 작품은 아직도 불확실한 면이 있다. 김다인이 박영호의 필명이라는 설이 여전히 제기되고 있어서 앞으로 연구가 요청되느 부분이다.

5. 이가실(李嘉實) 명의로 발표한 작품목록

차례	년월	회사	번호	곡명	구분	작사자	작곡자	가수
1	1940. 8	Co	44010	滿洲로 가는 길	유행가	이가실	전기현	손복춘
2	1940. 8	Co	44010	울리는 百日紅	유행가	이가실	전기현	계수남
3	1940. 10	Co	44012	追憶의 靑春街	유행가	이가실	古賀政男	마월송 왕죽희
4	1940. 11	Co	44016	他鄕千里	유행가	이가실	전기현	손복춘
5	1941. 2	Co	44022	꿈꾸는 揚子江	유행가	이가실	김준영	계수남
6	1941. 2	Co	44022	胡弓 處女	유행가	이가실	김준영	왕죽희
7	1941. 2	Co	44023	望鄕曲	유행가	이가실	이용준	마월송
8	1941. 2	Co	44026	房物장사 아주머니	유행가	이가실	전기현	왕죽희
9	1941. 3	Co	44030	뻑국새우는 밤	유행가	이가실	이용준	박소성 김안라
10	1941. 3	Co	44030	야루강 春色	유행가	이가실	전기현	손복춘
11	1941. 3	Co	44031	님실은 퐁퐁船	유행가	이가실	김준영	왕죽희
12	1941. 5	Co	44032	푸념 四巨里	신민요	이가실	전기현	손복춘
13	1941. 6	Co	44033	꽃지는 白馬江	신가요	이가실	전기현	마월송
14	1941. 9	Co	40875	晉州라 千里길	신가요	이가실	이운정	이규남
15	1941. 9	Co	40876	白蓮紅蓮	신가요	이가실	古賀政男	이해연
16	1941. 9	Co	40877	챠이나달밤	신가요	이가실	服部良一	이규남
17	1941. 9	Co	40878	풀각씨 靑春	신가요	이가실	김준영	옥잠화 Co.여성 합창단
18	1942. 1	Co	40881	俳優日記	신가요	이가실	한상기	이해연

차례	년월	회사	번호	곡명	구분	작사자	작곡자	가수
19	1942. 2	Co	40885	空山夜月	신가요	이가실	이운정	옥잠화
20	1942. 7	Co	40890	沙漠의 歡呼	신가요	이가실	손목인	김영춘
21	1942. 7	Co	40890	蘇州 뱃沙工	신가요	이가실	손목인	이해연
22	1942. 9	Co	40890	花草念佛	신가요	이가실	이운정	옥잠화
23	1942. 12	Co	40897	九十春光	신가요	이가실	이운정	옥잠화
24	1942. 12	Co	40900	軍事郵便 (일명 '아들의 所願')	신가요	이가실	이운정	이규남
25	1943. 1	Co	40901	파랑새	신가요	이가실	이운정	옥잠화
26	1943. 1	Co	40902	熱砂의 盟誓	신가요	이가실	古賀政男	이규남
27	1943.	Co	40905	辛福한 離別	신가요	이가실	한상기	고운봉
28	1943.	Co	40908	嶺東아가씨	신가요	이가실	손목인	이해연
29	1943.	Co	40909	참사랑	신가요	이가실	손목인	옥잠화
30	1943. 3	Co	40906	梁山道봄바람	신가요	이가실	이운정	옥잠화
31	1943. 3	Co	40906	第三 아리랑	신가요	이가실	이운정	옥잠화
32	1943. 3	Co	40907	東亞의 黎明	신가요	이가실	한상기	김영춘
33	1943. 4	Co	40910	黃海道노래	신가요	이가실	손목인	이해연 日畜합창단
34	1943. 5	Co	40912	꽃詩集	신가요	이가실	한상기	고운봉
35	1943. 5	Co	40912	봄날의 花信	신가요	이가실	손목인	옥잠화
36	1943. 12	Co	40920	港口의 前夜	신가요	이가실	손목인	김영춘 이해연

6. 분단 이후 북한에서의 작사 활동

차례	연월	제목	구분	작사자	작곡자
1	1950	조국보위의 노래	군가	조령출	리면상
2	1951	청년 유격대	군가	조령출	리면상
3	1951	전우의 은시계	군가	조령출	
4	1952	꽃나무	군가	조령출	
5	1952	압록강 이천리	군가	조령출	리면상
6	1952	물레야 동무야	군가	조령출	리면상
7	1952	얼룩소야 어서 가자	군가	조령출	김진명
8	1981	철령이라 높은 고개	가요	조령출	

조명암 희곡 작품목록

공연작품	공연단체극단	공연극장	공연연대
목련화	반도가극단		
영넘어 팔십리	신생가극단	동양극장	1943. 12. 14~12. 18
현해탄	신생가극단	동양극장	1945. 2. 17
海ゆかば	신생가극단	부민관	1943. 6. 2~ 6. 4
홍장미의 꿈	조선악극단		1940
왕소군	조선악극단		1942
아편전쟁	조선악극단		1942
東洋의曉	조선악극단	동양극장	1942. 8. 10~ 8. 12
뻐꾹새	조선악극단		
노예선	조선악극단		
阿片의港	조선악극단	동양극장	1944. 1. 22~ 1. 31 3. 22
혼혈아	조선악극단	동양극장	1944. 4. 5~4. 9(일본인 작가 전옥경조의 작품을 연출함)
열사의 화원	조선악극단	중앙극장	1944. 11. 7
도화만리	조선악극단	동양극장	1945. 3. 15
孟美女	조선악극단	동양극장	1945. 5. 18
유충렬	조선악극단	약초극장	1945. 7. 27
독립군		예술극장·문화극장·낙랑극작	1946. 2
논 개		예술극장	1946. 10
위대한 사랑		예술극장	1947. 3
미스터 방	조명암 각색	예술극장	1947. 6
로서아인		예술극장	1947. 6(시모노프의 작품을 조명암이 번역·연출함. 1946년 <문화통신> 잡지에 게재)
폭풍지구(4막)			1949
열두 삼천리벌 (5막7장)			1954
리순신 장군		평양 국립극장	1954

공연작품	공연단체극단	공연극장	공연연대
전 우		희곡집	1961
양반전(3장)		희곡집	1961
선화공주(5막)		희곡집	1961
리순신장군(9장)			1984
온달전			
밝은 태양 아래			
금강산 8선녀			
춘향전	삼영 평양 예술단	피바다식 가극대본	1988
춘향전		문예출판사	1991
바다의 처녀들	가극	김옥선 작곡	
사랑 사랑 내사랑	영화 대본		
배뱅이	민요창극 대본		
꽃 신	민족 가극		
견우와 직녀	민족 가극		
심청전	영화 대본		
사성기봉		피바다식 가극대본	

3

시인연보

1913년 1월10일(1세)　　충남 아산시 탕정면(湯井面) 매곡리(梅谷里) 643번지에서 부친 楊州 趙氏 趙慶熙 선생과 모친 趙熙定 여사의 사이에서 출생. '영출(靈出)'이란 이름은 고향 마을 뒷산 영인산(靈仁山)에서 유래된 것이라 전함.

1917년(5세)　　서울로 이주함.

1921년(8세)　　부친 별세

1928년(15세)　　금강산 건봉사로 출가하여 '중련(重連)'이란 법명으로 승려생활을 함.

1929년(16세)　　불교잡지 <회광(回光)> 창간호에 산문 「가을」을 발표함.

1930년(17세)　　건봉사 부설 봉명학교를 다니다가 만해 한용운 스님의 추천을 받아서 서울 보성고보로 전학함.

1932년(19세)　　사실상 최초의 작품이라 할 수 있는 시 「밤」을 조선일보에, 시 「이 洞窟안을 거니는 자여」를 <신동아>에 발표함. 재학시절에 산문 「경주순례기」를 <불교>지의 독자문단에 투고함.

1934년(21세)　　동아일보신춘문예에 시 「東方의 太陽을 쏘라」가 당선됨. 가요시 작품 「서울노래」를 동아일보에 발표함. 이때 '명암(鳴巖)'이란 필명을 비로소 최초로 사용함. <별건곤>지에서 주최한 유행소곡 현상공모에 「靑春曲」으로 2등 입선함. 이때 '趙鳴巖'이란 필명으로 「高句麗 哀傷曲」을 함께 투고하였으나 이 작품은 선외가작으로 뽑힘.

1935년(22세)　　보성고보 졸업을 앞두고 자신의 감상을 시 「航路」에서 밝힘. 이후 3년간 봉명학교로 돌아와 교사 생활을 함. 이때 「알뜰한 당신」 「선창」 등의 가요시를 발표함. 이후 오케레코드사 이철(李哲) 사장의 권유를 받아서 대중가

요 작사가로 왕성한 활동을 펼침. 가요시를 발표할 때
는 조명암(趙鳴巖:주로 오케음반), 금운탄(金雲灘:폴리돌
음반), 이가실(李嘉實:콜럼비아 음반) 등의 필명을 함께
사용함. 이후 발표한 대표적 가요시 작품으로 「인도
의 달밤」 「낙화유수」 「낙화삼천」 「서귀포 칠십리」 「
진주라 천리길」 「고구려 애상곡」 「처녀총각」 「꼴망태
목동」 「울며 헤진 부산항」 「어머님전 上白」 「코스모
스 탄식」 「花柳春夢」 「꼬집힌 풋사랑」 등이 있으며,
이 가요시 발표의 성공을 계기로 식민지 대중문화 운동
에 지대한 관심을 갖게 됨.

1936년(23세)　　　　일본 와세다대학 불문과 입학. 재학 중 방학 때 건봉
사에 돌아와 가요시 「꿈꾸는 백마강」을 써서 발표함. 이
후 민족의식이 함유된 가요시를 다수 발표함.

1941년(28세)　　　　동 대학 졸업 후 다시 2년간 봉명학교의 후배들을 지
도함.

1943년 2월8일(30세)　張蓮玉과 혼인.　<조선문학> <인문평론> 등에 다수
의 시를 발표함. 서울 동대문구 숭인동 72-163번지에
거주. 이 무렵 희곡 창작에 주력하며 가요시 「고향초(故
鄕草)」를 발표함. 장녀 龍姬 출생

1945년 8월(32세)　　조선프롤레타리아예술동맹에 가입. 조선문학가동맹
시부 위원. 시 「슬픈 역사의 밤은 새다」를 <예술운동>
창간호에 발표함. 이 작품은 해방기념 13인 공동시집
『햇불』(우리문학사刊. 1946))에 다시 수록됨.

1946년(33세)　　　　서울예술극장 창립 제1회 기념으로 동양극장에서 공
연한 연극 『남부 전선』(콘스탄친 시모노프 作, 李曙鄕
연출)에 좌파 연극인들과 함께 직접 출연함. 함세덕, 박
영호, 나웅, 황철, 박학, 문정복 등과 교유하며 연극 대
본 「독립군」 「논개」 「위대한 사랑」 「미스터 방」 등을
집필함. 3·1절 기념공연으로 「독립군」(황철 주연, 나웅
연출)을 동양 극장에서 공연함. 차녀 民姬(惠齡) 출생.

1947년(34세)　　　　삼녀 南姬 출생. 산문 「조선악극계의 회고」를 <영화

시대>지에 발표.

1948년 8월(35세)	월북함. 이때 38선을 넘던 소감을 쓴 시「북조선으로」를 발표함. 평양에서 국악인 김관보(金觀普)와 재혼함. 이후 세 아들을 낳음. 북한 문화선전성 창작위원회 위원으로 일함. 시 가사, 희곡 등을 발표함.
1949년(36세)	평양에 거주하며 민요 개사(改詞) 운동을 주도함.「모란봉」,「도라지」,「양산도」,「울산타령」 등을 개사함.
1950년 6월(37세)	6·25전쟁 중에는 인민군 종군 작가로 활동. 전쟁가요「조국보위의 노래」,「어머니 우리 당이 바란다면」 등을 작사함.
1951년(38세)	남한의 부인 장연옥 두 딸(용희, 남희)을 데리고 남편을 찾아 월북
1953년(39세)	북한 작가동맹 중앙상무위원회 후보위원으로 선출됨.
1954년(39세)	동독에서 개최된 쉴러문학제에 북한 대표로 참가함.
1956년(41세)	작가동맹 중앙위원으로 선출됨.
1957년(42세)	북한 국립민족예술극장 총장에 취임하였고, 북한 영화문학창작사 초대 주필이 됨.『조령출시전집』이 조선작가동맹출판사에서 발행됨.
1958년(43세)	북한 교육문화성 예술국장. 북한 예술단 단장으로 중국을 방문함.
1960년(45세)	북한 교육문화성 부상을 지냄. 북한의「피바다」,「꽃파는 처녀」 등 5대 혁명가극을 무대화하는 대본의 창작 책임자로 활동함.
1961년(46세)	『조령출희곡집』을 조선작가동맹출판사에서 간행함.「량반전」,「선화공주」,「리순신 장군」 등 3편이 이 책에 수록됨.
1962년(47세)	북한 문학예술총동맹 중앙위원회 부위원장.
1964년(49세)	이집트 민족무용단 북한 방문 환영회에서 연설.
1966년(51세)	평양가무단 단장으로 버어마 방문.
1968년(55세)	『사성기봉』(공저) 출판.
1973년(60세)	북한의 '국기훈장제1급'과 '김일성賞 계관인'을 받음.

1977년(64세)   평양학생소년예술단장으로 버어마와 불가리아 방문 공연
1978년(65세)   북한 시나리오창작사(현재의 영화문학창작사)의 초대 주필을 지냄.
1982년(69세)   '김일성상 계관인' 칭호와 국기훈장 제1급을 받음. 북한 친선협회 부위원장으로 중국 방문.
1984년(71세)   『온달전』을 간행함.
1988년(75세)   피바다식 가극대본『춘향전』을 평양예술단 공연 작품으로 제작. 「사랑 사랑 내 사랑」 「심청전」 「꽃신」 「견우와 직녀」 「선화공주」 「배뱅이굿」 「량반전」 「바다의 처녀들」 「온달전」 「이순신장군」 등의 수많은 민족가극과 희곡 및 영화대본을 발표함. 음악무용극 「곡산광산의 노래」 「밝은 태양아래」 등을 발표함. 가사 「만경대의 노래」 「압록강 이천리」 「모란봉」 등을 발표함. 시작품 「바다의 노래」 「해당화」 「어머님전 상서」 등을 발표함.
                 시집 『밝은 태양아래』를 출간함.
1992년(79세)   킹레코드사가 제작한 「레코드로 듣는 한국가요사」 발매에 즈음하여 문공부에 제출한 '월북작가 조명암의 일제시대 작사에 대한 해금청원서'가 접수되어 그동안 금지되어오던 가요시 작품 중 61편이 해금됨
1993년 5월8일(80세) 평양의 자택에서 사망.
1997년 5월9일   가요시 「알뜰한 당신」 「선창」 「고향초」 등의 대표작들이 분단 이후 작사가가 왜곡되어 전해져 왔으나, 남한의 유일한 혈육인 차녀 혜령 부부의 노력에 의하여 서울지방법원 최종 판결로 저작권을 회복함. 현재 확인 정리된 가요시의 분량은 대략 500여 곡이며, 이를 필명 별로 분류하면 조영출 명의로 6곡, 조명암 명의로 333곡, 금운탄 명의로 30곡, 이가실 이름으로 36곡임. 아직도 미발굴 가요시 작품이 상당수 있을 것으로 추정됨.(이 가운데 김다인 명의에 대해서는 재검토의 여지가 있음)
1999년   강원도 건봉사 경내에 조영출 시비가 건립됨.
2003년   서울의 선출판에서 『조명암시전집』(이동순 편)이 발간됨.

낱말풀이

낱말풀이

가

가렬하다 : 가열(苛烈)하다. 가혹하고 맹렬한

가사(袈裟) : 중이 장삼 위에 왼쪽 어깨에서 오른쪽 겨드랑이 밑으로 걸쳐
  입는 옷

가스이소 : '가십시오'의 경상도식 방언

가이다 : がいた. 1930년대 일본에서 제조된 담배 이름. 해태

가인재사(佳人才士) : 아름다운 여인과 재주 있는 선비

각적(角笛) : 뿔로 만든 피리

간부(奸夫) : 남의 아내와 몰래 정을 통한 남자

감로(甘露) : 소마(soma)의 다른 이름. 베다에서는 '소마는 신들이 마시는 술
  로서, 이것을 마시면 늙지도 죽지도 않으며, 그 맛은 꿀처럼 달기 때문
  에 감로라고도 한다'라고 했다. 불교에서 감로는 천신(天神)들이 부처의
  덕을 찬미하여 내리는 것이다

감자바위 : 강원도가 고향인 사람을 흔히 일컫는 말

강계(江界) : 북쪽으로 자성군, 북동쪽으로 후창군에 접하고, 북서쪽으로 압
  록강 상류를 넘어, 중국의 둥베이(東北) 지방과 마주하며, 서쪽으로 위
  원군·초산군, 남쪽으로 희천군, 동쪽으로 함남 장진군과 접한다. 1949
  년 12월 강계군 강계면이 강계시로 승격되고 강계군의 나머지 지역은
  장강군으로 개칭되었다

강보(襁褓) : 아기를 싸는 포대기

거멀 : '거멀장'의 준말. 나무 그릇 따위의, 사개를 맞추어 짠 모퉁이에 걸쳐
  대는 쇳조각

거세찬 : 세력이 몹시 거칠고 세찬

거연히 : 깊이 생각할 겨를도 없이. 문득. 갑자기

건갈이 : 논에 물을 대지 않고 가는 일. 마른갈이

겁(劫) : 천지가 한 번 개벽한 때부터 다음 번에 개벽할 때까지의 동안' 이
　　란 뜻으로 매우 길고 오랜 시간

게다 : 일본인이 신는 나무신

경문(經文) : 종교적 경전의 글

고사포탄(高射砲彈) : 항공기를 공격하는 데 쓰이는 올려본각이 큰 대포의
　　탄알

고엽(枯葉) : 마른 잎

고의춤 : 고의의 접어 여민 허리 부분과 몸과의 사이. 괴춤

고초당초(苦椒唐椒) : 매운 맛이 나는 고추를 일컫는 말. 흔히 독한 시집살
　　이에 비유함

고혹(蠱惑) : 아름다움이나 요염한 자태 등으로 호려서 마음이 쏠리게 함

고히 : ごひ. 커피의 일본말

곤두백인 : 곤두 박힌. 즉 높은 데서 거꾸로 넘어 떨어져 박인

곤세르 : 남색 세일러복

곰방대 : 짧은 담뱃대. 단죽(短竹). 짜른대

곰실곰실 : 작은 벌레 같은 것이 느릿느릿 곰틀거리는 모양

곳드 : god. 신(神)

공산당 선언 : 1848년에 카를 마르크스와 프리드리히 엥겔스가 공산주의자
　　동맹의 강령으로 삼기 위해 공동 집필한 소책자. '지금까지 존재한 모든
　　사회의 역사는 계급투쟁의 역사이다' 라는 유물론적 역사관에 입각하여
　　봉건시대부터 19세기 자본주의에 이르는 역사를 고찰한 뒤, 자본주의는
　　결국 몰락하여 노동자들의 사회로 대치될 수밖에 없다고 선언했다.

관동(關東) 천리 : 강원도 지방 전역을 일컫는 말

관문(關門) : 어떤 곳에 가려면 반드시 지나야만 하는 길목

광교(廣橋) : 서울 종로 네거리에서 남대문으로 가는 큰길을 잇는 청계천 위
　　에 걸려 있던 조선시대의 다리

광상곡(狂想曲) : 일정한 형식이 없이 기분에 따라 자유로이 변화하는 경쾌
　　한 기악곡

괴어 : 고이어

괴테 : 독일의 대표적 시인. 비평가, 언론인, 화가, 무대연출가, 정치가, 교육
　　가, 과학자

교교한 : 교교(皎皎). 달빛이 썩 맑고 밝은
교향(交響) : 교향곡의 준말. 관현악을 위하여 만들어진 소나타 형식의 규모
　　가 큰 악곡. 보통, 4악장으로 이루어짐. 심포니(symphony)
교향시(交響詩) : 표제 음악의 일종으로 시 또는 회화적 내용에서 영감을 받
　　은 관현악 작품
구락부(俱樂部) : 사교, 오락 따위의 목적을 가진 사람들끼리의 모임, 또는
　　그런 모임의 장소
구룡연(九龍淵) : 금강산의 구룡폭포가 떨어져 이룬 깊은 못
구름재 : 구름과 맞닿아 있을 정도로 높은 산 고개
구십춘광(九十春光) : 봄의 석 달 동안. 석 달 동안의 화창한 봄 날씨
구원(久遠) : 영원함. 오래도록 변하지 아니함
구절초 : 국화과에 속하는 다년생초
군모(軍帽) : 군인들이 쓰는 모자
굼슬거리다 : 벌레 같은 것이 느릿느릿 굼틀거리는 모양
궁터 : 궁궐이 있던 자리
권양기(捲揚機) : 밧줄이나 쇠사슬을 감았다 풀었다 함으로써 물건을 위아
　　래로 옮기는 기계
글발 : 남에게 무엇을 알리기 위해 적어 놓은 글
금수산천(錦繡山川) : '아름다운 자연'을 이르는 말. 금수강산
금줄 : 아이가 갓 태어난 집에 남이 함부로 드나들지 못하도록 문간을 건너
　　질러서 맨 줄
기린(騏驎) 말 : 하루에 천 리를 달린다는 말. 준마(駿馬)
기성팔경(箕城八景) : 기성, 즉 평양의 뛰어난 여덟 경치
긴자 : 일본 토오쿄오의 대표적 유흥가인 긴자(銀座) 거리
김형직(金亨稷) : 북한의 주석이었던 김일성의 아버지
꼬지 : 꼬치. 꼬챙이에 꿴 음식물의 통칭
꼭두서니 : 꼭두서니과의 여러해살이 덩굴 풀
꼴망태 : 쇠꼴을 담기 위해 볏짚으로 엮어 짠 망태기
꽃내 : 꽃향기
꽃포단 : 포단은 부들로 둥글게 틀어 만든 방석을 뜻하나, 꽃포단은 꽃무늬
　　를 수놓은 깔개자리의 뜻으로 쓰였다.

654

나

나락 : 논에 심어놓은 벼

나르시스 : 보이오티아의 강의 신 케피소스와 님프 리리오페 사이에서 태어
난 아들이다. 오비디우스의 ≪메타모르포세이스≫에 따르면, 리리오페
는 나르키소스를 낳자 테베의 예언자 테이레시아스에게 아들이 오래 살
것인지를 물었는데, 테이레시아스는 '자기 자신을 모르면 오래 살 것'이
라고 대답하였다고 한다. 나르키소스의 아름다운 용모에 반하여 숱한
처녀들과 님프들이 구애하였으나 그는 아랑곳하지 않았다. 아메이니아
스는 사랑을 거절당하자 나르키소스가 준 칼로 자살하였다. 숲과 샘의
님프인 에코도 그를 사랑하였는데, 헤라로부터 귀로들은 마지막 음절만
되풀이하고 말은 할 수 없는 형벌을 받아 마음을 전할 수가 없었다. 결
국 에코는 나르키소스로부터 무시당하자 실의에 잠겨 여위어 가다가 형
체는 사라지고 메아리만 남게 되었다. 나르키소스에게 사랑을 거절당한
이들 가운데 하나(또는 에코)가 나르키소스 역시 똑같은 사랑의 고통을
겪게 해 달라고 빌자 복수의 여신 네메시스가 이를 들어주었다. 헬리콘
산에서 사냥을 하던 나르키소스는 목이 말라 샘으로 다가갔다가 물에
비친 자신의 아름다운 모습을 사랑하게 되어 한 발짝도 떠나지 못하고
샘만 들여다보다가 마침내 탈진하여 죽었다. 또는 샘물에 빠져 죽었다
고도 한다. 한편 고대 유적에 대한 묘사의 정확성으로 잘 알려진『그리
스 안내』의 저자 파우사니아스에 따르면, 나르키소스는 먼저 죽은 쌍둥
이 여동생을 그리워하여 물에 비친 자신의 얼굴을 통해 여동생의 모습
을 떠올린 것이라고 한다. 그가 죽은 자리에는 시신 대신 한 송이 꽃이
피어났는데, 그의 이름을 따서 나르키소스(수선화)라고 부르게 되었다.
정신분석에서 자기애(自己愛)를 뜻하는 나르시시즘도 나르키소스의 이
름에서 유래한 것이다.

낙숫물 : 처마에서 떨어지는 빗물이나 눈, 고드름 따위가 녹은 물

낙원동(樂園洞) : 서울의 종로구에 위치한 동네의 명칭

낙천자(樂天者) : 낙천적인 사람

낙화삼천(落花三千) : 백제의 멸망 시기에 부여 낙화암에서 순결을 지키기
위해 투신하였다는 3천명의 궁녀들을 흔히 일컫는 말

655

낙화유수(落花流水) : '떨어지는 꽃과 흐르는 물'이라는 뜻으로 가는 봄의
    정경(情景)을 나타내는 말, 또는 쇠잔영락(衰殘零落)을 비유하여 이르는
    말
난파(難破) : 배가 폭풍우나 암초를 만나 부서지는 것
난화선(蘭花扇) : 난초꽃을 그림으로 장식한 부채
남실남실 : 물이 잔물결을 이루며 너울거리는 모양
낭성 : 천랑성(天狼星). 큰개자리의 주장되는, 온 하늘에서 가장 빛나는 흰
    붙박이별
낭자(娘子) : 시집 안 간 남의 집 처녀
너울 : 귀부인이 나들이를 할 때 얼굴을 가리기 위해 머리부터 허리까지 내
    려오게 쓰던 치마같이 생긴 물건
노류춘화(路柳春花) : 길가의 버들잎과 봄풀. 여기서는 기생을 비유하는 표
    현
노스탈자 : 노스탤지어(nostalgia). 낯선 타향에 있으면서 고향이 그리워지거
    나, 지난날이 그리워지는 마음. 향수(鄕愁). 회향병(懷鄕病)
녹색시인(綠色詩人) : 자연과 생명을 즐겨 노래하는 시인
농장기 : 농잠개. 농기구의 옛말
농촌테제 : 농촌의 개혁과 발전을 위하여 김일성이 계획한 정책. 테제는 정
    치적·사회적 운동에서 그 기본 방침을 규정한 강령(綱領)을 말한다
뇌옥(牢獄) : 죄인을 가두어 두는 곳. 감옥
눈매 : 눈의 생긴 모양새
능청한 : 능청스런

다

다뉴브 : 독일 남부의 산지에서 발원하여 흑해로 흘러드는 국제 하천. 길이
    약 2,850km, 유역 면적 약 81만 6000㎢이다. 영어로는 다뉴브(Danube),
    체코어로는 두나이(Dunaj), 헝가리어로는 두나(Duna)라 부른다.
다마쯔끼 : だまっき. 즉 당구의 일본말
다사한 : 일이 많은

656

단발령(斷髮嶺) : 금강산의 서쪽에 있는 고개. 신라의 왕자가 이 고개에서
금강산을 바라보고 그만 머리를 깎고 중이 되었다는 전설이 있음
단부링 : だんぶりん. 기계체조(器械體操). 철봉·목마·평행봉·뜀틀·링
등의 운동 기구를 사용하여 하는 체조
단야장(鍛冶場) : 금속 재료를 벼리어 기구를 만드는 곳
단침 : 짧은 바늘. 시침(時針)
당명주(唐明紬) : 중국의 소주와 항주에서 생산되는 유명한 비단
당중(當中) : 한 가운데
대동아(大東亞) : 동아, 즉 동아시아에 동남아시아를 더한 지역을 가리키는
말로, 1940년 7월 일본이 국책요강으로 '대동아 신질서 건설'이라는 것
을 내세우면서 대동아 공영권이란 말을 처음 사용하였다. 제2차 세계대
전에 개입한 직후인 1941년 12월 10일에는 이 전쟁을 대동아전쟁으로
부르기로 결정하였으며, 같은 달 12일에는 전쟁 목적이 '대동아 신질서
건설'에 있다고 주장하였다. 그 이전에도 일본은 중국의 둥베이 지방,
즉 만주를 침략하기 직전인 1931년에 일본·조선·만주·중국·몽골의
다섯 민족이 서로 화합해야 한다는, 일본과 만주가 블록을 결성해야 한
다는 '일만(日滿) 블록' 같은 슬로건을 선전하고 있었다. 일만 블록의 슬
로건은 만주를 점령한 후인 1933년에는 중국을 합한 '일만지(日滿支) 블
록'으로 발전하였으며, 1938년 중일전쟁이 일어난 후에는 일본·만주
국·중국이 주도하여 '동아 신질서'를 건설해야 한다는 주장을 내세우
고 있었다. 1940년 8월 1일 마쓰오카 요스케[松岡洋右] 일본 외상은 담
화를 발표해 처음으로 대동아공영권을 주창했다. 그 요지는 아시아 민
족이 서양 세력의 식민지배로부터 해방되려면 일본을 중심으로 대동아
공영권을 결성하여 아시아에서 서양 세력을 몰아내야 한다는 것이다.
대동아공영권의 결성이란 일본·중국·만주를 중축(中軸)으로 하여 프
랑스령 인도차이나·타이·말레이시아·보르네오·네덜란드령 동인
도· 미얀마·오스트레일리아·뉴질랜드·인도를 포함하는 광대한 지
역의 정치 적·경제적인 공존·공영을 도모하는 블록화였다. 그러나 실
제로 대동아공 영권에서 일본이 한 일은 피점령국의 주요 자원과 노동
력을 수탈하는 것이었으며, 이 목적을 위하여 식민지와 점령지의 독립
운동을 철저하게 탄압했다. 대동아공영권은 일본이 1945년 제2차 세계

657

대전에서 패함으로써 허황된 슬로건으로 끝났다.

더벙머리 : 더벅머리. 더부룩하게 흩어진 머리털, 또는 그런 머리털을 가진 사람

데파트 : departure. 죽음

돈수재배(頓首再拜) : 머리가 땅에 닿도록 두 번 절함. 혹은 '경의를 표함'의 뜻으로 편지 끝에 쓰는 말

동구 : 동네 어귀

동리(東籬) : 동쪽 울타리. 국화를 심은 밭

두나이 강변 : 다뉴브 강의 체코식 명칭

두렷이 : 흐리지 않고 아주 분명하게

두메 : 도시에서 멀리 떨어진 산골

두솔궁(兜率宮) : 도솔천. 불교에서 욕계 육천(欲界六天) 가운데 있다는 넷째 하늘. 하늘에 사는 사람의 욕망을 이루는 외원(外院)과 미륵보살의 정토인 내원(內院)으로 이루어졌다 함

둥당디 당실 산조(散調) : 전통 음악에서, 가야금·거문고·대금 따위를 장구의 반주로 연주하는 기악 독주 악곡. 처음에는 진양조로 느리게 시작하여 점점 급하게 중모리·자진모리·휘모리로 바꾸어 연주함

드렁 : 장사치들이 물건을 사라고 외칠 때에 복수(하나 이상)의 뜻으로 쓰는 말

들창 : 벽의 중간 위쪽으로 자그맣게 낸 창

등롱(燈籠) : 불을 켠 초나 호롱을 담아 한데 내어다 걸거나, 들고 다닐 수 있도록 하여 어둠을 밝히던 기구

듸시물린 : 지칠 대로 지친

또아 : 도어. 출입문

떼기 : 밭이나 논의 조그마한 쪼가리 땅을 세는 단위를 나타냄

뜨네기 : 뜨내기. 거처할 곳이 일정하지 못하여 떠돌아다니는 사람

뜨락또르 : 트랙터의 러시아 말

뜰메나무 : 들메나무. 깊은 산의 골짜기에서 자라며, 높이는 30m, 지름 1m 정도이고 작은 가지는 녹갈색이며 한쪽으로 편평해진다. 어린가지는 굵고 겨울눈이 크다.

라인 강반(江畔) : 스위스 중부 지방에서 발원하여 독일과 네덜란드를 가로
　　질러 북해로 유입되는 중부 유럽의 대하천의 기슭
라인푸치히 : 독일 작센 주의 서쪽에 있는, 독일에서 10번째로 큰 도시
라자로 : 성 라자로(Lazarus Confessor). 축일은 11월7일이다. 카톨릭 교회의 성
　　인으로, 기둥 위에서의 고행자인 동시에 수도원 설립자로 알려져 있다.
랑랑한 : 소리가 매우 맑고 또랑또랑한
레일 : 기차 따위의 무거운 운송기관의 쇠 바퀴가 굴러갈 수 있게 바닥에
　　깔아 놓은 쇠로 만든 길
레포 : 르뽀. 소식. 보고서
령남 : 조령(鳥嶺)의 남쪽, 곧 경상도 지방을 이르는 말
령마루 : 높은 산 고개의 맨 꼭대기
로씨야 : 러시아
로이드 : 미국의 희극배우 해롤드 로이드(Harold Lloyd). 네브래스카주 버처드
　　에서 출생하였다. 채플린, 키튼과 더불어 무성영화시대의 3대 희극왕 중
　　한 사람으로 꼽힌다. 유랑극단의 단역(端役)에서 출발, 영화의 엑스트라
　　를 거쳐 초기의 단편 희극영화에 출연하였다. 그후 「로이드의 야구」
　　(1917)에서 로이드 안경과 맥고모자로 분장, 이른바 로이드 스타일을 창
　　조하여 스피디한 희극으로 인기를 얻었다.
룡당포 : 황해남도 해주시 해주만의 용당반도(룡당반도) 끝에 있는 포구. 서
　　쪽에는 황포가 펼쳐져 있고, 남쪽으로 0.5㎞ 떨어진 곳에는 모란섬이 있
　　다. 남서쪽 맞은편에서는 강령반도의 진포가 용당반도의 끝 쪽으로 뻗
　　어 나와 바다가 좁은 여울을 이룬다.
룸펜 : Lumpen. 룸펜 프롤레타리아. 즉 실업자. 부랑자
리즘(이즘) : ism. 주의(主義). 설(說)

마하(摩訶) : '큰' '위대한'의 뜻을 지닌 산스크리트 말. 용수(龍樹)의 『대지도론(大智度論)』에서는 대(大)·다(多)·승(勝)의 의미가 있는 것으로 설명한다.

마네킹 : 옷가게에서 옷 입은 모양을 보여 주는 사람 만한 인형

마름새 : 옷이나 재목 따위를 마름질(치수에 맞추어 베고 자르는 것)해 놓은 솜씨

마리아 : 예수 그리스도의 어머니

마수(魔手) : 사람을 나쁜 길로 이끌거나 불행에 빠뜨리는 못된 꾀나 수단

마액(痲液) : 마취나 환각 등의 작용을 하는 약물

만가(輓歌) : 상여를 메고 가거나, 혹은 매장한 뒤 흙을 다질 때에 부르는 가락

만단(萬端) : 모든 필요한 여러 가지. 온갖 것

만주선(滿洲線) : 일제가 대륙침략을 위하여 남만주 지역 일대에 부설했던 철도

만풍년 : 온 세상 모든 지역에서 두루 풍년이 든 가을

맑스 : 독일의 사회학자·경제학자·정치이론가. '마르크스주의'(공산주의)의 창시자로서 프리드리히 엥겔스와 함께 <공산당선언>(1848)·<자본론>(1867, 1885, 1894) 등을 집필했다.

망토(manteau) : 남녀가 두루 입을 수 있는 커다란 외투의 한 가지. 소매가 없이 어깨로부터 내리 걸쳐 입으며, 손을 내놓는 아귀가 있음

매봉산(梅峰山) : 높이는 806m로, 백두대간의 함백산(1,573m)에서 서쪽으로 갈라지는 능선상의 최고봉이다. 백운산(1,426m)·장산·구룡산·목우산·꼭두봉·단풍산 등을 잇는 연결고리의 한가운데 솟아 있다.

맥고모자 : 맥고모(麥藁帽). 즉 보릿짚으로 만든 모자

맹폭(猛爆) : 마구 폭격함. 무차별 폭격

먹장구름 : 대개 비나 눈을 내리게 하는 매우 검은 빛깔의 구름

먼뎃절 : 마을로부터 먼 곳에 떨어져 있는 사찰

메리켕 : 메리 퀸(Mary Queen). 영국의 메리 여왕을 기념하기 위하여 건조된 거대한 증기선의 이름

멜랑꼴리 : melancholy. 습관적이고 체질적인 우울이나 침울. 애수

메롱 : 멜론 맛이 나는 음료수

면사포(面紗布) : 결혼식 때 신부가 얼굴을 가리도록 머리에 쓰는 희고 얇은
　　천

멸적(滅敵) : 적을 쳐서 없앰

모란눈 : 모란꽃의 송이처럼 크고 굵은 함박눈

모란봉 : 평양특별시 모란봉구역의 대동강 기슭에 있는 산

모로코 : 아프리카 대륙 북서단에 있는 국가

모본단(模本緞) : 중국에서 나는 비단의 한 가지. 품질이 정밀하고 윤이 나
　　며 무늬가 아름다움

목단강(牧丹江) : 중국의 흑룡강성을 가로지르는 강 이름

목양자(牧羊者) : 양을 치거나 놓아기르는 사람

몰록 : 모조리

무명지(無名指) : 약손가락

무삼 : '무슨' '무엇'의 옛말

묵도(默禱) : 소리를 내지 않고 마음속으로 가만히 비는 기도

물은 용용(溶溶) : 강물이 넓고 조용하게 흐르는 모양

뮤우즈 : 무사(Musa)의 영어 이름. 현재는 일반적으로 시나 음악의 신으로
　　알려져 있지만, 고대에는 널리 역사나 천문학까지도 포함하는 학예 전
　　반의 신으로 간주되었다.

미도리 : 美鳥(みどり). 1930년대 일본에서 제조된 담배 이름

바

바이칼 호수 : 러시아 연방 부라티야 자치공화국과 이르쿠츠크 주에 걸쳐
　　있는 거대한 호수. 유라시아 대륙에서 세 번째로 큰 호수이며, 담수호
　　로서는 가장 넓고 호안선의 연장은 2,200km에 이른다. 최대심도가
　　1,742m로 세계에서 가장 깊은 호수이다.

발파(發破) 소리 : 바위 같은 데에 구멍을 뚫고 폭약을 넣어서 터뜨리는 소
　　리

밤교대 : 밤과 낮으로 번갈아 들며 일하는 경우, 밤에 드는 대거리

방선(防線) : 방어선. 적의 공격을 막기 위하여 진지를 구축해 놓은 전선

방축(放逐) : 그 자리에서 쫓아냄

백리과원(百里果園) : 백 리 길에 줄곧 펼쳐져 있는 넓고 큰 규모의 과수원

백림(伯林) : '베를린'의 한자식 표기

백사지(白沙地) : 흰모래가 깔려 있는 땅

백악(白岳) : 희고 큰 산

백운색 : 흰 구름 색

백죄 : 공연히

백촉(白燭) : 하얀 밀랍으로 만든 양초

범포(帆布) : 돛을 만드는 피륙

베일 : 여자들이 얼굴을 가리거나 꾸미기 위해 쓰거나 두르는 얇은 천

벨사이유 궁전 : 베르샤이유 궁전. 파리 시에서 남서쪽으로 22km 떨어진 이
　　도시는 7세기에 루이 14세가 건립한 이래 100년 이상이나 프랑스 왕들
　　이 거처하면서 국사를 처리한 궁전이다. 프랑스 혁명 최초의 중심 무대
　　이기도 하다.

벼리다 : 날이나 끝이 무디어진 연장을 불에 달구고 두드리고 하여 날카롭
　　게 만들다.

변또 : びえんと. 도시락의 일본말

변절(變節) : 신념과 의리를 지키지 않고 배반하는 것

병원선(病院船) : 병원 시설을 갖추고 상병자(傷病者)나 조난자를 수용하여
　　진찰과 치료를 하거나 수송하는 배

보시기 : 김치나 깍두기를 담는 작은 그릇

보표(譜表) : 음표나 쉼표 따위를 적기 위하여 다섯 줄의 평행선을 그은 것

보헤미안 : 어원은 프랑스어 보엠(Bohme)이며, 체코의 보헤미아 지방에 유랑
　　민족인 집시가 많이 살고 있었으므로, 15세기경 프랑스인은 집시를 보
　　헤미안이라고 불렀다. 19세기 후반에 이르러 사회의 관습에 구애되지
　　않는 방랑자, 자유분방한 생활을 하는 예술가·문학가·배우·지식인들
　　을 가리키는 말이 되었고, 실리주의와 교양 없는 속물근성의 대명사로
　　되고 있는 필리스틴(Philistine)에 대조되는 말이다. '보헤미안'이란 영어
　　를 일반화시킨 작가는 사카레이다. 또한 이 말은 집시처럼 방랑하는 방

662

랑자(vagabond)와 같은 의미로 사용되기도 한다.

봉죽 : 奉足. 일을 주장하는 사람을 곁에서 도와줌

봉화(烽火) : 병란이 있을 때, 그것을 알리기 위하여 신호로 산 위에서 피워 올리던 불

부랑카드 : 플래카드(placard). 길다란 천에 슬로건 따위를 써서 양쪽 끝을 축 이나 장대에 맨 광고 도구

북망(北邙) : 무덤이 많은 곳, 또는 사람이 죽어서 묻히는 곳을 이름

분접시 : 분을 개는 데 쓰는 작은 접시

불경기(不景氣) : 한 사회의 상업이나 생산 활동에 활기가 없는 상태

불사조(不死鳥) : 불 속에서도 타서 죽지 않고 재 속에서 다시 태어난다는 전설의 새

브리다가 : 부림을 받다가

블루스 : 19세기 중엽에 미국 흑인들 사이에서 발생한 대중가곡 및 그 형식. 음악적 특질과 형식은 20세기에 들어와 재즈의 음악적 바탕이 되고, 재즈 표현상 중요한 정신적 요소가 됨과 동시에 널리 미국 포퓰러뮤직에 적지 않은 영향을 끼쳤다. 블루스의 원형은 노예시대 흑인들의 노동가나 필드 홀러에서 찾아볼 수 있으며, 이들과 스피리튜얼스 등 주로 집단적으로 불리던 소박한 민요가 개인이 부르는 노래로 바뀌어 블루스가 된 것으로 생각된다. 오늘날 포크블루스 · 컨트리블루스로 불리는 초기의 블루스는 노예해방이 이루어진 19세기 중엽 이후의 것으로, 해방되었다고는 하나 겨우 인간취급을 받은 데 불과한 흑인들의 비참한 생활환경, 인간적인 슬픔 · 고뇌 · 절망감 등이 나타나 있다. 즉 인간성이 완전히 무시된 노예시대에 비해 약간은 개인적인 생활을 인정받게 된 흑인들의 감정의 솔직한 표현이었다.

비명(碑銘) : 비석에 새긴 글

비전론자(非戰論者) : 반전론자. 전쟁을 반대하는 견해를 가진 사람

빨찌산 : 전쟁 중 후방에서 활동하는 비정규 부대의 군인. 유격대. 파르티잔 (partisan)

뻬치카 : 페치카. 러시아풍의 난로. 좁은 뜻으로는 러시아의 전통적인 난방 · 취사 겸용 난로를 말하며, 넓은 뜻으로는 난방용으로서 실내에 설치된 벽돌조 또는 내화블록조의 난로를 총칭한다. 러시아에서 전통적으

로 전해온 난로의 특징은 노(爐)를 겸하고 있으며, 취사용 부엌에서 생
긴 연기가 벽돌제의 난로를 통해 굴뚝으로 빠지도록 되어 있다. 난로는
벽면의 일부로 되어 있으며, 따뜻해진 벽돌로부터의 복사열난방으로,
열용량이 커서 한랭지의 난방에 적당하다.

뿔밀 : 크러셔(crusher), 즉 분쇄기(粉碎機). 시 「선광장에서」에 사용된 의미로
　　　보아선 광석 분쇄기로 여겨진다.

삐라 : 구호나 선전 문구를 적은 작은 종이

삐오넬 : 소년단

사

사라장(紗羅帳) : 얇은 사(紗)붙이 따위의 비단으로 만든 휘장

사롱 : 살롱. 유럽, 특히 프랑스의 상류 사회의 저택에서, 부인이 주최하던
　　　사교적 모임. 다방·미장원·바·카바레 따위의 이름으로 흔히 쓰이는
　　　말

사른 : 설운(서러운)의 의미로 여겨진다.

사시나무 : 쌍떡잎식물 버드나무목 버드나무과의 낙엽활엽 교목. 백양나무
　　　라고도 한다. 산지에서 자란다. 높이 약 10m, 지름 약 30cm이다. 나무껍
　　　질은 검은빛을 띤 갈색이며 오랫동안 갈라지지 않고, 작은 가지와 겨울
　　　눈에 털이 없다. 잎은 어긋나고 둥글거나 달걀 모양이며 길이 2~6cm이
　　　다. 가장자리에 얕은 톱니가 있고 잎자루는 납작하며 턱잎은 일찍 떨어
　　　진다. 작은 바람에도 유난히 잎 떨림이 발생하여 사시나무 떨 듯 떤다
　　　는 말이 생겨났다.

사원(砂原) : 모래벌판

산은 점점 : 산이 마치 점을 찍어놓은 듯이 펼쳐져 있음

산천이 명동(鳴動)하고 : 산천이 울리어 진동함

살진 : 살찐. 비옥한

살창 : 인방(引枋)이나 문틀에 살대를 나란히 세워 낸 창

삼삼히 : 잊혀지지 않고 눈앞에 보는 것같이 또렷하게

삼신 마마 : 출산 및 육아에 관련된 집안 신

664

삼정(三正) : 천, 지, 인의 올바른 도리

삼팔주(三八紬) : 명주와 비슷하나 올이 고운 천

삽작 : 사립문의 문짝. 방언에서 흔히 대문 부근을 일컫는 말

상긋한 : 상냥한 표정으로 소리 없이 가볍게 웃는 모양

상기 : 아직

상례(喪禮) : 상중에 행하는 모든 예절

상옷 : 상복(喪服)

상장(喪章) : 상중임을 나타내기 위해 머리나 옷 가슴에 달거나 소매에 두르
   는 표

새암물 : 샘물

선광(選鑛) : 캐어 낸 광석에서 쓸 것과 못 쓸 것을 가려 냄

선반공 : 선반 일을 직업으로 하는 사람

선창머리 : 선창(船倉), 즉 배의 짐을 싣는 칸의 입구 쪽

설구나 : 낯설구나. 눈에 익지 않구나

설빔 : 설날에 새로 차려 입거나 신는 옷이나 신발

성길사한(成吉思汗) : 몽골제국의 영웅 징기스칸의 한자식 이름

성림(聖林) : 많은 인재들로 가득한 좋은 학교

성새(城塞) : 성채(城砦). 성과 요새

성신(星辰) : 뭇별(많은 별)

성운(星雲) : 허연 구름처럼 보이는 많은 별들의 무리

세레나드 : 소야곡. 이탈리아어로 '저녁 음악'이라는 뜻. 18세기말에 이르면
   서 짧은 길이로 된 기악 모음곡(기악 세레나타) 형태

세리푸 : 연극 중의 대사

소박둥이 : 시집으로부터 박대 당하거나 내쫓긴 가련한 여성

소삽(蕭颯)한 : 바람이 차고 쓸쓸한

소야곡(小夜曲) : 세레나데

속소리 : 이른 봄의 맵고 스산한 바람. 회오리바람

손풍금 : 아코디언

솔문 : 축하 또는 환영의 뜻을 나타내기 위하여 청솔 가지를 입혀 꾸며 놓
   은 문

송장 : 죽은 사람의 몸뚱이

송화강(松花江) : 백두산에서 발원하여 북쪽으로 흘러가는 강 이름

쇳물 : 높은 열에 녹아 액상(液狀)이 된 쇠

수리개 : 솔개. 날개 길이 48cm가량. 몸빛은 암갈색(暗褐色)이며 가슴에 검
　　은 세로무늬가 있음. 꽁지는 다른 매와 달리 서로 엇갈림. 공중에 높이
　　떠 맴돌면서 들쥐·개구리·물고기 따위 먹이를 노림. 텃새로 아시아·
　　유럽·아프리카에 분포한다.

수리공 : 고장이 나거나 허름한 데를 손보아 고치는 사람

수리화(水利化) : 운하를 파서 수상 운송상의 편리를 꾀하는 일

수박등 : 수박처럼 둥근 모양의 가로등

수부(水夫) : 배에서 일하는 사람. 뱃사람

수실(愁室) : 근심스러운 방

수은빛 : 은백색 빛깔

수집은 : 수줍은. 부끄러워하다.

순감(純感) : 순수한 감정

숫배기 : 숫보기. 약지 아니하고 순진하여 어리숙한 사람

쉴러 : 실러. 독일의 시인·극작가. 1759년 11월 10일 바덴뷔르템베르크주
　　(州)의 마르바흐에서 출생하였다.

스러진 : 모양이나 자취가 없어진

스산하다 : 거칠고 쓸쓸하다.

스카트 : 스커트. 서양식 여자 옷의 치마

스파르타 : 그리스 펠로폰네소스 반도 남동부 라코니아 지방에 있던 고대
　　도시 국가이며 오늘날에는 에브로타스 강 오른쪽 연안에 있는 라코니아
　　주의 주도 BC 5세기부터 스파르타의 지배계급은 전쟁과 외교에 전념했
　　고 예술과 철학은 일부러 무시했으며, 그리스에서 가장 강력한 상설 군
　　대를 만들었다.

스파임 : 스파인(spine)이 아닐까 한다. 기골. 근성

스펙틀 : ‘스펙터클’의 준말. 웅장하고 거창하다.

스프레강 : 슈프레강. 독일 동부를 흐르는 강. 길이 398km. 하펠강(江)의 지
　　류로 베를린의 중심부를 남동쪽에서 북서쪽으로 흐른다. 체코·슬로바
　　키아·폴란드와의 국경에 가까운 작센주(州)의 오버라우지츠 구릉에서
　　발원하여 슈프레발트 ‘니더라우지츠의 습지대’를 많은 물길로 갈라져

666

흐르며, 노이엔돌파 호수·슈비로호 호수 등을 거쳐 베를린 시내의 티겔호(湖) 부근에서 하펠강에 합류한다. 두개의 운하로 오데르강과 연결되며, 강의 분류 지점을 이루는 곳은 삼림 습지대로 슬라브의 풍습을 지닌 웬드족이 거주한다.

슬기론 : '슬기로운'의 준말

슬류덴쓰까야 : 러시아 여성의 이름

시첩(詩帖) : 시를 적어 놓은 책

시한탄(時限彈) : '시한폭탄'의 준말. 일정한 시간이 지나면 저절로 폭발하게 되어 있는 폭탄

식량바리 : 소나 말 따위의 등에 잔뜩 실은 식량

신경구(神經球) : 몸의 각 기관을 연락하여, 살아 있는 유기체로서 통일하는 신경계의 계통

신기론 : 신기로운

신들메 : 벗어지지 않게 신을 들메는 일

신접살이 : 혼인 후 처음으로 차린 살림살이

싸라리맨 : 샐러리맨. 월급쟁이

싸락눈 : 싸라기눈. 빗방울이 내리다가 갑자기 찬 공기에 얼어서 떨어지는 싸라기 같은 눈

쌔리다 : 거친 기세로 때리다.

쌔뼈린 : 많고도 흔한

쏘베트 : 소련(蘇聯). 소비에트사회주의공화국연방의 준말

쓰메에리 : 깃 높이를 높게 하여 목을 둘러 조여 매게 지은 양복. 학생복으로 많이 입었음

씀바귀 : 잎은 가늘고 길며 가장자리에 톱니가 있고, 초여름에 노란 꽃이 피고, 날것은 맛이 쓰며, 산나물로 먹을 수 있는 여러해살이풀

아

아난(阿難) : 석가모니의 제자 중 한 사람. 아난존자(阿難尊者)

아루코루 : あるこる. 알콜의 일본식 발음

667

아베크 : 애인, 혹은 남녀간의 사랑을 뜻하는 프랑스어

아수라(阿修羅) : 싸움을 일삼고 즐긴다는 귀신

아주까리 등잔 : 아주까리(피마자) 기름으로 켜놓은 등잔불

아크로폴리스 : 고대 그리스 도시에서 방어를 목적으로 만든 중심지역. 도
　　시에서 가장 높은 지점에 있으며, 주요관공서와 종교건물들이 모여 있
　　다. 도시건설이 원래 종교적 행위였기 때문에, 그리스의 도시계획에서
　　는 신들을 위한 집을 짓는 것이 가장 기본적인 요소였다.

알성급제(謁聖及第) : 조선시대에서 임금이 성균관 문묘의 공자 성균관에서
　　보이던 과거에 합격하는 일

압상스 : absence. 일시적인 의식의 혼탁을 나타내는 의학 용어

압연강재(壓延鋼材) : 제조와 건설에 사용할 목적으로 강철을 일정한 형상
　　으로 만드는 주요공업기술로 만든 철강제품

앙가슴 : 양쪽 젖 사이의 가슴 부분

앙금당실 : 팔다리를 한 차례 가볍고 흥겹게 놀리는 모양

애급(埃及) : 이집트의 한자식 표기

애틋하다 : 은근히 정을 끄는 느낌이 있다.

야광주(夜光珠) : 고대 중국에 있었다는 밤에도 빛나는 구슬

야마토 사쿠라 : 대화혼(大和魂, 즉 일본 국민의 정신적 바탕이 되는 힘의
　　상징으로써 일제 말 한국인에 대한 강압적 민족동화정책의 실시 과정에
　　서 특별히 강조되었다. '야마토 사쿠라'는 대화혼으로 튼튼하게 무장을
　　한 일본의 전사가 되어 전쟁터에서 자신의 목숨을 한 떨기 사쿠라 꽃처
　　럼 기꺼이 바치자고 권유한다. 이는 일본의 극단적 민족주의 논리가 만
　　들어낸 관념이다.

야루강 : 압록강의 중국식 발음

야속하다 : 인정머리 없고 쌀쌀하다.

양덕 맹산 : 평안도의 지명

양촉(諒燭) : 양찰(諒察). 헤아려 살핌

양키 : 미국인을 낮추어 부르는 말

어린(魚鱗) : 물고기의 비늘

엉야라 덩야라 : 흥을 돋구기 위해 외치는 매김소리. 에헤야 데헤야

에로경(景) : 에로틱한 분위기나 장면

668

엔젤 : 천사

엥겔스 : 독일의 사회주의 철학자. 카를 마르크스의 가장 가까운 동료로서
　　마르크스와 함께 현대 공산주의를 세웠다. 두 사람은 <공산당 선언
　　>(1848)을 공동 집필했으며 엥겔스는 마르크스가 죽은 뒤 <자본론>
　　제2·3권을 편집했다.

역두(驛頭) : 역전(驛前). 정거장 앞

연돌(煙突) : 굴뚝

연락선(連絡船) : 해협(海峽)이나 만(灣), 큰 호수 따위에서, 양안(兩岸)의 육
　　상 교통을 연락하는 선박

연지(臙脂) 빛 : 자주와 빨강의 중간색

염낭 : 두루주머니. 허리에 차는 주머니의 한 가지. 아가리에 잔주름을 잡고
　　끈 두 개를 좌우로 꿰어서 여닫게 됨. 끈을 졸라매면 전체가 거의 둥글
　　게 됨

영양(令孃) : 영애(令愛). 남을 높이어 그의 '딸'을 일컫는 말

영웅동 : 나라를 위한 영웅으로 키우는 아기

영장(靈場) : 정신, 즉 영혼의 터전

영춘화(迎春花) : 쌍떡잎식물 합판화군 용담목 물푸레나무과의 낙엽관목. 중
　　국 원산이며 중부 이남에서는 관상용으로 심는다. 가지가 많이 갈라져
　　서 옆으로 퍼지고 땅에 닿은 곳에서 뿌리가 내리며 능선이 있고 녹색이
　　다. 잎은 마주나고 3~5개의 작은 잎으로 된 깃꼴겹잎이며 작은 잎은
　　가장자리가 밋밋하다. 꽃은 이른 봄 잎보다 먼저 피고 노란색이며 각
　　마디에 마주 달린다. 꽃받침 조각과 꽃잎은 6개이며 향기가 없고 수술
　　은 2개이다.

예옵는 : 가옵는

오각별 깃발 : 북한의 인공기

오델강 : 오데르강. 북유럽을 흐르는 강. 오데르강은 독일명이며, 체코와 폴
　　란드에서는 오드라강이라고 한다. 길이 약 900km. 유역면적 12만
　　4671km2. 최상류부 105km는 체코에 속하고, 하류부 176km(니사크로
　　카~그리피노)는 독일과 폴란드의 국경을 이룬다.

오로라 : 주로 남·북반구의 고위도에서 나타나는 상층대기의 발광 현상

오매(寤寐) : 깨어 있는 때와 자는 때

오씨리스 : 오시리스는 그리스식 발음이고, 이집트어로는 우시르(Usire)이다. 오시리스는 땅의 신 게브와 하늘의 신 누트의 아들로 누이동생 이시스와 결혼하였는데, 후에 형의 지위를 노린 아우 세토에게 살해되어 몸이 갈기갈기 찢겨졌다. 이시스는 이 몸조각을 모아 매장하였는데 부활한 오시리스는 저승에 가서 왕이 되었다. 이 신화는 그리스 작가 플루타르코스의 「이시스와 오시리스에 관하여」(XII~XX)에 기록되어 전해지고 있다. 죽은 신을 애도하고 그 재생을 기원하는 오시리스 신앙은 예로부터 성행하였는데, 제5왕조(BC 2400년경)부터는 파라오(왕)도 죽은 후에는 오시리스로 간주되었고, 또 사람이 죽은 후에는 모두 오시리스가 된다고 여겨졌다. 오시리스ㆍ이시스는 로마 등지에서도 신봉되었다.

오작교(烏鵲橋) : 칠월 칠석날에 견우와 직녀가 만날 수 있도록 까막까치가 은하에 놓는다는 전설상의 다리

옥계(玉階) : '대궐 안의 섬돌(돌층계)'을 아름답게 이르는 말

옥류(玉流) : 옥같이 아름다운 광경으로 흐르는 계곡의 개울물

옥부용(玉芙蓉) : 옥으로 만든 연꽃송이란 뜻으로 아름다운 산봉우리를 가리키는 말

온성 아오지 : 함경북도 은덕군에 있는 탄전

옥양목(玉洋木) : 생목보다 발이 고운 무명. 빛이 썩 희고 얇음

올몽졸몽한 : 작고 고만고만한 것들이 고르지 않게 많이 벌여 있는 모양

와이마르 : 바이마르. 독일 튀링겐주(州)에 있는 도시. 인구 약 6만 4000명(1990)이다. 에르푸르트에서 동쪽으로 15km 떨어진 일름강(江) 연안에 있다. 18세기부터 19세기에 걸쳐 독일 정신문화의 중심이자 고전문학의 메카가 되었으며, 문호 괴테와 실러, 작곡가 리스트, 철학자 니체 등이 이곳에서 활약하였다. 1918년까지는 작센ㆍ바이마르ㆍ아이제나흐 공국(公國)의 수도였으며, 1919년 8월에 이곳에서 독일공화국의 국민의회가 열려 이른바 '바이마르 헌법'이 제정되었다.

와편(瓦片) : 깨어진 기와 조각

요부(妖婦) : 남자를 잘 호리는 요사스러운 여자

요지경(瑤池鏡) : 돋보기를 장치하여 놓고 그 속의 여러 가지 재미있는 그림을 돌리면서 구경하는 장난감. 만화경

용수 : 공장이나 농사에 쓰이는 물

용해(溶解) : 액체 속에서 어떤 물질이 녹는 것

우담바라화(優曇婆羅華) : 불경에서 여래(如來)나 전륜성왕(轉輪聖王)이 나타
  날 때만 핀다는 상상의 꽃이다. 한자로는 優曇婆羅, 優曇波羅, 優曇跋羅
  華, 優曇鉢華, 優曇華 등 다양하게 표기하고 있다. 영서(靈瑞)·서응(瑞
  應)·상서운이(祥瑞雲異)의 뜻으로, 영서화·공기화(空起花)라고도 한다.
  3천년만에 한 번 꽃이 피는 신령스러운 꽃으로, 매우 드물고 희귀하다
  는 비유 또는 구원의 뜻으로 여러 불경에서 자주 쓰인다. 불경에 의하
  면, 인도에 그 나무는 있지만 꽃이 없고, 여래가 세상에 태어날 때 꽃이
  피며, 전륜성왕이 나타날 때면 그 복덕으로 말미암아 감득해서 꽃이 핀
  다고 하였다. 때문에 이 꽃이 사람의 눈에 띄는 것은 상서로운 징조라
  하였다. 또 여래의 묘음(妙音)을 듣는 것은 이 꽃을 보는 것과 같고, 여
  래의 32상을 보는 것은 이 꽃을 보는 것보다 백년만억이나 어렵다고 하
  였다. 여래의 지혜는 우담바라가 때가 되어야 피는 것처럼 적은 지혜로
  는 알 수 없고 깨달음의 깊이가 있어야 알 수 있다고도 하였다.

우두머니 : 우두커니. 넋이 나간 듯이 가만히 서 있거나 앉아 있는 모양

우의(羽衣) : 새의 깃으로 만든 옷

우줄우줄 : 천천히 율동적으로 움직이는 모양

운명장(運命章) : 운명에 대하여 서술한 부분

운석(隕石) : 별똥. 우주 공간의 물질이 지구에 떨어질 때 대기권에서 다 타
  지 않고 땅위에 떨어진 것

울르 : Ulre. 북유럽 신화에 나오는 사람. 활을 잘 쏘고 스키를 잘 탔다고 함

원쑤 : 원수의 북한식 어휘

원포귀범(遠浦歸帆) : 먼 포구로 돌아오는 돛단배

월계화(月桂花) : China rose. 쌍떡잎식물 장미목 장미과의 상록관목. 높이 1.
  5~3m이다. 가시가 드문드문 있고, 가지는 녹색이며 곧게 선다. 잎은 어
  긋나고 1~2쌍의 작은 잎으로 된 홀수깃꼴 겹잎이다. 작은 잎은 타원형
  이거나 달걀 모양이 고 길이 3~9cm이다. 끝이 뾰족하며 가장자리에 날
  카로운 톱니가 있다. 겉면은 짙은 녹색이고 뒷면은 흰빛을 띠며 어린잎
  은 붉은빛을 띤 자주색이다. 턱잎은 가늘고 길며 아랫부분이 잎자루에
  붙는다. 꽃은 5월부터 가을까지 붉은빛을 띤 자주색 또는 연분홍색으로
  피는데, 새가지 끝에 산방꽃차례로 달린다. 겹꽃도 있으며 향기가 있다.

꽃받침통은 타원 모양이며 털이 없고 꽃받침조각은 바소꼴이며 안과 가
장자리에 털이 난다. 꽃잎은 달걀을 거꾸로 세워놓은 듯한 둥근 모양이
고 밑동은 흰색이다. 수술은 노란색이고 암술은 우윳빛을 띤 흰색이다.
열매는 수과로서 둥글고 9월에 붉게 익는다. 번식은 꺾꽂이로 한다.

월사금(月謝金) : 이전 말로 다달이 내는 수업료

웨카 술 : 보드카. 러시아의 독한 술

웨트레스 : 음식 따위를 나르거나 손님의 시중을 드는 여자 종업원. 여급

웽그리야 : 헝가리. 유럽의 중앙 동부, 도나우강 중류에 있는 내륙국

위화도(威化島) : 압록강 하류에 위치한 섬

위(偉勳) : 위대한 훈공

유성(流星) : 대기권에서 다 타지 않고 지상에 떨어진 운석

유태민(猶太民) : 유태인. 이스라엘 사람

으스러진 : 크고 단단한 물체가 센 힘에 짓눌려서 부서진

으스름 달빛 : 흐릿하고 침침한 모양한 달빛

윽글어져 : 부서지고 깨어져

음분(淫奔) : 여자가 음란한 짓을 함

음전스러운 : 말이나 행동이 의젓하고 점잖은

이깔나무 : 잎갈나무. 겉씨식물 구과식물아강 구과목 소나무과의 낙엽교목.
깊은 산이나 고원에서 자란다. 높이 35m 정도이고, 가지가 수평으로 퍼
지거나 밑으로 처진다. 잎은 바늘 모양으로 흩어져나거나 모여난다. 짧
은 가지의 잎은 길이 15~30mm, 나비 1~1.5mm이고 표면에 기공이 없
거나 있다.

이반자(離叛者) : 사이가 벌어져 떠나거나 돌아선 사람

이십팔수(二十八宿) : 고대인도·페르시아·중국에서, 해와 달 및 행성들의
소재를 밝히기 위하여 황도를 중심으로 나눈 천구(天球)의 스물 여덟 자
리

인광(燐光) : 인(燐)이 공기 중에서 자연적으로 내는 파란빛

인욕(忍辱) : 욕되는 일을 참는 것

인터나씨오날 : 인터내셔널(international). 19~20세기에 결성된 사회주의자·
공산주의자의 국제동맹

일류미네션 : 일류미네이션(illumination). 조명. 밝게 하기. 계몽. 계시

일자상서(一字上書) : 지체가 높은 어른께 써서 올리는 편지

자

자개 돌 : 바닷가에서 물결에 쓸려 반짝반짝한 광택이 나는 작은 돌

자금색(紫金色) : 붉은 빛이 감도는 금색

자꼬 : 자꾸

자력갱생(自力更生) : 남에게 의지하지 아니하고, 스스로의 힘만으로 생활을
　　개선해 나가는 일. 북한의 김일성 정권이 인민들에게 제시했던 정책 기
　　조의 하나

자조(自嘲) : 스스로 자기를 비웃는 것

자진모리 : 판소리나 산조의 장단에서 휘모리보다 느리고 중중모리보다 빠
　　른 장단

작쎈 : 독일의 옛 주요 영방국가(領邦國家) 중의 하나

장단(長端) : 경기도 북서부에 있는 군

장명등(長明燈) : 처마 끝이나 마당의 기둥에 달아 놓고 밤새도록 켜 두는
　　등

장백(長白) : 압록강 상류에 위치한 중국 쪽 지명. 1930년대 당시 보천보전
　　투가 펼쳐졌던 곳

재결정(再結晶) : 결정성 물질의 용액을 냉각하거나 증발시켜 다시 결정시
　　키는 일

저주로이 : 저주스럽게

전기로(電氣爐) : 금속 및 내화물을 녹이고 합금을 만드는 데 필요한 고온을
　　얻기 위해 전기를 열원으로 이용하는 가열로

전책(戰策) : 전쟁의 방책

전호(戰壕) : 전쟁터에 파놓은 참호

절선(切線) : 곡선이나 곡면의 한 점에 닿는 직선

정강(政綱) : 한 정부나 정당에서 국민에게 내세우는 정책의 기본 목적과 방
　　법과 방향

정다이 : 정답게

조갑지 : 조개의 껍질

조이밭 : 조와 찰벼를 재배하는 밭

좀 : 옷이나 종이 등을 먹어 못쓰게 만드는 해충

종각 : 큰 종을 달아 두는 누각

종려수(棕櫚樹) : 야자과의 상록 교목. 일본 원산으로 높이는 10m에 이름

죽변만(竹邊灣) : 경상북도 울진군 동북부에 있는 죽변의 부두

즈아라투스트 : 차라투스트라. 독일의 철학자 니체의 저서『차라투스트라는
　　이렇게 말하였다. Also sprach Zarathustra』(1883~1885)에 등장하는 주인공

지함(地陷) : 땅이 움푹하게 가라앉음

지환(指環) : 손가락에 끼는 가락지

진시황(秦始皇) : 중국 진(秦)나라의 황제. 성은 영(嬴), 이름은 정(政). 중국을
　　최초로 통일했으나, 통일제국 진은 그가 죽은 지 4년 만에 멸망했다.

진양조 : 판소리나 산조 장단의 하나로 24박 1장단의 가장 느린 속도의 장
　　단

집시 : 유럽 각지를 떠돌아다니며 생활하는 민족. 떠돌아다니는 생활을 하
　　는 사람

짬 : 다른 일이나 생각을 할 수 있는 겨를

쩌릉쩌릉 : 쩌렁쩌렁. 목소리가 세고 여무져 울림이 몹시 큰 모양

차

착암기(鑿巖機) : 바위 등과 같이 단단한 것에 구멍을 뚫는 기계

착암수(鑿巖手) : 바위 등과 같이 단단한 것에 구멍을 뚫어서 퍼 올린 물

찰나(刹那) : 매우 짧은 동안

창창한 : 갈 길을 잃어 갈팡질팡하고 마음이 아득한

채탄(採炭) : 석탄을 캐냄

철벽(鐵壁) : 매우 튼튼하여 무너지거나 침입이 가능할 것 같지 않은 장벽이
　　나 방비

철철 : 물 따위의 액체가 넘쳐흐르는 모양을 나타냄

첫 버선 : 혼례식을 표현한 말

674

청년 갱(坑) : 주로 청년 노동자들이 다니는 탄광의 갱도(坑道)
청조고리 : 고지새. 참샛과의 새. 참새보다 약간 큼. 몸빛은 전체적으로 갈
    색이고 허리와 날개 끝은 흼. 부리는 짧고 단단함. 봄부터 여름 사이에
    우는데 울음소리가 고와 애완용으로 기름. 청작(靑雀). 청조(靑鳥)
청천강(淸川江) : 자강도 남부, 평안북도 남동부, 평안남도 북부를 서남서류
    해 서해로 흘러드는 강
초민(焦憫) : 몹시 민망하게 여김. 속이 타도록 몹시 고민함
촛농 : 초가 녹을 때 흘러내려 굳은 것
총창(銃槍) : 끝에 칼을 꽂은 총
추파(秋波) : 가을철의 잔잔하고 아름다운 물결. 은근한 정을 나타내는 눈짓
    으로 환심을 사려고 아첨하는 은근한 태도나 기색, 맑고 아름다운 미녀
    의 눈길의 비유
축포(祝砲) : 어떤 일을 축하하는 뜻으로 큰 소리로 쏘는 총이나 대포
출(礎) : 일의 초보적인 성취, 또는 근본이나 기초. 주춧돌
층운(層雲) : 안개처럼 땅에 가장 가까이 퍼져 떠 있는 구름
치안유지법(治安維持法) : 식민지 지배체제의 안녕 질서를 유지하기 위하여
    조선총독부에서 제정 공포했던 악법
칠성별 : 북두칠성
칡넝넝 : 칡넝쿨

카

카나리아 : 깃털 빛깔이 노랗고, 울음소리가 매우 아름다워서 집에서 기르
    는 작은 새
칸델라 : 금속이나 도기들로 만든 주전자 모양의 호롱에 석유를 넣어 켜 들
    고 다니는 등
캐라방 : 캐러밴. 사막 지방에서 낙타나 말에 상품을 싣고, 떼를 지어 먼 곳
    을 다니면서 장사하는 상인. 대상(隊商)
코란 : 이슬람교의 창시자 마호메트가 619년경 유일신 알라의 계시를 받은
    뒤부터 632년 죽을 때까지의 계시·설교를 집대성한 것이다. 예언자 마

호메트가 40세경 사우디아라비아의 메카 근교의 히라산 동굴에서 천사 가브리엘을 통해 계시를 받았다고 한다. '코란'이란 아랍어로 '읽혀야 할 것'이라는 뜻이다. 계시받은 마호메트의 말은 초기의 사도(使徒)들에 의해 기억되어 낙타의 골편(骨片)이나 야자의 엽피(葉皮), 암석의 파편 등에 불완전한 문자로 기록했는데, 세월이 흐름에 따라 전승이 다양해 져 그의 집성·통일이 필요하게 되었다. 이리하여『코란』의 결집이 이 루어졌는데, 초대 칼리프 아부 바크루가 시도하여 본격적인 결집은 제3 대 칼리프인 오스만이 646년에 완성하였다. 현재 사용하고 있는『코란』 은 당시 정리된 형태를 거의 그대로 유지하고 있다.

코바르트 : 코발트 금속 원소의 한 가지. 철과 비슷한 광택이 나며, 자성이 강하고 잘 부식하지 않음

퀘스쳔(question) : 질문. 의문

클레오파트라 : 이집트의 프톨레마이오스왕조 최후의 여왕(재위 BC 51~BC 30). 그녀는 프톨레마이오스 12세(오보에를 부는 왕)의 둘째 딸로서, BC 51년 이후 남동생인 프톨레마이오스 13세와 결혼하여 이집트를 공동통 치하였다. 그후 한때 왕위에서 쫓겨났으나, BC 48년 이집트에 와 있던 G.J. 카이사르를 농락하여 인연을 맺고 복위하였으며, 프톨레마이오스 13세가 카이사르와 싸우고 죽은 뒤인 BC 47년에는 막내 남동생인 프톨 레마이오스 14세와 재혼하여 공동통치하였다. 카이사르와의 사이에 아 들 하나를 낳아, 카이사리온(프톨레마이오스 15세)라 불렀으며, 그녀는 한때 빈객으로서 로마에 가 있었으나 카이사르가 암살된 후에 이집트로 돌아왔다. BC 41~BC 40년 M.안토니우스와 소아시아의 타르소스 및 알 렉산드리아에서 인연을 맺었다. BC 37년 옥타비아누스와의 협조가 결 렬된 안토니우스는 재차 그녀 앞에 나타나 결혼함으로써 두 사람의 정 치적·인간적 유대가 심화되었다. BC 34년 안토니우스는 그녀와 그녀 의 아이들에게 로마의 전체 속주(屬州)를 주었다(알렉산드리아의 기증). 그러나 안토니우스와 옥타비아누스와의 대립은 BC 31년의 악티움 해전 으로 번졌으며, 이 해전에서 그녀와 안토니우스 연합군은 패배하였다. 그녀는 알렉산드리아에서 안토니우스와 재기를 꾀하였으나, BC 30년 옥타비아누스군의 공격을 받고 독사로 가슴을 물게 하여 자살하였다고 한다. 그녀의 죽음은 프톨레마이오스 왕가 300년의 종말이고, 로마에 의

한 지중해 세계 지배의 일단의 성공이며, 또한 옥타비아누스에 의한 로
마제국의 개막을 뜻하는 것이 되었다.

타

탄부 : 탄광에서 석탄을 채굴하는 활동에 종사하는 광산 노동자

탄이사 : 석탄이야

탄차 : (탄광에서) 탄을 실어 나르는 차

탈레스 : 소아시아의 그리스 식민지 밀레토스 출생이다. 페니키아인의 혈통
    이며, 당초에는 상인으로 재산을 모아 이집트에 유학하여 그곳에서 수
    학과 천문학을 배웠다. 이집트의 경험적·실용적 지식을 바탕으로 하여
    최초의 기하학을 확립하였다. 또한 만물의 근원을 추구한 철학의 창시
    자이며 그 근원은 '물'이라고 하였다(형이상학). 물은 생명을 위하여 불
    가결한 것이며, 또 물이 고체·액체·기체라는 3가지 상태를 나타낸다
    는 것에서 그렇게 추정한 듯하다(물활론). 변화하는 만물에 일관하는 본
    질적인 것을 문제로 한 점에 그의 불후의 공적이 있다. 그러나 그는 대
    지(大地)는 둥근 편평상(扁平狀)이며 물 위에 떠 있는 것이라고 생각하
    였다. 물의 철학자라 불렸다.

탑지기 : 탑을 지키는 사람

턱없이 : 이치에 닿지 아니하게. 분수에 맞지 아니하게

텔만 : 독일의 공산당 지도자. 바이마르 공화국(1919~33) 당시 2번이나 대
    통령 후보로 나섰다. 소련을 제외한 나머지 지역에서 가장 강력한 공산
    당이었던 독일 공산당(KPD)을 결성하는 데 주도적인 역할을 했다.

토방(土房) : 마루를 놓을 수 있게 되어 있는 처마 밑의 땅

툇마루 : 큰 마루 바깥쪽에 좁게 만들어 단 마루

틈길 : 사잇길

파

파들거리는 : 자꾸 파들파들(탄력 있게 바들바들 떠는 모양)하는

파랑(波浪) : 큰 물결과 작은 물결

파시즘 : 1919년 이탈리아 B.무솔리니가 주장·조직한 국수주의적이고 권위주의적·반공적인 정치적 주의와 운동. 파시즘이란 이탈리아어인 파쇼(fascio)에서 나온 말이다. 원래 이 말은 묶음[束]이라는 뜻이었으나, 결속·단결의 뜻으로 전용(轉用)되었다. 파시즘이 대두하게 되는 일반적이고도 보다 광범위한 배경은 18세기말부터 누적되어 온 사회적 불안과 제1차 세계대전 후의 만성적 공황 및 전승국·패전국을 막론한 정치적·사회적 불안에서 초래된 각종의 혁명적 기운에서 찾아 볼 수 있다. 따라서 근대사회의 위기적 양상은 모두 파시즘의 배경이 된다. 즉, 파시즘이 발생하게 되는 배경은 ① 국제적 대립과 전쟁위기의 격화 ② 대량적 실업과 공황 ③ 국내정치의 불안정 ④ 기존 정당·의회 및 정부의 부패·무능·비능률 등 병리현상(病理現象)의 만연 ⑤ 각종 사회조직의 강화에서 오는 자율적인 균형 회복능력의 상실 ⑥ 정치적·사회적 집단 간의 충돌의 격화 등을 들 수 있다. 이와 같은 위기요인의 격화에 의해 정치체제의 안정과 균형이 파괴되고, 게다가 기존 정치세력이 사태를 효과적으로 수습할 능력을 상실할 경우, 무정부적 진공상태를 메우기 위하여 파시즘이 등장한다.

파잎 : 잎담배를 피우는 파이프.

판가리 결전 : 승패를 결정짓는 마지막 한 판 싸움

팟시스트 : 파시스트 파시즘을 신봉하고 주장하는 사람

포들대는 : 가벼운 떨림으로 줄곧 움직이는 모양

포석(鋪石) : 길에 까는 돌

퐁퐁선 : 엔진의 동력을 이용하여 퐁퐁 소리를 내며 떠다니는 배. 통통배

푸서기 : 거칠고 단단하지 못하여 부서지기 쉬운 물건

프라가 : 체코의 수도 프라하

프라타느 : 플라타너스 나무

하

하렘 : 메카 등 이슬람교의 성지

한낫 : 한낱. 오직. 하잘 것 없는

항용(恒用) : 늘 쓰는

해기(海氣) : 바다 위에 어린 기운

해당화 : 바닷가의 모래땅에서 자라며 가지에 가시가 있고, 초여름에 술이
　　희고 잎이 붉은 꽃이 되며, 가을에 붉은 열매가 열리는 야생 장미

해란강(海蘭江) : 백두산에서 발원하여 중국의 길림성 일대를 흘러가는 강

해마두 : 해마다

해방탑 : 일제로부터의 해방을 기념하기 위하여 북한 정권이 평양에 세운
　　거대한 탑

해조음(海潮音) : 조수가 흐르는 소리. 파도 소리

햄머 : 망치

행화촌(杏花村) : 살구꽃이 많이 피는 마을

향연(香煙) : 향이 타는 연기

헤트리다 : 어수선하게 늘어놓다

형리 : 옛날에 죄인을 다스리고 형을 집행하던 하급 관리

형터 : 사형을 집행하던 장소

혜화(惠化) : 혜화동. 보성전문이 있었던 서울 지역 동네의 이름

호궁(胡弓) : 중국 전통 현악기의 한 가지로 모양은 바이올린과 비슷하며 네
　　개의 줄이 있다

홍공단(紅貢緞) : 붉은 색 공단. 공단은 비단의 한 종류

홍동화 : 홍도화(紅桃花). 꽃복숭아나무의 붉은 꽃

홍련화 : 분홍빛 연꽃

홍보석(紅寶石) : 루비

화덕 : 대장간에서 불을 피우고 담아 두는 장치

화류춘몽(花柳春夢) : '헛된 영화나 덧없는 일'을 비유하여 이르는 말

화목동 : 형제간에 의좋고 화목하게 지내는 착한 아이

화촉(華燭) : 혼례 의식에 쓰이는 빛깔을 넣은 초

환고향(還故鄕) : 귀향

환허(幻虛) : 환상이나 헛된 것

황군(皇軍) : 일본 천황의 군대

황탄(荒誕) : 터무니없고 허황한 상태

황토마루 : 황토 언덕

황포강(黃浦江) : 중국 양쯔강 하류의 지류. 길이 160km. 장쑤성[江蘇省] 타
　　　이후호[太湖] 동안(東岸)의 호소(湖沼) 지대에서 발원하여 동으로 흘러
　　　상하이[上海]로 들어가 우쑹[吳淞]에서 양쯔강과 합류한다. 옛날에는 직
　　　접 바다로 흘러 들어갔으나 양쯔강 삼각주의 발달로 유로가 변하여 지
　　　류가 되었다. 강남(江南)의 수로로서 중요시되어, 명(明)나라 이후 이따
　　　금 대규모의 준설작업을 하였으며, 청(淸)나라 말엽 상하이 개항으로 우
　　　쑹~상하이 간 대형 기선의 항행이 가능해졌다. 공업지대를 연결하는
　　　동맥으로서 중요한 위치를 차지한다.

후랑스 : 프랑스의 일본식 발음

훈시(訓示) : 윗사람이 아랫사람에게 교훈과 지시를 주는 것

휘모리 : 판소리 및 산조 장단의 한 가지. 가장 빠른 속도로 처음부터 급히
　　　휘몰아 가는 장단

휘장(揮帳) : 여러 폭의 피륙을 이어서 만든, 둘러치는 막

흑해(黑海) : 유럽 남동쪽 끝에 있는 거대한 내해(內海). 북쪽으로 우크라이
　　　나, 동쪽으로 러시아 연방, 남동쪽으로 그루지야와 접하고, 남쪽으로 터
　　　키, 서쪽으로 루마니아·불가리아와 경계를 이룬다.

흡반(吸盤) : 낙지의 발이나 거머리의 입과 같이 다른 동물이나 물체에 달라
　　　붙는 기관

흥석 : 응석

흥안령(興安嶺) : 몽골고원과 중국 동북 평원의 경계를 이루는 산맥. 길이
　　　1,500km. 평균높이 1,500m. 중국 최북단의 흑룡강(黑龍江) 남쪽 연안에서
　　　흑룡강성 서부, 내몽고자치구(內蒙古自治區)에 걸쳐 있다. 서쪽에 대흥
　　　안령산맥(大興安嶺山脈), 동쪽에 소흥안령산맥(小興安嶺山脈)이 있다.

희구(希求) : 바라고 원하는 것

희랍(希臘) : 그리스의 한자식 표기

히까리 : ひかり. 빛. 광명. 희망. 위세

조명암 문학의 復元과 그 의미

이 동 순

1. 조명암 시인의 존재성과 전집 발간의 뜻

시인 조명암(趙鳴岩 : 본명 趙靈出, 1913~1993)이란 존재는 우리에게 그리 낯설지 않다. 만약 생소하게 느껴진다면 분단 이후 그가 '월북'이라는 단한 가지 이유만으로 한국문학사에서 무조건적 배제가 되어 왔기 때문에 반세기가 넘도록 잊혀진 시인이 되어버린 탓이리라. 그러나 그를 주목하는 독자들에겐 시인 조명암이 일제강점기를 시대 배경으로 우울한 분위기의 모더니즘 시를 창작하였고, 엄청난 분량의 가요시 작품을 발표했으며, 또 해방시기엔 역사의식이 강한 시를 썼던 중요시인으로 기억되고 있다.

실제로 조명암의 문학은 현대시와 가요시 작품, 그리고 희곡 창작 활동 등 세 가지로 대별된다. 시인 조명암의 이름이 현대시 장르보다 훨씬 크게 부각되고 있는 곳은 바로 가요시 분야이다. 해방 전 시인은 이미 5백여 편을 상회하는 노래가사를 작사함으로써 식민지 대중문화의 방향성 설정과 가요시 위상의 정착에 커다란 공적을 쌓아올렸다.

하지만 분단은 그가 이룩한 모든 성과를 남한의 문학사에서 싸늘한 거부와 외면 속에 방치되도록 하였고, 금지의 오랜 족쇄에서 자유롭게 유통될수 없도록 하였다. 말하자면 분단이라는 엄청난 산사태에 매몰된 여러 납월재북(拉越在北) 시인들의 경우와 마찬가지로 조명암 문학의 존재성도 금단

(禁斷)의 음습한 영역에서 오랜 기간동안 방치되어 왔던 것이다.

1988년 서울올림픽을 앞두고 당시 정부는 납월재북 문학인들에 대한 해금조치를 단행한 바 있다. 하지만 이때도 시인 조명암은 다른 일부 문학인과 더불어 해금자 명단에서 제외되었다. 그로부터 다시 15년 세월이 흘러 이제 조명암 문학의 전모는 우리 앞에 전집의 형식을 갖추어 모습을 드러내게 되었다. 유족을 비롯하여, 조명암 문학을 사랑하는 학계 비평계 예술계 관련인사들의 적극적 노력이 바탕되었음은 물론이다. 여러 힘든 과정을 거쳐서 조명암 문학의 전모가 어느 정도 정리될 수 있었고, 변조 개작된 작품들은 원형을 되찾아 수록할 수 있었다.[1]

무릇 진정한 문화유산의 유통이란 어떤 이념적 구속과 제약도 있어서는 아니 되거늘, 조명암 문학의 경우 혹독한 분단의 금제(禁制)를 강요받으며 항시 음성적 유통과 변조의 상태로 험난한 세월을 통과해 왔던 것이다. 이제 전집이 발간됨으로써 우리가 조명암 문학의 전모를 마음껏 자유롭게 분석 연구하고, 그의 문학이 지니는 민족문화사적 의미를 본격적으로 규명 정리하는 일이 앞으로 관심자들에게 하나의 과제로 떠맡겨지게 되었다.

참으로 만시지탄(晩時之歎)이 아닐 수 없으나, 이제라도 우리 앞에 그 본모습을 나타낸 조명암 문학에 대하여 우리 모두는 일단 안도와 감격스러움을 느낀다. 한국문학과 한국문화사, 대중가요를 연구하는 학자 비평가들, 전체 문학예술인들, 대중음악에 종사하는 음악예술인들, 조명암의 가요시 작품을 사랑하는 고정 팬들에 이르기까지 앞으로 이 전집에 대하여 관심과 사랑을 두루 얻어가게 될 시간을 생각하면 엮은이로서 커다란 보람과 행복감을 동시에 느낀다.

이제 이 글에서는 조명암 문학에 대표적 두 장르인 현대시와 가요시 분야의 성과에 대한 분석과 정리를 다루고자 한다.[2] 이러한 비평적 활동이 통일

---

1) 정확한 발표작품의 수를 확인할 길 없는 가요시의 경우 앞으로도 계속 새로운 작품이 발굴될 것으로 예견된다. 이 가요시 작품들은 주로 SP음반과 가사지 등의 형태로 남아 있기 때문에 지속적인 수집 활동이 요청된다.
2) 조명암의 시작품에 대한 종래의 연구 성과로는 윤여탁의 논문 「모더니즘에서 리얼리즘에로의 선택-조영출론」(출전 삽입)이 유일하다. 최근 두 편의 논문이 추가되었는데, 김효정(金孝貞)의 「조명암의 대중가요 연구」(낭만음악, 2001년 봄호)와 김효정(金孝姬)의 「조영출 시 연구」(영남대 석사학위논문, 2002.12) 등이 그것이다.

시대 민족문학사의 새로운 정리와 위상 정립에 작은 밑거름이 되기를 바라는 마음 간절하다.

2. 조명암 시문학의 방법과 특성

1) 모더니즘 계열의 시

(1) 식민지적 근대에 관한 시적 해석

조명암이 남기고 있는 60여 편의 일제강점기 발표 시작품은 거의 대부분 모더니즘적 취향을 강하게 나타내 보인다. 시인이 모더니즘에 그 작품들은 표현이나 작품효과의 특성상 대개 세 갈래로 나눌 수 있다. 그것은 식민지적 근대라는 공간성 인식과 과거 현대로 이어지는 시간성 인식에 관한 시적 표출이다. 그리고 이러한 모든 작품인식들은 대개 다채롭고 현란한 언어와 이미지의 교직으로 이루어져 있다.

먼저 식민지적 근대에 관한 시적 해석을 살펴보기로 하자.
시인 조명암은 근대의 속성을 대단히 병적이고 불안한 빛깔로 읽어내고 있다. 이는 식민지적 근대가 지니는 허위와 야욕의 공간, 더불어 그 불건강한 징후에 대한 매우 정확한 관념적 투시이기도 하다. 다음에 인용하는 시 몇 편은 이러한 불안감을 짙게 반영하고 있다.

i)천 킬로 혹은 만 킬로미터
　깊이 모를 허리에 움직이는 전차 자동차
　잡혀온 포로들인 전신주의 행렬
　유리알같이 말간 육체 클레오파트라의 後裔들

―시「海底의 환상」 부분

ii)종각, 룸펜의 검은 그림자는 남루한 심장에서 녹색을 찾는다
　알콜에 젖은 위험신호
　　(중략)
　오오, 광인의 都城의 출발은 신호는
　녹색의 가면인 녹색의 스파이임을 그 누가 알랴

―시「녹색의 3시」 부분

iii)아스팔트엔 많은 시체들이 구물거린다

―시「위험신호」 부분

683

iv)검은 그림자의 홍수
　　軍神의 만찬회에 초대받은 젊은 병사의 여윈 망령들의 행렬
　　하느님의 시체 하나 노변에 뒤둥그러져 있으니
　　오오, 敗殘한 역사 쓰라린 환상의 끊어진 토막 토막이여

—시 「斷片」 부분

v)꽃잎이 푸들들들 나르는 화장장

—시 「해골과 장미」 부분

vi)나라도 없는 집시의 자손

—시 「북행열차」 부분

　인용시의 주요 배경은 대부분 도시공간이다.

　당시 일제 침략주의자들은 도시와 농촌의 급속한 붕괴를 목적으로 계획적 식민지 정책을 펼치기 시작하였다. 이러한 정책은 대개 강제적 수탈과 착취를 근본 취지로 하는 식민지 약탈경제의 형태로 펼쳐졌다. 근대화라는 미명으로 파괴적인 도시계획과 강압적 인구조절 정책이 실시되었으며, 이에 따라 기회주의, 황금만능주의 풍조가 무제한적으로 확산되기 시작하였다. 일본에서 생산된 근대적 신문물이 대량으로 유입되기 시작하였고, 주민들은 이 물품의 소비를 촉진시키는 각종 광고와 충동에 휘말려들기 시작하였다. 그로 인하여 가치중심은 점차 분해되고, 목적을 이루지 못한 인간의 절망과 비관주의가 팽배하는 회의적 분위기로 가득 차게 되었다.

　위의 인용시편들은 당시 식민지 도시공간의 이러한 사회적 풍토를 여실히 보여주는 전형성을 지니고 있다 하겠다. 암담하고 방향조차 가늠할 수 없는 미몽(迷夢)의 현실은 시 ⅰ)에서 '해저(海底)'로 표현되고 있으며, 이동이 부자유스런 전신주에 비유된 시민들은 포로의 심상으로 표상되고 있다. 수상한 현실의 속내를 알아차리지 못한 군상들을 시인은 '유리알같이 말간 육체 클레오파트라의 후예들'로 나타낸다.

　시 ⅱ)는 검은 색과 녹색의 대비를 통해 서로 다른 현실의 양극단을 극명하게 대비시키고 있다. 검은 색의 영역은 실직한 룸펜 프롤레타리아와 알콜 중독, 광인, 남루한 심장 따위의 이미지 군락을 끌어안고 있다. 녹색은 이와 마주선 원격 공간에 떨어져 있다. 이때 시인이 표상하고 있는 검은 색이란 바로 식민지 조선의 사회 공간, 그 자체이다. 하지만 심해의 어둠 속과 같은

684

사회를 살아가고 있는 시민들에게 녹색은 전혀 도달이 불가능하며, 아득한 곳에 격리되어 있다.

이처럼 우울하고 암담한 비극적 분위기는 인용시 iii)에서 극단화되어 나타난다. 시인은 도시공간의 주민들을 시체로 표상하고 있다. 살아있어도 정상적인 삶을 영위하지 못하고 있는 죽음의 존재로 인식하는 것이다. 이러한 인식은 인용시 iv)에서 볼 수 있는 '검은 그림자의 홍수'로 연결된다. 거리를 가득 메우고 있는 시민들의 행렬을 이렇게 표현하고 있는 것은 당시 사회의 기류를 얼마나 정확하게 문학적으로 측정해낸 것인가.

이 작품에는 식민지 운영주체자들을 나타낸 것으로 짐작되는 대목이 나타난다. '군신(軍神)의 만찬회'가 바로 그것이다. 절망의 극단으로 치달아가고 있는 일제강점기의 사회분위기를 이처럼 극명하게 나타내기란 결코 쉽지 않은 일이다. 현실의 비극적 정황에 대한 지시는 v)와 vi)에서도 과감하고 극명하게 나타나고 있다. 앞서 살펴본 「동방의 태양을 쏘라」와 비견될 수 있는 작품이다.

조명암의 시적 모더니즘에 대하여 당시 문단은 두 가지의 상반된 견해를 보이고 있었다. 조명암의 시가 지니고 있었던 시적 모더니티와 그것이 내포하고 있는 위트의 특성을 높이 평가한 비평가는 바로 김기림(金起林)이다.

기다(幾多)의 시를 통하야 조영출씨가 우리에게 보여준 것은 한 개의 큰 희망이며 약속이며 야심이다. 도회라고 하는 것이 단편적이 아니고 한 시의 당당한 주제로써 노래되기 시작한 것은 내가 기억하는 범위에서는 벨—하렌으로써 남상(濫觴)이 아닌가 한다. (중략) 그런데 우리는 조영출씨에게서 도회시인으로서의 비범한 소질을 발견하였다. (중략) 조영출씨의 시 속에서 또한 남달리 빛나는 것은 위트의 편린(片鱗)이다. 그런데 위트는 실로 새로운 시의 큰 특징의 하나다. (중략) 우리들의 조영출씨는 이 위트의 편린을 많이 가지고 있다. (중략) 그렇다. 그는 한 큰 소재다. 그가 시인으로서 큰 족적(足跡)을 남기고 안 남기는 것은 오로지 금후 그의 노력과 공부에 있다고 생각한다.
　　　　　　　　　　－김기림의 평론 「1933년 시단의 회고와 전망」 부분[3]

이러한 긍정적 관점이 있었던 반면에 다음과 같은 부정적 견해도 있었다. 1920년대의 대표시인 황석우(黃錫禹)는 조영출의 시작품 「단편(斷片)」을 비

평하는 글에서 시적 비유와 형용에 있어서의 많은 결점을 발견할 수 있다
고 하였다. 그는 김기림과 조영출을 상호 비교하면서 전자를 형용부족(形容
不足)이라 한다면 후자는 형용기만(形容欺瞞)으로 명명할 수 있다고 혹평하
였다. '비유의 대상 착오에서 원인된 실패한 묘사' 등으로 부정적 평가를 하
면서도 황석우는 한편으로 조영출에 대하여 '전체 시단의 주목을 그을만한'
재기와 시인적 소질을 높이 인정하였다. 심지어는 '영롱한 옥괴(玉塊)'란 표
현까지도 서슴치 않았다.4)
　이처럼 신진시인 조영출의 존재에 대하여 문단 중심부에서는 그 가능성
을 인정하고 기대하는 분위기가 뚜렷하였던 것이다.

(2) 과거와 현대-갈등과 동경의 문제

　조명암의 시세계에 나타나고 있는 시간성의 표상은 어떠한가.

　그에게 있어서 모든 시간은 우울하고 병적인 기류를 머금고 있는 부정적
대상이다. 사실 이러한 시적 인식은 비단 조명암 뿐만이 아니라 당시 모더
니즘 시작품에서 공통적으로 나타나고 있던 보편적인 현상이었다.

　서구모더니즘이 일본을 통하여 유입되면서 주로 과거의 낭만적 기질에
대해선 냉소적으로 비판하고 현대 물질문명은 일단 수용적이며 예찬하는
태도를 보였던 것이니, 조명암의 경우도 이와 연결된다. 다만 그는 '식민지
적 근대'라는 현실인식에 대하여 다른 모더니스트들과는 뚜렷하게 변별되
는 자세를 보였다. 즉 조명암은 일제식민지 담당층에 의해서 주도되는 강제
적 근대가 파괴와 유린, 해체와 붕괴로 이어지는 위험을 갖고 있다는 판단
을 하고 있었던 것 같다.

　　검은 굴뚝
　　아스팔트를 다지던 억센 발

―「GO, STOP」 부분

　　광적인 재즈의 어지러운 교향
　　철없는 늙은 낙천자의 음분한 눈

―「탄식하는 가로수」 부분

---

3) 조선일보, 1933년 12월12일자
4) 황석우, 최근시단개별(最近詩壇槪瞥), 조선시단 8호, 1934.9

도성의 검은 괴물은 무엇을 싣고 달음질치는가
불안의 베개 모서리
마수의 광란이 굵은 리즘의 세레나드를 짓밟는 거리
―「都城의 밤에 이상 있다」 부분

인용된 부분에 나타나는 배경은 대개 식민지 도시공간이다.

더불어 그곳의 분위기는 전반적으로 어둡고 처절하며 비관적이다. 이것은 시인의 비관적 물질관 세계관을 말해주는 방증이다. 동시에 이 대목들은 근대에 대한 시인의 관점을 그대로 엿보게 해주는 중요한 단서가 된다. 조명암은 식민지적 근대에 대하여 일단 수상하고 불안한 눈길을 보내고 있었던 것이다.

시인은 불안한 시간성을 당장 구출시킬 수 있는 그 어떤 대안도 마련하지 못하고 있다. 과거의 전통성에 대해서도 처음에는 '죽은 세계의 송장'이란 표현으로 별다른 기대감을 갖지 않았었다.

하지만 그는 틈틈이 민요형 시작품을 창작하면서 민족적 음률감각을 익히는 노력을 게을리 하지 않았으니 「사군(思君)」 「눈물의 부두」 「남포(南浦)의 비가」, 「국경의 소야곡」, 「은하수」 「서울노래」 「청춘곡」 「압록강」 「등롱(燈籠)의 항로」 따위가 바로 그것이다. 이런 부류의 정형시 작품들은 가요시 형태의 효시(嚆矢)로서, 조명암이 나중에 가요시 장르에 대한 강한 애착을 갖게 되고 본격적 가요시 창작활동을 펼쳐가게 되는 시발점에 놓여 있다고 하겠다.

시인은 식민지적 근대가 내포하고 있는 허위의식과 야욕의 특성을 인식하는 한편 그것을 극복하는 대안이야말로 전통과 민족사에 대한 연민과 신뢰라는 판단을 하고 있었던 것 같다. 이러한 의식은 그의 초기작 중에 하나인 시 「이 동굴 안을 거니는 자여」에서부터 이미 나타나고 있었던 것으로 보인다.

조명암의 초기 정형시에서는 전통적인 민요가락과 후렴구 기능을 적절히 구사하고 있다. 때로는 「국경의 소야곡」에서 보듯 시조 형태에 대한 애착을 나타내기도 한다. 그런데 이 작품을 비롯하여 「시 「압록강」 등에서는 식민지가 되어버린 조국과 고향 마을에서 살지 못하고 강제에 의해 유랑민의 신세가 되어버린 백성들에 대한 심정적 서러움이 반영되어 있다. 현대시에

687

서 관념적인 포즈로 표시하던 불안감이 정형시에서는 매우 구체적이고 직접적인 언술(言述)로 나타나고 있었던 것이다.

실제로 「서울 노래」의 발표 원본을 자세히 관찰하면 '2행략'으로 표시된 부분이 확인된다. 그것은 분명한 검열 흔적이다. 식민지 검열당국에 의해 특정부분이 삭제되고 정형시의 본래 의도는 현저히 훼손되었다. 「청춘곡」에서는

삼천리 하늘에 붉은 피 흐른다

라는 형태로 매우 대담한 표현을 시도하고 있다. 이런 표현은 상당한 위험을 감수해야만 하는 행동이다. 이것은 시 「등롱의 항로」의 경우도 마찬가지다.

영원히 돌아간
견우 직녀의 노래여
이 밤 이 곳 붉은 핏줄기에 용솟음쳐 울으라

—「燈籠의 항로」 부분

자유시 형태에서 관념적인 표현으로 머뭇거리던 현실감각이 정형시에 이르러 오히려 대담하고 완강한 표현을 주저하지 않았던 것은 무슨 까닭인가. 그것은 다름 아니라 과거라는 시간성, 즉 민족의 전통과 역사에 대한 강한 연민과 신뢰에 기인한다 할 것이다. 당시 조명암의 작품의식이 바로 이와 같았으므로 이후의 창작에서 나타나는 밤, 죽음, 시체, 홍수, 환상, 신기루 따위의 이미지들을 도저히 단순한 관념취향으로 읽어낼 수는 없을 것이다.

(3) 다채로운 언어와 이미지의 현란한 교직

조명암의 추구했던 모더니즘 계열의 시작품에서 가장 돋보이는 작품들은 일제강점기 후반에 창작된 「마을정거장」 「칡넝넝」 등이다. 이 작품들은 마치 김기림과 정지용(鄭芝溶)의 특성을 완벽하게 조화를 시켜놓은 효과를 자아내고 있다. 도시적 감수성과 재치로 번뜩이는 김기림의 작품성과 향토적 서정과 민족언어의 음률감각을 적절히 배합하여 구사했던 정지용의 시적 기법은 제각기 장단점을 일정하게 내포하고 있다.

하늘이 하도 높아 땅으로만 기는
강원도 칡넝쿨이
절깐 종소리 숙성히도 자라났다

메뚜기 베짱이들이
처가집 문지방처럼 자조 넘는 칡넝쿨

넝쿨진 속에 계절이 무릎을 꿇고 있다
여름의 한나절 꿈이 향그럽다
줄줄이 벋어간 끝엔 뾧죽뾧죽 연한 순이 돋고

어린 *少女*의 사랑처럼 온칡
모르게 모르게 무성해 간다

*袈裟*를 수한 젊은 *女僧*이
혼자 다니는 호젓한 길목에도
살금살금 기어가는 칡넝쿨이언만

해마두 오는 가을을 넘지 못해
목을 움츠리고 뒷걸음을 치는 식물

──칡넝쿨이 안보이면
먼뎃절엔 들불이 한 개 두 개 열린다

—시 「칡넝넝」 전문

이 시의 기법적 특성에 대해서는 지면을 달리하여 비유와 심상의 구사 등을 자세히 분석 해볼 만하다. 조명암의 경우, 그들 두 선배의 장점을 함께 이어받는 동시에 단점들을 넉넉히 극복하여 하나의 시정신으로 통합시킨 세계에 도달하고 있다는 점이다. 우리는 조명암의 시작품에서 바로 이런 사실을 눈여겨 지켜보아야 할 것이다. 조명암의 모더니즘 시를 제대로 읽어내기 위해서는 「운명장(運命章)」 「유리의 방」 「백촉(白燭)의 심야」 「청결」 「청풍의 상자」 「청풍의 산협」 등의 작품들을 새롭게 분석 검토하는 비평적 작업이 앞으로 필요하다.

일찍이 김기림에 의해서 조명암의 시적 재능을 인정받은 바 있거니와 시인 조명암의 전체 작품에서 보편적으로 나타나고 있던 특성은 어떻게 정리될 수 있는가.

행 구분과 연 구분이 모호한 경우가 빈번하고, 또 행의 언어분량도 균제미(均齊美)를 상실한 경우가 많아서 자칫 형태적 산만성으로 규정될 우려가 있는 것이 사실이다. 그리고 줄곧 관념적 분위기로 일관되는 서술이 과도하여 황석우의 지적처럼 비판의 표적이 될 우려가 없지 않다. 그것은 독자들이 작품 속에서 시적 중심을 찾지 못하고 헤매느라 고통을 겪기 때문이다. 일제강점기 전반을 통하여 조명암이 발표한 작품 중 가장 절창으로 여겨지는 작품으로는 시 「동방의 태양을 쏘라」를 손꼽을 수 있다.

동방이 얼어붙었다
태양의 붉은 피가 얼어붙었다

젊은이여 이 고장 백성의 아들이여!
손에 든 화살을 힘주어 쏘아 보내라
태양의 가슴의 붉은 피를 쏘아 흘리라
백성이 광명에 굶주리고
강산의 줄기줄기 숨죽여 누웠으니

허물어진 옛터
님의 꽃잎 하나 둘

아 젊은이들아
함정에 빠진 사자의 포효만이
광명 잃은 譜表우에 달음질칠 이 날은 아니다

화살을 쏘라
동방의 태양을 뽑아내라
피끓는 심장에 불을 붙여
낡은 봉화 재 우에 높이 들고 서서
산과 들 곳곳에 이 날의 레포를 아뢰우자

—시 「동방의 태양을 쏘라」 전문

이 시작품은 1934년에 발표되었던 바, 그 직전인 1933년 11월4일에 시행된 조선어학회의 활동에 크게 격려 고무된 바가 있는 듯하다. 전국의 고무공장, 제사공장 등에서 노동쟁의가 잇따라 일어나고, 작가 이기영(李箕永)과 현진건(玄鎭健)이 장편소설 「고향」과 「적도(赤道)」를 각각 신문에 연재하기 시작한 직후에 발표하였다.

이 작품의 압권을 이루는 부분으로는 '백성이 광명에 굶주리고/ 강산의 줄기줄기 숨죽여 누었으니'라는 대목이다. 식민지체제의 무단적(武斷的) 통치와 각종 유린에 대한 문학인으로서의 정면 대응이면서, 동시에 민족집단으로 하여금 근원적 변혁을 촉구하는 강렬하고 대담한 선동성이 발산되고 있다. 마치 민족 대상을 향하여 준엄하게 제기하는 주체성 회복의 선언문적 성격처럼 느껴진다. 이처럼 과감한 표현은 실로 엄청난 용기가 수반되는 위험한 행동이었다.

조명암의 모더니즘 계열의 시작품들이 지니는 공통점은 불분명성이다. 하지만 이 관념성과 모호성은 민족주의적 색채와 결합하면서 일견 강한 어조와 토운으로 표시되어 나타난다. 시 「동방의 태양을 쏘라」는 그러한 관념성을 일거에 초탈하고 있는 매우 특별한 작품이다. 조명암의 시 세계가 비록 관념성과 모호성을 내포하고 할지라도 작품공간과 심리적 반응을 조금만 주의해서 살펴보면 시인이 지향하는 가치중심과 지향점을 어렵지 않게 알아챌 수 있다.

뿐만 아니라 작품 요소 요소에 보석처럼 박혀 있는 깔끔한 표현과 다채로운 이미지의 구사는 당시의 모더니즘 기법 수준이나 표현 솜씨에 있어서도 놀라움을 금치 못하는 경우가 많다. 조명암의 시를 읽는 재미와 즐거움은 바로 이런 점에서 찾아야 한다.

청년기 특유의 우쭐거림도 발견되는데, 이것은 젊은 모더니스트들의 작품에서 흔히 나타나던 일반적인 모습에 다름 아니다. 다만 조명암의 경우 시적 모더니티에 대한 자의식이 지나치게 강한 나머지 포즈에 치우치는 현상이 빈번하게 발생하는 것이 하나의 흠으로 지적될 수 있다.

2) 가요시

(1) 역사현실 반영

조명암은 자유시 장르만이 아니라 가요시 장르에 대한 남다른 애착과 심혈을 기울였다. 전 생애를 통하여 무수한 가요시를 창작하였는데, 현재까지도 그 정확한 작품 수를 확인하지 못하고 있다. 조명암이 가요시를 창작하게 된 배경에는 서상(敍上)의 내용과 같이 모더니즘 시의 관념적 분위기를 돌파하기 위한 하나의 대안으로서 마련된 창작공간이었던 것으로 보인다. 이것은 현실의 직접적인 면을 다룰 수 있다는 측면과 민족과 역사의 전통적 시간을 비교적 자유롭게 다룰 수 있는 작가의 정신적 출구이기도 했다는 점을 들 수 있다.

가요시를 창작하는 시인으로서 조명암이 가장 즐겨 다루었던 소재와 주제는 역사와 현실에 관한 것이었다. 가장 대표적인 작품 중 하나인 「어머님전 상백(上白)」은 현실의 중압감을 이기지 못하고 가족이산으로 말미암아 헤어진 이별의 슬픔과 서러운 심정을 대변하고 있는 작품이다. 시적 화자의 가슴에 맺힌 한을 시인은 훌륭하게 대변해 내고 있다.

어머님 어머님
이 어린 딸자식은 어머님 전에
피눈물로 먹을 갈아 하소연합니다
전생의 무슨 죄로 어머님 이별하고
꽃 피는 아츰이나 새 우는 저녁에
가슴 치며 탄식하나요

—가요시 「어머님전 上白」 2절

이와 주제상의 쌍벽을 이루는 작품으로는 「잃어버린 아버지」가 있다. 이 작품에서는 20대 초반의 딸이 아버지를 찾아서 헤매는 절규를 담아 내고 있다. 돈 벌러 가서 소식이 두절된 어머니를 애타게 그리워하는 소년의 심경을 그리고 있는 「아주까리 등불」, 기타 「동생을 찾아서」 「집 없는 천사」 등도 뼈저린 가족이산의 현실을 다루고 있다. 이 작품은 1930년대의 시인 백석의 「여승(女僧)」이나 「팔원(八院)」 등이 지니고 있는 시적 정서와 그 배경을 연상케 한다. 시인은 이 작품들을 통하여 강요된 가족이산의 원인과 당시 식민지 사회의 총체적 부조리에 대한 인식을 환기시키고자 한다. 「울며 헤진 부산항」도 사회적 관점에서 읽어낼 수 있다.

이 가요시 작품은 일제강점기 후반 군국주의의 발악이 극에 달하던 시절

692

에 발표된 작품이다. 독자들은 결코 떠나고 싶지 않았던 고국을 떠날 수밖에 없었던 당시 시적 화자의 비극적 현실과 애처로움, 혹은 갈등의 심리를 실감나는 비애의 정서로 떠올리게 된다.

직접적으로 민족사적 소재를 다룬 작품도 있었으니 「꿈꾸는 백마강」과 「낙화삼천(落花三千)」 등이 그것이다. 이밖에도 이러한 주제의식을 담아낸 작품의 분량은 대단히 많다.

(2) 탁월한 생활정서 묘사

다음으로 조명암의 가요시에 있어서 뚜렷하게 느껴지는 개성적 세계는 생활정서 묘사의 탁월함이다. 시인은 정통적인 모더니즘 시보다도 대중에게 훨씬 직접적으로 다가갈 수 있는 장르로써 가요시를 선택한 듯하다. 이 가요시를 통하여 조명암은 대중들로 하여금 즐거움과 위로, 현실과 사회에 대한 공감력의 확대를 이루려 했던 것으로 보인다.

그리하여 시인은 일반 대중들에게 가장 어필할 수 있는 구체적 방안으로 생활정서 묘사를 과감하게 채택하였다. 「신접살이 풍경」 「별일이 다 많아」 등과 「수박행상」 「담배집 처녀」 등이 이 계열에 속하는 작품이다. 이 부류의 작품들에는 다른 작품들보다 상대적으로 구어체, 속어체 어투를 완강하게 구사함으로써 현장의 실감을 고조시키려는 배려를 하고 있다.

토착정서를 환기하고 있는 작품들도 많이 창작하였다.

「황해도 노래」와 「서귀포 칠십리」 등이 그것으로, 여기에는 구체적 지명을 작품 속에 제시하거나 작품의 중심 소재를 아예 토착적인 것으로 선택하는 방법이 사용되었다. 이 두 작품들은 1943년 작품으로 일제말 혼돈과 암흑의 상황에서 발표되었다. 또한 민족의 전통적인 세시풍속과 관련된 내용들도 즐겨 다루었다. 뿐만 아니라 식생활 문화, 각종 유희, 우리 민족 고유의 독특한 애정담 따위가 이 항목에서 다루어졌다. 우리는 시인 백석(白石)이 일찍이 시도했던 바와 마찬가지로 작가가 왜 이러한 소재에 대하여 특별한 애착을 지니고 있었던가에 대하여 다시금 주목해야만 한다.

이국정서를 다룬 것도 여기서 함께 이야기될 수 있는 바 「호궁처녀」 「홍사등 푸념」 「청춘 썰매」 「하르빈 다방」 「만주 뒷골목」 「융수건 길손」 「국경의 다방」 「소주 뱃사공」 등이 그것이다. 이 작품들을 검토해 보면 비록 표면적으로는 이국정서를 다루었으나 시적 화자의 갈망은 항시 고향, 고국이라는 대상을 지향하고 있음을 발견하게 된다. 이와 더불어 정신적 긴장 속에 시달리고 있던 식민지 대중들의 억압심리로 하여금 잠시나마 위로를 얻을 수 있는 작은 공간을 제공해 주고자 하는 시인의 의도를 엿볼 수 있다.

이 계열에서 파생되어 나온 주제양식이 유랑을 다루고 있는 적지 않은 분량의 가요시 작품이다. 「황야에 해가 저물어」, 「무정곡」, 「울리는 滿洲線」, 「방랑극단」, 「고향우편」, 「사막」, 「곡마단」, 「이별」, 「코스모스 탄식」, 「무정천리」, 「유랑의 나그네」, 「진주라 천리 길」, 「故鄕雪」 등이 바로 그것이다. 이 가운데 「울리는 滿洲線」의 한 대목에서는 새로 찾아가는 그 장소에 대하여 시적 화자는 '나도 나도 나도 나도 모른다 모른다'라는 반복어구를 구사함으로써 극에 달한 불안과 미래시간에 대한 불안감, 불투명성을 직접 화법으로 표시하고 있다.

> 푹푹칙칙 푹푹칙칙 뛰이 ——
> 건넌다 검정다리 달빛어린 웅 철교를
> 고향에서 못살 바엔 아 타향이 좋다
> 달려라 달려 달려라 달려
> 크고 작은 정거장엔 기적 소래 남기고
> 찾어 가는 그 세상은 나도 나도 나도 나도
> 모른다 모른다

—가요시 「울리는 滿洲線」 3절

(4) 전통양식과 풍자의 활용

조명암은 자신의 가요시 창작의 과정에서 민족의 전통적 문화유산인 잡가, 타령, 노랫가락, 메나리 등을 적극적으로 활용하고 있다. 이것은 조명암의 자유시 작품에 대한 분석에서 이미 말한 바 있거니와, 자신의 창작 방향과 가치관에 대하여 구체적으로 제시된 해답이라 할 수 있다.

비교적 초창기의 작품인 「서울 노래」는 개작의 과정을 거쳐서 정형시로 다듬었다. 이 작품에서는 역사의식, 현실의식을 비롯하여 삶의 비극성을 환기하려는 의도를 나타내고 있다. 「야루강 춘색」도 같은 맥락에서 이해될 수 있다. 「바다의 청춘」은 유랑과 설움에 시달리고 있는 민족현실을 반증한다. 조명암이 즐겨 활용하고 있는 민요형은 주로 노랫가락, 타령, 메나리조 등

694

이다.

　이런 가락들은 대체로 민중들에 의해 널리 향유되던 잡가 형식에서 그 힌트를 얻고 있는 것으로 보인다. 시인은 이러한 계열의 작품을 통하여 일 그러지고 부조리한 현실을 풍자하고 민족집단을 유랑으로 내몰고 있는 정책을 간접적으로 비판한다.

　「금노다지 타령」「이 강산 저 강산에 바람이 났네」「모던 관상쟁이」「나무아미타불」「엉터리 대학생」「요즈음 찻집」「돈 타령」「당기당 타령」「앵화폭풍(櫻花暴風)」「개고기 주사」「활동사진 강짜」「세상은 요지경」「춘풍신호」「유쾌한 봄소식」「앵화춘(櫻花春)」「인생선(人生線)」 따위가 현실을 풍자한 작품계열에 속한다.

　이 중 「요즈음 찻집」은 흥미롭다.

　　요즈음 찻집은 뿌로카 세상
　　요즈음 찻집은 기업가 세상
　　이 구석에 금광이 왔다갔다
　　저 구석에 중석광(重石鑛)이 왔다갔다
　　천원 만원 주먹구구 뻘건 눈이 돌아갈 때
　　전화통은 찌릉 찌릉 찌릉 찌릉
　　찌릉 찌릉 찌릉 찌릉 운다 울어 운다 울어

　　　　　　　　　　　　　　　　　−가요시 「요즈음 찻집」 1절

　이 작품에는 뿌로카, 기업가, 금광, 중석광 따위가 비판과 풍자의 대상이 되고 있다. 혼탁한 세태풍자의 장면 묘사가 대단히 훌륭하다. 「돈 타령」은 돈 바람, 전차 바람, 담배 바람, 런치 바람, 돈 사태, 돈 홍수 따위로 상징되는 혼탁한 식민지 사회를 신랄하게 고발하고 풍자한다. 이는 식민지 사회 전반의 총체적 위기상황을 가요시 작품을 통하여 나타내고자 하려는 시인의 의도를 엿보게 한다.

　「당기당 타령」은 아편쟁이를 빈대, 쏘는 사냥꾼을 벼룩, 말 잘 하는 채상꾼을 앵무새, 다리 긴 우편배달부를 황새, 맵시 고운 기생을 제비, 뚜쟁이를 쉬파리, 굴뚝쟁이를 까마귀, 목도쟁이를 까치에 비유함으로써 당시 사회의 구성체가 지니고 있는 특징을 풍자적 수법으로 그려내고 있다.

695

이 계열의 작품은 조명암의 창작 가요시 중에 그 빈도수가 비교적 높은 편이다. 「조선의 처녀」,「복덕장사」,「팔도 장타령」,「삽살개 타령」,「온돌야화」,「관서신부」,「아리랑삼천리」,「가거라 초립동(草笠童)」,「신곰배타령」,「비둘기 소식」,「양산도 봄바람」,「제3아리랑」,「총각진정서」,「풋난봉」,「바다의 자장가」,「꼴망태 목동」,「님 전 화풀이」,「달 같은 님아」,「동그랑 땡땡」,「쌍쌍타령」,「쌍도라지 고개」 따위가 모두 여기에 속한다. 이 작품들은 대개 시인이 전통적 민요와 잡가의 가락을 직접 응용하거나 적절히 변용하고, 그 과정에서 변화된 시대사회의 현실을 반영하는 수법으로 창작되었다.[5]

3) 해방시기 및 월북 이후의 시작품

(1) 사회주의적 현실관의 반영

조명암의 문학적 지향이 사회주의적 현실관을 선택하게 된 구체적 계기는 뚜렷하게 밝혀져 있지 않다. 조명암의 시인적 경로는 모더니즘적 방법론을 지니고 시를 써오는 한편으로 거기서 충족되지 않는 갈증을 가요시 창작을 통하여 해소하는 과정을 나타내었다.

다만 그의 창작 심리 저변에 은연중 깔려 있었던 민족주의적 가치관에 대한 선호도가 해방 직후 좌파의 문학조직과 연결되면서 표면적으로 드러나는 양상을 보이고 있다.

이런 점에서 본다면 일제강점기 전반을 통하여 시인이 지녔던 민족주의적 가치관은 매우 소박한 성향으로 여겨진다. 모더니즘 방법론에 의한 글쓰기 작업이 1940년대로 접어들면서 한결 위축되고, 오히려 가요시 창작 활동에 전념하는 모습을 나타내 보인다.

일제말기로 접어들면서 친일적 성향의 적지 않은 가요시를 창작하게 되

---

5) 조명암이 남기고 있는 대부분의 주옥같은 가요시 작품들은 현재까지도 대중들의 사랑을 광범하게 지속적으로 받고 있다. 하지만 조명암 가요시의 원형은 분단 반세기를 거쳐오면서 개작이라는 이름으로 상당 부분이 왜곡, 손상되었다. 이는 월북작사가 작품에 대한 유통의 금지라는 제약적 환경 속에서 남한의 일부 작사가에 의해 부분 개작, 혹은 전면 개작이 되었고, 작사자 본명마저 은폐된 이후로 발생하게 된 현상이다. 하지만 이것은 한국의 가요와 가요사를 연구하는 전문연구자들에 의하여 시급히 그 원형이 회복되어야할 중요과제로 떠오르고 있다.

는데, 이 과정에서 시인은 처음엔 번민과 갈등을 했었던 것 같다. 그러다가 거의 자포자기의 심정에 이르게 된 것으로 보인다. 해방은 시인으로 하여금 모든 정신적 속박과 억압으로부터 일시에 풀려나게 하였다.

조선문학가동맹에 참여하게 되면서 조명암의 문학적 행보는 급격히 사회주의적 가치관을 선택하고 그쪽으로 경도되었다. 아마도 이것은 하나의 내적 갈등극복 대안으로서의 선택으로 추정된다. 이 시기에 발표한 다음 세 작품은 당시 시인의 정신적 상황을 그대로 보여주고 있다.

i)오호 이 치욕 이 울분
　　종로 한복판에서 누구나 다 한번 소리치고 싶었으리라
　　「일본아 조선을 내놓아라」

　　그러나 조선은 죽어있지 않았고
　　조선의 맥박은 세월을 따라 쥐고
　　화려강산의 모든 강물은 바다로 흘렀다
　　　　　　　　　　　　　　　　　　　　－시「모든 강물은 바다로 흐른다」 부분
ii)지금 오오 지금
　　이 슬픈 역사의 밤이 새다

　　보라 저 푸른 하늘
　　저 태극이 꽂힌 지붕을 넘어오는
　　흰 비둘기
　　붉은 태양

　　오호 붉은 태양아
　　슬픈 역사의 밤은 영원히 밝았느냐
　　　　　　　　　　　　　　　　　　　　－시「슬픈 역사의 밤은 새다」 부분
iii)이 푸른 밤에
　　바람은 조용하고
　　골목안엔
　　強盜가 들어 담을 넘고

　　그보다 더

697

무서운 총알이
피붉은 心臟을 찾아 눈을 떴으니

어제처럼
獄에서 풀린 사람들이
다시 미쳐야 하겠느냐

별들아
오오 朝鮮의 별들아
그렇게 높이 매달려만 있을게 아니다

―시 「총총히 백인 별들아」 전문

i)에서는 하늘에서 떨어진 작은 물방울 하나가 강물을 이루고 마침내 바다로 흘러가게 된다는 대자연의 섭리와 그 필연성을 노래하고 있다.

ii)는 민족해방이라는 역사적 사실에 대한 감동과 찬탄을 다루는 한편으로 역사적 존재에 대한 실감을 서사적 분위기로 다루고 있다. 특히 이 작품에서는 사회주의적 가치관을 지닌 한 시인으로서 인공기 대신 태극기에 대한 예찬을 하는 대목이 보이는데, 아직 분단체제가 완전히 고착되기 직전의 상황을 흥미롭게 보여주고 있다.

가요시 「울어라 은방울」도 이와 같은 양상을 보인다.

해방된 은마차에 태극기를 날리며
누구를 싣고 가는 서울 거리냐
울어라 은방울아 세종로가 여기다
삼각산 바라보니 별들이 떴네

―가요시 「울어라 은방울」 1절

iii)은 해방시기에 발표된 작품 중 가장 서슬 푸른 현실감각을 다루고 있는 작품이다.

'골목 안엔 강도가 들어 담을 넘고'와 같은 부분이 암시하는 시적 상징성은 새로운 제국주의 세력의 내습에 대한 각별한 경고이다. 이 시를 발표할 당시 조명암은 이미 사회주의 이데올로기에 대한 깊은 신뢰를 지니고, 또

다른 변화에 대한 준비에 돌입하고 있었던 것으로 보인다. 같은 시기에 발표한 가요시 작품으로는 위의 「울어라 은방울」 등을 비롯하여 「몽고의 밤」 「고향초(故鄕草)」[6] 등이 있다. 이 가운데 「몽고의 밤」은 일제강점기 후반에 창작된 작품으로 추측된다.

시 「그리운 거리에서」와 「공화국」, 「령을 넘어」와 「한 자루 백묵을 쥐고」에 이르러서는 매우 구체적인 체제 의탁과 그에 대한 신념을 표방하고 있다. 「령을 넘어」는 가요 형식으로 쓰여진 김일성 찬가이다. 「한 자루 백묵을 쥐고」는 해방시기 좌파 지식인 청년의 내면 풍경을 그리고 있다. 이 수 편의 작품을 발표한 뒤 조명암은 삼팔선을 넘어 월북을 결행한다. 하지만 이것은 개인의 선택이 아니라, 좌파 조직을 통하여 이미 결정되어 있었던 경로이자 지령에 따른 행동이었다.

조명암은 월북 이후 적지 않은 분량의 시작품을 발표하였다. 「조국을 지키리라」, 「산으로 간 나의 아들아」, 「북조선으로」 등은 북을 선택한 자신의 결연한 의지와 월북과정의 심리적 긴장을 증언 형식으로 생생히 담아낸 작품들이다. 특히 「산으로 간 나의 아들아」는 어머니의 화법으로 사회주의자 아들을 향한 처절하고 곡진한 심정을 그리고 있다. 하지만 이 시기의 작품들에 나타난 충성심의 표현, 선택에 대한 강한 신념의 표방 따위는 월북자로서의 심리적 불안감을 동시에 반증하고 있는 것이기도 하다. 「북조선으로」를 위시하여 「자랑스러운 이곳」, 「한없이 그립던 여기」, 「새날의 행복」 따위가 바로 그러한 사례이다.

한국전쟁이 발발한 직후 조명암은 「락동강 전선」을 비롯한 여러 작품을 발표하는데, 여기엔 극단적 증오, 분노, 적개심, 복수심으로 일관되어 있다. 당시 북한 문학인들의 6·25관과 아무런 차이를 보이지 않는다. 한국전쟁 중에는 진중가요를 창작하여 인민군대 내부에 보급하기도 하였다. 가장 널리 알려진 가요시로는 「조국보위의 노래」와 「청년유격대」, 「압록강 이천리」, 「물레야 동무야」, 「철령이라 높은 고개」 등이 있다.

월북 이후의 시작품에서 나타나는 공통적인 특성들은 해방전 가요시 창작

---

6) 「고향초」는 김다인의 작품이다. 김다인 명의로 된 약 100여 편의 가요시 작품에 대해선 여전히 작가 확정의 불확실성이 남아 있다. 김다인이 박영호의 필명이라는 설은 아직도 우세하고, 조명암 명의에 대한 반론이 상존하므로 장차 이에 대한 연구가 시급한 실정이다.

과장에서 터득된 민중적 서정성과 생활정서의 활용이 크게 돋보이고 있다는 점이다. 인민군, 광부, 착암수, 탄부, 단야장 처녀 등 노동계급을 예찬하는 시 작품들을 창작하여 당시 북한 인민들의 사랑을 받았던 것으로 전해진다. 기타 작품으로 해외여행 경험을 다룬 시작품들이 있는데, 크게 괄목할만한 수준은 아니다. 주로 분단시기 동부 독일을 방문하여 그곳 문인들과의 각종 회합과 교유에 참석하고, 명소를 관광한 후일담에 불과한데, 여전히 나타나는 맹목적 감격벽(感激癖), 공연한 장형화(長型化) 현상 따위가 작품의 전체 수준을 현저히 감소시키고 있다.

조명암은 북한에서 『조령출시선집』(1957)을 발간하였다. 이 시집에는 월북 이후의 작품과 식민지시대 발표 형태를 개작한 시작품을 함께 수록하였는데, 월북 이후 시인의 내면적 심경을 엿볼 수 있는 작품으로 「밤」을 들 수 있다. 이 작품에서 시인은 북한에서 발표한 작품으로는 보기 드물게 실향민의식, 고향생각, 현실의 부담과 고통 따위를 간접적 암시 화법으로 은근히 드러내고 있다. 하지만 이 작품도 일제강점기에 발표한 작품을 다시 개작한 형태를 활용하였다.

눈발은 어둠을 때리며 날린다
창문을 닫고 나는 차디찬 자리에 눕는다

어디메쯤 단침이 돌아갔는고
이 밤은 어린 시계도 잠들었구나

이따금 문풍지 울어 흔들면
바람에 불리어 누웠다 다시금 일어서는 촛불

언제부터 내 고향을 잃었드뇨
님이여 대답을 하소 어디메 계신가
눈은 내리고
눈은 쌓이고

쌓이는 시름을 견디어 새자니
삼동 추운 밤이 더욱 길구나

—시 「밤」 전문

시선집 후반부에 수록된 작품들은 거의 대부분 과거에 발표한 작품을 개작한 것이다. 우리는 조명암의 월북 이후 작품을 검토하는 과정에서 이 시기의 개작행위와 그 의미에 대하여 면밀히 분석해 보아야 한다. 이것은 대체로 다음과 같은 심리 배경이 전제되었으리라 여겨진다.

첫째로는 월북 이후 북한체제 내부에서 조화를 이루고 인정을 받으며 살아가기 위해서는 무엇보다도 새로운 문학적 각오와 다짐을 보여주어야겠다는 생존을 위한 시인의 의도이다. 둘째로는 극도의 충성심을 표현하면서, 이를 통해 사회주의자로서의 완전한 환골탈태를 인식시켜 주어야겠다는 강박관념이다. 이 때문에 월북 이후의 시작품은 쓸데없이 장형화되고, 필연적으로 요청되는 감동적 서사성을 함유하지 못하는 불구성 시작품으로 전락되고 말았다. 대체로 이러한 시작품들은 어김없이 교조주의적 한계를 드러내고 있다.[7]

이런 열악한 조건과 환경 속에서도 시 「푸른 하늘에 취해 보자」와 「가야금」 등은 북한 시 특유의 정치성이 배제된 순수하고 담백한 인간본연의 마음으로 돌아간 정서를 다룬 예외적인 작품이다. 전자는 조명암이 북한에서 발표한 가장 아름다운 시작품의 하나로 여겨진다. 「가야금」은 당시로선 보기 드물게 시조형태로 쓰고 있다.

(2) 장르 확산 및 장르기능의 적극적 변용

조명암은 일제강점기 전반을 통하여 모더니즘과 민족주의적 색채가 혼합된 작품의식으로 시를 창작하였다. 그 과정에서 가요시라는 장르를 개발하고, 이를 통하여 시문학 장르를 대중들의 삶과 가장 가깝게 아무런 심적 부담없이 일치시키며 다가갈 수 하려는 혁신적 활동을 펼쳤다. 문학과 음악이라는 서로 다른 예술 장르를 하나의 작품공간 속에 조화시키고자 하는 그의 시도는 커다란 성공을 거두었으며, 피로한 식민지 대중들에게 크나큰 위안과 격려를 주었다.

장르 확산에 대한 조명암의 관심과 노력은 거기에 그치지 않고 희곡 작

---

7) 시 「동방의 태양을 쏘라」의 경우도 북한에서 개작한 제목은 「동방의 태양을」로 바뀌어졌다. '태양의 상징성이 이미 김일성의 표상으로 굳어진지 오랜 현실에서' 태양을 쏘라'라는 어구는 당시 북한 사회에서 자칫 엄청난 오해를 불러일으킬 수 있는 위험성을 내포하였을 것이다. 이것이 '쏘라'를 삭제한 이유일 것이다.

품이 지니는 강력한 환기력과 사회성 담보에 눈을 돌리도록 하였다. 이미 일제말에 희곡 「목련화」, 「영 넘어 팔십리」, 「현해탄(玄海灘)」 등을 통해 극작의 경험을 가진 조명암은 해방 후 시 장르보다도 희곡 장르에 더욱 높은 선호를 나타내 보이면서 다수의 작품을 써내었다.

해방 후에는 「독립군」, 「논개」, 「위대한 사랑」 등을 비롯하여 다수의 희곡 작품을 발표하였다. 그가 주로 즐겨 다루었던 주제들은 해방이후의 새로운 사회건설과 사회주의적 의욕, 김일성 예찬, 민족 고전 작품의 새로운 변용 등이었다. 이러한 공로를 인정받아 조명암은 북한 문화계에서 공연예술 분야의 중진이라는 반열에 오르게 되었다.

4) 친일작품이 지닌 문제점들

이제 우리는 조명암의 전체 생애를 통하여 끝내 지울 수 없는 얼룩으로 남게 될 친일작품에 대한 검토를 할 차례가 되었다. 이것은 시인의 개인적 상처이자 우리 문학사가 안고 있는 우울함이기도 하다. 일제말을 통과해온 문학인들에게 나타나는 친일성 문제에 관한 시비는 비단 어제오늘의 일이 아니다. 하지만 이 문제는 우리가 언젠가는 반드시 명쾌하게 정리하고 넘어가야 할 매우 어려운 과제중 하나이다.

조명암 시인의 경우, 자유시로 발표한 친일적 성향의 작품으로는 「교실의 커튼」(「學びの窓巾」) 한 편 뿐이다. 이것은 일문시(日文詩)로 발표되었다. 학교를 졸업하는 학생의 심경을 피력한 것으로 졸업 후 진로를 고민하는 벗들이 일본군에 지원하여 삶의 포부를 실현하라는 간곡한 의도를 나타내고 있다.

시인은 자유시보다도 가요시 장르를 통하여 친일적 성향을 적극적으로 나타내었다.

가요시 「해 저문 황포강」의 한 대목에서 '오늘도 가고 싶은 나가사끼' 라던가, '사나히 그 희망에 꽃이 피면은'이라는 부분은 맹목적 일본지향성과 희망의 수상쩍음이 발견된다. 하지만 이 정도는 그나마 소박한 수준이라 할 수 있다. 「앵화춘」에 이르러서는 '흥아(興亞)의 봄'이란 어법을 사용하여 일제의 이른바 대동아공영권 시절의 단골 용어를 아무런 여과 없이 그대로 도입하고 있다. 그러나 시인은 이 작품을 통하여 무엇인가 가치와 상식이 전복되고 일그러진 사회현실에 대한 비판의식을 드러냄으로써 반어법과 건

강한 풍자효과로 귀결되도록 이끈다.

「사나이 행복」(1941)은 일제의 만주 이주정책을 권장하고 예찬하는 작품이다.

이 작품 이후로 못생기고 어리석었던 과거를 모두 잊자고 강조하는 「더벙머리 과거」(1942),가 발표되고, 이어서 지원병에 지원하는 한 청년의 선택과 결정을 높이 기리는 「아들의 혈서」(1942.2)가 발표된다. 이 작품은 조명암이 쓴 본격적 친일가요시의 첫 작품이라 할 수 있다. 이를 필두로 해서 시인은 「목단강(牧丹江) 편지」,「만주신랑」,「즐거운 상처」,「낭자일기」,「일자상서」,「소년초(少年草)」,「조선의 누님」,「누님의 사랑」,「결사대의 아내」,「어머님 안심하소서」 등을 1942년 한해 동안 잇따라 발표한다.

1943년으로 접어들어서 친일가요시는 더욱 체제옹호의 수단으로 활용되는데, 발표되는 전체 3절 형식 중 한 절은 반드시 일본어로 발표할 것을 강요받는다. 「정든 땅」의 3절, 「알쌍급제」의 3절, 「인생가두(人生街頭)」 「남아일생(男兒一生)」의 2절 등은 모두 일본어로 창작해야 한다는 식민통치자의 강요가 뒤따랐다. 「황포돛대」,「고향소식」,「아름다운 화원」,「낙동강 손님」,「난화선(蘭花扇)」,「떠나갈 해항(海港)」,「미풍의 항구」,「동백꽃 피는 망루(望樓)」 등의 본문 속에도 친일적 성향의 내용을 내포시켜야만 하였다.

이 친일가요시 계열의 가장 절정을 이루는 작품은 「혈서지원」과 「그대와 나」,「이천 오백만 감격」 등이다. 일제의 지원병제도에 적극 부응하는 식민지 백성의 벅찬 감격을 담아내고 있다. 1941년에 1편, 1942년에 12년, 1943년에 16편이 발표되어 현재까지 확인된 작품만 도합 16편 가량 된다.

이처럼 문학의 기능이 군국주의 체제 옹호를 위한 수단으로 전락되어버린 상황 속에서도 조명암 시인은 「낙화유수(落花流水)」 「목포는 항구」 등과 같은 토착성에 의탁하고 주체의식을 포기하지 않는 비교적 예술성 높은 가요시 작품을 틈틈이 발표하고 있다.

모더니즘과 민족주의를 결합한 시를 써왔고, 가요시와 희곡을 비롯한 새로운 문학의 장르확대를 꿈꾸었던 한 시인의 일제말 행적은 오늘날 우리들에게 우울한 그늘을 드리우고 있다. 아무리 관대하게 해석하고자 하여도 그가 남기고 있는 친일가요시의 분량은 너무 많다.

이런 전비(前非)가 있었음에도 불구하고 월북 이후 조명암은 임화(林和), 이태준(李泰俊)을 비롯한 다른 여러 월북문학인들이 과거 친일 경력을 성토

당하고 무참하게 숙청될 때도 그 흉흉한 사태의 틈바구니에서 무사하였다. 뿐만 아니라 북한에서 그의 쓰임새는 소중한 존재로 우대를 받았다. 북한 정권은 해방 후 친일파 숙청에 있어서도 이용가치에 따라서 선택적 결정을 하였음이 분명하다.

4. 맺는 말

이 글은 지금까지 분단시대의 잊혀진 매몰시인 조명암 문학의 복원과 그 의미 전반에 대하여 두루 검토하였다. 문학사 정리 및 복원활동은 한 나라와 민족의 총체적인 문학 내용과 그 전모를 조망하게 해주는 매우 중요한 비평적 영역이다. 우리가 분단시대를 살아가면서 망실되고 훼손된 문학사 자료를 되찾아 재구성하고 이를 문학사에 반영하려는 실천은 오로지 제대로 된 민족문학사를 만들어 보려는 충정에서 비롯되었다.

납월재북 문학인들의 경우 분단이라는 정치적 회오리에 휘말려 거의 대부분 잊혀졌거나 고의적 외면과 방치 속에 내던져져 왔다. 조명암 문학의 경우도 이러한 대표적 사례의 하나라 할 수 있다. 우리가『조명암시전집』을 발간하는 목적도 바로 머지않아 다가올 통일시대를 앞두고 시급히 요청되는 문학사 바로 쓰기 작업과 직결된다고 할 것이다. 이번 시전집 발간의 의미는 이처럼 막중하다.

아무쪼록 이 시전집을 통하여 잊혀진 한 시인의 문학적 성과와 그 전모가 우리 문학사에 제대로 복원되기를 소망한다. 그와 동시에 시인 조명암이 여전히 우리에게 던지고 있는 문학적 화두(話頭), 이를테면 시 창작에서의 장르확장 문제, 문학과 대중성의 조화와 일치 문제, 문학을 통한 대중문화 운동의 실천 및 활성화 문제 등은 문학사 연구에 있어서 매우 중요한 과제이다. 이번『조명암시전집』발간을 계기로 비평과 학술 분야에서 진지하게 연구 성찰하는 분위기가 이어지기를 바라마지 않는다.

조명암 시전집

지은이 / 조 명 암
엮은이 / 이 동 순
발행인 / 김 윤 태
발행처 / 도서출판 善

등록번호 / 15-201
등록날짜 / 1995. 3. 27

초판 제 1쇄 인쇄 2003. 6. 1
초판 제 1쇄 발행 2003. 6. 5

주   소 / 서울시 종로구 낙원동 111-3
           청자빌딩 405호
전   화 / 762-3335
팩   스 / 762-3371

책   값 35,000원

ISBN 89-86509-31-8 03810